Caerdydd, Ionawr 1997

Mae calon Ceri yn curo fel gordd. King's Castle, La Lupa, Indo Cymru, Joe East, Pyramid . . . Mae Cowbridge Road yn llawn bywyd a bwrlwm, ffenestri wedi stemio gyda rhialtwch a mwynhad, pobol yn mynd a dod, eu pennau i lawr dan ambaréls, mewn cotiau glaw, ar feics . . . Mae'n tresio bwrw, ac adlewyrchiad goleuadau lliwgar y stryd a'r traffig yn y pyllau dŵr ar y palmant wedi'u cymylu gan y diferion ar ffenestr y car.

'Lawr fan'ma Cat. Troad i'r chwith wrth ymyl Tesco, wedyn i'r dde.'

'O Ceri, dwi'n ecseited drostat ti! Sbïa agos wyt ti at bob man! Ti'n mynd i gael amser ffantastig yn dwyt?'

'Dyna di'r syniad, Cat. Gewn ni weld be ddaw!'

'Jest paid ag anghofio am dy chwaer druan adre . . . a phaid anghofio sgwennu yn y dyddiadur yne dwi 'di 'i roi i ti. Fyddi di'n falch, 'sdi, pan fyddi di'n hen, efo fflyd o blant a dy groen di fel ryw hen brŵn – i d'atgoffa di dy fod ti unwaith wedi bod yn ifanc a gorjys yn byw bywyd glamoriaethus mewn dinas fawr ddrwg . . .'

Dydd Iau, 9 Ionawr, 1997

Dwi wedi penderfynu gwneud ymdrech go iawn i drio llenwi'r dyddiadur yma. Mae gen i lond drôr o ddyddiaduron adre – rhai wedi para ambell wythnos yn unig, ond ma' raid bod fy neuddegfed flwyddyn yn un reit ddiflas achos ma' honno'n gyflawn – bob dydd yn llawn manylion difyr o bractis ar ôl practis, gwaith cartre a be wnaeth Mam i swper bob nos. Ond dwi'n gobeithio bydd gen i rywbeth chydig mwy difyr i'w nodi 'leni a finne ar ddechre antur . . . un gair – Caerdydd!

Dwi 'di bod yma o'r blaen amryw o weithie – Ryng-Gol feddw ac ambell gêm rygbi efo chydig o siopa rhwng dwy dafarn. A'r cyfweliad fis yn ôl wrth gwrs. Be dwi *heb* ei wneud ydi byw yma.

Felly dyma fi: Ceri Wyn BA, yn syth o Goleg Normal Bangor, via fferm Cefn Llwyd, Penllyn, rŵan yn drigolyn, yn oedolyn yn y brifddinas. A swydd newydd: ymchwilydd i gwmni teledu Chwip.

Dwi'n teimlo fel oedolyn am y tro cynta yn y tŷ 'ma. Mae o mor lyfli a chwaethus. Fel tase pob stafell wedi ei hysgwyd allan o dudalennau *Ideal Home* – dwi'n methu credu pa mor lwcus ydw i o lanio mor daclus ar fy nhraed. Dwi'n sgwennu hwn yn yr 'ystafell mewn tŷ moethus yn ardal Treganna ar osod i ferch dawel sydd ddim yn ysmygu' y gwelodd Mer hysbyseb amdani ar hysbysfwrdd y BBC; a Mer yn bod yn Mer, o fewn awr roedd hi wedi ffonio, trafod a chytuno telerau, a dim ond dweud 'ie, grêt' oedd rhaid i mi ei wneud. Cytuno i fod yn dawel ac yn ddi-fwg gan addo i mi fy hun y bydda i'n brathu 'nhafod a rhoi gore i'r ffags. Ond ers dod o hyd i fan'ma i mi, mae Mer wedi mynd ar ymlyniad i Lundain, ac yn aros efo Siw yno. Dwi'n reit genfigennus – dwi'n dal i'w cyfri'n ffrindie gore er ein bod ni'r tair wedi byw bywyde gwahanol iawn ers gadael yr ysgol. Mae Mer yn prysur ddringo'i ffordd i fyny yn y Bîb yn barod, wedi cael job efo nhw wythnose ar ôl graddio tra oeddwn i a Siw yn dadebru ar ôl ein ffeinals efo nosweithiau hwyr ar draethau euraidd Alicante. Roedd Mer 'run fath yn yr ysgol – hunan reolaeth anhygoel a'r gallu i wrthod 'jest un shot arall' neu barti-ar-ôl-parti-ar-ôl-pyb. Mi fydd raid cael aduniad genod Llan yn bendant. Wedi meddwl, allwn i fod yn Llundain mewn cwpwl o orie o fan'ma. Dwi'n methu credu cyn lleied dwi wedi ymweld â Siw, a hithau yn Llundain ers tair blynedd . . . ond pres oedd y broblem, a ninne'n fyfyrwyr tlawd. Rŵan, efo job newydd Siw gydag elusen a finne yn ddinesydd cyflawn cyflogedig . . . Hwrê! Noson o aduniad yn Llundain cyn hir, felly.

Ta waeth, doedd gen i ddim syniad sut dŷ i'w ddisgwyl gan mai Mer wnaeth y gwaith o'i ffeindio a chytuno ar delerau. Cyn heddiw doeddwn i ddim yn gwybod dim am y stryd heb sôn am y 'stafell! Ond wir, mae hi'n edrych fel petai hi wedi ei ddodrefnu o Habitat. Na, mae'r holl dŷ *wedi* ei ddodrefnu o Habitat. 'Cornflower Yellow' ydi'r llofft efo dodrefn pren golau neis. A stenciling aur. Mmm . . . ddim yn siŵr am hynny. Carped lliw hufen – bendant ddim yn siŵr am hwnnw chwaith. Diolch byth nad ydi rhywun yn yfed gwin coch yn ei wely ynde? Er, wedi meddwl . . . wedi gwneud hynny hefyd . . .

A Bev. Fy landledi. Y ferch y bydda i'n rhannu bywyd a bathrwm efo hi am y misoedd nesa. Cofi oedd hi ers talwm ond bod deng mlynedd o weithio i gwmni PR, beth bynnag yn union mae'r rheiny'n ei wneud, wedi sicrhau bod ei ds yn swnio'n debycach i ts a 'cariad' wedi disodli'r 'con'. Ond am sioe a chroeso gawson ni. Gor-groeso os oes yna ffasiwn beth. Coflaid anferth a chusanau'r lli, a'i breichiau'n ddrama i gyd mewn llewys chiffon hir. Mae'n ymddangos yn hogan iawn, mond 'mod i allan o wynt yn dilyn ei sgwrs heb sôn am ei bywyd. Dim ond hanner awr dwi wedi ei dreulio efo hi a dwi'n gwybod ei bod hi'n gwneud aerobics bob bore cyn ei gwaith, nofio amser cinio, a phob min nos yn cic-bocsio efo 'personal trainer absolutely lush, c'rrrriad'.

Beth bynnag, mae hi am anghofio'r rwtîn heno 'ma, ac wedi mynd i nôl tecawê i le o'r enw Riverside Cantonese. Ma' Joe East a King Wok yn agosach, ond mae 'na 'Szechuan Prawns to die for yno', medde hi. Mae Cat wedi mynd â hi yn y car achos bod Bev wedi cael 'glasiad neu ddau yn ormod o Champers ar ôl sesiwn galed o cic-bocsio'. Shampên? Ar nos Iau? Ar ôl bocsio? Dyna pam roedd y croeso mor frwd . . .

Mae chwilfrydedd (ocê, trwyn busneslyd) wedi fy arwain i'w llofft yn barod, ac mae labeli ei chwpwrdd dillad fel rhestr o gynllunwyr *Vogue*. Dwi wedi penderfynu mai hi fydd fy ysbrydoliaeth i o ran steil ac ymddwyn yng nghyrchfannau soffistigedig y brifddinas 'ma. Pam fod rhywun fel Bev angen lojar tybed? Falch ei bod hi, ddeuda i.

Reit, ffwrdd â fi. Ar ôl y sglaff Tsieineaidd dwi'n meddwl 'mod i a Cat am drio'r dafarn rownd y gornel – y Lansdowne – dri cham a bagliad Bebisham oddi wrth y drws ffrynt. Handi (neu beryg)!

Dydd Gwener, 10 Ionawr – 2.23am

Pam nad oes yna fyth ddefaid o gwmpas pan ydech chi eu hangen nhw? Methu yn fy myw â chysgu. 'Di bod yn trio cyfri tai, cyfri bins, cyfri siopau Cowbridge Road – tydi hi ddim yn teimlo'n iawn trio cyfri defaid yma rhywsut a finne'n methu clywed un . . . Mae Cat yn cysgu'n drwm wrth f'ymyl i. Mae hi mor daclus a threfnus hyd yn oed pan ma' hi'n cysgu, mewn coban ddel â'i gwallt wedi ei frwsio 'nôl a'i glymu'n gynffon. Roedd hi'n union yr un fath am y ddau dymor coleg roedd hi a Huw efo'i gilydd (Huw a Cat! Mae hynny'n swnio mor bell yn ôl!). Roedd hi mor braf gweld fy chwaer fawr yn mynd allan efo fy hawsmêt ym Mangor ucha, a chael gweld cymaint arni – er yr holl dynnu coes gafodd y greadures am fynd allan efo 'ffreshar'. 'Radeg honno, fel rŵan, Cat oedd y cynta wastad i godi'n fywiog a di-hangofyr; yn tendio ar bawb a hyd yn oed dod â phaneidie i ni yn ein gwlâu, dim bwys cyn lleied o gwsg oedd hi wedi'i gael na faint gafodd hi i'w yfed noson cynt. Er, roedd 'na reswm arall dros y paneidie yn y gwely hefyd – bod y cynta un i weld a oedd 'na sgandal-bore-wedyn: gwely heb i neb gysgu ynddo fo, ac ambell wyneb diarth (neu ddim mor ddiarth) mewn ambell wely . . . Mi gafodd hi ei siâr o Chardonnay ar ôl dod yn ôl o'r pyb heno 'ma, ac roedd yn reit sigledig yn golchi ei dannedd, ond er hynny llwyddodd i dynnu ei cholur, rhoi hufen ar ei hwyneb ac yfed peint o ddŵr. Dwi, ar y llaw arall, yn dal ym masgara ddoe, wedi yfed gwydraid arall o win, mewn crys Glastonbury llynedd efo Oasis yn fawr ar y cefn – na, fues i ddim yno na'u gweld nhw, ond mi fu ryw foi del, del os dwi'n cofio'n iawn, hwnnw landiodd yn fy stafell i ar ôl y Graduation Ball ym Mangor yr ha' diwetha ac anghofio'i dop. And all I got was this lousy T-Shirt! A noson oedd ymhell o fod yn lousy os cofia i'n iawn. Beth bynnag, digon o ffolineb stiwdantaidd. Beryg bydd rhaid callio yn y ddinas fawr ar fy mhen fy hun.

A sôn am hynny: noson allan yn y ddinas fawr heno? Wel am hen siom. Soffistigedig? Cosmopolitan? Y Landsdowne? Am jôc. Rhuthrodd Cat a finne yno wedi llowcio ein tecawê, wedi gwneud ymdrech chware teg i ni – chydig o bowdwr a slap o lipstig ac i ffwrdd â ni. Fflicio'n gwalltie'n hyderus i gyd a chamu i mewn . . . i far myglyd, tywyll, llwyd yn llawn ffyddloniaid digon dilewyrch yn eistedd yn ddi-sgwrs yn rowlio sigaréts, neu drio gwasgu sgwrs allan o'r far-med groes yr olwg. Roedd 'Lounge Bar' yn ddisgrifiad chydig yn grand o'r ystafell arall oedd mor big a'r llall – ond yn rhyfedd, roedd y lle fel parti preifat i holl wynebau S4C. Am funud ro'n i'n meddwl mai parti syrpreis i mi oedd o, i 'nghroesawu . . . O! llond lle o ffrindie cyfarwydd! Am neis . . . o na, falle ddim. Selogion *Pobol y Cwm* ydyn nhw. Hen siom.

I ffwrdd â ni'n dwy at y bar gan drio gweld rhinwedde'r lle.

'Duwcs, 'di o'm yn bad 'sdi, Cer. Raid bod o'n uffar o le am barti efo'r holl enwogion 'ma. Gawn ni beint bach.' Ac i ffwrdd â Cat at y bar a finne i fachu bwrdd.

'Ti'n wyneb newydd yma on'd yt ti? Ga' i brynu drinc i ti?' oedd be glywes i, a be weles i wrth droi rownd oedd, ie, Fo. Mistar-pop-star-drodd-yn-actor, oedd yn llenwi 'mreuddwydion i a waliau ein llofftydd ni'n dwy ers talwm. Ar fy marw. Wel sôn am foment gên-ar-lawr. Dries i straffaglu i ddweud rhywbeth ffraeth a doniol a di-hid a secsi . . . ond be ddaeth allan oedd 'jin a tonic plîs'. Dwi'n gwybod – crap de?

Ro'n i'n gallu gweld fy hun yn bymtheg oed yn sefyll yna yn fy leggins streips a 'nghrys T Wonderstuff yn ysgwyd fy mhen yn siomedig – 'O! Cym on Cer, chydig bach o ymdrech plîs. Hwn ydi'r dyn mwya' secsi yng Nghymru wedi'r cwbwl.' Ond wedyn bu'n rhaid i mi anghytuno efo fy hun yn bymtheg oed, achos doedd o ddim yn secsi. O gwbwl. Roedd o'n hen. A gwaeth na hynny, roedd o'n dew. A gwaeth fyth, roedd o'n foel. A thra ro'n i'n trio'n wyllt i gael sylw Cat, i drio dweud wrthi am droi rownd i weld y sleimddyn, mi drodd ata i efo winc.

'Paid mynd i unman. Ti'n babe.' O. Ych.

Ac yn sydyn, dwi'm yn gwybod pam, ddeudis i wrtho fo 'mod i newydd gofio, yr eiliad honno, 'mod i'n cwrdd â Dad, tu allan i'r pyb, unrhyw funud. A bod yn wir ddrwg gen i ond 'mod i'n gorfod diflannu. Aeth petha o ddrwg i waeth . . . ar ôl ymbalfalu o dan ei fol cwrw i ddod i hyd i'w boced, mi afaelodd o yn fy llaw i a rhoi darn deg ceiniog cynnes ynddi hi, cyn cau fy mysedd efo'i hen bawen chwyslyd, boeth.

'Hwde ten pî. Ffon'a dy dad – ti'n dod gartre 'da fi.'

Un gair. Chwdlyd. Dwi'n meddwl 'mod i wedi dweud hynny'n uchel yn ogystal â'i feddwl o cyn bachu braich Cat a'i llusgo oddi wrth y bar ac allan. Roedd Bev yn meddwl bod yr holl beth yn 'hilariws', ac yn fwy 'hilariws' fyth ar ôl mwy (ie, mwy) o shampên. Mae'r *seren* dan sylw yn byw rownd y gornel mae'n debyg, yn enwog am ei lysnafedd ac yn local pybyr yn y Landsdowne.

Felly, grêt. Ar ddiwedd fy niwrnod cynta yn y brifddinas, mae gen i local dwi'n methu 'i d'wyllu. Da iawn 'wan . . .

Ar ddiwedd fy niwrnod cynta hefyd, mae'n rhaid i mi gael mymryn o gwsg. Mae gen i gyfarfod efo'r bos fory, i arwyddo'r cytundeb a phethe ffurfiol felly cyn fy niwrnod swyddogol cynta ddydd Llun. Mi fydd Cat hefyd yn gorfod ei throi hi yn y bore. Mae'n siŵr bod 'na un dyn mawr pwysig ac un dyn bach pwysicach ar goll yn barod hebddi. Mae'n siŵr y bydd hi'n rhyfedd iawn, iawn arna inne hefyd heb Cat, a heb Dew a Lleu bach – gan 'mod i 'di bod yn hanner byw yn eu tŷ nhw dros y chwe mis diwetha. A chyn geni Lleu, roedd Cat yn gymaint o aelod o Griw Coleg Ni â fi – Huw, Heledd, Elfyn, fi a Cat! Dyna'n prawf ni er mwyn gweld pwy oedd wedi 'i dal hi: dweud HuwHelElfCeraCat heb faglu. Tybed be mae Huw yn feddwl o fywyd Cat rŵan? Ro'n i'n meddwl ar un adeg mai fo fydde fy mrawd yng nghyfraith. Roedd 'na sbarc yna'n bendant, ond ma' raid i mi ddweud na fedra i ddim dychmygu Cat yn bodio rownd De America fel mae Huw yn wneud ar hyn o bryd . . . ac mae Dew yn werth y byd ac yn caru Cat gymaint rŵan ag oedd o wrth afael yn ei llaw ar fuarth yr ysgol pan oedden nhw'n bedair oed! Ddim 'mod i'n cofio – dwyflwydd oeddwn i tra oedd y garwriaeth danbaid honno yn ei hanterth.

Mae'r hanner blwyddyn ddiwetha 'ma wedi bod fel mynd yn ôl i ddyddie ysgol – byw adre, a Cat a finne'n gwneud bob dim efo'n gilydd; tra oedd gweddill y criw coleg yn dechrau byw eu bywydau ar garlam – Huw yn antura yn Ne America, Hel yn gwneud MA yn Abertawe ac Elf yn gwneud TT ym Mangor. Heb sôn am griw'r ysgol – Mer a Siw eu dwy yn gweithio. Iesgob, roedd hi'n hen bryd i finne wneud rhywbeth cyffrous! Mi fydd gen i hiraeth am Cat a Dew a Lleu – mae gen i lwmp yn fy ngwddw jest yn sgwennu enw'r dyn bach dwyflwydd dela'n y byd, ond mae hwn yn gyfle da, cyffrous, a dwi ddim am fynd yn ddagreuol a sentimental.

Reit, cwsg amdani. Un potel o Moët, dwy botel o Moët . . .

Nos Wener, 10 Ionawr

Dyma fi'n ôl yn fy nghrys T Oasis yn swatio eto wedi fy niwrnod cyfan cynta yng Nghaerdydd. Dwi'n dechre cael chydig o drefn ar y llofft a hongian ambell lun – Cat a finne yn y bath pan oedden ni'n fach, Dad a Mam wrth giât Cefn Llwyd efo Bes y ci, Criw Ni yn wynebau sgleiniog hapus meddw mewn wigs affro noson saith degau yn yr Undeb, Mer a Siw a finne'n chwerthin yn afreolus wedi ein gwasgu i droli Kwiks ar ddiwrnod ola'r ysgol a chanie seidar wedi eu smyglo mewn yn ein bagie.

Dwi'm wedi cyfarfod yr hogan sy'n byw yn y tŷ drws nesa, ond dim ond wal denau sydd rhwng ein llofftydd ni, ac yn ôl pob clyw mae hi'n rîli, rîli licio Toni Braxton achos dwi yn y llofft rŵan ers deng munud ac mae 'Unbreak My Heart' ymlaen am y trydydd tro. Neu falle mai bachgen ydi o . . . ond be fyse bachgen yn 'i neud yn gwrando ar Toni Bra . . . o ych, dwi'm isho meddwl am hynna, droedfeddi oddi wrtha i. Beth bynnag, nid hon ydi'r gân fwya siriol fel cyfeiliant i gyffro bywyd newydd yn y brifddinas. Diolch byth nad ydw i'n dipresd wir neu 'swn i 'di trio lluchio fy hun allan o'r ffenest sash lyfli sy'n fy llofft. Fase hynny fawr o iws chwaith, achos glanio ar do fflat estyniad y gegin faswn i beth bynnag . . . Ta waeth, dipresd ydi'r peth ola ydw i. Dwi'n meddwl mai wedi fy weindio efo cyffro ydi'r disgrifiad agosa o sut dwi'n teimlo.

Roedd hi'n chwithig dweud ta ta wrth Cat bore 'ma. Roedd hi'n crio wrth feddwl am 'y ngadael i, oedd yn ofnadwy achos fedrwn i ddim dod o hyd i'r dagrau yng nghanol fy nghyffro. Ac wedyn ro'n i'n teimlo'n gymaint o hen sguthan galed . . . O diar.

Beth bynnag, wedi i Cat a'i hygs a'i dagre gychwyn fyny'r A470, ac wedi gwneud addewid i'w ffonio hi bob dydd a chael dwbwl yr hwyl drosti hi, ond nid dwbwl yr alcohol, es i drwy fy wardrob neis Ikea o ddillad tila er mwyn trio ffeindio rhywbeth i'w wisgo ar gyfer fy niwrnod cynta yn y gwaith, a 'nghyfarfod efo Eleri'r bos.

O fewn munud roeddwn i'n chwys domen dail, yn bustachu a straffaglu efo holl gynnwys fy wardrob. Roedd fy nghlunie fel rhai bustach yn fy siwt Oasis (y siop ddillad y tro yma, nid y band), roedd y ffrog ddu Jigsaw yn rhy smart, fy jîns gwyrdd Warehouse ddim digon smart, rhyw staen hynod amheus mewn lle anffodus ar y sgert hir lliw rhwd sy'n cau efo botyme pren lawr y blaen – meddwl (gobeithio) mai saws carbonara . . . y sgert ddu yn rhy fyr a'r top piws yn dangos clifej fase Melinda Mesenjer yn falch ohono fo. Ro'n i'n dechre anobeithio oherwydd bod pob dilledyn yn fy meddiant yn gwneud i mi edrych naill ai fel hen nain, swmo reslyr neu butain. Ugain munud cyn y cyfarfod, a finne'n dal i fod yn fy nghoban, daeth Bev i mewn, gan ddatgan: 'Taswn i ddim yn gwybod yn well, mi faswn i'n amau dy fod di wedi cael noson o mad pash neithiwr'. Tarodd gipolwg ar y top oedd wedi landio ar y lamp wrth ymyl y gwely a thwt-twtian. Dwi'm yn siŵr ai 'mlerwch i ynteu label comon Dorothy Perkins oedd testun y twtian, ond beth bynnag oedd o, penderfynodd Bev gymryd yr awenau.

'Mi ffeindia i rywbeth, cariad. Er, dwi'n amau y buasai'r *crowd* wyt ti'n mynd atyn nhw yn gwybod y gwahaniaeth rhwng River Island a Ribeiro.' Nes i drio chwerthin fel petawn i'n deall y jôc. Jest gobeithio bodd y *crowd* dwi'n mynd atyn nhw'n siarad fel pobol go iawn ac nid fel peiriant PR . . .

Felly mewn siwt Joseph steilish mi stryties i fy stwff heibio eglwys dlos St John ar waelod y ffordd, wedi ei gosod yn daclus mewn rowndabowt bach del, ac i lawr Cowbridge Road a swyddfeydd Chwip.

Eleri ei hun ddaeth at y drws, yn glên a chroesawgar. Er, mi sylwes i iddi sbïo arna i o 'nghorun i'n sawdl. Ddim yn siŵr ai cwestiynu ynteu canmol fy chwaeth oedd hi wrth godi un ael . . .

Ro'n i'n disgwyl y bydde'r lle'n llawn dop o bobol fel roedd o pan ddois i i'r cyfweliad cyn 'Dolig, ond mae'n debyg bod y ffilmio yn y gogledd wedi mynd ymlaen yn hirach na'r disgwyl, a phawb yn gweithio yn fan'no. Beth bynnag, ar ôl sgwrs am setlo mewn, cyflog (£14,000 y flwyddyn!) ac orie gwaith (naw tan bump ond efo addewid i fod yn 'hyblyg' – 'na i fod yn dybyl jointed am y cyflog yna), arwyddais y cytundeb yn bwysig i gyd. Cyn i'r inc sychu, gwahoddodd Eleri fi i gyfarfod yr unig un arall yn y swyddfa ar y pryd, sef y cynhyrchydd y bydda' i'n gweithio efo fo. A gès pwy?

O am i'r llawr agor o 'mlaen neu iddo fo golli ei go', meddyliais. Achos pwy ydi'r cynhyrchydd hwnnw? Neb llai na Mistar-pop-star-drodd-yn-actor-drodd-yn-hen-gripsyn-'sglyfaethus-yn-y-Landsdowne. Bleddyn Booth.

Ro'n i'n teimlo fy hun yn cochi nes bod fy ngwyneb bron â ffrwydro. Cyfarwyddwr ydi Bleddyn Booth rŵan, tu ôl i'r camera ac nid o'i flaen erbyn hyn; a fi fydd ei ymchwilydd o, neu 'yr un fydd yn gweithio agosa ato fo,' chwedl Eleri. Siŵr bod Eleri'n dechre ame be ddiawl oedd hi wedi ei gyflogi a finne yno'n biws fel bitrwtsen, yn chwysu a checian. Ond roedd y diawl Bleddyn yn gwybod yn iawn be oedd o'n 'i neud achos ar ôl i Eleri fynd a fi am dro rownd y swyddfeydd (sgleini, trendi, bagie ffa a dodrefn ffynci), roedd o'n aros amdanon ni. Cynigiodd fynd â fi am baned 'i ddod i adnabod ein gilydd yn well'. Wel, allwn i ddim gwrthod na 'llwn, o flaen Eleri a phob dim, felly gan drio rheoli'r cecian atebais mewn llais bach gwichlyd, 'Mmm. 'Se hynne'n lyfli, diolch'.

Diolch i Dduw, fel roedden ni'n gadael Chwip a finne â 'nghalon fel y plwm yn meddwl am orfod cael fy ngweld yn gyhoeddus efo'r llysnafeddyn, a phobol yn rhoi dau a dau at ei gilydd a meddwl ein bod ni'n dau yn . . . o ych. Beth bynnag, achubiaeth! Dyma ni'n taro mewn i ddau foi y tu allan i'r swyddfa. Dau foi del. Iawn.

'Hei Bledd, iawn boi?' meddai un, gan gadarnhau eu bod nhw'n amlwg yn nabod Mr Malwen a bod y siaradwr hefyd o dir y gogledd. Hwrê! Wedi chydig o siarad siop, y ddau foi'n edrych yn chwilfrydig arna i ac yn ôl ar Bleddyn, a finne isho mynd 'Na! 'Di o ddim be dech chi'n feddwl', cofiodd Bleddyn o'r diwedd fy nghyflwyno i i'r ddau a chynnig iddyn nhw ddod efo ni am baned.

Mae Hattie's, neu Fattie's fel maen nhw'n ei alw, reit gyferbyn â'r gwaith. Rêl llieiniau bwrdd sticipa sôs coch rhad o le, ond yn ôl be oedd pawb yn 'i ddweud heddiw, dyma'r lle am bytis bêcyn i fwydo hangofyrs a thost unarddeg efo paned, a brêc coffi a ffags, a hel clecs am bobol – mewn geirie eraill, ail gartre i griw'r swyddfa.

O ie, y ddau. Siôn oedd y gog, boi reit fyr, llygi'd tywyll, clên, a'r llall, dim syniad be 'di 'i enw iawn o, ond cyflwynodd ei hun fel Mês, felly Mês fydd o am wn i. Tal, gwallt cyrliog gole, del. Del. Y ddau yn hŷn na fi o dipyn dwi'n meddwl. Ugeinie hwyr? Tri deg hyd yn oed? Y ddau yn ymddangos yn hogie iawn a dweud y gwir – gobeithio y bydda i'n gwneud tipyn efo nhw yn y gwaith. Yr unig rai dwi wedi eu cyfarfod hyd yn hyn ydi Bev sydd, wel, Bev ydi Bev; Eleri, sydd yn fos a dyna'r cwbwl fydd hi ma' siŵr a Bleddyn sy'n un sach o sleim, felly roedd cwrdd â phobol normal, go iawn yn chwa o awyr iach. Mae'r ddau yn dipyn o bishis, os mai dyna ydi lluosog pishyn, ac mi faswn i'n gallu eu bachu nhw i un o'r merched . . . heblaw am Mer (sy'n barod wedi bachu un o'r yp-and-cymings yn y BBC, wrth gwrs), a Siw sy'n swnio'n rhy brysur yn Llundain i feddwl am hel dynion. Ma' Hel yn rhy bell yn Abertawe . . . falle bydd raid i mi drio fy lwc fy hun felly!

Ma' Mês yn foi sain a Siôn yn foi camera, ffrîlans yn ôl be ro'n i'n ddallt felly'n mynd a dod yn dibynnu ar y cynyrchiade. Ond er mor neis oedd cwrdd â phobol normal, sôn am deimlo'n chwithig: iste'n fan'no fel ryw lemon yn siwt Joseph posh Bev, yn yfed coffi allan o fwg craciog efo hogie cŵl mewn sgidie go iawn a jympyrs gaea' mawr. Lle oedd fy meddwl i bore 'ma? Cwmni teledu dinesig ffynci, a finne'n landio yno yn edrych fel rhywbeth o *LA Law* . . . ac i wneud pethe'n waeth, collodd Mês chydig o goffi ar goes y trowsus, ac ymddiheuro. Finne'n dweud wrth fo am beidio poeni, ac yn bradychu hynny trwy rwbio'n wyllt efo hances bapur. I wneud iddo fo deimlo'n well ddwedes i wrtho fo nad f'un i oedd hi beth bynnag, mai un o wardrob lawn Bev, fy landledi, oedd hi.

'O – ti'n trio gwneud i mi deimlo'n waeth?' medde fo, a diflannu i nôl gwydraid o ddŵr i drio codi'r staen.

Pan ddaeth o'n ôl, gorchmynodd: 'Reit! Trowsus i ffwrdd dwi'n meddwl . . . Ti'n lot rhy ddel i wisgo fel dy nain beth bynnag!' Roedd y tri ohonyn nhw'n chwerthin ar fy mhen erbyn hynny. Ro'n i'n teimlo 'ngwyneb yn biwsgoch, ac yn cicio fy hun bod yr hen arfer gwirion o gochi yna yn dal gen i fel taswn i'n ddeuddeg yn hytrach na dau ddeg dau.

'Jôc!' medde Mês, yn amlwg wedi sylwi 'mod i'n cywilyddio. 'Jest dweud wrth Bev am gadw'i dillad hen gant iddi hun, ie? . . . Hen *gant* ddwedes i!' ychwanegodd, pan welodd fy ngwyneb syn.

Beth bynnag, wrth adael Hatties ffarweliodd pawb tan ddydd Llun, yn y *gwaith*. O! Am ecseiting!

Rois i ganiad i Mer a Siw heno – bu lot o sgrechian a gaddo, gaddo trefnu cwrdd yn fuan. Roedd y ddwy ar eu ffordd allan, i ryw far cŵl. Mi gofies i nodi'r alwad, i le a'i hyd, yn y llyfr bach wrth y ffôn, fel roedd Bev wedi egluro. Dwi'n mynd i drio gwario cyn lleied ag y medra i ar alwade ffôn wir – pethe llawer mwy cyffrous i wario arnyn nhw! Mae'r pres nes i yn y Lion dros yr hydref a'r gaeaf yn llosgi yn y banc, y llyfr siec yn barod yn fy mag a phenwythnos o chwilota siopau'r ddinas o 'mlaen. Hwrê!

Dydd Sadwrn, 11 Ionawr – 5pm

Hogie bach. Dwi'n meddwl mai 'retail therapy' maen nhw yn ei alw fo, a dyna'r therapi gorau i mi ei gael ers hydoedd. Dwi'm yn meddwl i mi wario gymaint a hynne ar ddillad mewn tair blynedd o goleg. Roedd y nosweithie o ddiodde hen ddynion bochgoch chwyslyd yn glafoerio dros y bar a siarad efo 'mronne yn y Lion yn werth bob ceiniog – roedd gen i gelc go lew. Ie, erbyn hyn, *oedd* ydi'r disgrifiad mwyaf addas. Efo geirie Mês yn fy nghlustie – ti'n rhy ddel i wisgo fel dy nain – i ffwrdd â fi i'r dre ben bore.

Ro'n i wrth fy modd yn siopa ers talwm a dilyn ffasiwn merched cŵl a thudalenne *Cosmo*, ond be sy'n digwydd i rywun yn coleg deudwch? Gyrhaeddes i'r Normal yn denau, yn jogio'n ddyddiol, yn trio rhyw lun ar fyta'n iach, a gadael dair blynedd yn ddiweddarach wedi ennill gradd tafarn, dwy stôn a 'neiet wedi ei gyfyngu i bot nŵdl a bechdane ffish ffingyrs. Ac wedi colli unrhyw arlliw o synnwyr ffasiwn. Y trowsus glana a'r top agosa fu hi am dair blynedd.

Roedd hi'n braf cerdded i'r dre ar hyd Cowbridge Road eto. Dwi wrth fy modd yn cerdded yn y gaeaf – llond ysgyfaint o awyr iach, oer, nes mae o bron yn brifo. Er bod yr awyr yma yn llai iach nag awyr Cefn Llwyd, dwi'n dechre dod i arfer efo fy mhatch erbyn hyn: troi i'r chwith heibio pen Cathedral Road, cerdded dros y bont a gyda walie'r castell, a sylwi am y tro cynta ar yr anifeiliaid carreg a'u llygaid pefriog yn llechu tu ôl i dyrau'r brig. Heibio'r Angel urddasol ar y gornel ac i lawr Castle Arcade. Roedd fan'no'n gwegian gyda phobol yn mynd a dod a'r siopau i gyd yn fach a difyr – siop crysau T, recordiau, lle torri gwalltiau, a'r caffi lleia'n y byd wedi ei wasgu i mewn i dwll dan staer, ac arogl garlleg a nionyn hyfryd yn lifo ohono i gyfeiliant cerddoriaeth glasurol. Roedd rhesiaid o bobol yn ciwio wrth ffenest fechan, wedi eu denu gan yr arogl bendigedig. Doedd gen i ddim amser i giwio, ond angen bach o gynhesrwydd, felly siocled poeth a llond llaw o farshmalows ar ei ben yn y Celtic Cauldron gyferbyn amdani. Picio i'r siop bapur ar y gornel wedyn i fachu copi o *The Face*, efo Stella Tennant noeth yn edrych yn big ond gorjys ar y clawr. Ro'n i'n difaru ei brynu wedyn – gan ei fod yn 200fed rhifyn ac fel beibl o drwm – a finne isho gwibio'n chwim rownd y siope. Er mor ddifyr oedd y sgwrs rhwng Sean Ryder ac Irvine Welsh, roedd gen i lot o waith siopa, a'r pres yn llosgi gormod i ymgolli.

Siop I Claudius gynta, lle brynes i gôt sgleiniog ddu ddybyl brested a chael fy nhemtio yn ofnadwy gan got swêd £200 cyn callio. Ymlaen wedyn i lawr yr arcêd a dod allan y pen arall ar St Mary Street. Wrth fynd i lawr heibio'r banciau, ddois i wyneb yn wyneb â'r lle dwi'n gwybod y bydda i yn ei d'wyllu yn ddeddfol. Howells. Haleliwia!

Dechreuodd fy nghalon guro'n gynt o'r funud y tarodd y don siop-brysur-boeth yne 'ngwyneb i, ac roedd y sŵn, yr arogl a'r prysurdeb yn hectig. Degau o gownteri colur, sentiach a phethe croen cyn belled ag y gwelwn i. I'r chwith roedd rhesi o fagie llaw wedi eu gosod fel gweithiau celf ar silff ar ôl silff, a golwg pris gweithiau celf arnyn nhw hefyd. Roedd grisie symudol enfawr yn cario rhesi o bobol raenus efo cotie gaea' drud a gwalltiau sgleini, yn llwythog efo bagie siopa. Cyn i mi hyd yn oed gael fy ngwynt ataf, llamodd hogan oedd yn grempog o ffowndeshion amdana i efo tosturi yn ei llais a phamffled yn ei llaw.

'Okay love? Want to win a limited edition Chanel Night Sky Nail Po-lish?All you have to do is sign there on the dotted line and purchase fifty pounds' worth of Chanel skincare? What's you skin tone, bach? Dry is it? Combination? Well, I've got just the thing for you. This will replenish your skin. Let's see your hand bach. See? Lush innit.'

A finne wedi arfer efo acenion posh a wynebe caled merched cownteri Browns Caer, roedd acen glên y Cymoedd mor agos atoch chi . . . nes iddi lansio i spiel y gwerthu, ac yn sydyn ro'n i mewn trobwll o eiriau dieithr am fod mewn brwydr â natur, a chyn i mi allu dweud Ciel de Nuit ro'n i 'di gwario £65 ar hufen a thonyr Chanel ac wedi ennill, ie ennill, nêl farnish limited-edition Chanel sy'n werth ffortiwn mae'n debyg, yn ôl y ferch siaradus. Bargen. Bargen?

Ond wnaeth hi ddim stopio'n fan'no. Doedd gen i ddim siawns pan ddechreuodd hi sôn am stôrcard . . . ac erbyn i 'nhraed gyrraedd yr esgylêtyr roedd gen i gardyn newydd yn rhoi'r hawl i mi wario hyd at ddwy fil o bunnoedd yn ddi-log . . . am fis. Fyny i'r llawr cynta â fi, ac yn y ddau ddrych o bopty'r grisie roedd 'na hogan fochgoch efo sêr yn 'i llygaid a llond llaw o fagie bach plastig. Ac ar y llawr hwnnw y digwyddodd y gwario-bagie-mawr. Oasis, Warehouse, Ted Baker, French Connection – i gyd yn llifo i mewn i'w gilydd a'r dillad i gyd yn gwenu arna i a wincio ar y stôrcard newydd.

Yr eiliad hon, o ganlyniad, mae fy wardrob Ikea yn orlawn! Dwi'n methu peidio'i hagor hi bob hyn a hyn i sbïo ar y rhesied o ddillad yn hongian yna'n ddel. Dwi erioed wedi bod yn berchen ar gymaint o ddillad mor neis na mor ddrud.

Y peth gore ydi y ca' i gyfle i wisgo rhai ohonyn nhw'n nes mlaen heno 'ma. Hwrê! Pan welodd Bev y nêl farnish mi gafodd hi haint a'i gipio o fy llaw.

'Ciel de Nuit? Oh. My. Giddy. Aunt. Ti'n *gwybod* faint o waiting list sydd am hwn?' gofynnodd, yn swnio chydig bach yn wallgo. Rhestr aros am nêl farnish? Ro'n i'n meddwl ei bod hi'n tynnu 'nghoes.

'Sut gest ti afael arno fo? Sut?'

Wel, o weld y ffasiwn ddesbyrêshyn am ffasiwn, doedd gen i ddim dewis ond ei roi o iddi. A dwi erioed wedi gweld cymaint o ecseitment am botel mor fach. Rhoddodd hyg fawr ddramatig i mi, a 'ngwasgu'n dynn fel taswn i wedi cynnig fy nghidni iddi.

'O . . . Sut alla i ddiolch i ti, cariad? I know, noson allan. Heno. Ti a fi. Pryd o fwyd. O, a David . . . Ddyle fo gyrraedd unrhyw funud.'

Ro'n i'n eitha ecseited nes iddi sôn am David. Y cariad. Bancar yn Llundain. Heb ei gyfarfod eto, a dwi'n siŵr ei fod o'n foi iawn a bob dim, ond dwi ddim rîli mewn mŵd bod yn gwsberen, nag mewn mŵd pryd o fwyd. Fase'n well gen i grôl o gwmpas bariau swnllyd canol y dre, ond alla i ddim gwneud hynny ar fy mhen fy hun na'llaf? Duwcs, bwced o win a fydda i ddim hyd yn oed yn ymwybodol fod David yn bod. Reit. Amser i agor y wardrob hud.

Dydd Sul, 12 Ionawr – Rhywbryd ddiwedd y bore. Methu gweld y cloc. Pen yn brifo gormod.

Mi ddweda i'n union be wisges i neithiwr . . . achos roedden nhw'n dal amdana i tan gwpwl o orie'n ôl. Cords glas tywyll, tynn ar y top yn mynd allan fel fflêrs ar y gwaelod. Blows frown dryloyw efo'r blode brodwaith delia welsoch chi erioed a bra du ffynci efo strapie plastig oddi tano. Ac roedd fy sgidie newydd swêd efo'u gwadne rybar tew yn dal am fy nhraed hefyd.

Ar soffa (wen!) Bev ddeffres i, efo gwydraid llawn o win ar y bwrdd coffi o 'mlaen, ashtre glân efo un sigarét heb ei thanio ynddo fo, a'r dyddiadur yma ar agor ar dudalen wag ar fy nglin a beiro yn dal yn fy llaw! Diolch byth 'mod i wedi deffro cyn i Bev a David ddod o hyd i mi wir – fase hynne wedi rhoi argraff anffodus mor gynnar yn fy nhenantiaeth. A dwi'm yn meddwl bydd Bev yn gwerthfawrogi cael smociwr yn ei thŷ heb sôn am stafell fyw ddrewllyd, fygylyd y peth cynta ar fore Sul – a finne wedi dweud nad oeddwn i'n smocio. Wel, yn swyddogol, Mer ddwedodd nad oeddwn i'n smocio . . . Beth bynnag, mi neidies i fy mhijamas a rhoi naid arall i 'ngwely'n reit handi – dim syniad faint o'r gloch oedd hi ond roedd hi'n dechre goleuo a goleuadau'r stryd tu allan wedi diffodd . . .

Godes i gynne – jest yn ddigon hir i faglu i'r siop gornel am amrywiaeth o hylifau siwgr-llyd a pharasetamols, ond wedi gorfod ildio a chropian nôl i 'ngwely efo bwced o de melys, jwg o ddŵr, potel lwcosêd a chan o Coke. Tase gen i ddrip a nodwydd, faswn i ar hwnnw hefyd achos dwi'm yn meddwl y bydde llond Llyn Tegid o ddŵr yn ddigon i gael gwared o'r teimlad ffiaidd mai ffeil ewinedd ydi 'nhafod a thywod ydi mhoer.

Rhyw dro yn y pnawn

Mae 'na rhyw awr wedi mynd heibio a dwi'n llipa a llonydd ond yn methu cysgu. Ar fin cnocio wal yr hogan / hogyn drws nesa sydd jest yn *gwybod* bod pob symudiad, pob smic yn hollti 'mhen yn ddau. Y dewis o gerddoriaeth heddiw, allan o hen sbeit, ydi 'Barbie Girl'. O Dduw, anfon fellten, jest un neith tro, i chwalu ei chwaraeydd CD felltith. Plîs.

Be ddigwyddodd neithiwr? CAERDYDD ddigwyddodd neithiwr! Bev benderfynodd mai am bryd Eidalaidd y dylen ni fynd ac i ffwrdd â ni'n tri i ben y dre o Cowbridge Road i La Lupa. A hithe i fod yn noson allan arbennig ro'n i'n disgwyl rhywbeth mwy fflashi na jest pryd o fwyd Eidalaidd rhaid dweud. Roeddwn i mewn dillad newydd a dinas newydd, ac isho bod yn rhywle chydig yn fwy cyffrous ar nos Sad i fod yn onest . . . yn enwedig a ninne wedi pasio o leia dair tafarn fywiog, swnllyd a myglyd. Ond roedd La Lupa'n hyfryd, yn gartrefol ac yn draddodiadol, a'r hen Eidalwr yn ein croesawu'n glên â winc na fydde neb arall wedi cael getawê efo hi. Waliau brics coch, cerddoriaeth Eidalaidd, golau isel, arogl melys garlleg a thoes a physgod yn coginio yn tywallt o'r twll bach rhwng y gegin a ninne.

A 'nhafod allan fel ci ar ddiwrnod cneifio, be wnaeth David? Archebu dŵr i bawb 'while we peruse the wine list'. Ro'n i isho dweud wrtho fo: 'O jest ordra unrhyw win, unrhyw liw, cyn belled â'i fod o dros 10% prŵff, fyddan ni'n champs,' ond dim ond gwenu wnes i.

Hanner awr wedyn a'r gwin byth 'di cael ei archebu a finne ar dagu, pwy gerddodd heibio'r ffenest ond Siôn a Mês. Welais i Siôn yn edrych i mewn wrth basio a diflannu, yna camu'n ôl, ymddangos eto ac amneidio ar y lleill i stopio. Roedd 'na hogan efo nhw, hogan dal, dlos o'r cip ges i arni, cariad Mês ma' raid. Arhosodd y ddau ohonyn nhw tu allan ond daeth Siôn i mewn.

'Iawn del?'

Wedi i bawb gael eu cyflwyno i'w gilydd, gofynnodd Siôn a oedden ni awydd cwrdd â Mês a fynte yn y dre yn hwyrach. Mi faswn i wedi hoffi neidio ar 'y nhraed a gadael y David diflas i beriwshio'r rhestr win, ond fasa digio fy landledi yn syth bin ddim yn gam doeth, felly wedi i Bev a David ddweud nad oedd ganddyn nhw unrhyw fwriad o fynd ymlaen i nunlle ar ôl La Lupa, mi gytunes i'n llawen i gwrdd â Siôn a'r criw wedyn. Mae gan Siôn fobeil ond 'sgen i 'run, felly mi wnaethon ni drefniant i gyfarfod yn y Four Bars Inn ger y castell am han'di naw.

Wedi hynny, doedd gen i ddim mymryn o fynedd aros i fwyta pryd o fwyd a gwrando ar David yn traethu am Lundain a'i swydd newydd yn Morgan Stanley, y swyddfeydd anhygoel yn Cabot Square a datblygiad Canary Wharf. Dim bwys am hynny! Mae'n nos Sad!!

Mae o a Bev yn gwpwl rhyfedd. Mae hi'n gymaint o gyfuniad o ffug-bosh a gonestrwydd Cofi, ond efo fi mae hynny. Mae'r crandrwydd gwirion 'ma'n cymryd drosodd go iawn pan mae hi efo David. Ro'n i'n meddwl mai Yncl Arwel oedd yr unig ddyn yn y byd oedd yn dal i wisgo sbortscôt, ond dyna oedd rigywt David heno 'ma, a hynny efo crys dydd Sul sdreipiog. Wedi dweud hynny, mae 'na ochor reit ddeniadol i rhen Ddefi – mae o yn *lôded*. Mae'r lwmp o watchis his 'n' hers Omega ar eu garddyrnau, a'r Porsche 911 GTi tu allan i dŷ Bev yn dyst i hynny. Dal ddim yn dallt pam fyse cariad i rhywun felly angen lojar . . .

Beth bynnag, mi rawies i'r bwyd i lawr fy nghorn clag, llowcio'r Chianti Special Reserve neu beth bynnnag archebwyd yn y diwedd, gadael tenar ar y bwrdd ac i ffwrdd â fi am sbri go iawn.

Roedd ffenestri'r Four Bars Inn wedi stemio, y miwsig yn

lot rhy uchel a'r gole'n lot rhy llachar, ond mi welais Siôn a Mês yn syth. Cododd Siôn pan welodd o fi a dod ata i, gafael yn fy llaw a mynd â fi at y bar fel taswn i'n hogan fach ar goll. Roedd ei lygaid o fel dwy farblen yn barod, a mynnodd 'mod i'n downio dwy shot tecila wrth y bar ('chydig o ddal fyny i'w neud faswn i'n dweud, del'). Ac mi ges i ddangos ffrwyth tair blynedd o ymroddiad ac ymarfer caled coleg – dwi'n gallu llyfu'r halen, downio'r stwff ffiaidd a sugno'r sleisen lemon heb guchio na throi trwyn, mewn llai na thair eiliad, dim jôc. Dwi wedi teimio fy hun efo stopwatch cyn hyn. Roedd Siôn wedi rhyfeddu gymaint, roedd o isho gwers, felly aeth hi'n un arall, ac un arall ac yn fuan iawn, iawn ro'n i mewn hwylie am barti.

Roedd cariad Mês, Alwen ydi ei henw hi, yn hollol hongian, ond yn dal i edrych yn stunning. Tase gan Gwen Stefani wallt melyn naturiol a Chymraeg Llanbed (hanner ffordd yna efo enw fel Gwen) yna Alwen fase hi. Slyriodd hi 'shwmai' a sbïo arna i drwy un llygad oddi ar lin Mês. Mi fydda i'n gweithio efo hi, yn ôl Siôn; mae hi'n ymchwilydd ac is-gynhyrchydd efo Chwip.

Beth bynnag, ymhen chydig, ymlaen â ni rownd y gornel, i lawr Womanby Street i Glwb Ifor Bach, yn syth heibio i'r ciw efo nod gan y ddau fownsar. Roedd o'n amlwg yn nabod y tri yn reit dda. Wel dyne focs chwys go iawn. Roedd y sŵn, y mwg a'r hogle mwynhau yn taro fel ton wrth i mi gerdded i mewn i'r llawr gwaelod a phawb yn clebar yn ddi-baid dros y gerddoriaeth uchel. Ges i sbec ar Gareth Potter yn y blwch DJ bychan, ac roedd llond yr hances boced o lawr dawnsio o bobol yn bopian i 'Ffynci Brenin Disgo' Diffiniad – a hogie Diffiniad eu hunen yn yfed rownd un o'r byrddau crwn, oedd chydig bach yn bisâr! Roedd sgyrsie pawb yn mynd yn uwch ac uwch, wynebau'n mynd yn fwyfwy chwyslyd a choch a'r pynciau trafod yn mynd yn wirionach a gwirionach . . . Roedd mynd at y bar fel trio gwthio drwy sgrym o geseiliau chwyslyd, siacedi lledr a ffags, a fues i ddim yn hir yn ffeindio bod chydig o ffug-fflyrt yn gwneud gwyrthie! Dwi'n cofio gadael i ryw hogan roi lipstig coch arna i yn y toilets bach, bach; dwi'n cofio dawnsio (a tydw i BYTH yn dawnsio). Dwi'n cofio meddwl 'mod i yn uffar o gês yn gofyn i Gareth Potter oedd ganddo fo unrhyw beth gan Clustie Cŵn yn ei focs recordie, a meddwl wedyn y base fo hyd yn oed yn fwy hilariws rhoi perfformiad o 'Byw yn y Radio, Meddwl yn y Radio' iddo fo (o diar!). Tase fo ddim mor glên a finna ddim yn hogan, dwi'n siŵr 'swn i wedi cael slap . . . ac wedyn aeth pethe chydig bach yn niwlog mae'n rhaid i mi gyfadde. Dwi'n cofio wynebe Siôn a Mês ac Alwen a rhyw foi moel oedd yn trio dynwared fy acen i, ac ambell wyneb arall . . . a dim llawer mwy. Dim byd am ddod adre na thywallt gwydraid o win yn waraidd ddigon i mi fy hun, na phenderfynu cael ffag a sgwennu hwn . . . es i'm yn bell iawn efo 'run ohonyn nhw.

Ond nefoedd yr adar, dwi'n talu'r pris heddiw. Dwi'n wan fel brwynen ac yn grynedig fel jeli. Rhaid i mi fynd . . . mae'r feiro ma'n rhy drwm.

Dydd Llun, 13 Ionawr

Noson erchyll o gwsg neithiwr, a hynny cyn fy niwrnod mawr cynta o waith heddiw. Dwn i ddim sawl gwaith y gwnes i ddeffro yn llymed o chwys a 'nghalon yn curo fel gordd, yn siŵr 'mod i wedi cysgu'n hwyr a methu fy arholiad lefel A Saesneg. Yr hen freuddwyd ffyddlon honno fydd yn dychwelyd dro ar ôl tro pan fydda i dan bwyse. O gofio mai teirawr o gwsg ges i nos Sadwrn, a diwrnod mor llonydd a hyngofyr ges i ddoe, doedd gen i ddim siawns.

Roedd fy hen dric artaith yn agenrheidiol bore 'ma –

cawod ugain munud gan droi'r dŵr yn oerach ac oerach nes ei fod yn rhewi – ac ym Mhower Shower Bev, sy'n edrych fel lifft efo'r holl fotyme, dyna un o'r sesiynau dadebru gore dwi erioed wedi'i chael. Bu bron i mi ffrwydro allan o'r gawod, deifio i mewn i 'nillad a sgŵt i lawr y ffordd i Chwip . . . ar gyfer fy niwrnod cynta yn y gwaith.

Wrth gamu i'r swyddfa ro'n i mor falch bod Mês wedi bod mor gas a 'ngalw i'n nain, a gwneud i mi ailfeddwl am ddilyn steil Bev, achos mae'r rhain yn griw trendi a dweud y lleia. Dim siwt na sodle yn unman. Jînsus drud, trainers drytach a thopie cŵl ydi'r iwnifform yma – a dwi mor falch 'mod i wedi cael sbri yn y siope dydd Sad. Dwi'n ryw fath o ffitio i mewn i'r ddelwedd, mewn jîns a thop French Connection.

Mae Fal sy'n gweithio yn y dderbynfa – rŵan dwi'n dallt pam mai Y Dderbynfal sydd ar yr arwydd – yn fyr efo gwallt sgleiniog syth a ffrinj dros ei llygaid. Er hyn, mae'n gweld a chlywed popeth.

'Lle mae batris i Comrex fi, Fal?'

'Di'r ffôns 'di chargio, Fal?'

'Y stiwdio 'di bwcio ar gyfer bore fory, Fal?'

A tydi'r ffaith ei bod hi ddwy droedfedd yn fyrrach na'r lleill yn effeithio dim ar ei gallu i ddal ei thir yn ôl be weles i heddiw.

'Nest ti sortio'r parking fine, Fal?'

'Sortia dy soddin parking fine dy hun, mate. Na i charge-io batris ti, bwcio hotels ti a heirio fans ti, ond gallwch chi i gyd weipo your own arses a talu your own parking fines. Get it, gw' boi?'

Wedyn mae Eleri, y bos, ac mae 'na linell amlwg rhyngddi hi â'r gweddill. Mae hynny'n amlwg oddi wrth ymddygiad pawb, hyd yn oed Siôn, sy'n dipyn o geg, o'i chwmpas. A'r Bleurgh-ddyn Bleddyn wrth gwrs, yn llysnafeddu o gwmpas y lle – ond mae pawb i'w gweld yn ei drin yn ddigon ysgafn, felly falle'i fod o'n ddiniwed yn y bôn.

Pwy arall? O, Alwen, cariad Mês. Mae hi'n lyfli, ac yn gallu siarad mewn brawddegau llawn heddiw! Hogan o Lanbed ydi hi, ond ches i ddim cyfle i siarad llawer efo hi. Hi sy'n is-gynhychu'r gyfres y bydda i'n gweithio arni, ac wedi dechre ar y gwaith yn barod.

O ie, gwaith! Dwi ddim wedi sôn am hwnnw, nachdw? Mi gawson ni 'gyfarfod tîm' heddiw. A finne'n disgwyl i bawb eistedd rownd bwrdd ffurfiol ar gyfer cyfarfod tîm, ymlwybrodd pawb i gornel y swyddfa a gollwng eu hunain ar y bagie ffa a'r clustogau mawr. Yn fanno hefyd mae 'na hen beiriant jeli bîns fel yr un oedd ar wal steshon trên bach Llan ers talwm, ac felly, efo pawb yn gwledda a gorweddian, y ces i fy nghyflwyno i bawb gan Eleri fel aelod diweddara'r tîm, am naw mis beth bynnag.

Fel ffrîlansyrs, mynd a dod yn ôl y galw mae Siôn a Mês mae'n debyg, ond mae Alwen ar staff y cwmni. Felly hefyd Daisy, neu 'Duke' fel mae pawb yn ei galw hi. Mae hi'n eitha presenoldeb – yn fer, wedi ei chreu ar ddelw big bêl 'swn i'n dweud – ac yn un gasgen galed. Tydi ei sbectol sgwâr goch na'i gwg naturiol yn meddalu dim arni, nac ychwaith ei hiwnifform o drowsus combat a bŵts. Ond pan agorodd ei cheg, ges i ffasiwn sioc! Gofynnodd yn y llais bach mwya addfwyn mewn llond ceg o acen 'Bertifi: 'Ti'n *ocê* bach? Mae fe'n newid mowr on' dyw e? Job newi, symud i fyw . . . nawr os o's ishe *unrywbeth* arnot ti, jest gwêd, okay? Na' i drial 'y ngore i helpu. A phaid cymryd dim nonsens 'da neb,' amneidiodd y tu ôl iddi tuag at Bleddyn, 'na nonsens oddi wrtho hi lan lofft,' sef swyddfa Eleri ar y trydydd llawr.

Beth bynnag, y job. Mi fydda i'n gweithio ar gyfres o'r enw *Cymry am Byth*? – cyfres yn edrych ar fywyde, syniade a

dyheuade Cymry ifanc heddiw a beth, os unrhywbeth, y mae'r
iaith yn ei olygu iddyn nhw.

Dwi'n edrych ymlaen – fy ngwaith i fydd ffeindio
pobol ifanc, gwneud cyfweliadau efo nhw a dewis rhai addas
i gael eu ffilmio. Ei-dial ddweda i. Cwrdd â lôds o bobol
ifanc, ddifyr, siarad lot, cymryd rhife ffôn a chysylltu â'r rhai
dwi â diddordeb ynddyn nhw. Chydig bach fel unrhyw nos
Sad!

Amser cinio aethon ni gyd i Fattie's am sgram lle bu lot o
dynnu coes. Fy nghoes i yn benna. Falle nad oedd bod yn chwil
ulw yng Nghlwb Ifor y peth gorau i'w wneud yng nghwmni'r
bobol dwi'n trio eu darbwyllo 'mod i'n berson proffesiynol,
cydwybodol . . . ond mi ges yr argraff nad oedd rhoi rhywun
mewn tacsi efo ffeifar a chyfeiriad i'r gyrrwr yn beth
anghyffredin o gwbwl. Un peth yn gyffredin rhwng Bala,
Bangor a'r Brifddinas felly. Hei ho.

Dydd Mawrth, 14 Ionawr
Rhywbeth i f'atgoffa fy hun 'mod i wedi byw ydi'r dyddiadur
yma, yn ôl Cat. Tybed be fydda i'n ei feddwl wrth ei ddarllen
ymhen blynyddoedd, a tybed be fydd ynddo fo erbyn diwedd
y flwyddyn? 'Se'n braf cael botwm fast forward yn byse? Jest
er mwyn cael cip arna i fy hun yn dri deg, yn bedwar deg, pum
deg, chwe deg. Mae'n siŵr y baswn i'n rhoi stop yn syth ar y
nosweithie hwyr, y cwrw, y ffags a ffrïo yn yr haul taswn i'n
gweld i'r dyfodol . . .

A faswn i'n bendant ddim wedi mynd i'r pyb erbyn chwech
fel heddiw. Alwen gynigiodd, fel roedd pawb yn dechre troi eu
cyfrifiaduron i ffwrdd a hel eu pac am y dydd. 'Peint? 'Ych chi
ffansi?' Yn sydyn bywiogodd pawb drwyddynt, yn bachu am
handbags a lipstics a chotie, ac roedd hi'n neis a dweud y gwir,
plannu trwy'r glaw a'r oerfel i gynhesrwydd y King's Castle –

hen dafarn urddasol ddi-gimic, strêt ar gornel Cowbridge Road – tafarn yfed go iawn.

Ddwyawr yn ddiweddarach a llond bwrdd o boteli Budweiser a gwydre Guinness gweigion ac ashtrés yn gorlifo o lwch a sdwmpie, ro'n i'n teimlo'n reit gartrefol. Mae Fal yn goblyn o gês – tydi hi ddim yn stopio tynnu ar y bechgyn, yn ysgwyd ei gwydr gwag o'u blaenau, yn amneidio at ei ffag yn disgwyl i rywun gynnig tân iddi a jest yn cymryd y mic yn llwyr.

'C'm on bois, ma' nhw'n edrych ar ôl y ladies lle fi'n dod o. Cer, Duke, Alwen: same again, girls?' A Siôn, Mês a Bleddyn yn chware'r gêm, yn amlwg yn meddwl y byd o'r fechan folshi. Duke drodd am adre gynta tua'r wyth 'ma a Fal ryw awren wedyn, pan gofiodd yn sydyn ei bod wedi addo gwneud swper i'w chariad.

'Oh shit in hell! Nes i addo 'mod i'n gwneud swper iddo fe . . . Promised him that salt cod recipe Keith Floyd does . . . O na! It's going to have to be that cod 'n' chips recipe that Pete does instead . . . Pete's Plaice, that is . . . Gwel' chi fory!'

Ac allan â hi fel corwynt, cyn cael stic am nad oedd Miss Bolshi ddim cweit mor bolshi ag oedd hi'n licio meddwl, falle – yn rhedeg adre i wneud swper i'w chariad!

Trodd Bleddyn am adre tua deg a dim ond Siôn, Mês, Alwen a finne oedd yno wedyn tan last orders, a Siôn yn cadw pawb yn eu dyblau efo straeon am ei garwriaethau lu – dipyn o dderyn erbyn dallt. Roedd pawb yn hwyliog a dweud y lleia erbyn i ni gael ein taflu allan ar ôl stop tap, Alwen yn arbennig. Ddiflannodd hi am ryw hanner awr at y bar i siarad efo ryw foi roedd hi'n nabod, ac mi weles i hi'n clecio cwpwl o shorts efo hwnnw – rhyw greadur digon sgraglyd ei olwg. Iesgob, dwi'm yn meddwl baswn i'n mentro fodfedd oddi wrth Mês taswn i'n gariad iddo fo. Ew, mae o'n neis. Mae o'n ddistawach na Siôn, jest mor glên ond chydig bach yn fwy cŵl falle . . .

Bu bron iawn i Alwen gael ei tharo yng nghanol y stryd wrth hanner baglu i'r ffordd i drio cael sylw tacsi, ac mi ddisgynnon ni'n pedwar i'r tacsi hwnnw yn un twmpath. Fi gafodd fy ngollwng gynta gan fod y lleill yn byw lawr yn Grangetown. 'Swn i wedi gallu cerdded adre'n iawn ond mynnodd Mês: 'nid yn Llan wyt ti rŵan Cer, ocê?'

Dwi'n teimlo'n reit simsan, ac mae hi wedi mynd yn hwyr o ystyried 'mod i'n gweithio yn y bore. Dwi am lowcio'r peint yma o ddŵr yn gall am unwaith a gobeithio na fydda i'n teimlo'n rhy ddrwg yn y bore . . .

Dydd Mercher, 15 Ionawr

Do'n i ddim yn teimlo'n rhy ddrwg fel mae'n digwydd, ond dirywio nes i fel aeth y dydd yn ei flaen. Anodd gweithio efo fy mrên mewn nyth o wadin. Dim ond siocled oeddwn i ei awydd – dau Fflêc a Marathon – ac mi gerddes i adre amser cinio jest er mwyn cael gorwedd i lawr am hanner awr. O diar. Nid dyma'r ffordd i gychwyn swydd newydd.

Roeddwn i'n methu credu 'nghlustie ddiwedd y pnawn pan ofynnodd Alwen a oedd gen i awydd 'un at yr hangofyr' ar ôl gwaith ac ychwanegu ei bod hi wedi bod yn breuddwydio am flydi mêri ers amser coffi bore 'ma!. Saith ydi hi rŵan a dwi yn fy mhijamas, mae 'na Dominos Pizza ar y ffordd a dwi'n edrych ymlaen at ddwyawr o deledu gwael a gwely cynnar. Piciodd Bev i mewn, ysgwyd ei phen wrth weld taflen Dominos, a phicio'n ôl allan i'r jim. Cywilydd ar fy mhen i.

Dydd Iau, 16 Ionawr

Paratodd Bev salad iachus i swper i ni'n dwy heno cyn ei sesiwn cic-bocsio. Salad mwy soffistigedig na'r un weles i o'r blaen, efo macrell, oren a phomigranets . . . roedd hi'n dweud heddiw ei bod hi'n bwyta cinio allan gan amla – mewn tai bwyta drud efo'r amrywiol gleientiaid mae hi'n gofalu am eu cyfrifon nhw. Mae Le Monde yn y dre fel ail-swyddfa iddi, medde hi. Does ryfedd felly ei bod hi angen yr holl jim-io – roedd hi'n cyfadde y base hi fel teyrnas tase hi jest yn dod adre a gorweddian o flaen y teledu. Faswn i ddim yn meindio ei job hi wir – heblaw am yr holl ymdrech i losgi'r calorie.

Mae hi'n mynd i Lundain at David fory, felly mi ga' i'r tŷ i mi fy hun am y penwythnos am y tro cynta! W! Fydd hi'r un fath â dyddie ysgol pan oedd Mam a Dad yn y capel – cael ffag yn y bath a bachu eu Bristol Cream ar y slei!

Dydd Gwener, 17 Ionawr

Roedd pawb yn sôn am y rygbi yn y swyddfa heddiw. Dwi ddim yn hogan y bêl hirgron, ddim o gwbwl, er 'mod i'n ddigon hapus i eistedd mewn pyb yn mwynhau'r hwyl a'r deg pâr ar hugain o goesau cryfion gwrywaidd ar y sgrîn. Mae gwaeth ffyrdd o dreulio pnawn yn bendant. Gêm gynta Pencampwriaeth y Pum Gwlad sy' fory, yn erbyn yr Alban. Fan'no mae hi, nid yma yng Nghaerdydd, ac mae Alwen a Mês a Siôn yn bwriadu mynd i'w gweld hi yn y Castle. Felly, gan bod Bev i ffwrdd ('swn i ddim yn gwneud tase hi yma), dwi wedi gwadd pawb yma am ffrei-yp cyn y gêm. Gan nad ydw i wedi entyrtênio o'r blaen, dwi'n edrych ymlaen i'w cael nhw yma.

Dwi 'di siopa gynne. Y ffwl wyrcs amdani – bara saim hen ffash a phob dim. Dwi'm yn meddwl bod ffrij Bev erioed wedi gweld lard o'r blaen. Ond cyn hynny, dwi am agor potel o win coch a setlo ar y soffa ar gyfer sesiwn ffonio heno 'ma. Cat, Mam a Dad, Siw a Mer – er bydd y ddwy ohonyn nhw ar y lash yn Lyndyn Tawn yn hytrach nag yn iste adre ma' siŵr. A noson gynnar – mi alle fory fod yn dipyn o ddiwrnod!

Dydd Sul, 19 Ionawr

Mmm. Dipyn o ddiwrnod ddwedes i? O'r dechre'n deg, yn fanwl heb drio rhoi sglein arni, dyma'r hanes. I mi gael darllen hwn ryw ddydd fel gwers i beidio bod mor anghyfrifol, anwaraidd a rhemp . . .

Bore 'ma. Trio deffro. Chwarter agor un llygad a'i chau hi'n syth. Roedd 'na hanner cant o eliffantod yn gwneud aerobics yn fy mhen, a doedd gen i ddim digon o nerth i gadw f'amrannau ar wahân. Roedd jest meddwl yn brifo gormod. Y cwbwl ro'n i'n gallu ei neud oedd gorwedd yn llonydd, yn fud, yn farw a gweddïo am gwsg i gael gwared o'r boen a'r blas Jack Daniels afiach yn fy ngheg.

Mi gymrodd hi sbel i mi sylweddoli nad curiadau'r ordd yn fy mhen oedd yr unig sŵn ro'n i'n gallu ei glywed. Roedd 'na RYWUN ARALL yn fy ngwely – ro'n i'n gallu clywed sŵn anadlu: rhyw hanner anadlu, hanner chwyrnu. Roedd 'na gorff yn gorwedd o fewn pellter sws i mi. Yn fy ngwely fy hun. O'r nefoedd! Gorfodais fy hun i agor fy llygaid a sbïo – ro'n i'n gallu gweld un llygad, yna dwy lygad. Grêt. Ceg, trwyn, gwallt . . . tywyll, gwych, dim hen ben moel afiach. Barf gafr taclus, modrwy arian . . . yn sownd yn un o'i aeliau . . . o'r nefi! . . . Croen tywyll yn erbyn y gobennydd las . . . gobennydd las?

Does gen i ddim gobenyddion glas ac, wedi meddwl, doedd gen i ddim gwely dwbwl chwaith . . . na phapur wal llwyd, na phoster mawr wedi'i fframio o ddyn gwlyb efo pecs fel plwm.

Yn raddol a niwlog, dechreuodd popeth ddod yn glir. Ddoe. Rygbi. Cymru. Yr Alban. Ennill. Ennill! Cymru'n ennill! Dathlu. Lot o ddathlu. Mwy o ddathlu . . .

Yn araf, araf, codes y cynfase i ddod allan o'r gwely . . . dillad i gyd yn dal amdana i, diolch byth! Nid jest y dillad ond fy sgidie a 'nghôt hefyd! Dim lot o acshyn felly, cofio neu beidio. Ac yn dawel, dawel bach sleifiais allan . . . a gweld drychiolaeth yn y drych ar gefn y drws – masgara panda neithiwr, llygaid marblis pinc, gwallt wedi-bod-drwy'r-gwrych. Yr unig beth oeddwn i isho'i neud oedd denig oddi yno, achos doeddwn i yn cofio Dim Yw Dim am sut y cyrhaeddais i yno na phwy oedd y dyn (del) yn y gwely.

I ffwrdd â fi, i lawr y grisie pren i'r cyntedd bloc flôr ac at ddrws derw efo gwydr lliw Art Deco ynddo fo. Neis. Mae gan y dyn del chwaeth. A phres. Ond pan glywes i sŵn a oedd yn swnio fel bara yn tasgu o'r tostar, mi ddychrynes i braidd a'i bachu hi oddi yno ac allan trwy ardd-flaen-tŷ llawn rhosod perffaith. Bu bron i mi droi rownd a mynd yn ôl i mewn wedi gweld y fath chwaeth!

Ar y stryd y tu allan, dal dim cliw. Dim syniad. Dim cof, ond gallais weithio allan 'mod i'n Llandaf gan fy mod i'n gallu gweld tŵr yr eglwys uwchben y toeau. Fel manna o'r nefoedd, ar ben stryd o dai yr un mor neis â'r un yr oeddwn i newydd gamu ohono fo, roedd 'na dacsi.

Cywilydd! Fe gymrodd y gyrrwr un cip arna i a gwenu.

'Celebrating a hangover today, are we?'

Tu allan i 'nghartref newydd, sdwffies bapur pumpunt i'w law a dweud wrth fo am gadw'r newid, a chamu'n ddiolchgar dros y trothwy efo'r bwriad o gropian fyny'r staer ac ar fy mhen i'r gwely, gan diolch i Dduw bod Bev yn Llundain. Ond roedd 'na chydig o sioc yn fy nisgwyl, ac wedyn dechreuodd atgofion neithiwr ddod yn ôl go iawn . . .

Daeth pawb draw yn ôl y trefniant i gael ffrei-yp tua'r un 'ma. A finne wedi llwyddo i ffeindio tebot yn barchus i gyd, doeddwn i ddim wedi bancio y bydde'r gwesteion brecwast wedi ddod a'u llymed eu hunain – poteli Sol i Siôn ac Alwen a fflasg o frandi i Mês, fel tase fo'n mynd i rynnu mewn cae rygbi.

Ro'n i chydig bach yn fflystyrd a dweud y gwir, yn coginio bacwn a thrio gwneud wye'-di-ffrïo perffaith i fy ffrindie newydd – gwirion ynde?! Fel petai Mês a'r lleill yn mynd i 'meirniadu i ar sail fy sgiliau ffrïo wy . . . Ta waeth, rhwng pob dim aeth hi'n hwyr ac mi benderfynon ni aros yma i wylio'r gêm, gan fod pawb wedi gwirioni efo teledu enfawr newydd sbon Bev.

Roedd blas mwy ar y botel Sol gynta, ac wedi dwy ro'n i chydig yn llai nerfus yn chware'r hostess yn fy nhŷ hyfryd, yn nôl diodydd, gwagu'r ashtrés a chynnig nibbles. Cafodd y bechgyn eu gyrru allan i nôl mwy o sypleis cyn dechre'r gêm a dod yn ôl efo llond bocs o ganie a photel o Crème de Menthe am ei bod hi'n hanner pris. Mmm – falle bod rheswm am hynny . . .

Beth bynnag, gwagiwyd y canie mor gyflym â choesau bach Ieuan Evans, ac erbyn y trydydd cais, roedden ni'n pedwar yn dawnsio a llamu, yn ein sgidiau, o'r setî wen i'r bwrdd coffi Ikea gan feddwl bod Neil Jenkins yn olygus ac Arwel Tomos yn gawr. A dechrau ar y Crème de Menthe aflan – yn union fel mowthwash heblaw na allwn i deimlo fy nannedd ar ôl tri gwydryn, heb sôn am eu golchi.

Rowlio i dacsi wedyn a mynd allan am fwy i'r dre: Model Inn gynta, City Arms wedyn a brith gof o giw enfawr o flaen Clwb Ifor. Doedd ganddon ni ddim siawns o fynd mewn, ffyddloniaid ai peidio, felly y Dog and Duck amdani.

Dyna pam mai golygfa o gyflafan llwyr oedd yn fy wynebu; a pham, efo Bev ar ei ffordd adre o Lundain heddiw, nad oedd trio camu dros y pyramid o ganiau ar waelod y grisie ac am fy ngwely yn syniad da. Yn enwedig pan weles i be oedd canolbwynt y greadigaeth ganiau – potel wag o siampên. Nid unrhyw siampên ond y botel Bollinger Rosé Vintage roedd Bev wedi ei dangos i mi 'rhag ofn, ti byth yn gwybod pryd gwnaiff David bopian y cwestiwn!' . . . Siampên y bydde'n rhaid i mi weithio am fis er mwyn gallu fforddio ei gorcyn . . .

Yno ro'n i'n sefyll, yn trio meddwl lle i ddechre: llewygu? Crio? Pacio fy magiau? – pan ddaeth Mês draw. A'm achub i.

Dod draw i nôl ei gôt ac i weld a oeddwn i'n dal ar dir y byw wedi dathliadau'r diwrnod cynt wnaeth o. Ac oedd, roedd ei gôt o yma, yng nghanol y caniau a'r llanast. Sut all pedwar person call lwyddo i wneud y ffasiwn lanast mewn cyn lleied o amser, wn i ddim. Beth bynnag, i ffwrdd â fo i Tesco rownd y gornel a dod nôl efo hanner llond siop o Stain Devil, air freshners, shampŵ carped a bagie bin. A pharasetamols a lwcosêd. Deirawr yn ddiweddarach, a cherddoriaeth ddawns yn sgrechian drwy'r tŷ i'n cadw ni i fynd, pob ffenest ar agor ac arogl amheus o lân o'n cwmpas, roedd y lle fel pin mewn papur. Un peth oedd yn weddill: aros i fêt Mês, sydd â chwmni cyflenwi gwinoedd i dai bwyta, ddanfon potel o'r union Boli wnaethon ni ei bachu. Job dýn.

Nes i ddim sôn wrth Mês am bore 'ma na'r dieithryn dienw – roedd gen i ormod o gywilydd, ac ofn y bydde Mês yn meddwl 'mod i'n hen slapar. Mi ofynnodd o sut y dois i adre ac mi fwmiais rhywbeth am gael tacsi'n ôl. Nes i jest ddim dweud pryd. Nag o le. Felly dwi ddim callach o hyd pwy ddiawl ydi'r dieithryn, na phryd y cyfarfyddais i ag o. O! cywilydd. Falle bydd gan Alwen syniad – er, mae hi wastad ddwywaith mor feddw â phawb arall bob tro yr awn ni allan, felly go brin y gall hi 'ngoleuo i . . .

Dydd Llun, 20 Ionawr
Yn gwaith heddiw fues i'n trio holi am gliwie, ond na, dim clem. Roedd Alwen wedi cael ei rhoi mewn tacsi am adre cyn i ni adael y Model Inn yn ôl Siôn, ac yntau ddim yn cofio bod yn y Dog and Duck o gwbwl! Doedd Mês ddim yn y swyddfa

heddiw, ond dwi'n dal yn gyndyn o gyfadde iddo fo. Falle dylwn i fod wedi gofyn yn strêt iddo fo ddoe, ond dwi'm isho i Mês feddwl amdana i fel ryw hen hulpen. Tydw inne ddim isho meddwl amdano fo ac Alwen yn cael sbort iawn ar fy mhen chwaith, felly dwi'n dal i fod yn y tywyllwch. Er, mae pethe'n dechre dod yn ôl mewn fflachiade . . . Ro'n i'n hofran wrth y tecell yn gwneud pedwaredd baned y bore ac yn dal i drio rhoi jigsô nos Sad at ei gilydd, a daeth rhywbeth i mi fel fflach – dawnsio efo ryw foi yn y Dog and Duck, a'r gân:

'Ce Ce Penniston!' medde fi'n uchel efo'r tun te yn fy llaw.

'Na, sori love – Fal,' meddai llais y tu ôl i mi. 'But an easy mistake to make. Female, gorgeous, wicked moves on the dance floor . . . But I think she might be black . . . and American. Me? White, Valleys . . .'

'O sori Fal, bell i ffwrdd am funud . . .'

'Tell me about it, 'yf fi wedi bod yn y Maldives trwy'r bore,' medde hi gan agor y ffrij a thyrchu ymysg y cartons llaeth a salads a brechdane mewn cling film . . . 'plano honeymoon.'

'O! Ti 'di dyweddïo!! Dros y penwythnos? '

'Na.'

'O. Yn fuan?'

'Na. Sai'n meddwl taw Alex yw'r un t'mo. Na, jest be fi'n gwneud yw e. Sdopo fi rhag marw o boredom yn y lle ma! Os ti ishe brochure, jyst rho showt. Honeymoon cabins gorgeous yn y Maldives. Ar stilts. Rhag ofn sharcs neu pirhanas neu crocodeils ne rhywbeth. Neu falle just rhag ofn y dŵr. Anyway. Jyst checio – digon o la'th yma o's? O shit! Loads gormod. Dim trip pretendo nôl lla'th lawr Cowbridge Road i fi felly. Gwel' ti wedyn, love.'

Ac i ffwrdd â hi. Dwi ddim yn siŵr iawn pa un ohonon ni oedd yn ymddangos fwya gwallgo yn y sgwrs arbennig yna . . .

Roedd hi'n rêl dydd Llun – dim lot yn digwydd rhwng y

ddwy glust, a llai byth ar y cyfrifiadur – a synfyfyrio oeddwn i pan daeth Eleri ata i a gofyn sut oeddwn i'n mwynhau'r gwaith. 'Grêt,' medde fi. A dweud y gwir, dwi *yn* ei fwynhau. Ar y funud yr hyn dwi'n ei neud ydi paratoi rhestrau o lefydd eiconig yng Nghymru fydde'n gallu bod yn lleoliadau ffilmio, a thrio datrys lojistics ffilmio yno o ran offer, amser a staff. Be oedd yn rhyfedd oedd ei bod hi'n fy ngalw fi'n 'Cer', a ro'n i'n gallu gweld Alwen y tu ôl iddi'n wincio a gwneud wynebau arna i – achos er ei bod hi'n ddigon dymunol, tydi Eleri ddim yn un i fynd allan o'i ffordd i fod yn neis efo neb. Gofynnodd i mi sut roeddwn i'n setlo a gwneud ffrindiau, a dweud 'mod i'n gwneud job dda; ac os oeddwn i isho trafod unrhyw beth, neu ofyn cyngor neu awydd paned (paned??) bod ei drws hi wastad ar agor. Bisâr, ond neis . . .

Ta waeth, drwy'r dydd mae darne bach o nos Sad wedi bod yn dod yn ôl. Ar ôl y gêm, mi gerddon ni i dafarn y Westgate ar y gornel cyn y bont i'r dre. Peints yn fanno (a dydw i ddim yn hogan peints, ma' raid i mi gyfadde). Roedd hi'n swnllyd, gorlawn, myglyd a hectig yn fanno, ac ar ôl hynny mae pethau'n dechrau mynd chydig yn annelwig. Cerdded i'r City Arms: y peth 'gosa weles i i faes brwydr, a neb i'w gweld yn yfed, jest ciwio. Un yn fan'no ac wedyn i'r Model Inn. Tecîla Slamyrs efo Mês ac Alwen a Siôn, ac Alwen yn dringo ar y bar i ddawnsio. Roedd pawb yn clapio a'i hannog nes iddi lithro a glanio ym mreichiau'r bownsar oedd ar ei ffordd i'w hel hi allan . . . aeth Mês â hi adre wedyn dwi'n meddwl, ond dwi'n siŵr 'i fod o yn y Dog 'n' Duck yn ddiweddarach . . . oedd, yn bendant. Ro'n i'n dawnsio efo fo dwi'n siŵr . . . a ryw foi arall . . . A siarad wrth y bar efo hwnnw, sef ffrind i Mês. Fo di'r boi! Boi y bore wedyn. Ro'n i'n gwybod bod gan Mês rywbeth i'w wneud efo hyn. Mêt Mês ydi o! O iesgob. Ydi Mês yn gwybod felly? Ydi Alwen yn gwybod? Ydi pawb yn gwybod a jest yn gweld faint o amser gymrith hi i mi weitho'r peth allan? Beryg bydd raid i mi ofyn i Mês fory. Am ofnadwy! Gorfod gofyn pwy oedd y boi nes i gysgu efo fo! Dim cysgu cysgu, ond cysgu rhochian . . . Na' i ofyn yn hamddenol braf be oedd enw ei ffrind o. Cogio bach 'mod i'n gwybod yn iawn ond wedi anghofio am eiliad . . . a thrio cael ar ddallt os ydi Mês, a'r byd, yn gwybod . . .

Dydd Mawrth, 21 Ionawr

Erbyn i mi ddod adre o'r gwaith heno roedd Bev yn ôl wedi ei phenwythnos hir yn Llundain. Roeddwn i'n sicr 'mod i 'di cael copsen – ddois i adre a dyna lle roedd hi'n sefyll yn y stafell fyw yn sbïo ar y llawr.

'Haia Ceri. Gwranda, ti'm yn gwybod rywbeth am hyn wyt ti?' medde hi, ac yn syth bin ro'n i'n gallu teimlo top 'y nghlustie'n llosgi a 'moche'n danbaid goch. 'Be d'wed?' medde fi, yn trio swnio'n naturiol a gwneud sioe fawr o dynnu 'nghôt a'i hongian hi ar y bachyn yn y cyntedd, ac ymbalfalu yn fy mag ar y llawr. Ro'n i'n trio dychmygu'r gwaetha – llosg sigarét? Wnaethon ni fethu staen cwrw? Olion traed?

'Wel, roedd 'na staen gwin coch ofnadwy ar y carped yma – oatmeal yn nightmare – a ro'n i jest yn methu cael gwared ohono fo o gwbwl. Cyn dy ddyddie di c'rrriad, paid poeni, ddim yn dy gyhuddo di. Dyna pam roddes i'r cowskin rug yn fan hyn, i'w guddio fo. Ond mae'r staen wedi mynd. Gone. Jest fel'na. Ro'n i'n gorfod gwneud smalltalk efo cleaner David yn Llundain ddoe a nes i ddigwydd sôn – a roddodd hi'r stwff llnau 'ma i fi – swears by it. Ond does mo'i angen o . . . Wedi mynd yn llwyr. How bizarre . . .'

'*Bisâr* iawn wir.' meddwn inne – be iwshodd Mês sgwn i? Ydi o wedi creu rhywbeth anhygoel all o werthu am filiyne? 'Sori Bev, 'swn i'n licio dweud 'mod i 'di shampŵio'r tŷ o'i dop i'w waelod, ond beryg 'mod i'n rhy brysur yn dathlu ar ôl y rygbi,' medde fi, yn ddiniwed i gyd. Iesgob! 'Di gwneud rhywbeth da ar ddamwain am newid.

Dydd Mercher, 22 Ionawr

Mae'n rhaid bod 'na rywun fyny fanne'n wincio arna i neu'n meddwl 'mod i'n haeddu gwobr neu rywbeth . . . achos mae gen i ddêt! Dêt Santes Dwynwen dim llai! Bleind dêt o fath, achos er nad ydw i'n ei nabod o, dwi wedi bod yn y gwely efo fo'n barod felly mae'r hyrdl fach honno wedi ei neidio! Mr Dienw Del ydi o – ac mae ganddo fo enw: Simon.

Bomiodd Mês i mewn i'r swyddfa heddiw i nôl ei stwff recordio ar ei ffordd i shŵt. A finne'n trio meddwl am ffordd naturiol o droi'r sgwrs i gyfeiriad ei ffrind, daeth draw ata i efo golwg ddryslyd ar ei wyneb.

'Hei Cer, dwi newydd weld Si. Ti'n cofio Simon?' medde fo, gan bwyntio i'r awyr wrth ddweud ei enw. Mae'n amlwg 'mod i'n edrych yn hollol blanc, a does gen i ddim syniad o hyd pam ei fod o wedi amneidio i fyny (oherwydd bod Simon ar lun duw Groegaidd, falle?). 'Ofynnodd o i mi roi neges i ti. Allet ti gwrdd ag o yn Toppo Gigio? Nos Sadwrn, tua wyth. Ro'dd o efo ni nos Sad y rygbi yn y Dog 'n' Duck mae'n debyg. God – ma' raid 'mod i'n fwy meddw nag o'n i'n feddwl – dwi'm yn cofio Si yno, a ddim fel arfer ei sîn o, y Dog 'n Duck. Eniwe. Dwi'n hwyr felly ches i ddim mwy na hynny o sgwrs efo fo . . . Shit! Hwyr. Wela i di, ocê?'

A dyna ni. Dydd Sadwrn – dydd Santes Dwynwen. A dwi *erioed* wedi cael dêt Santes Dwynwen o'r blaen. Ddim wedi bod allan efo neb digon diwylliedig i wybod ei bod hi'n ddydd Santes Dwynwen. Ond ta waeth, dim bwys, dim otch, dim gwahaniaeth. Mae tro ar fyd. Ac mae neges sydyn, frysiog Mês wedi 'nhroi i o fod yn llawn cywilydd ac edifeirwch i fod yn hogan hapus a llon! Aaaaaa!!! Bedwifodiwisgo?

Dydd Iau, 23 Ionawr

Methu gweithio heddiw; fy mhen i'n crwydro a 'nghalon i'n neidio o gwmpas fel peth gwirion. Erbyn canol y bore, roedd Simon a finne wedi cael dêt gwych, rhyw gwell ac yn anelu at y cyfarfyddiad cynta efo Mam a Dad erbyn amser cinio. Erbyn pnawn 'ma ro'n i'n gorfod stopio fy hun rhag mynd i fachu un o gylchgrone mis mêl Fal. Ma' un ddw-lal yn ddigon mewn swyddfa tydi? Mi fu'n rhaid i mi orfodi fy hun i roi stop ar fy ffantasis rhempus rhag ofn i mi ddweud rhywbeth ofnadwy o rŵd yn uchel o flaen llond swyddfa o bobol.

Es i'n syth o'r gwaith gynne i siopa hwyr yn Howells. Mae llwyddiant y dêt yma'n dibynnu'n *llwyr* ar fy llwyddiant i fod yn berson *hollol* wahanol i'r un wnaeth Simon ei chyfarfod nos Sad. Ac mae'n rhaid cael dillad sy'n dangos hynny . . . ond ro'n i'n fflapian a ffysian a phanicio cymaint doedd gen i ddim siawns o ffeindio dim i'w wisgo. Heblaw pâr o fŵts penglin swêd du, neis. Secsi. Drud. Sodle uchel. Alla i ddim cerdded mewn sodle uchel. Dwi'n gwybod. Ond nid i gerdded ynddyn nhw nes i eu prynu, siŵr. Maen nhw'n hynod o fflatyring, yn ychwanegu modfeddi o daldra a thynnu modfeddi o dewdra. Perffaith. A duwcs, faint o gerdded sydd raid ei neud rhwng tacsi a bwyty? O, a ges i siaced lyfli lwyd swêd, efo ffŷr (cogio) ar y coleri a'r garddyrnau. Glamoriaethus hynod. Ond dau ddilledyn ni wna rigywt, felly rhaid hitio'r siope eto ddydd Sad. A dim bwyd o gwbwl i mi tan hynny – dim ond dŵr a lemon. Jest abowt cau mae'r bŵts a fedra i ddim meddwl am unrhywbeth mwy yn-fflatyring na myffin-top ar goese.

Dydd Gwener, 24 Ionawr – 2am

(yn swyddogol mae hi'n ddydd Sadwrn, 25 Ionawr. Felly mae gen i ddêt heddiw!!! ish.) Rhaid cysgu cyn hynny. Lot. A sobri. Chydig. O am ecseiting! Dwi isho i Simon syrthio mewn cariad efo fi. Rhaid bod 'na sbarc yna. Er 'mod i 'di bod yn yfed drwy'r dydd, ro'n i'n dal i gofio ei wyneb o. Ocê, nid ei enw fo. Ac mae o'n wyneb del, del. Fel ffilm sdâr.

Mi fydda i'n edrych yn stunning nos fory. Ro'n i i fod i beidio bwyta heno er mwyn ffitio mewn i'r bŵts. Ydi Indian a dwy botel o win coch yn cyfri fel dim bwyd? Mmm . . . Bai David oedd o, yn cynnig mynd â Bev a finna i Paradise, yr Indian neis ar Cowbridge Road. Chicken Bhuna, pilau rice, daal, popadoms . . . Duw, dio'm bwys. 'Sa'm llawer o galoris mewn bwyd Indiaidd, siŵr. Lentils a chyw iâr – pethe iach tydyn? Yr holl Amaretto 'na ar ôl dod adre oedd y broblem. 'Di o'm yn mynd efo cyrri nachdi? Bev oedd yn mynnu – ro'dd ganddi hi lond shed ohono fo ers ei gwylie llynedd.

'Di David ddim mor ddrwg â hynny. Dweud y gwir, roedd o bron yn ddoniol heno. Weithie. A fo dalodd am y bwyd, chware teg. A'r gwin. O, mae'n stumog i'n troi. Dwi angen cysgu . . . biwti slîp a ballu . . .

Dydd Sadwrn, 25 Ionawr – 11am

Alla i'm wynebu mynd i'r dre. Teimlo'n rhy sâl. Mi fydd raid i fy ffrog ddu graddio wneud y tro. Ddim isho mynd heno. Dwi'n edrych yn rybish. Llygid coch. A homar o gur pen. 'Nôl i 'ngwely.

1pm

Bydd rhaid ffonio Toppo Gigio i ganslo. Dydi rhif Mês ddim gen i i roi neges i Simon. Teimlo'n sâl. Methu cerdded.

1.30pm

Mae Bev wedi dweud ei bod hi'n mynd i 'nghodi i oni bai 'mod i'n codi fy hun. Dwi'n meddwl ei bod hi o ddifri. Mae hi'n dweud nad ydw i'n cael meiddio jibio'r dêt mwya addawol dwi

wedi ei gael ers i mi ddod yma. Dim ond ers pythefnos dwi
yma.

Nes i'r camgymeriad o ddweud popeth wrthi hi a David
neithiwr. Mae David yn meddwl 'mod i 'allan o reolaeth'. Mae
Bev yn meddwl 'mod i'n ddoniol, ac mae hi'n mynd i 'ngwella
i medde hi, nes y bydda i'n well na gwell erbyn y dêt heno. Ma'
raid bod ganddi bair dadeni yn ei thwll dan staer.

6.30pm

Ocê, doedd dim pair dadeni, ond tase'r Copthorne yng
nghyffinie Dulyn yn nyddie Matholwch, i fanno fydde fo 'di
gyrru'r casualties dwi'n siŵr. Dwi fel dynes newydd.
Gollyngodd David Bev a finne y tu allan (da 'di Defi) gydag
addewid i'n casglu ni'n dwy am chwech. Ron i'n meddwl y
bydde'n rhaid i mi gael stretcher erbyn hynny, ond deirawr yn
ddiweddarach, wir yr – mae'r peth yn wyrth – dwi'n teimlo'n
anhygoel. A dwi'm yn edrych yn ddrwg chwaith, os ca' i ddweud.

Yn y Copthorne, mi gafon ni ein tylino efo bob math o
olew-ogle-da, ac yfed dŵr fel tasen ni'n gamelod. Wedyn
sauna, lle bu bron iawn i mi lewygu, ond dyfalbarhad a
phwcedaid o ddŵr rhewllyd ac ro'n i'n ame 'mod i'n teimlo'n
well. Wedi hanner awr arall mewn caban stêm ac Olbas ro'n
i'n dechre teimlo'n rhyfeddol ac ar ôl gorweddian mewn pwll
o jets dŵr ro'n i'n credu y gallwn i redeg marathon. Rhoddodd
un o ferched perffaith y sba wydraid bach o rywbeth
ymbelydrol o wyrdd i ni – wheatgerm a sunsur dwi'n meddwl
– ac yn reddfol rhoddodd y ddwy ohonon ni glec iddo fo a
tharo'r gwydr gwag i lawr yn swyllyd. Am chwarter eiliad ro'n
i'n disgwyl sleisen o lemon i'w rhoi yn fy ngheg fel taswn i'n
slamio tecîlas . . . beth bynnag, cael nofio'n hamddenol yn y
pwll hyfryd wedyn. A dyma fi, yn rêl boi. Rêl, rêl boi ar ôl cael
Blydi Mêri (rioed 'di gallu stumogi'r greadigaeth o'r blaen) slei

efo Bev tra oedd David yn siopa bwyd (dwi'n meddwl falle bod heddiw yn gymaint o driniaeth i'w hangofyr hi ag oedd o i f'un i!).

Ac yn wahanol i'r fwystfiles alcoholaidd honno y bu i Simon ei chyfarfod nos Sadwrn diwetha, oedd yn smocio fel corn simdde a rhegi fel morwr siŵr o fod, mae'r Ceri yma wedi mynd ôl-awt! Doedd na'm sanne sidan, bŵts drud na ffrog ddu (Jigsaw – chwaethus nid comon) ar gyfyl y Geri honno. Mae'r Blydi Mêri wedi llonyddu'r stumog a thawelu'r nyrfs. Ffwr' â fi! Tybed fydd hi'n fory arna i'n sgwennu nesa yn hwn . . .?

10pm

Ro'n i bron yn sâl pan adawodd y tacsi fi ar St Mary Street ond trodd hwnnw'n gyffro wrth i mi gerdded i fyny tua'r eglwys a Toppo Gigio; ac erbyn cyrraedd y bwyty roedd Mistar Blobi yn dawnsio yn fy stumog. Roedd y lle'n dywyll a rhamantus – yn llawn o gyplau'n eistedd wyneb yn wyneb o boptu canhwyllau yn gwneud be mae cyplau'n ei wneud: gwenu, fflyrtio, rhannu pwdins a giglan a ballu. Drwy lwc, mi wnes i nabod Simon yn syth pan gerddodd o ata i a gwenu James Bond o wên, nes oedd Mistar Blobi yn troi dîn dros ben. Mae o'n lyfli. Mae o'n gôrjys! Ro'n i isho gweiddi 'Bingo!' dros y lle. Meddyliwch am rowlio Pierce Brosnan a David Ginola yn un ac mi fuasech chi chwarter y ffordd yna. Beth bynnag, amneidiodd at yr unig fwrdd gwag yn y bwyty, ac eisteddodd y ddau ohonon ni i lawr.

Roedd o'n edrych fel model, ac wedi gwneud ymdrech go iawn mewn crys gwyn glân a thei. Wir yr. Ac ro'n i'n trio cuddio'r ffaith 'mod i'n cael cynhyrfiadau ar hyd y siop. Ro'n i wir isho mynd i'r tŷ bach, ond ddim isho codi a finne newydd gyrraedd.

'Ti'n edrych yn hollol stunning, Ceri,' medde fo, a finne'n

trio cuddio pa mor hapus o'n i o gael y ffasiwn gompliment gan dduwdod. 'Ti'n mynd ar ddêt?'

W, mae o'n ddoniol hefyd, meddyliais, a chwerthin am lawer yn rhy hir ac yn lot rhy uchel.

'Ti'n ferch ddoniol iawn, iawn a ges i gymaint o laff 'da ti y noson o'r bla'n.'

Ocê. Doniol. Laff. 'Se'n well gen i tase fo wedi cario mlaen ar hyd y llwybr stunning, ond daeth y gweinydd draw a gwneud sioe fawr o ofyn oes oedden ni isho gwin a galw Simon yn Syr – a hyd yn oed wincio arna i reit o dan drwyn Simon! Ond ei yrru o i ffwrdd wnaeth Simon.

'Ro'dd e'n chydig o drag pan benderfynodd dy goesau di fynd ar streic! No pun intended . . .' O'r cywilydd! 'A phan nath y tacsi wrthod mynd â ti gytre ar ôl i ti a'r criw ddod draw am drinc arall.' Ooo . . . 'Fi'n meddwl bo ti 'di mynd lan i chwilio am y tŷ bach, a crasho yn fy ngwely i yn lle.' Be?

'Gob'itho bo' ti ddim yn meindio 'mod i 'di cysgu 'na 'da ti, yn fy ngwely fy hun! Ro'n i wedi cael lot gormod 'fyd. Ond gob'itho bo' ti wedi sylwi i fi fod yn barchus a chysgu ar ben y sheets.' O na. Gwaeth!

'Ond y peth anffodus ydi . . . welodd Mam ti'n gadael y tŷ y bore 'na. Fi nôl gytre nawr bod fy globetrotting wedi dod i ben.' . . . A? 'A 'sa i moyn iddi hi gael camargraff na dim. A 'sa i chwaith moyn gwneud pethe'n awkward i neb. Nag arwain Mam i feddwl bo' fi 'di newid.' Newid i be?

'. . . Bo' fi'n bi neu hyd yn oed wedi newid nôl i fod yn strêt! Na, sori Mam, still gay!'

Do'n i'm yn gwybod be i'w ddweud na'i neud. Ac ro'n i'n hollol conffiwsd. Ac yn prysur droi'n fflamgoch. Roedd o'n amlwg yn meddwl 'mod i'n sylweddoli ei fod o'n hoyw ac nad oedd dim byd wedi digwydd rhyngddon ni. Ond pam fy ngwadd i allan ar ddêt?

Nes i fwmian rwbath am fod isho'r tŷ bach, oedd lawr y grisie wrth y drws ffrynt, ac i ffwrdd â fi. A thrio rhedeg lawr y stryd, ar y cobbles gwirion yna, yn fy sodle newydd – a baglu. Sgriffio fy mhenglinie fel hogan fach. Rhwygo 'nheits newydd a thorri sawdl un o'r bŵts. Pan driodd ryw foi fy helpu y cwbwl wnes i oedd ei wthio fo o'r ffordd a'i heglu hi lawr St Mary Street; a phawb yn sbïo ac yn chwerthin. Roedd y tafarnau prysur a'r tai bwyta llawn yn swnllyd o hwyl a chwerthin, ac ro'n i jest isho crio, am fod mor wirion. Am feddwl falle bod 'na foi hollol berffaith wedi gweld trwy'r medd-dod a'r gwiriondeb a'i fod o yn fy lecio fi. Am ffŵl. Ro'n i'n dychmygu'r holl gyplau Santes Dwynwen yn syllu arna i, yn chwerthin am fy mhen uwchben eu pwdins-i-ddau . . .

Diolch byth nad oedd neb adra pan ddois i'n ôl – Bev a David wedi mynd i'r siop fideo i rentu ryw ffilm sicli-ramantus siŵr o fod. Felly ar fy mhen i 'ngwely â fi. Dwi wedi stwffio fy nillad i gyd a'r teits a'r bŵts i'r fasged ddillad budr o'r golwg, a dwi jest isho swatio, claddu fy hun dan y blanced. O, cywilydd. Felly ddigwyddodd *dim byd* efo'r boi del, jest 'mod i 'di gêt-crasho'i wely o. Doedd gan y creadur ddim dewis ond cysgu wrth f'ymyl i . . .

Mae o'n fêt i Mês. Ac yn siŵr o gario'r stori i bawb yn y gwaith. Nice One, Ceri. Yn sydyn, tydi Caerdydd ddim cweit mor llawn o groeso ag oedd o ddoe.

Dydd Sul, 26 Ionawr

Roedd yr haul yn disgleirio'n las, las yn mwytho 'nghroen a'r awel gynnes yn cosi bysedd fy nhraed. Yr unig sŵn oedd tonnau'n torri'n ysgafn ar y tywod, mewn rhythm hudolus, hypnotig. Roedd gen i Bina Colada cry' ac uffar o bar o goese hir brown mewn bicini gwyn, ac roedd 'na ddyn yn cerdded yn araf o'r môr efo'i wallt gwlyb i lawr at ei ysgwyddau llydan,

a diferion o ddŵr fel diemwntau ar ei gorff cryf, tywyll. Tuag
ata i roedd o'n cerdded, a 'nghalon yn cyflymu gyda phob cam.
Roedd o uwch fy mhen, yn galw arna i'n floesg: 'Ceri! Ceri!'
Wyneb Mês oedd gan yr hyfryd-ddyn, ac wrth iddo fo blygu
lawr a dechre agor fy micini, sylweddolais mai llais Mês oedd
ganddo fo hefyd. 'Ceri! Ceri!' Ie, Mês oedd o . . . yn cnocio a
galw arna i wrth ddrws fy llofft!

'Ceri, Ceri! Ga i ddod mewn?'

Mi saethais ar f'eistedd yn y gwely gan rwbio fy llygaid, ac
ymddangosodd pen Mês heibio i'r drws. Ges i'r hen deimlad
annifyr yne ma' rhywun yn 'i gael ar ôl breuddwyd reit rônshi
am ei hathro daearyddiaeth, neu dad i ffrind, neu'r boi diflas
'na yn y ganolfan hamdden: y teimlad 'mod i wedi cael copsen
a bod Mês yn gwybod yn *iawn* be oedd wedi bod yn treiddio
drwy fy nychymyg cysglyd. Yn ogystal â bod yn hollol
conffiwsd hefyd bod Mês wedi dod i 'ngweld i ben bore. I'r
llofft. A lle oedd Alwen?

'Bev ddwedodd wrtha i am ddod fyny. Iawn i fi ddod
mewn? Ti'n ocê?'

Eisteddodd ar y gwely, ac mi ges i'r ysfa ofnadwy yma i
ofyn iddo fo roi hyg fawr i mi a gwneud i mi deimlo'n saff. Ro'n
i jest a marw isho codi a chogio 'mod i angen pi pi neu rywbeth
hefyd, er mwyn cael sbec yn y drych rhag ofn bod llwybr
glafoer sych lawr fy ngên neu Sion Cwsg yn fy llygaid, ond
allwn i ddim – achos o bob un blincin pijamas sydd gen i, ro'n
i'n gwisgo 'mhijamas cwningen un darn efo slipars ar ffurf
pawennau cwningen yn sownd ynddo fo – a chynffon bwni a
bob dim. Anrheg Dolig gan Lleu (jôc gan Cat) oedd o achos 'i
fod o'r peth mwya taci a welodd fy chwaer annwyl erioed; ond
mi rois i dro arno fo a sylweddoli nad oeddwn i erioed wedi
gwisgo dilledyn mor gyfforddus o'r blaen, a'i fod o'n teimlo fel
cwtch fawr feddal go iawn. A dyne'r un peth roeddwn i ei

48

hangen neithiwr ar ôl y fath drychineb. A tase Mês wedi cael cip ar y cynffon bwni pompom ar fy mhen ôl, neu ar fy mhawennau ôl cwningenaidd, faswn i wir ddim yn clywed ei diwedd hi. Felly fan'no oeddwn i, yn gaeth efo'r cwilt at fy ngên. Ac yn Fflopsan fflystyrd hefyd wedi'r ffasiwn freuddwyd . . .

Ond yn ddigon buan mi gofiais y rheswm pam 'mod i yn fy mhijamas cysur, ac mi gafodd Mês hi gen i. Iesgob, ro'n i'n flin. Chafodd o ddim cyfle i ddweud gair, er iddo drio, nes i mi gael mynd trwy 'mhethe'n gyfan gwbl. Nes i ddechre trwy ddiolch iddo fo am fy match-mêcio efo'r bendigeid-ddyn o ffrind sydd ganddo, yr un oedd yn aros amdana i mewn bwyty rhamantus, tywyll, efo canhwyllau a chyplau ym mhob man . . . a finne wedi gwisgo am ddêt Santes Dwynwen efo afters mewn golwg . . . a gorfod gwneud cwic egsit cyn y startyrs hyd yn oed ar ôl cael clywed nad o'n i cweit ei deip . . .

Ddeudis i wrtho fo hefyd hen dric mor wael oedd o wedi ei chwarae, a pha mor hollol flin oeddwn i efo Simon am gogio mai dêt oedd o, ac efo Mês ei hun am beidio sôn gair bod Simon yn hoyw. A dweud 'mod i'n siŵr 'i fod o wedi cael hwyl iawn am fy mhen efo Simon . . .

Ond wedi i mi glywed be oedd gan Mês i'w ddweud, ro'n i'n teimlo fil gwaith gwaeth. Un – pwynt teg – sef nad oedd gan Mês syniad 'mod i wedi deffro yng ngwely ei ffrind nes i Simon ei ffonio fo neithiwr yn holi os oedd o'n gwybod pam faswn i wedi gadael Toppo Gigio heb ddweud dim fel gwnes i, ac egluro'r cefndir. A'r pwynt arall, marwol o embarysing, sef nad dêt oedd neithiwr i fod. Mi fase Mês ei hun wedi gallu dweud hynny – jest dweud wrtha i am bicio i weld Si wnaeth o. Doedd gan Simon, na Mês tase hi'n dod i hynny, ddim syniad ei bod hi'n dydd Santes Dwynwen. A gwaeth eto. Gweithio yn Toppo Gigio mae Simon (sy'n egluro'r crys a thei oedd yn hollol dros ben llestri ar gyfer dêt) tra bydd o'n trio cael swydd go iawn ar ôl bod yn teithio am ddwy flynedd.

A dyma lle es i'n hollol conffiwsd. Dim ond ers pythefnos mae o'n ei ôl. Ac mae o'n aros efo'i fam, oedd wedi 'ngweld i'n gadael y bore hwnnw a rhoi dau a dau at ei gilydd i wneud merch-yng-nghyfraith a dau pwynt pump o blant, er ei bod hi'n gwybod yn iawn bod Si yn hoyw. A dyna pam roedd Si isho cyfarfod, jest i weld os oedd ei fam o wedi gwneud pethe'n anodd yn y gwaith i mi; ac os oedd hi, oedd 'na unrhywbeth alle fo ei wneud i wella'r sefyllfa. Achos ei fam o ydi Eleri.

Gwrionedd bob gair.

Mae Mês 'di mynd, a dwi wedi gofyn iddo fo ddweud wrth Eleri 'mod i'n sâl fory. Dwi ddim isho'i gweld hi na neb arall.

Dwi'n siŵr bod y sefyllfa yma'n ddoniol, rhywle, i rywun. Ond yr eiliad hon, na. Falle os y gwna i ei rhannu efo rhywun? Dwi am roi caniad i Mer a Siw i weld be maen nhw'n feddwl.

9pm

Fel ro'n i'n meddwl, roedd y ddwy'n meddwl bod yr holl beth yn 'hilariws'. Heblaw'r darn amdana i yn disgyn a chrïo ar y stryd. Be ges i ganddyn nhw, rhwng giglan a chwerthin oedd: 'O Cer. Dim ond ti.'

Pam dim ond fi? Pam ddim pobol eraill? Fyse Mer ddim yn deffro mewn gwely diarth ddim yn siŵr iawn be ddigwyddodd y noson cynt. A 'se hi siŵr Dduw ddim wedi bod mor anlwcus â darganfod bod y person hynod gorjys hwnnw nid yn unig yn fab i'w bos, ond yn hoyw. 'Hilariws' iawn. Dwi am ffonio Cat wir i weld os ga i fwy o gydymdeimlad.

Dydd Llun, 27 Ionawr

Ffoniodd rhywun o'r swyddfa heddiw ond wnes i ddim ateb. Mês siŵr o fod, isho holi ydw i wedi dod ataf fy hun. Fel protest, mi drois i Richard a Judy yn uwch a rhoi crympet arall yn y tostar.

Ddwedes i'r holl stori wrth Bev ddoe ac nad oeddwn i am fynd i'r gwaith heddiw 'ma. Ro'n i'n meddwl na fase ganddi lawer o gydymdeimlad a hithe'n wyrcaholic, ac mai twt twtian fydde hi, ond pan ddaeth hi'n ôl o'r siop bnawn ddoe, mi sodrodd fag o 'mlaen i – 'Holl essentials duvet day c'riad.' Doeddwn i erioed 'di clywed y dywediad 'duvet day' o'r blaen, ond dwi'n 'i lecio fo!!

Helô, *Cosmo*, crympets, fishfingyrs, waffyls, y bar mwya weles i erioed o Fruit & Nut, bybl bath lafant a fideo *Beaches*. Falle, jest falle, bod Bev a finne'n debycach i'n gilydd na fyse'r un ohonan ni yn licio'i gyfadde. Tybed ydi Bev wedi bod mewn sefyllfa debyg? Ges i lot mwy o gydymdeimlad ganddi nag oeddwn i'n ei haeddu . . .

Dwi'n dal i deimlo chydig yn euog. Ddwedodd Cat wrtha i am fynd i'r gwaith. Roedd hi'n meddwl mai camddealltwriaeth fawr oedd y cyfan yn amlwg. Roedd hi hefyd yn poeni 'mod i ar brawf yng ngolwg Eleri a bod dydd Llun wastad yn ddiwrnod drwg i fod yn 'sâl'.

Cat sy'n iawn, dwi'n gwybod, ond dwi am anwybyddu'r sefyllfa heddiw. Mi a' i mewn fory – pen i lawr a gweithio.

Ond heddiw, rimôt control a Fruit & Nut.

Dydd Mawrth, 28 Ionawr

Diwrnod afiach. Teimlo bod pawb yn chwerthin am fy mhen i. Dwi'm yn siŵr ydyn nhw'n gwybod y stori a dweud y gwir. Daeth Mês i mewn a gwneud bî-lein amdana i, ond deifio am y ffôn wnes i a chogio gwneud galwad. Hollol amlwg iddo 'mod i'n ei osgoi. Ddois i adre am ginio rhag i mi orfod siarad efo neb, a dod yn syth adre am bump, er bod Alwen yn gwneud ei gore i hel pawb i'r Castle. Ddywedodd Alwen ddim byd am y dêt na Simon, a dwi'n meddwl y base hi wedi dweud rhywbeth tase hi'n gwybod. Mi gafodd hi ddigon o gyfle heddiw gan ein bod ni'n dwy wedi bod ar ein pennau ein hunain y rhan fwyaf o'r dydd. Mae hi i weld yn reit blês efo 'ngwaith i hyd yma – ac yn licio rhai o'r llefydd dwi'n eu cynnig fel lleoliadau. Ond am ryfedd hefyd na fase Mês wedi dweud wrthi. Lle oedd hi'n meddwl oedd Mês fore Sul pan ddaeth o i 'ngweld i? A lle roedd hi'n meddwl o'n i wedi gweld Mês i ddweud wrtho fo am basio neges i Eleri 'mod i'n 'sâl' a ddim yn dod i'r gwaith ddoe? Mae ganddyn nhw berthynas ryfedd – fel tasen nhw ddim isho i neb wybod eu bod nhw'n gwpwl rhywsut. Ond pan maen nhw wedi meddwi ac mewn hwylie, mae Alwen wastad ar ei lin o, ac maen nhw'n fwythus iawn. Falle nad ydyn nhw isho cael eu gweld fel dim mwy na chydweithwyr yn y swyddfa . . .

Maen nhw'n ddau hollol wahanol hefyd – y ddau yn hollol gorjys wrth gwrs ond ma' Mês chydig yn dawelach, yn fwy hamddenol rhywsut, ac Alwen mor wyllt (ac yn wirion bost yn ei chwrw).

Dwi ddim wedi ffonio Mam a Dad wsnos yma. Dwi'n gwybod y bydde Mam yn sylwi'n nad oes 'na ryw lawer o hwylie arna i, ac wedyn mi fydde hi'n poeni. Well i mi adael iddyn nhw feddwl 'mod i'n cael gormod o hwyl i ffonio adre.

Dydd Mercher, 29 Ionawr
Daeth Mês ata i heddiw a 'nal i ar fy mhen fy hun.

'Cer, dwi'n rîli sori,' medde fo – fy ngalw i'n Cer! Sna'm llawer o bobol yn cael gwneud hynny! 'Jest camddealltwriaeth, ie? Do'n i ddim yn deall dy fod di wedi landio yn nhŷ Si ar ôl y rygbi, a do'n i ddim yn deall nad oeddet ti'n gwybod mai Eleri ydi ei fam o, na dy fod di'n meddwl mai dêt oedd o, a'i fod o'n hoyw.'

'Diolch Mês. Am f'atgoffa i o'r holl ffeithe yne nad oeddwn i'n eu gwybod,' medde finne'n sych. 'Iesu. O'i glywed o fel'na dwi'n fwy o ffŵl nag oeddwn i'n feddwl.'

'O cŷm on . . .'

'Cŷm on ddiawl! mae gen i gwilydd, ocê? A dwi wedi rhoi laff iawn i ti ag Alwen siŵr o fod dros frecwast . . .'

'Pam faswn i'n cael laff dros frecwast efo Alwen?'

'Fi ydi honno – pwy sy'n moyn fi?' medde Alwen yn ysgafn wrth hwylio i mewn. Mi wnes fy ngore i wneud llygid bach ar Mês i ddweud wrtho am gau ei geg.

'Fi sy moyn ti,' medde Mês, yn dynwared ei hacen. 'Pronto. Dwi isho i ti ddweud y cwbwl ti'n 'i wybod am Neuadd Dewi Sant wrtha i – angen recordio 'bach o actiwaliti yna fory ar gyfer dy gyfres hoff.'

A dyna gychwyn sgwrs hir am acŵstics a'r lle gore i recordio yn y neuadd fawr.

Dydd Iau, 30 Ionawr

Jest cip ges i ar Mês heddiw. Mae o 'di torri ei wallt – sydd hyd yn oed yn fwy cyrliog rŵan na chynt; fel tase fo wedi sbringio mewn i gyrls perffaith. Iesgob, mi fydd ganddo fo ac Alwen blant del os gawn nhw blant byth . . . blondis bach cŵl fyddan nhw.

O! Nes i ffonio adre heno hefyd. Mam a Dad rêl bois. Ar eu ffordd i'r Gymdeithas oedden nhw – rhywun yn dod draw i siarad am nodau clustie defaid yr ardal. Maen nhw'n ddau brysur! Mae'r ddau ar eu traed ac uwchben powlen o uwd erbyn saith bob dydd ac wedi diwrnod llawn maen nhw'n dal i fynd i bob pwyllgor, cyngerdd, cymdeithas a digwyddiad yn y pentre. Dwi wedi 'u gwadd nhw i lawr i aros cyn hir. Gobeithio gall Mam ddwyn perswâd ar Dad. Os na fyddan nhw wedi dod cyn yr wyna, fydd 'na ddim cyfle wedyn beryg y pen yma i'r flwyddyn.

Dydd Gwener, 31 Ionawr

Rygbi oedd bob dim yn y swyddfa heddiw. Cymru yn erbyn Iwerddon fory yng Nghaerdydd. Fydd hi'n wallgo yn y dre, o be dwi'n gofio o dripiau meddw o'r coleg. Falle y gwna i drio cael penwythnos reit dawel . . .

'Ffrei-yp yn tŷ chi, Cer?' gofynnodd Mês, efo winc.

'Pas,' atebais inne'n sych, cyn i Alwen a Siôn godi 'u clustie. No wê. Byth eto.

Oedd y winc yn arwyddocaol – yn dangos fod pethe'n dechre gwella rhyngddon ni? Ma' pethe wedi bod yn c'nesu gydol yr wythnos i fod yn onest, a 'nghywilydd wedi fy mytheirio gwyllt yn dechrau diflannu. Dwi'n dal i fod chydig yn ddig, a dwi'n meddwl ei fod ynte'n flin na ddwedes i wrtho fo y bore hwnnw am y dyn del di-enw. Mi fase fo wedi gallu gweithio allan mai Simon oedd y dieithryn yn reit handi, ac egluro yn union pwy oedd o a be ydi o. A fase'r ffug-ddêt na'r ffiasgo ddim wedi digwydd.

Ond tydi Mês ddim yn foi hawdd iawn i ddigio efo fo yn anffodus, ac mae o'n ffrind neis i'w gael, yn goleuo a bywiogi pawb a phopeth o'i amgylch. Mi fydde hi'n blentynnaidd ffraeo efo rhywun dwi'n ei weld fwy neu lai bob dydd yn y gwaith, yn enwedig gan nad ydw i wedi cael fawr o gyfle i ddod i nabod neb y tu allan i'r swyddfa, heblaw Bev. Mae'n siŵr y byse pethe'n mynd yn reit annifyr efo Alwen taswn i'n ffraeo efo Mês. A tydi hi gymaint yn neisiach cerdded i mewn i dafarn efo sdoncar, hyd yn oed fel rhan o griw? Mae Mês, Alwen a Siôn yn rhoi hyder i mi rhywsut – maen nhw'n hŷn na fi, yn llawer mwy difyr ac wedi gwneud cymaint o bethe ac wedi byw go iawn. Mae rhwbio sgwyddau wastad yn gadael sglein tydi?

Dwi wedi penderfynu 'mod i am ganolbwyntio ar wneud fy joben yn dda a pheidio mentro i fyd hel dynion ar ôl fy nghybôl llwyr efo Simon. A dwi wedi dweud wrth bawb nad ydw i'n cymryd rhan yn rhialtwch y rygbi y penwythnos yma. Noson ddiog, braf amdani heno o flaen y sgrîn. Dau lasied o shampên efo David a Bev cyn iddyn nhw ddiflannu am noson allan a dyna fo – sylwedd nid swm heno am newid. Er bod y bybls drud wedi mynd i 'mhen i. Wedi cael benthyg fideos o rhyw gyfres newydd Americanaidd gan Fal – *Friends* – sydd i fod yn reit dda, am griw o ffrindiau yn Efrog Newydd. Gawn ni weld rŵan . . .

Dydd Sul, 2 Chwefror

Ha ha! Newydd ddarllen y darn ddoe am beidio ymuno yn rhialtwch y rygbi. Felly, mi ddylwn i fod yn effro ac yn glirben a bywiog heddiw. Tydw i ddim. O GWBWL.

Bore ddoe, wedi codi'n hwyr a lownjo o flaen y teledu, ro'n i'n cerdded yn ôl o siop y gornel efo'r *Western Mail* (oedd yn llawn rygbi) yn synnu at y traffig (rygbi) a'r ceir oedd wedi eu parcio blith draphlith ym mhobman ar ein stryd ni a'r strydoedd cyfagos (achos y rygbi) a bu bron i mi faglu ar draws y bwrdd du newydd tu allan i'r Lansdowne (yn hysbysebu'r ffaith fod y rygbi'n cael ei ddangos yno). Pendroni oeddwn i be mae rhywun sy'n trio osgoi rygbi i fod i'w wneud yng Nghaerdydd ar ddiwrnod gêm, pan welais i Fal a Bleddyn (sydd wrth gwrs yn byw rownd y gornel), mewn crysau rygbi. Roedd gan Alex docyn i'r stadiwm a chyn cyfarfod pawb yn y Landsdowne i weld y gêm, roedd Fal wedi penderfynu bachu brecwast yn y grîsi sbŵn ar Cowbridge Road efo Bledd. Doeddwn i ddim yn sylweddoli fod pawb wedi trefnu i gwrdd yno, gan 'mod i wedi dweud nad oeddwn i isho gwybod.

Tafarn leol, gyfeillgar, gêm gyffrous, dim gwell i'w wneud. Be arall oeddwn i i'w wneud ar ddiwrnod glawog o Chwefror? Bod yn bîg ac yn ddiflas?

Ddwyawr yn ddiweddarach ro'n i ynghanol môr o gryse cochion a wynebe chwyslyd efo potel o lagyr ac awch am fwy. Roedd Mês, Alwen a Siôn wedi dod i'r golwg hefyd erbyn hynny, a phawb mewn hwylie ac yn llawn gobaith ar ôl y gêm ddiwetha, ond yn ara bach daeth y sylweddoliad nad oedden ni'n mynd i guro Iwerddon, ac aeth y gweiddi yn dawelach, a'r peintiau yn is. A cholli oedd yr hanes.

O wel, medde fi. Ond dwi wedi sylweddoli'n ddiweddar fod colli gêm yn fwy nag 'o wel' i ddilynwyr rygbi. Mae colli yn drychineb, yn enwedig ar ddechre tymor efo breuddwydion o gamp lawn a phob math o bethe, ac mi chwalodd pawb a'u pennau yn eu plu.

Aeth Mês ac Alwen a Siôn am adre, gan ddweud eu bod am fynd i'r Cornwall wedyn, er mwyn osgoi prysurdeb gwirion y dre. Ro'n i awydd mynd efo nhw, ond rhywsut gwahoddodd Fal ei hun acw ac mi bicion ni i siop y gornel i nôl potel o'u gwin gwyn gore (ddim yn sbesh – ryw un shêd yn well na Concorde).

Roedd Fal wrth ei bodd efo tŷ chwaethus Bev.

'Very *Changing Rooms*,' medde hi.

'Fy hoff raglen!' medde finne. 'Ond 'di hyn ddim byd i neud efo fi. Tŷ Bev ydi o. Ma gen rai pobol chwaeth naturiol 'does?'

'Mmm, a rhai pobol efo *preeees* yn dê?' atebodd Fal mewn acen goeg-ogleddol fawr. 'Nawr, ti wedi bod yn fflat Mês? 'Na ti beth yw . . . be ti'n 'weud . . . chwaeth? Tasteful iawn. Minimal. Er, do'dd e ddim yn minimal iawn pan landion ni i gyd yno ar ôl y parti Nadolig llynedd, 'da bocseide o gwrw a streamers a balŵns. Very messy affair it was too. O'dd cic-off am un yn y Riverside Cantonese . . . Sambwcas erbyn tri. Odi Alwen wedi gweid y stori amdani hi'n mynd gytre 'thot ti?'

'Na . . .'

'Wel, yn leggo as per usual, nath Alwen benderfynu mynd gytre i nôl ryw botel o rywbeth o'dd da hi yno, ond wedi cyrraedd y tŷ, na'th hi benderfynu crasho yn lle. Na'th hi ddim sylwi ar y papur wal gwahanol, na'r carped – jyst mynd lan i'w gwely; ac ar dop y staer na'th hi edrych lawr a sylwi bod teulu bach Somali wedi casglu ar waelod y staer, yn edrych yn hollol gobsmacked arni hi! Roedd hi yn y tŷ rong! Rhif iawn, ond ar y stryd rong! Nutter! Ma' hi'n something else yn dyw hi?'

'O! Ro'n i wastad yn meddwl bod Alwen a Mês yn byw efo'i gilydd,' medde finne, yn glustie i gyd.

'Nag'yn. God, allet ti ddychmygu gorfod côpo 'da Alwen a'i mood swings? A'r holl yfed 'na? 'Sa i'n meddwl bydde Mês yn fyw petaen nhw yn byw 'da'i gilydd.'

Ro'n i isho holi mwy, ond dechreuodd Fal fwydro am yr honeymoon package roedd hi wedi ei weld mewn gwesty wedi ei wneud yn gyfangwbwl o rew yn Norwy neu rywle . . . a ddaeth y sgwrs ddim yn ôl at Mês ac Alwen rhywsut.

Od iawn. Ro'n i'n meddwl bod Alwen a Mês yn gwpwl ers blynyddoedd maith, ond nid ers cymaint â hynny, mae'n amlwg, os nad ydyn nhw yn byw efo'i gilydd. Mi fydd yn rhaid holi Siôn . . .

Dydd Llun, 3 Chwefror
Roedd pawb yn hynod hwyliog heddiw, er gwaetha siom y penwythnos. Heblaw Alwen oedd yn flin fel tincar am rywbeth, ac yn edrych yn nacyrd. Penwythnos trwm arall mae'n rhaid. Roedd Mês fel rhywbeth wedi'i weindio beth bynnag.

Ddaeth Alwen ddim efo ni am ginio, dim ond aros i stiwio wrth ei desg.

'Sut aeth hi yn y Cornwall, Mês?' gofynnais yn Fattie's, wrth roi lot gormod o halen a sôs coch ar y chips (mae fy arferion bwyta wedi mynd mor afiach).

'Ie, dweud 'than ni Mês, sut aeth *hi* yn y Cornwall, neu sut aeth *hi* ar ôl y Cornwall?' Siôn oedd yn bod yn wirion a chyfrin i gyd. A wir, mi gochodd Mês ac edrych yn hollol annifyr.

'Siôn, am unwaith yn dy fywyd, cau dy geg wnei di?' oedd ateb Mês, yn trio bod yn gas ond efo diawl o wên ar ei wyneb. Pan aeth o at y cownter i nôl paned o goffi, dechreuodd Siôn ganu dros y lle mewn ffug-denor vibrato:

'. . . Ym Mhoooontypriiiiiidd mae 'nghaariaaad, ym

Mhoooontypriiiidd mae 'mwriaaaad . . .' Erbyn hyn roedd pawb yn chwerthin, ac isho gwybod mwy o'r stori.

'*Un* bwriad oedd gan Mês ni nos Sad, 'te met? Genod del ym Mhontypridd, 'toes boi?'

Ysgwydodd Mês ei ben a chwerthin, gan fachu copi o *Wales on Sunday* ddoe oedd yn llawn adroddiadau, llunie a dadansoddiade o gêm y diwrnod cynt. A ches i wybod dim mwy nes i mi gornelu Siôn yn y swyddfa wedyn.

'Be ddiawl oedd sioe fawr Pontypridd?' holais.

'Mês gafodd gop-off nos Sad 'de? Uffar o beth handi o Bontypridd . . .'

Ro'n i mewn gymaint o sioc mi benderfynais beidio â chychwyn y drafodaeth am alw merch yn 'handi' heb sôn am 'beth'. 'Blydi hel, be am Alwen?'

'Be amdani? Roedd hi 'di hen fynd adra 'doedd – yn chwil fel arfar.'

'Ie, ond ma' siŵr bod ganddi hi rywbeth i'w ddweud am y peth? Wel, mi fase gen i tase 'nghariad i di cael cop off – a gwaeth, bod 'i fêt o'n dweud wrth bawb yn y caff . . .'

'E? Be haru chdi? 'Dyn nhw'm yn gariadon siŵr. Mês ac Alwen? Mêts 'dyn nhw. Iesu Cer, ma' dy ben ditha yn y shed hanner yr amser, tydi?'

Ac ar hynny mi aeth. Heb fwy o eglurhad. Mês ac Alwen. Dim Mês ac Alwen. Wir yr. Dyna be *ydi* sioc. A pham bod gen i gymaint o ddiddordeb beth bynnag? A pham, hefyd, mod i rŵan yn teimlo ryw smij yn genfigennus o hogan ddienw o Bontypridd?

Dydd Mawrth, 4 Chwefror

Tybed oedd y ffaith bod Alwen yn dal mewn sdincar o fŵd drwg heddiw rywbeth i'w wneud efo'r ffaith bod Mês yn chwibanu'n hapus rownd y swyddfa? Os oedd o, yna mi faswn i wedi bod wrth fy modd tase Mês naill ai wedi rhoi stop ar y chwislo, neu roi stop ar beth bynnag oedd yn mynd o dan ei chroen, achos roedd hi fel tincar.

Roedden ni i fod i drafod cyfranwyr *Cymry am Byth*? heddiw, ond y cwbwl wnaeth Alwen oedd dŵdlan ar ei phad sgwennu, gan ysgwyd ei throed yn ddiamynedd. Taswn i wedi darllen y Cydymaith i Lenyddiaeth newydd o glawr i glawr fasa hi ddim wedi sylwi.

'Be wyt ti'n feddwl 'te?' medde fi, ar ôl gorffen mynd trwy'r holl gyfranwyr posib a pham 'mod i'n credu y bydden nhw'n siaradwyr da.

'Eh? Ie. Swno'n grêt. Ti'n gwybod be, mae'r lle 'ma'n fy ngyrru fi'n benwan heddi. Ti ffansi mynd mas i rywle am gyfarfod yn lle? Howld on . . .' Cododd y ffôn a galw Eleri ar y trydydd llawr.

'Ma 'da Ceri syniade cyfranwyr ma' hi am drafod – am fynd drwyddyn nhw i gyd 'da hi nawr – ots 'da ti os ni'n mynd mas – bach o change of scene, i drafod? Okay. Lyfli . . .' Ffôn lawr. 'Tyrd Cer – mas o 'ma!'

Do'n i ddim yn siŵr iawn pam roedden ni angen 'change of scene' i drafod yn union be oedden ni wedi ei drafod yn barod, ond i ffwrdd â ni.

'Le Cassoulet ie, Cer? Ti di bod 'na? Gorjys.'

Wedi clywed bod y prisie yn reit gorjys hefyd, i bwy bynnag oedd yn bancio ar ddiwedd y dydd.

Beth bynnag, Le Cassoulet ar Romilly Road amdani – lle bach, tywyll, a'r arogl yn mynd â fi ar fy mhen i'r stiw pysgod neisia i mi erioed ei flasu mewn ryw fwyty bach, bach yn Morlaix ar fy ngwylie cynta dramor efo Siw.

'First things first.' medde Alwen wrth i ni dynnu'n cotie a'u rhoi i'r gweinydd clên. 'Bottle of chilled, dry white – Chablis?'

A chyn i ni eistedd wrth y bwrdd bach ger y ffenest, roedd potel mewn bwced o rew wedi glanio, a gwydrau'n cael eu llenwi.

'Ti'n iawn, Alwen?' gofynnais, wrth ei gwylio'n gwagio hanner gwydraid mewn un dracht.

'Odw. Jyst angen breather, t'mo, Swyddfa 'na'n claustrophobic weithe 'n dyw hi?'

'Mmmm,' atebais, gan drio bod yn reit amwys oherwydd mai hi sy'n gwneud y lle yn glostroffobic gan amla drwy fynnu bod pawb yn gwneud popeth efo'i gilydd o hyd.

'Mês yn hapus,' medde fi, gan drio swnio'n ddi-hid, a gobeithio nad oedd Alwen yn gweld y llwy bren anweledig yn fy llaw . . .

'*Twat*,' gwgodd. Iesgob, roedd hynna braidd yn gryf, meddyliais, ond ddwedes i ddim. A meddwl falle bydde'n well i mi newid y pwnc.

'Be 'ti ffansi?' gofynnais, gan edrych ar fwydlen oedd yn dod a dŵr i 'nannedd go iawn.

'Dim lot . . . be s'da nhw?'

'Ymm . . . lot o bethe drud.'

'O God, paid edrych ar y pris – ecspensys, Ceri.'

'Be? Neith Eleri dalu am ginio i ni yma?' rhyfeddais yn gegrwth.

'Na wnaiff siŵr, na' i jest ffeilo fe mis nesa – na' i 'weud wrth Eleri bo' fi 'di taro miwn i un o'r comisiynwr teledu ne rwbeth. Os ti'n becso, jyst ordra beth ti'n feddwl fydde dyn canol oed di-ddychymyg yn ei archebu – dyna yw'r rhan fwya ohonyn nhw. O! Ac os ti ishe bod yn rîli authentic, sylla ar fy mronne i drwy gydol y pryd a gofyn mi ddod draw i dy fflat am *goffi*,' meddai, gan arwyddo nad 'coffi' oedd y gwir gynnig. 'Dynion mor predictable yn 'dyn nhw?'

Felly mi ordres y stecen fwya, ddruta ar y fwydlen, a phan

godais fy mhen o 'mag ar ôl estyn fy ffeil gwaith, roedd Alwen wrthi'n llenwi fy hanner gwydraid i'r top, a llenwi ei gwydraid gwag hithau.

'Reit, be wyt ti isho ei drafod eto?' medde fi, gan drio gwneud lle i fy ffeil rhwng y myrdd o ddarnau cytleri ar y bwrdd.

'O Cer, chill out wnei di? 'Sa' i'n mynd i feddwl am waith nawr. Fi jyst moyn brêc, na'i gyd.'

A felly fuodd hi. Ro'n i'n teimlo'n anghyfforddus iawn, iawn. Wedi'r cwbwl, mae Alwen yn gynhyrchydd profiadol sydd efo Chwip ers blynyddoedd ac yn siŵr o fod yn cael gwneud fel licith hi erbyn hyn. Cyw ymchwilydd ydw i, yn fy swydd gynta ers llai na mis, ac yn bendant heb ennill yr hawl na'r hyder i ddiflannu am bnawn o yfed a chiniawa yn un o lefydd druta Canton. Ond ma' raid i mi ddweud – roedd y stêc yn lyfli, yn torri a thoddi fel menyn. Roedd y gwin yn eitha neis hefyd, er mai sipian oeddwn i tra oedd Alwen yn clecian.

A ninne wedi gwagio dwy botel a golwg archebu trydedd ar Alwen, mi ddwedes i y bydde'n rhaid i mi fynd yn ôl, bod Duke wedi addo dangos i mi sut i amcangyfrif coste (er mai ar gyfer fory oedden ni wedi trefnu go iawn). Ro'n i wir yn meddwl bod Alwen am aros ond dod efo fi wnaeth hi. Ofynnodd neb pam ein bod ni wedi bod mor hir, na pham ein bod ni'n dwy yn drewi o ffags a gwin. Erbyn amser mynd adre roedd gen i gur pen ac isho mynd i gysgu. Roedd Alwen ar y llaw arall isho mynd i'r pyb. Ddwedes i gelwydd bod Bev a finne wedi trefnu i fynd i'r pictiwrs.

Dydd Mercher, 5 Chwefror
Piciodd Mês i'r swyddfa heddiw – w, am awyrgylch! Roedd y lle'n teimlo fel un o'r gwestai rhew rheiny oedd gan Fal yn ei broshyr mis mêl: Alwen yn rhythu'n filain ar Mês a'i ateb yn

unsillafog gan roi fflic blin i'w gwallt. Ro'n i'n meddwl falle 'u bod nhw angen pum munud bach iddyn nhw eu hunain, felly mi ddiflannis i at Fal, a wir yr, o fewn munude roedden nhw yng nghyddfe'i gilydd.

Roedd Fal a finne'n trio'n gore i wrando, ond roedd Fal wedi rhoi llwyth o running orders i brintio, felly roedd yn rhaid i ni glosio reit at y drws i glywed unrhyw beth.

'Mae *ffrindie* yn edrych ar ôl ei gilydd Mês, 'na'r deal gyda ni, on i'n meddwl. Wedes i wrthot ti yn y Cornwall mod i'n teimlo'n sâl ac ishe mynd gytre, ac ishe i ti gerdded gyda fi a be wnest ti? Dim jyst gadael i fi gerdded ar hyd blydi Grangetown ganol nos ar fy mhen fy hun ond copan off 'da rhyw slag heb fecso oeddwn i wedi cyrredd gytre'n saff neu'n ffloto'n farw yn y Taf. Ac wyt ti'n siŵr 'i bod hi hyd yn oed yn un ar bymtheg? Os taw'r ferch rîli plaen 'na yn y jîns rhy dynn o'dd yn driblan drostot ti oedd hi, roedd hi'n edrych yn reit ifanc i fi . . .'

'Yn un peth Alwen, ti'n ddau ddeg wyth, a falle ei bod hi'n bryd i ti ddechre gallu mynd adre'n saff dy hun. Tacsis? Ti 'di clywed amdanyn nhw? Pethe du – golau ar y top, rhifau ar yr ochor? Ac yn ail, dyma dangos pa mor feddw oeddet ti, ma' Lesley yn dri deg. Yn hŷn na ti. A dipyn mwy aeddfed 'fyd.'

'Ooo ti'n hoffi nhw'n hen nawr 'yt ti? Ond ma' hynna'n egluro fe; os yw hi'n thyrti, mae hi hefyd yn desbret siŵr o fod. Jyst checia 'i bod hi'n actually cymryd y bilsen bob dydd, os ti'n gweld hi eto . . .'

'Oes raid i ti fod mor gas am bopeth? Be sy'n bod arnat ti, Alwen? Cym on, dwi ddim ishe ffraeo fel hyn . . .'

Ac mi wnaethon nhw stopio ffraeo yn syth bin. Jest fel 'ne, wrth iddyn nhw weld Fal a finne'n disgyn trwy'r drws ac ar ben ein gilydd ar y llawr o'u blaenau, wedi pwyso chydig yn rhy drwm arno fo wrth drio clywed y ffrae fawr.

'Be ddiawl?' chwarddodd Mês. Ac allai Fal a finne wneud fawr o ddim yn un twmpath ar y llawr ond chwerthin chwaith . . . ac yn wyrthiol, trodd ceg Alwen rhyw fymryn i fyny a dechreuodd hithe chwerthin hefyd. A dyna dorrodd yr awyrgylch afiach. Cofleidiodd Mês ac Alwen, ac er 'mod i'n sbïo arnyn nhw trwy ddagre chwerthin go iawn, mi sylwais pa mor dynn roedd Alwen yn cydio ym Mês wrth i'w freichiau ei hamgylchynnu.

Dydd Iau, 6 Chwefror
Heno, yn hollol annisgwyl, mi ge's i alwad gan Hel yn Abertawe. Mae hi'n dod draw y penwythnos yma – hwrê!

Dydd Gwener, 7 Chwefror
Haleliwia! Ma' hi'n benwythnos. Ro'n i angen wicendar ar ôl wythnos mor rhyfedd yn y gwaith. A dwi'n edrych ymlaen at gwmni hen ffrind da a dal fyny go iawn. Mae Hel am neidio ar y trên un ar ddeg bore fory, sy'n cyrraedd erbyn amser cinio. Roedd Bev ar fin diflannu am Lundain ond mi lwyddais i wneud yn siŵr ei bod hi'n hapus i Hel aros. Dwi'n talu rhent, ydw, ond tŷ Bev ydi hwn wedi'r cwbwl, a dwi'm yn hollol gyfforddus yn ei drin o fel fy nhŷ fy hun (ac a dweud y gwir, dwi'm yn meddwl, er mor glên ydi hi, fod Bev isho i mi ei drin o fel fy nhŷ fy hun chwaith).

Mi fydd hi mor neis cael newid a wyneb newydd – wel, hen wyneb ond newydd i fan'ma. Mae'r lloft sbâr, yr un fach sydd yng nghefn y tŷ, wastad yn barod – efo cynfasau a gobenyddion gwyn glân a hyd yn oed tywei wedi eu plygu yn barod i unrhyw ddarpar westai. O 'mhrofiad i – Cefn Llwyd, tŷ Cat a thai ffrindie, mae llofft sbâr wedi ei gwneud i gadw hors ddillad, cotie gaea, bocsys hetie a beics ymarfer sydd byth yn cael eu defnyddio. Ond nid un Bev. Mae hon fel stafell o

Ideal Home, efo poteli bach sebon cawod a ffeils ewinedd bach o'r Bangkok Hilton hyd yn oed (finne'n meddwl mai carchar oedd hwnnw . . . neu gyfres deledu efo Nicole Kidman cyn iddi ddod ar draws Tom Cruise . . .).

Does 'na neb wedi aros yn llofft sbâr ers i mi symud i fyw yma er ei bod hi mor chwaethus, ac mor barod am ymwelydd. A dweud y gwir, toes 'na ddim ryw lot o sôn am deulu na ffrindie o gwbwl gan Bev. Ma' raid bod ganddi deulu, ac un noson mi gychwynnais ar yr hen draddodiad Cymreig o drio ffeindio rhywun roedden ni'n dwy yn ei nabod neu'n perthyn iddyn nhw – wedi'r cyfan, dydi Pen-y-groes ddim mor bell â hynny o Benllyn, nachdi? Ond ches i ddim lwc – y cyfan ddwedodd hi oedd: 'nonsens: yr obsesiwn Cymraeg yma efo teulu a gwreiddia. Life's what you make it, Ceri, cofia di hynna.'

A dyna'i diwedd hi.

Mae 'na cyn lleied o waith tacluso yn y tŷ yma, roedd popeth fel pin mewn papur mewn hanner awr. Ac felly, paned a noson gynnar amdani. Dwi wedi dod a fy holl lyfre Dolig efo fi lawr i Gaerdydd, ond heb gael cyfle i agor un clawr eto. *Cold Mountain* a photel ddŵr poeth i mi felly.

Dydd Sadwrn, 8 Chwefror

Ddim yn aml dwi'n bownsio allan o 'ngwely ar fore Sadwrn, ond dyna nes i bore 'ma. Ges i amser i lownjo yn y bath am hydoedd, gan roi sgwyrt slei o stwff Chanel No 19 Bev ynddo fo hefyd.

Gan ei bod hi'n fore oer, braf, penderfynais gerdded i'r dre i gwrdd â Hel. Ar hyd Lansdowne Road yr holl ffordd nes ei bod yn troi'n Bridge Street, ac i lawr Westgate Street. Heibio i swyddfeydd Thompson House, cartre'r *Western Mail*, ac i'r orsaf, gan osgoi'r bysus, y prysurdeb a'r tacsis. Mi brynes i *Big*

Issue, er nad oeddwn i isho copi, a thrio peidio cydnabod y dyn blêr oedd yn loetran wrth y giatiau i'r platfform, yn gweiddi'n wallgo.

'He's here! The saviour's here, but they're watching him – watching you. Through those secret magic eyes in polyester cups and plastic forks. Are they watching *you*, love? Can you feel them? *Watching you*?' Er bod pawb yn cogio nag oedden nhw'n edrych, ro'n i'n gwybod bod pawb yn sbïo ac yn diolch mai ata i roedd o'n dod ac nid atyn nhw. A finne'n trio penderfynu ai aros a rhesymu ynteu rhoi pres paned iddo fo oedd y ffordd gynta o gael gwared ohono fo, mi glywes i lais cyfarwydd.

'Cer! Sboner newydd?'

Roedd Hel yn sefyll y tu ôl i mi – ac roedd ein sŵn ni'n dwy'n sgrechian a neidio yn ddigon i ddychryn y dyn bach! Roedden ni wedi gweld ein gilydd i ddathlu pen-blwydd Hel yn Aber fis Tachwedd ond 'se chi'n meddwl nad oedden ni wedi gweld ein gilydd ers blynyddoedd.

Mae Hel yn edrych yn wych, wedi torri ei gwallt yn fyr, fyr a'i liwio'n felyn goleuach. Mae hi'n edrych wahanol bob tro dwi'n ei gweld hi – wastad yn ymddangos yn hyderus efo delwedd gref a slaes o lipstic coch o hyd, ond dwi'n gwybod nad ydi hi mor hyderus â mae hi'n edrych. Ryden ni'n dwy'n wahanol iawn ond yn dallt ein gilydd rhywsut, ers y cyfarfyddiad cynta hwnnw yn ystod Wythnos y Glas yn yr Undeb pan golles i beint cyfan ar ei phen wrth faglu ar fy ffordd o'r bar. Roedd Hel wedi cael ei derbyn i astudio Celfyddyd Gain yng Nghaeredin, ac wedi cael ei hannog i wneud hynny yn gan ei hathrawon ym Mhenweddig, ond penderfynodd ar y funud ola mai Hanes oedd ei phwnc, a chafodd ei derbyn i'r Brifysgol. Ond roedd hi'n rhy hwyr o lawer i gael lle mewn neuadd breswyl, felly am y flwyddyn gynta roedd hi'n byw efo chwaer ei nain mewn tŷ mawr uwch y Fenai, yn llawn dop o baentiadau drud a dodrefn hynafol a rhyw hen greiriau roedd ei gor-ewyrth ecsentrig wedi'u casglu ar ei deithiau fel morwr – gan gynnwys coes bren yn y bathrwm roedd o wedi ei hennill mewn gêm poker yn Rio! Boncyrs! Ond roedd y lle'n siwtio Hel rhywsut, a'i hen anti wrth ei bodd yn cael cwmni a hithe'n ddi-blant. Felly daeth Hel a finne'n ffrindiau da – yn rhannu'r gwely sengl bach yn neuadd Eryri ambell noson yn hytrach na'i bod yn mynd nôl i 'Munster Mansion' fel roedd Huw yn ei alw.

'On'd yw e'n od sut wnaethon ni gyd ddod o hyd i'n gilydd?' medde Hel, wedi i ni'n dwy fachu paned i gynhesu'n dwylo yng nghaffi'r Hayes ac eistedd o dan y coed, yn gwrando ar fysgiwr a'i gitâr yn ein serynêdio ar y gornel . Holi ein gilydd am hanes Huw ac Elfyn oedden ni.

'Wy'n dal i fethu pawb. Wyt ti?' Bu'n rhaid i mi gyfadde 'mod i. Rodden ni i gyd yn eneidie hoff cytûn rywsut, er bod ein cefndiroedd a'n diddordebe ni mor wahanol. Doedden ni ddim hyd yn oed yr un coleg. Roedd Huw yn gwneud yr un cwrs Cyfathrebu â fi; daeth Elfyn, a oedd yn gwneud Bywydeg Morwrol yn y Brifysgol, yn ffrindie efo Huw trwy'r tîm rygbi ac roedd Hel yn astudio hanes yn y Brifysgol. Ond mi wnaethon ni'n pedwar glicio rhywsut, a chael dwy flynedd ffantastig yn rannu tŷ bach twt yn Ffordd Garth uwchben pier Bangor. A dyna pam ein bod ni i gyd wedi aros yn gymaint o ffrindie, falle – roedd y rhan fwya o'r myfyrwyr yn byw o fewn cyrraedd i Mr Wâ, Y Glôb a'r Belle Vue ym Mangor Ucha, ond roedden ni'n fwy tueddol o fod yn y Tap & Spile rownd y gornel i'r tŷ, neu ar ddiwrnod braf, ar y glaswellt o'i flaen neu ar y pier ei hun yn rhoi'r byd yn ei le a breuddwydio am allu fforddio un o'r tai enfawr yr ochr arall i'r Fenai.

'Ti ishe mynd am dro? Dwi ddim wedi bod yng

Nghaerdydd ers ache . . .' A dyna wnaethon ni. Tro bach drwy'r dre, i lawr heibio i walie'r castell, draw at y Deml Heddwch. Taswn i efo criw Chwip mi faswn i'n siŵr o fod wedi cael fy nhynnu am ginio a pheint bach yn y Park Vaults, ond gan mai efo Hel roeddwn i mi aethon ni i'r Amgueddfa – lle na faswn i wedi meddwl treulio pnawn Sadwrn. Rodin, Monet, Manet – am agoriad llygad. Mae'r lle'n syfrdanol.

A cherdded adre trwy'r oerfel wedyn. Roedden ni wedi trefnu i fynd allan, ond swatio efo tecawê o'r Bengal Brasserie, potel o win a phennod Dolig *Father Ted* ar y fideo wnaethon ni. Be well?

Dydd Sul, 9 Chwefror

Cinio yn y Blue Anchor, tafarn hynaf de Cymru, yn gorneli tywyll, drysau cudd a storïau difyr i gyd. Pell a drud mewn tacsi, ond fy nhrît i i Hel – roedd hi wrth ei bodd efo'r lle, fel ro'n i'n gobeithio y bydde hi.

Mi gawson ni ginio dydd Sul go iawn efo iorcshyr pwds cartre hanner maint y plât, grefi tew a bîff bron cystal ag adre. Roedden ni'n sefyll yn y maes parcio, yn trio dygymod â'r gole dydd llachar ar ôl bod yn nhywyllwch y dafarn fach cyhyd, pan ddaeth dau ddyn oddi ar fotobeic o'n blaenau. Tynnodd un ohonyn nhw ei helmed ac ysgwyd ei gyrls melyn fel ci wedi bod mewn afon – Mês! Ges i gymaint o sioc. Ei fêt o, Emrys, oedd y gyrrwr, y ddau ohonyn nhw'n mynd am sbin dydd Sul. Gyflwynes i Mês i Hel, a chyflwynodd Mês ni i Emrys, ond mi fu'n rhaid i ni adael gan fod trên Hel yn mynd am bedwar, a'r tacsi'n aros. Bechod na fasen ni wedi gallu aros am ddrinc. Ac wedi i ni gau drws y tacsi a'i chychwyn hi'n ôl am Gaerdydd, medde Hel yn syth:

'Be anghofiest ti ddweud, Cer, wrth sôn am y Mês 'ma, yw'r ffath ei fod e'n blydi gorjys! Shwt allet ti adel y manylyn bach yna allan? Ei fod e'n chwe troedfedd o hync?'

'Ti'n meddwl? Dwi'm yn gwybod 'sdi – dim fy nheip i . . .'

'Be, dyn perffaith? Cým on, Cer!'

'Ocê. Mae o'n neis tydi?' A falle mai honno oedd yr eiliad y gwnes i sylweddoli be dwi wedi bod isho'i feddwl ac wedi bod isho'i sgwennu . . . Mae Mês yn GorJys. Efo J fawr.

Dydd Mawrth, 11 Chwefror

Aethon ni allan ar ôl gwaith neithiwr. Nos Lun, ie, dwi'n gwybod! Ac ro'n i mewn mŵd hollol wirion. Ddim yn siŵr pam – cyfuniad o benwythnos lyfli efo Hel a'r cyfaddefiad personol 'mod i falle, hwyrach, o bosib, yn ffansïo Mês chydig bach, bach, bach. Beth bynnag, am ryw reswm ro'n i awydd fodca. Falle 'mod i'n meddwl y bydde'r hangofyr yn llai heddiw. Hmm.

Wedi'r trydydd fodca mawr yn y Castell, mi benderfynais y bydde hi'n syniad hynod o dda dweud wrth bawb am hanes fy 'nghop off' cyntaf yng Nghaerdydd – efo Simon (doedd Eleri yn amlwg ddim efo ni). Ro'n i'n dangos fy hun a mynd i hwylie pethe go iawn ac roedd pawb yn meddwl bod yr holl beth yn 'hilariws', ac yn ddoniolach fyth pan ddwedes i wrthyn nhw pwy oedd y 'dieithryn del'. Mae'r rhan fwya ohonyn nhw wedi ei gyfarfod o – oedd yn cadarnhau pa mor chwil oeddwn i y noson honno mae'n debyg, achos mae'n eitha amlwg i bawb ei fod o'n hoyw a dydi o erioed wedi cuddio hynny oddi wrth neb.

Arweiniodd hynny at sgwrs rhwng Mês a finne wedyn. Mae Mês wedi gweld Simon gwpwl o weithie ers y nos Sadwrn erchyll honno mae'n debyg, a tydi Simon byth wedi dweud unrhywbeth wrth ei fam i egluro'r sefyllfa, a pha mor ddiniwed (os cywilyddus) oedd fy ymweliad â'i thŷ. Mae hi, mae'n amlwg, yn meddwl nad ydi o'n ddim o'i busnes hi. Ond mae o'n fusnes i mi – mae Eleri'n dal i ryw hofran o 'nghwmpas i.

Mi ddaeth hi â phaned o goffi i mi ddoe. O flaen pawb. Jyst i fi. Cwilydd.

Fel arfer, arwyddion punnoedd s'gen Eleri yn ei llygaid, ac mae hi yn lôded, go iawn. Does gan Simon ddim pripsyn o ddiddordeb yn y cwmni mae'n debyg (yn ôl Mês). Celf ydi ei 'beth' o. Efallai nad ymchwilydd bach di-nod ydw i rŵan yn llygaid Eleri, ond gobaith mawr y ganrif i gynhyrchu ŵyr ac etifedd i'w theyrnas.

Yn y cyfamser, bob dydd yn y swyddfa, os ydw i'n meddwl 'mod i'n clywed clic clic y sodle drud ar y staer dwi'n plymio am y ffôn ac yn ffonio rhywun, unrhyw un, fel mod i, erbyn i Eleri gyrraedd y swyddfa, yn brysur ynghanol sgwrs ac yn cael osgoi siarad efo hi ac edrych arni hi. Ond y peryg ydi bod Eleri rŵan yn meddwl bod gan Si ryw fywyd cudd fel dyn strêt. A phwy sy'n rhan o'r bywyd hwnnw? Wel, mygins.

O hyn ymlaen, mi fydd yn rhaid i mi gymryd arnaf nad ydw i'n gwybod ei bod hi'n meddwl ei bod hi'n gwybod mod i'n cael perthynas gudd efo'i mab . . . O, cymhleth.

Dydd Mercher, 12 Chwefror

Newydd ddarllen be sgwennes i neithiwr ac mae'n rhaid i mi ddweud, dwi'm yn poeni gymaint â hynny am sefyllfa Simon ac Eleri. Ond roedd yr holl beth yn esgus neis i gael sgwrs hir ben-wrth-ben efo Mês, sy'n arogli mor neis ag y mae o'n edrych, dwi wedi sylwi yn ddiweddar. Nid hogle afftyrshêf melys na dim felly, jyst hogle glân. Iesgob, dwi'm yn gofyn lot nachdw? Ferarri? Gwylie tramor? Diemwntie? Na, jyst rho ddyn glân i mi, wa.

Yn y gwaith, dwi isho gwneud joben dda tan ddiwedd Medi a diwedd fy nghytundeb, a gweld be ddaw wedyn. Dwi'n trio 'ngore felly i ddysgu cymaint ag y galla i a dod 'mlaen efo pawb. Mae 'na rêl bwrlwm yn y swyddfa pan fydd pawb yno, a llond y lle o sŵn a siarad a sigaréts. Ryden ni am gael pleidlais yn fuan mae'n debyg, achos mae llwyth o swyddfeydd yn gwahardd 'smygu rŵan. Mae Eleri am adael i ni benderfynu a yden ni am gael 'smygu yn y swyddfa ai peidio . . .

Dydd Iau, 13 Chwefror

Mae yna ddau beth mawr yn diodde ym mhrysurdeb fy mywyd cyffrous i. Cyswllt efo Mam a Dad a 'mherthynas i â Cat.

Yn gynta, mae'n amhosib i mi a Cat gafael ar ein gilydd – tydi'n bywyde ni ddim yn ffitio o gwbwl. Mewn unrhyw ffordd. Does gen i ddim amser i dostio bara yn y bore heb sôn am ffonio Cat am sgwrs, a finne'n gwybod mai dyna'r amser gore i gysylltu â hi gan fod Lleu yn deffro am chwarter i chwech bob bore ar y dot. Sy'n golygu bod Cat druan wedi bod ar ei thraed ers orie ac ar ei phumed coffi erbyn i mi agor fy llygaid, a'i bod hi'n fwy na pharod am sgwrs efo oedolyn arall erbyn wyth a Dew yn gadael y tŷ mor gynnar.

Y troeon prin mae hi wedi fy nal yn y tŷ cyn i mi ei heglu hi allan trwy'r drws efo afal yn fy llaw, dwi wedi addo ei ffonio hi'n ôl. A ddim wedi gwneud. Achos er pa mor anghyfrifol a di-hid ydi criw Chwip y tu allan i'r swyddfa, mae llygaid craff Eleri yn gofalu nad oes diogi na sgeifio. Dwi wedi gwneud galwade personol o'r swyddfa ambell waith, ac mae Eleri wedi ymddangos bob tro, fel petai ganddi hi ryw larwm yn ei swyddfa, a chwythu lawr fy ngwar nes i mi orffen yr alwad efo gwên wan a 'sori — chwaer, jyst isho sgwrs'. A rŵan, wrth gwrs, mae hi o 'nghwmpas i fel gwenynen bigog. Alla i ddim ffonio Cat am sgwrs hamddenol o'r ffôn talu yn y King's Castle chwaith, efo'r jiwcbocs yn bloeddio a chwsmeriaid yn mwydro yn y cefndir.

Na, mae'n anobeithiol. A phrin dwi'n cael amser i sgwennu am fy anturiaethau yn hwn, wir, a finne wedi addo i

71

Cat ac i mi fy hun. Ta waeth. Heno mi wnes i chydig o ymdrech, ond roedd Cat wedi hen fynd i'w gwely a digon disgwrs oedd Dew. Un fel'ne di o . . . neu rhai fel 'ne yden nhw ynde, dynion. Dim ond merched sy'n gallu gwahodd ffrind draw am baned ne wydred o win i drafod gwirioneddau mawr bywyd fel Brazilian ai peidio, diffyg synnwyr ffasiwn difrifol Catherine Zeta a rhinweddau niferus Antonio Banderas, ac wedyn ffonio'r un ffrind yn hwyrach i ddweud ei bod wedi anghofio cardigan / sgarff / plentyn, a threulio dwyawr arall yn rhoi gweddill y byd yn ei le dros y ffôn. Na, 'sgen dynion ddim gwerthfawrogiad o ffôns, sgidie na siocled.

Dydd Gwener, 14 Chwefror
Llwyddes i ffonio Mam a Dad, ac roedden nhw adre, am chênj. Wedi helô byr gan Dad ges i sgwrs neis efo Mam, hitha'n mwydro a holi pa enwogion oeddwn i wedi taro arnyn nhw (nes i sôn am Bleddyn, a 'nhafod yn sownd yn fy moch, ac mi wnaeth hynny argraff fawr arni), lle dwi'n prynu 'nghig (?) ac a ydw i wedi dod ar draws cefnder Eifion Tŷ Croes: 'mab Lisi'r Erw – ti'n ei chofio hi dwyt? Nath hi symud i Gaerdydd . . . ŵ, cyn dy eni di ma' raid.' Wel, Mam fach – dwi ddim yn debygol iawn o'i nabod hi felly, nachdw? Ta waeth. Y cefnder 'ma – Derwyn ydi ei enw fo a 'gwneud rhywbeth efo'r telifishyn mae o'. Dyna ni felly, sialens i mi – ffeindio rhywun o'r enw Derwyn sy'n gweithio'n y cyfrynge yng Nghaerdydd. I blesio Mam.

Dydd Sadwrn, 15 Chwefror
Cyflog wedi mynd mewn ddoe gan fod y pymthegfed ar y penwythnos, felly i'r siope â fi ar fy mhen! Mae'n benwythnos rygbi eto (mae hyn yn ddiddiwedd!). Ym Mharis mae'r gêm heddiw, sy'n golygu chydig o heddwch yn y dre. Ches i ddim ryw lot o hwyl chwaith – y siope'n orlawn a finne heb fath o

amynedd, felly mi gerddes i'n ôl adre. Roedd Bev ar gychwyn am power walk pan gyrhaeddes i, ac mi ges gynnig mynd efo hi. Mi drodd yn power *stroll* yn anffodus, gan ein bod ni'n dwy yn siarad gormod, ac yn fwy anffodus fyth, mi aeth y stroll â ni heibio i off-licence Romilly Crescent, sy'n gwerthu gwinoedd neilltuol o neis. Swn i'n licio meddwl nad fy mai oedd o yn gyfan gwbwl, ond ar i lawr aeth hi, ac wedi cael cawod, y peth mwya egnïol wnaethon ni oedd estyn am y corcsgriw a fideo *Striptease* Demi Moore, oedd yn wirioneddol ddifrifol o wael. O Demi! A phethe wedi dechre mor dda i ti yn *St Elmo's Fire* flynyddoedd yn ôl . . .

Dydd Llun, 17 Chwefror
Mam fach! Heddiw mi ddwedes i hanes Mam yn holi am y Derwyn hwnnw wrth bawb yn y swyddfa, a'r rheiny'n eu dyblau'n chwerthin. Es i hwylie go iawn.

'As if! Wir, mae Mam yn meddwl bod pawb drwy Gymru'n mynd i'r capel nos Sul, y Gymdeithas nos Fawrth, a'r Band of Hôp nos Fercher . . .' Roedd pawb yn dal i chwerthin. Ac mi faswn i fy hun yn cyfadde nad oeddwn i mor ddoniol â hynny chwaith. Ta waeth. Pan stopiodd Alwen grïo chwerthin a chael rywfaint o anadl, mi bwyntiodd hi at Mês.

Do'n i ddim yn dallt. Ac roedd yn rhaid iddi egluro . . .

'Derwyn. Derw-un. Mesen. Mês. Get it?'

Wel, wel. Pwy se'n meddwl. Mi wnaeth Alwen i mi ffonio Mam druan yn y fan a'r lle, ac mi siaradodd Mês efo hi ar y ffôn yn boleit i gyd i holi am Eifion a'r teulu.

'O, hogyn neis,' medde Mam wedyn cyn ffarwelio, yn amlwg bron â byrstio isho ffonio pawb yn y pentre i ddweud bod 'Ceri ni yn gweithio efo Derwyn-mab-Lisi'r Erw-chwaer-Tecwyn-Tŷ-Croes.'

Dyna ryfedd na soniodd Mês 'run gair. A fynte'n gwybod

'mod i'n dod o Llan. Ond wedi siarad efo fo wedyn, dwi'n dallt bod 'na chydig o ddrwgdeimlad teuluol – wnaeth o ddim ymhelaethu lot – chafodd ei fam o ddim pan fu farw ei daid a'i nain, yn ôl be gasgles i.

Ac wedi meddwl, mae ganddo fo eirfa eitha gogleddol, a'r math o acen na fysech chi fyth yn gallu dyfalu un lle ydi hi, a 'di o'n bendant ddim yn swnio fel rhywun o Ysgol Glantaf.

Ond wedyn, dio'm bwys o le mae neb yn dod yng Nghaerdydd rhywsut. Dinas y funud ydi hi. Does 'na neb yn ymddwyn fel 'tasen nhw'n meddwl am y dyfodol, nag yn cynllunio nag arbed arian at unrhyw fory, mae hynny'n amlwg. Er, falle mai ein hoed ni sy'n gyfrifol am hynny yn hytrach na lle yden ni . . .

Dwi'n hiraethu chydig am adre ar hyn o bryd. Falle mai euogrwydd ydi o'n fwy na hiraeth. Dwi'n teimlo 'mod i'n colli cysylltiad go iawn efo Mam a Dad a Cat, yn bellach o lawer o'u bywydau nhw nag oeddwn i pan o'n i ym Mangor.

Ond dyma fy amser i fod yn hunanol, a duwcs, pam lai? Reit, ma' hynna'n lot gormod o feddwl. Dwi'n ifanc. A be ddwedodd Daniel Glyn ar *Hwyrach* y noson o'r blaen? Yr hen a ŵyr a'r ifanc a glybia . . .

Dydd Mercher, 19 Chwefror

Mae hi'n ddeg y bore a dwi'n dal i swatio yn fy ngwely bach. Ond does dim isho cael panics achos mi ddwedodd Eleri wrth bawb nad oedd angen i ni ddod i'r gwaith tan ganol y bore. Diolch byth, achos dwi'n ame a faswn i wedi gallu sobri mewn pryd i fynd i 'ngwaith erbyn naw. Dwi'n rhyw ddechre dadebru rŵan ond am orweddian am ryw hanner awr fach arall i roi hoe i 'mrên, sy'n ratlo fel bocs twls.

Neithiwr, roedden ni i gyd wedi cael ein gwahodd (neu'n gorfodi a dweud y gwir, dwi'm yn meddwl bod peidio â mynd yn opsiwn) i ddathlu pen-blwydd Eleri yn 45. Rŵan, mae 'na fynd allan ac mae 'na fynd allan. Mae 'na wario ac mae 'na luchio pres.

Yng Nghefn Llwyd, mae mynd allan i fwyta yn uchafbwynt blynyddol, yn ddigwyddiad o bwys; un o'r achlysuron prin hynny pan fydd Mam yn gwisgo lipstig a Dad yn tynnu'i gap stabal. Mae 'na sôn a siarad a threfnu a thrafod am wythnosau, a bob tro mae'r noson ei hun yn fflop llawn tensiwn . . .

'Alun! Tyn dy beneline oddi ar y bwrdd!'
a chreisus . . .

'Ydw i i fod i fyta hwn, Gwen, neu decyrêshon ydi o?'
a chamddeall . . .

'O! sbïa, Alun – dydyn nhw ddim wedi tynnu'r pys 'ma o'r goden – ach a fi! A nhwythe'n gofyn crocbris . . .'

Ond yng Nghaerdydd, mae 'na fynd allan ar gyfer pob achlysur: penwythnos, canol wythnos, pen-blwydd, diwrnod diflas; a phob un yn achlysur hwyliog, meddwol a rhemp.

Fel neithiwr. Pawb yn cyfarfod am saith yn Henry's a'r coctels siampên yn llifo fel dŵr o dap i yfed llwncdestun ar ôl lwncdestun i Eleri. Mojiito sydyn cyn cerdded trwy'r oerfel lawr i fwyty Champers ar St Mary Street. Yn y fan honno, gwin gwyn efo'r cwrs cynta, mwy o win wrth aros am yr ail gwrs, gwin coch diddiwedd efo'r prif gwrs – yna brandis mewn gwydrau fel powlenni a choffis Tia Maria a shortyn i bawb efo mint.

Erbyn y coffi, roedd Eleri wedi cyhoeddi i'r tŷ bwyta i gyd ei bod hi'n 50 nid 45, ei bod am brynu bŵbs newydd iddi hi ei hun yn anrheg pen-blwydd a bod ei hunig annwyl fab yn ganlyniad i affêr danbaid efo'i darlithydd celf yn coleg (Simon druan). Ac o fewn hanner awr roedd hi'n beichio crïo oherwydd bod ei hieuenctid wedi diflannu i'r un lle â'i bronnau ac mai faricos fêns oedd yr unig beth o'i blaen. Felly dyma Mês a Siôn yn gwneud yr 'usual' a'i rhoi mewn tacsi efo cyfarwyddiade i'r dreifar i ofalu ei bod yn ei thŷ ac nid â'i baglau yn yr haul yn y gwely rhosod cyn dreifio oddi yno.

Penderfynodd pawb arall gario mlaen. Sylweddolodd Bleddyn a Duke iddyn nhw gystadlu'n erbyn ei gilydd yn Steddfod 1975, a mynnu bloeddio deuawd ddigyfeiliant aflafar o'r gân dan sylw wedyn. Roedd Fal yn hanner gorwedd ar ei chadair, wedi cicio ei sgidie i ffwrdd, ac yn ôl y golwg ar wyneb chwyslyd Siôn oedd yn eistedd gyferbyn â hi, nid ar y llawr roedd ei thraed hi. Hitiodd Alwen, Mês a finne'r tecilas yn reit hegar a dirywiodd y noson yn un cyfeddach o remprwydd alcoholig. Roedd hi'n flêr, oedd, ond yn hynod, hynod hwyliog.

Ac wrth straffaglu am waledi a chardiau a phwrsys i dalu daeth y waiter draw a dweud bod yr holl fil wedi ei dalu yn barod, gyda cherdyn credit Eleri. Chware teg iddi. Mae'n rhaid fod y bil yn gannoedd, ac Eleri yn amlwg wedi gadael ei manylion heb orfod poeni am y cyfanswm. Waw. Canodd pawb 'Pen-blwydd Hapus' i Eleri yn ei habsenoldeb, dweud dynes mor hael oedd hi a gordro Sambwca mawr bob un, eu tanio a'u downio. Hwrê!!

Pan ddaeth hi'n amser gadael go iawn, mi aethon ni yn un criw swnllyd-sigledig, a'r bwrdd yn faes brwydr o boteli a gwydrau gwag a blychau llwch llawn. Ac wedi dadlau brwd am ble i fynd nesa y consenws oedd ein bod ni oll yn ddigon meddw i allu wynebu Cyrchfan Cyfryngau Cymru, yr enwog Cameo Club.

Roeddwn i'n disgwyl lle ecsgliwsif, elitaidd, soffistigedig, steilish . . . a be ges i oedd parlwr gore Anti Jên – cyfyng, blas a hogle melys afiach a phapur wal fase'n ddigon i godi pwys ar ôl Pernod neu ddau'n ormod. Ond cwantiti'r clientele yn hytrach na'u cwaliti ydi cryfder y clwb yma. Roedd y cyfryngis a'u cynffonau yma fel chwain.

Doeddwn i ddim yn siŵr faint o groeso fyddai yno i ryw nouveau-cyfryngi ymylol fel fi, ond wedi ei baglu hi i mewn, roedd nod a chyfarchiad hwn a'r llall tuag at Mês, Siôn a Bleddyn yn ddigon o sêl bendith. Ymddangosodd gwydrau llawn o'n blaenau, a dyma ailgychwyn ar y cylch diddiwedd o yfed, mynd at y bar, yfed a mynd at y bar, a'r archeb yn prysur fynd yn hurt. Wisgis, Cointreaus, tecilas, fodcas. Roedd pawb yn rhy llawn o fwyd i yfed peintiau, ac yn rhy llawn o alcohol i yfed yn gymedrol. Shortyn oedd hi bob tro felly.

Roedd Bleddyn a Duke wedi rhoi'r gore i'r canu ond wedi dechrau ar ddeuawd fwy ffiaidd o lafoerio'n dafodllyd i gegau ei gilydd, a phawb arall yn eu hanwybyddu. Roedd Alwen wedi dal tacsi adre neu, yn hytrach, wedi cael ei rhoi mewn tacsi gan Mês. Fel arfer mae o'n mynd efo hi ond aeth o ddim heno am ryw reswm. Mi ddechreuodd hi brotestio, ond roedd hi'n rhy chwil i syweddoli nad oedd neb yn gwrando. A dweud y gwir mae Alwen yn chydig o benbleth – er mor lyfli ydi hi, does gen i ddim mynedd efo hi weithie. Wn i ddim be sy'n mynd ymlaen rhyngddi hi a Mês chwaith, mae *o* hyd yn oed i'w weld chydig yn ddiamynedd efo hi y dyddie yma, pan fydd hi ar ei gwaetha. Beth bynnag, fi oedd yn feddw wrth ochr Mês yn y gornel neithiwr. Ond yn sydyn, daeth trydydd person i'r sbwylio'r pictiwr, gan bwyso ar ochr arall Mês. Hogan (neu'n hytrach, dynes) smart, denau, gyfarwydd.

'Heia! Ti'n cofio fi?' Roedd hi'n slyrio'i geiriau a'i llygaid disglair yn rowlio yn ei phen.

Roedd Mês yn amlwg, er mor feddw oedd o, yn teimlo'n reit annifyr. Mi fwmblodd rywbeth am fynd at y bar, a diflannu. Trodd Mrs Cyflwynydd-rhywbeth-neu'i-gilydd ata i, gan hanner disgyn nes bod ei hwyneb o flaen fy nhrwyn.

'Gwranda di'r bitsh fach . . . wn i ddim pwy wyt ti ond fi sy'n mynd adra efo Mês, dallt?' Roedd ei gwefusau hi'n glynu i'w gilydd a'i phen yn hanner hongian ar ei hysgwydd. A phan ddaeth Mês yn ei ôl mi lusgodd hi ei hun ar ei lin o, a dechre gwneud llais babi.

'O! Mês . . . oes gen ti bresant bach i Mali neis heno 'ma? Ma' Mali'n licio presantau – rhai mawr . . .' Wir, ro'n i'n teimlo'n reit sâl. Roedd Mês yn gwingo.

'Ymm . . . Gad lonydd, Mali . . . Dwi'n, ym, mynd efo rhywun . . .' Ac mi gofies ar pa raglen yr oeddwn i wedi gweld y Mali yma.

'So? Dwi 'di priodi . . . wnaeth hynny ddim dy stopio di o'r blaen . . .'

Ac wrth ddweud hynny, roedd ei hewinedd coch yn mwytho ei glun, i fyny ac i lawr. Mi benderfynes i ei bod hi'n bryd gwneud mŵf – am adre yn hytrach nag ar Mês – a rhoi clec reit chwim i'r fodca o mlaen. Ond yn anffodus, ar ôl yr holl winoedd a shorts, hwnnw oedd yr un wnaeth fy llorio. Mi ddechreues i deimlo'n sâl, sâl go iawn.

'Mês bach neis a Mali Wali . . .' Roedd fy stumog i wedi cael digon, a Mês hefyd, yn amlwg, a gwthiodd grafangau Mali oddi ar ei glun, codi a cherdded at y bar a 'ngadael i yno efo Mali Wali.

'Faswn i ddim yn cysgu efo ti beth bynnag,' gwaeddodd honno, a'i thafod yn dew. 'Ti'm hanner digon pwysig i fi. Ac amdanat ti . . .'

Wrth iddi droi ei golygon i 'nghyfeiriad i, mi deimles hen sudd cyfog sur yng nghefn fy ngwddw, ac yn codi. Yn sydyn, roedd y bwyd, y tecilas, y fodcas, y cwrw a'r gwin yn boeth yn fy ngheg, yn fy nhrwyn a 'ngwddw . . . ac ar siwt ddrudfawr Mrs Cyflwynydd. A'i gwallt. Am gyflafan a chywilydd. Nes i ddim aros i sobri na gweld a wnaeth hynny ei sobri hithau, jest ei bachu hi allan, lawr y stryd a'r holl ffordd adre heb sbïo'n ôl.

Dwi'm yn siŵr iawn pam 'mod i mor flin efo Mês. Mae ganddo fo berffaith hawl i gysgu efo pwy bynnag ddiawl licith o. Ond hi? O bawb?

Roedd y ffôn yn canu pan es i i 'ngwely – Mês falle, yn gwneud yn siŵr 'mod i'n iawn. Dwi'm yn gwybod. Nes i'm ateb.

A dyna pam dwi yma yn gorwedd yn llonydd. I weld a oes gobaith y gwnaiff y byd roi'r gore i chwyrlïo rownd fy mhen. Wedyn, mi fydd yn rhaid i mi weld os alla i gerdded, a gwaith wedyn, beryg.

Diolch i Dduw nad oedd Eleri yno i 'ngweld i'n gwneud gymaint o sioe ohonaf fy hun.

Dydd Iau, 20 Chwefror
Nes i'm para'n hir iawn yn y swyddfa ddoe. Roedd y lle fel llong mewn storm – Fal a Duke yn chwydu bob yn ail yn y toiledau, pobol yn griddfan wrth eu desgiau ac yn cerdded ar goesau sigledig. Heddiw fymryn yn well, er 'mod i'n dal i deimlo bod rhywun wedi llenwi 'mhen efo llwch lli. Dwi angen penwythnos tawel ac iachus, a noson gynnar heno.

Dydd Gwener, 21 Chwefror
Rhesymau Mês a Ceri dros fynd ar y wagen.
Dylan Thomas
Oliver Reed
Sue-Ellen
Georgie Best
Ymddygiad Ceri yn y Camel Club
Mês sydd 'ma. Dwi'n sgriblo hwn gyda chaniatad Ceri, OK. Ma hi'n eistedd hefo fi nawr, yn trio smalio nad ydi hi'n cachu ei hun 'mod i'n mynd i redeg i'r toilet gyda'r llyfr yma a chloi fy hun i mewn a *darllen ei chyfrinachau i gyd*!!! HA HA HA.

Mae hi yma, *wir yr 'sdi*, fel base hi'n dweud. Dwi ddim wedi ei llofruddio na dim, na'i rhoi dan y patio gyda thunnell o goncrit ar ei phen. A sgrifennu hwn i drio ffugio'i bod hi'n dal yn fyw. Dwi'n meddwl y byddai'r diffyg 'iesgobs' a 'paid wan wa' yn giveaway. A'r cam-sillafu. W, a falle bod y llawysgrifen *hollol* wahanol yn gliw hefyd.

Ond dwi eisiau gwneud yn siŵr bod Ceri yn sgrifennu'r gwir – yn datgan yn y dyddiadur hwn (erioed yn gwybod tan heno bod Ceri yn diarist o fri) fod Ceri a Mês wedi cytuno, nid jyst Mês, i roi'r gore i'r ddiod gadarn am gyfnod o fis. Falle pythefnos. Neu falle wythnos . . . Dibynnu faint o offyrs sydd yn offi Wellfield Road.

Eniwê, y penderfyniad (1 neu 2 'n' yn penderfyniad? 1? Sori – addysg Glantâf – o'n nhw'n lot rhy brysur yn ein dysgu ni fod yn cŵl ac i fod mewn bands, a dysgu acen hollol ridiciwlys i ni, a chamdreiglo a chamsillafu). Felly ar sail y pedwar alci yna ar dop y dudalen, mi ddylen ni fynd ar y wagen am gyfnod, os nad am oes. Y wagen 'na – y bitch gas yna sy'n gwneud pobol yn dead boring: peidio cysgu gyda phobol anaddas a'u stopio nhw rhag chwydu ar gyflwynwyr precious oedd wedi cysgu gyda rhywun oedd yn rhy pissed i beidio . . . You know it makes sense.

Felly, dwi Mês, a Ceri, yn selio y penderfyniad chwyldroadol hwn gydag un botel secsi o Absolut Citron. Fodca. Dim lemonêd.

llofnod Ceri   X

llofnod Mês   X

Rydan ni yn ymwrthod â'r llwybr dinistriol yr aeth y pedwar ar ddechrau'r datganiad hwn arno. Dim alcohol i ni, mêt. Reit. Fodca bach, ie Cer?

Dydd Sadwrn, 22 Chwefror – 2pm

Rŵan dwi'n darllen be sgrifennodd Mês. Doniol. O – gobeithio na wnaeth o ddarllen be oedd ar y dudalen cynt amdano fo a Mali. Wedi meddwl, roedd o'n rhy feddw i ddarllen. Ac yn bendant yn rhy feddw i sgwennu – mi gymerodd sbel i mi ddeall be ddiawl oedd o'n ddweud. A finne'n dal i gywilyddio am benllanw alcoholaidd fy mywyd, sef chwydu ar un o gyflwynwyr teledu mwya poblogaidd y genedl. Erbyn dallt, roedd penllanw alcoholaidd Mês wedi dod ychydig wythnosau ynghynt, pan gysgodd o efo hi (y cyflwynydd, nid y genedl).

Dod draw ar ôl gwaith ddoe wnaeth Mês a Siôn (roedd Alwen yn cyfarfod rhyw hen ffrind ysgol) ac aeth y tri ohonon ni i'r Lansdowne am beint neu ddau. Ond aeth Siôn i ddilyn ei drwyn fel rhyw gi ar drywydd llwynog – mae o'n ffansïo rhyw hogan sy'n gweithio yn yr It Bar newydd yn y dre. Ac yn lle mynd yn ôl efo Siôn, mi arhosodd Mês efo fi. Dwi'm yn meddwl ein bod ni wedi bod allan, dim ond ni'n dau, o'r blaen. Roedd hi'n noson lyfli. Dim ond sipian peints a mwydro. Soniodd Mês am ei deithie – mae o wedi bod yn Awstralia ddwywaith yn barod. Unwaith fel rhan o'i daith rownd y byd cyn mynd i'r coleg (gradd mewn Peirianneg Electronig o Birmingham – dosbarth cynta, sgiws mi!) ac wedyn i weithio llynedd. Yr argraff ges i oedd y base fo wrth ei fodd yn mynd yn ôl (naaaa!!). Roedd o hefyd yn dweud 'i fod o'n dechre cael llond bol ar fynd i'r un hen lefydd, fel y Castell, dro ar ôl tro.

'Be ydan ni 'i angen, Cer, ydi rhywbeth gwahanol.'

Ond nid rhywbeth gwahanol oeddwn i isho ond rhywle gwahanol. Dwi ddim isho gweld 'run o'r bobol oedd yn y Cameo Club, byth, byth, byth eto, na dod wyneb yn wyneb â'r Mali enbyd yna.

Beth bynnag, y penderfyniad oedd mynd i Club X heno,

clwb hoyw Caerdydd a rhywle y gallwn ni osgoi pob un o hen gariadon Mês, gobeithio.

Ddaethon ni'n dau'n ôl yma wedyn. Na, wnes i ddim rhoi gwahoddiad iddo fo 'am goffi', holi nes i a oedd o awydd drinc. Roedd Bev yma pan ddaethon ni i'r tŷ – mi wirionodd braidd fod gynnon ni gwmni ar nos Wener, a mynd i nôl potel o Absolut Citron o'r rhewgell. A dyna lle buon ni'n tri, yn yfed fodca strêt o wydrau bach trendi Bev a gwrando ar fiwsig. Roedd Bev yn siaradus iawn, ac roedd ei gweld hi'n clecio fodca fel hogan mewn steddfod yn chwa o awyr iach. Os dwi'n cofio'n iawn, roedd hi'n fflyrtio rhywfaint efo Mês hefyd. Wel wir!

Beth bynnag, roedd Mês am ffonio Alwen a Siôn heddiw i ddweud wrthyn nhw am y cynllunie, ond ges i alwad ganddo fo gynne i ddweud nad ydi Siôn am ddod. Alla i ei ddychmygu o rŵan: 'E? Be 'swn i'n neud mewn clwb efo dim fodins?' Mae Alwen am ymuno â ni'n hwyrach falle; yn ei gwely mae hi efo homar o hangofyr. Felly mae Mês am ddod draw yma i fy nôl i yn nes ymlaen heno.

Dwi licio treulio amser efo fo, ac yn trio peidio meddwl a alle hyn arwain at rwbeth mwy. Pwy dwi'n ei dwyllo . . . dwi isho iddo fo arwain at rywbeth mwy.

Nos Sadwrn, 22 Chwefror – oriau mân fore Sul
Am noson! Am wahanol! Ches i erioed noson debyg, na chystal yng Nghaerdydd. Ac mae gen i ddyn yn fy ngwely! Ocê, ddim go iawn. Wel, mae o'n ddyn go iawn – Mês – ond dyden ni ddim 'yn y gwely' go iawn. Chwyrnu cysgu mae o a finne'n methu, gan fod fy meddwl yn chwyrlïo a 'nghyhyrau yn aflonydd. Sut all o gysgu?

Landiodd tacsi Mês tua'r naw 'ma, a finne ar ganol lluchio cynnwys fy wardorb o gwmpas y llofft, jest am hwyl. Ar ôl iste ar y grisie am ddeng munud yn gwrando arna i yn cwyno a gwichian nad oedd gen i *ddim byd i'w wisgo* mi ddwedodd wrth y gyrrwr tacsi druan am fynd, ac aeth drwodd i'r gegin i ddweud helô wrth Bev a David. Chafodd o ddim llawer o sens, beryg, ac fyny ata i ddaeth o efo potel o win a dau wydr.

'Boi diddorol, y David 'na. Gwin?'

A dyna lle roedden ni'n dau – Mês yn pori drwy fy CDs, yn nodio ar ambell un (Barry K Sharpe, Gil Scott Heron) ac yn gwneud wyneb ar rai eraill (Sting, Sheryl Crow). Yn y diwedd, mi fu'n rhaid i mi ei atgoffa fo bod Sting, Prince a Suzanne Vega yn sanctaidd, waeth pa mor yn-cŵl oedd eu licio nhw (nes i'm dweud wrtho fo am Gôr Godre'r Aran a Bryan Adams). Mi edrychodd o i fyny a sbïo arna i fel taswn i'n wallgo cyn troi ei ben i ffwrdd, a dwi'm yn siŵr ai fy chwaeth gerddorol i oedd y rheswm am hynny, neu'r ffaith 'mod i rhwng dau dop ac yn sefyll yno yn fy mra.

Beth bynnag, Mês ddewisodd fy nillad i yn y diwedd! Go iawn!

'Ty'd Ceri! Fydd hi'n fore Sul cyn i ti newid. Y jîns yna, a'r top arall. A'r sgidia mawr gwirion 'na. Cŵl. Job dýn. Ty'd!'

Felly mewn fflêrs denim, fest streipiog, siaced fer, sgleiniog a Buffaloes, ac mewn hwylie da diolch i'r gwin, dyma gychwyn am Club X. Mês y steilydd handi. Da 'wan.

Wedi ciwio i adael ein cotiau yn y stafell wrth y drws, i ffwrdd â ni i gyfeiriad y bwm bwm bwm. Ro'n i wedi cyffroi drwyddaf – y drum 'n' bass yn ysgwyd y llawr a'r waliau ac yn gorfodi fy nghalon i'w ddilyn. Roedd y llawr dawnsio yn anferth, yn dywyll a'r dyrfa'n cael ei goleuo mewn lliw bob hyn a hyn, yn un symudiad o biws, glas, gwyn, gwyrdd. A phawb yn ddel, yn werth eu gweld. Yn lledr, yn blastig, yn sîcwins a phlu. O! Anghofiwch griw diflas, hunanbwysig, canol oed a chanol y ffordd y Cameo Club. Dyma'r lle i fod.

A'r peth gorau? Dim gwydrau segur yn casglu'n rhesi ar y byrddau, dim dynion boliog chwyslyd wrth y bar yn sibrwd pethau budr amdana i i'w peintiau. Poteli o ddŵr oedd gan y rhan fwya o'r dawnswyr.

Daeth rhyw foi ata i'n syth a gofyn: 'You sorted?' Roedd ei ben o'n mynd efo'r miwsig, ac roedd o'n cnoi ei wefus ffwl sbîd. Gafaelodd Mês yn fy mhenelin a nhynnu fi oddi wrtho fo.

'Persil ydi'r rhan fwya o'r crap gei di yn fan'ma . . . paid, ocê Cer?' Ges i deimlad braf bod Mês yn edrych ar f'ôl i – ai ond fel ffrind?

Beth bynnag, cyn i ni gyrraedd y bar, dyma wyneb cyfarwydd yn ymddangos o 'mlaen i. Wyneb del. Simon. Yng nghanol ei griw tlws, roedd o'n dal i sefyll allan fel delw Groegaidd.

Ro'n i'n rhy hapus i fod yn flin efo fo, a dechreuais ymddiheuo am ddiflannu o'r bwyty gan egluro 'mod i wedi 'cam ddeall pethe braidd' – ond rhoddodd Mês ei freichie rownd ein sgwydde ni'n dau a'n harwain ni ar y bar 'i wneud ein heddwch dros Mojito' a dyna wnaethon ni. Bywyd yn rhy fyr a ballu.

Wedi chydig o ddrincs a chydig o ddawnsio, ges i chydig o syrpreis. Pwy ddawnsiodd tuag at Simon, gafael ynddo fo mewn coflaid fawr or-gyfarwydd a rhoi sws fawr iddo fo (fydde wedi troi yn snog tasa Simon ddim wedi ymwrthod yn glên) ond wyneb cyfarwydd arall. Bleddyn Booth o bawb. Wir yr! Yn chwys pys ac yn cnoi ei wefus fel camel ar sbîd, yn amlwg wedi cymryd llond berfa o rywbeth reit hegar. Pan sylweddolodd 'mod i a Mês yno camodd yn ôl mewn sioc cyn ailfeddwl a dod draw i roi hyg fawr i ni'n dau, a dechre lluchio'i hun o gwmpas y llawr dawnsio gan bwmpio'r awyr efo'i ddwrn (a chymryd mantais lwyr o'r awyrgylch 'anffurfiol' ynghanol y dynion del ifanc). Ie! Dynion. Go Bledd! Wel wel . . .

A ninne wedi ymuno â fo ar y llawr dawnsio, ymddangosodd Alwen o rhywle. A bod yn onest, mi aeth hi ar fy nerfau i o'r eiliad gynta. Roedd hi'n amlwg wedi gwneud ymdrech, yn hollol stunning mewn sgert fini sgleiniog satin a theits a bŵts swêd uchel. Mi fase hi wedi bod yn boblogaidd iawn iawn yn unrhywle arall . . . Mi ddaeth draw am ddawns bach, ond wedyn anelodd yn syth at y bar, gan lusgo Mês ar ei hôl. Ma'n rhaid ei bod hi'n chwalfa'n cyrraedd, achos ar ôl cwpwl o shorts roedd hi'n chwil gachu, gachu, yn taro pobl a cholli ei diod dros y lle. Mi driodd ddringo fyny ar ein bwrdd i ddawnsio, ond doedd hi prin yn gallu sefyll. Aeth Mês â hi, eto fyth, adre. Ro'n i chydig yn flin – cyn iddi hi gyrraedd roedden ni'n cael noson hwyliog neis, a newid braf o glecio peints yn y Castell.

Beth bynnag, ges i gymaint o hwyl efo Simon a'i fêts golygus, a gan 'mod i wedi gwirioni ar fy ffrindie newydd fflyrtiog (heb orfod poeni am gamarwain) doedd dim bwys gen i go iawn. Ac yn goron ar y cwbwl, ges i hanes Bledd i gyd gan Simon.

Mae Bledd yn un o selogion Club X medde Si, ac mi gytunon ni'n dau ei fod o'n foi iawn o dan y ddelwedd sleimllyd. Ond y datguddiad mawr oedd un na fydde Bledd isho i Eleri wybod, sef mai fo oedd y dyn cynta i Si ei gusannu, yn nhoiledau Chwip yn ystod ryw barti Dolig flynyddoedd yn ôl pan oedd Si o dan oed yfed heb sôn am ddim byd arall. Mi 'orffenon nhw'r weithred' ar ei ben-blwydd yn 18. A doedd dim rhaid i Si fy atgoffa i fod Bleddyn yn arfer bod yn bishyn . . . dwi'n cofio'n iawn fy hun!

Rhyw weiddi-sgwrsio oedden ni uwchben y miwsig, a phan glywon ni guriadau anthem Livin' Joy, 'Don't Stop Movin'', roedd yn rhaid dawnsio, felly gadawyd y sgwrs arbennig honno at ryw dro eto . . .

Tua'r tri 'ma ro'n i'n dechre meddwl y dylwn i feddwl am ei throi hi, ac wrthi'n ffarwelio â Si oeddwn i, efo lot o gusanau ac addewid i gyfarfod yn fuan i gael sgwrs iawn a thrafod lot o Bethe Mawr Bywyd, pan ymddangosodd Mês. Roedd o'n teimlo'n wael, medde fo, am fy ngadael i a mynd ag Alwen adre, ac yn poeni amdana i'n trio cael tacsi adre fy hun. Ond am unwaith ro'n i'n reit sobor ac yn hollol abal i handlo fy hun. Ta waeth, yn y diwedd, cerdded yr holl ffordd adre wnaethon ni, oedd yn braf.

Roedd y wawr yn torri pan gyrhaeddon ni'r tŷ, a sleifiodd y ddau ohonon ni i fyny i'r llofft ar flaenau'n traed, agor gwaelod y ffenest sash a dringo allan i eistedd ar do fflat y gegin – rioed 'di meddwl ei ddefnyddio fel balconi o'r blaen! Roedd Caerdydd yn wahanol, yn dawel, ynghwsg, a gwawl binc, gynnes ar y byd. Taniodd Mês joint ac roedd y mwg melys yn rhoi arogl wahanol i'r ddinas hefyd. Dwi ddim yn un am smôcs fel arfer, mae'n fy ngwneud i'n llonydd a swrth, ond heno roedd hi'n wahanol – mi wnaeth o'n llonyddu ni'n dau i rhythm y ddinas am bedwar y bore.

Ofynnes i i Mês oedd o isho aros draw, ac efo CD Air yn taro node llorweddol o llonydd, dyma ni'n dau'n gorwedd efo'n gilydd yn y gwely bach. Cysgodd Mês yn syth bin, a 'ngadael i'n gorwedd yma, fy nghalon yn bowndian a fy meddwl yn gwibio fel chwyrligwgan. Dyna pam mai ar f'eistedd yn sgwennu ydw i a gweddill y byd yn cysgu. Dwi'n meddwl yr a' i lawr grisie a lapio fy hun yn y cwrlid Melin Tregwynt cynnes yne sydd gan Bev ar y soffa. Bore da x.

Dydd Sul, 23 Chwefror

Mês, Mês, Mês . . . Mmm. Roedd o wedi codi bore 'ma cyn i mi ddeffro a gadel nodyn ar y gobennydd:

'Be, dim cwtch bore 'ma? Finne wedi edrych ymlaen

drwy'r nos. Diolch am dy wely. Wela' i di'n gwaith. Noson gret. Mês xx'

Sut ydw i i fod i ddadansoddi hwnne? Dwn i'm. Mae 'na wreichion rhyngddon ni yn bendant – wel, mae 'na goelcerth Guto Ffowc yne o f'ochor i! Ond be sy'n mynd trwy feddwl 'rhen Fês, tybed?

Dwi 'di cael un o'r diwrnode anniddig yne – doedd y corff a'r meddwl ddim yn cyd-fynd. Fy nghorff yn rhy aflonydd i gysgu a'm meddwl yn rhy swrth i wneud dim byd call. Ac ar adege fel hyn, y cwbwl alla i ei wneud ydi pethe fel clirio, tacluso, smwddio, sortio ail-gylchu a phethe di-ddim felly sy'n cymryd dim ymdrech ymenyddol.

Y canlyniad ydi bod fy llofft fel pin mewn papur, y bathrwm yn sgleinio fel swllt a phob tun, potel a chardfwrdd yn hapus yn eu blychau priodol yn barod am drip i'r banc ail-gylchu. Mae Bev yn fy ngharu i go iawn am wneud ei thŷ taclus hyd yn oed yn daclusach, felly mi aeth â fi allan i'r Happy Gathering am ginio. Lyfli, ac mi oedd yn hapi gaddyring go iawn – y lle'n orlawn o deuluoedd Cantonese, yn blant bach del, da a mamau a thadau a neiniau a theidiau . . . Roedden ni'n edrych yn od yne, ma' siŵr, heb fflyd o deulu o'n cwmpas.

Nes i fwyta cymaint ro'n i'n brifo, fel mae rhywun ar ddiwrnod Dolig, sy'n hollol hurt.

Dros botel o win coch lyfli, ac wedi ymlacio'n braf, dechreuodd Bev holi am neithiwr efo Mês, a be ddigwyddodd. Ddwedes i'r gwir (nes i ddim dweud ein bod ni wedi smocio drygs ar ben to ei hecsdenshyn newyd drud chwaith, dim ond y gwir fod Mês wedi cysgu yn fy ngwely i, a finne wedi bod ar y soffa am oriau nes i Bev gael hyd i mi yn y garthen wlân gynnes yn gwylio rhaglenni plant bore Sul.

'Wel, dwi'n deu'tho ti, cariad, dwi'n gwybod nad ar y soffa faswn i tasa na hottie fel yna yn y ngwêly bach *i* fyny grisia.'

Hanner ffordd drwy'r ail botel win mi fentres i ofyn i Bev amdani hi a David.

'Oh, he's the one, cariad, no doubt. Dan ni jyst yn ffitio rŵan, ti'n gwybod,' medde hi. 'A faswn i ddim rîli yn gallu côpio hebddo fo erbyn hyn. Fo sy'n rhoi trefn ar fy mywyd i. Fo sy'n gofalu amdana i – wel, fy mhres i anyway!'

Cyfaddefodd iddi fod yn ofnadwy o sgint ar un adeg, yn prynu gormod o ddillad designer a dodrefn drud, a bod David wedi dod i'w bywyd hi a sortio popeth allan pan oedd hi ar fin colli ei thŷ, mae'n debyg.

'A dweud y gwir, David ydi'r rheswm dy fod ti'n byw yn y tŷ,' medde hi, gan egluro'i fod wedi gwneud business plan iddi am y pum mlynedd nesa i dalu dyledion a sortio ei ffeinansus. Rhan o'r business plan ydw i!

Dwi'm yn siŵr iawn sut i gymryd hynny – ond diolch i Dduw am David, a diolch i Dduw nad ydi o'n byw efo ni ddweda i!

Dwi yn fy ngwely bach rŵan, efo bolied o fwyd a digon o win i fy ngwneud i'n gysglyd. Ac mae hogle Mês ar fy ngobenydd i, yn gwneud i 'nghalon i guro a 'nychymyg wibio. Amser cysgu a challio dwi'n meddwl.

Dydd Llun, 24 Chwefror

Dwi'm yn gwybod be ddaeth dros 'y mhen i ddoe – pan gyrhaeddes y swyddfa bore 'ma roedd popeth yn ôl i normal rhwng Mês a finne. Wnaeth o ddim sôn am nos Sadwrn (na bore Sul), ac mae o, Siôn, Alwen a finne yn dal i fod yn bedwarawd llon.

Aethon ni'n pedwar am sgram saim i ginio a meddwl o ddifri oes swydddfa yng Nghaerdydd gyfan efo sefyllfaoedd carwriaethol mor gymhleth â swyddfa Chwip. Doedd sefyllfa gymhleth Alwen a Mês, wrth gwrs, ddim yn rhan o'r drafodaeth – Bleddyn a'i anturiaethau aml-rywiol oedd y cocyn hitio. Dim pripsyn o bwys gen i a dweud y gwir.

Dydd Mawrth, 25 Chwefror

Cyhoeddodd Eleri heddiw pwy fydd cyflwynydd *Cymry am Byth*? Mali Davies. Neb llai. Derbynnydd lwcus fy chŵd yn y Cameo Club. Wedyn daeth y cyfarfod mwya *erchyll* o anghyfforddus y bues i'n rhan ohono fo erioed. Bleddyn y Cyfarwyddwr, Alwen yr is-Gyfarwyddwr, Mali y Cyflwynydd a fi fach yr Ymchwilydd / Crewr Sefyllfaoedd Embarysing.

Roedden ni i gyd yn yr ystafell gyfarfod yn aros am Eleri, a neb yn dweud gair. Jyst tawelwch annioddefol. Roedd pawb yn darllen ac ailddarllen yr agenda roedd Fal wedi ei phrintio'n daclus i ni.

Byrstiodd Eleri i mewn yn wên ac yn drefn fel arfer a dweud ei bod hi'n meddwl y bydde'n syniad i ni gyd gael gair sydyn 'fel bod pawb yn gwybod yn union lle mae o'.

Ro'n i'n gwybod yn union lle roeddwn i, a doeddwn i ddim isho bod yno. Falle bod Eleri wedi gwneud hyn yn fwriadol – peidio â datgelu pwy oedd y cyflwynydd tan rŵan, gan wybod yn iawn be wnes i iddi. Nid yn unig roedd disgwyl i mi siarad â hi heddiw ond fe fydd disgwyl i mi weithio efo hi. Y ddraig â hi. Yn eistedd yno yn ei siwt ddrud a'i cholur perffaith yn fy anwybyddu'n llwyr.

Roedd Bleddyn, ar y llaw arall, yn anwybyddu'r byd. Yn syllu ar y bwrdd o'i flaen yn annifyr. Dydw i ddim wedi llwyddo i gael gair efo fo eto – mi sleifiodd i mewn y bore 'ma heb air wrth neb. A pha wahaniaeth os ydi o'n hoyw, strêt, bei ... ond mae'n amlwg nad ydi o isho i neb wybod ei hanes o neu 'se fo wedi dweud yn gynt.

Llusgodd y cyfarfod ymlaen ac ymlaen. Doedd gan neb lawer o gyfraniad i'w wneud ac Eleri druan yn byrlymu fel arfer. Dyma gyhoeddodd hi wedi awr anghynhyrchiol, annifyr:

'Yn amlwg, does dim llawer o hwyl ar y trafod yma – ond chwarae teg, rois i fawr o rybudd i chi, naddo. Reit ta. Beth am wneud hyn tu allan i'r bocs – swper nos fory yn tŷ ni. Wyth o'r gloch. Mi bechwch chi os na ddewch.'

Ac roedd 'na fwy . . .

'Mi fydd Simon, fy mab, adre; wedi dod yn ôl o'i deithiau . . .' Roedd Eleri'n edrych arna i ond Bleddyn druan oedd yn biws y tu ôl iddi cyn ffrwydro mewn pwl o beswch. Anghofiwch gyfres deledu, mi fydd hon yn noson gwerth ei ffilmio.

Dydd Mercher, 26 Chwefror

Sut i beidio cael swydd cyflwynydd gydag un o gwmnie prysuraf a mwya dylanwadol Cymru:

Baglu allan o dacsi awr yn hwyr i dŷ'r bos, yn waglaw a meddw.

Troi trwyn ar y stecen hyfryd oedd wedi costio ffortiwn i'r bos ac wedi ei choginio'n berffaith gan y bos.

Anwybyddu'r darpar gynhyrchydd, y cyfarwyddwr, yr ymchwilydd a phen bandit y cwmni a'i fab.

Dweud bod Cymru'n rhy fach i hogan fel hi.

Dweud wrth ben-bandit y cwmni, y bos a'r un sydd newydd fod yn chwysu dros bopty i wneud y bwyd, bod ei hunig anedig fab wedi bod yn cael rhyw dan oed, hoyw gyda chynhyrchydd ei chwmni, sy'n hen ac yn afiach. A bod pawb yn y cyfrynge'n chwerthin am ei phen am beidio gweld be oedd yn mynd ymlaen o dan ei thrwyn.

Dyna'n union wnaeth Mali heno. A dyma'n union wnaeth Eleri: ei thaflu allan o'r tŷ a mynnu nad ydi hi byth i dywyllu ei chartre na'i swyddfa byth eto.

Dydd Iau, 27 Chwefror

Wel am ddiwrnod rhyfedd. A ninne i gyd yn disgwyl tân gwyllt go iawn yn y swyddfa, roedd pethe'n hynod o dawel a digynnwrf. Daeth Eleri i mewn fel arfer mewn cwmwl o bersawr a ryw glogyn dramatig (Azzedine Alïa – weles i o yn *Vogue* mis diwetha. Rhaid ei bod hi yn graig fwy o bres nag oeddwn i'n feddwl!).

Yna, galwodd gyfarfod efo criw'r gyfres. Roedd pawb erbyn hyn, wrth gwrs, yn gwybd am antics neithiwr a phawb ar binne.

Ro'n i wedi cyffroi, mewn ffordd braidd yn greulon, ac yn disgwyl sioe go iawn. Doedd Mês ddim yn y swyddfa i rannu'r cyffro, a doedd dim golwg o Bleddyn chwaith.

Dywedodd Eleri yn blwmp ac yn blaen ei bod hi'n credu y dylai timau cynhyrchu fod yn ffrindiau a bod tensiwn yn gallu difetha rhaglenni da. Oherwydd hynny roedd hi'n tynnu Mali oddi ar y prosiect, a fyddai Mali chwaith yn cyflwyno 'run rhaglen i Chwip eto. (Ac o wybod faint o ddylanwad sydd gan Eleri, 'swn i'n meddwl na fydd hi'n cyflwyno eto ffwl stop.) Bydd Bleddyn yn ei ôl yn y swyddfa ddydd Llun, medde hi, a bryd hynny mi fydd y ddau yn trafod cyflwynydd newydd i'r gyfres.

Whiw. Dwi *byth* isho digio Eleri.

Roeddwn i bron â marw isho dweud yr holl hanes wrth Mês, a doedd dim ateb yn ei fflat. Ges i fenthyg beic Bev (top of the range ond erioed wedi gweld tarmac yn ôl y golwg arno fo). Mae o wedi bod yn y sied ers i David ei brynu iddi medde hi – falle nad oedd hi'n cîn bod ei chariad wedi prynu rywbeth oedd yn awgrymu ei bod hi angen colli pwyse. Beth bynnag, draw â fi i fflat Mês a phwy agorodd y drws ond Simon, o bawb. Roedd Mês wedi mynd allan i nôl canie mae'n debyg.

Mi wahoddodd fi i mewn – y tro cynta erioed i mi fod yn

fflat Mês. Seler un o dai mawr Grangetown ydi o ac yn syfrdanol o chwaethus a bod yn onest. Lot o wyn a dim ond llond llaw o bethe yno, yn trendi heb fod yn fflash 'fath â thŷ Eleri. Mae ganddo fo boster o John Coltrane, a'r unig lun arall yno ydi un ohono fo a'i chwaer mewn dillad erchyll o'r saith degau wedi ei dynnu ar ryw draeth gwyntog oer yr olwg.

Dwi'n dallt erbyn hyn fod Simon ar hyn o bryd yn byw yn llofft sbâr Mês, wedi symud yno heddiw! Does ryfedd nad oedd Mês yn y swyddfa felly.

Ges i'r holl hanes gan Simon. Mi gadarnhaodd digwyddiade neithiwr bod angen iddo fo symud allan o dŷ ei fam er mwyn i'r ddau gael lle i anadlu. Roedd o wedi dychryn pa mor oddefgar oedd Eleri ynglŷn â'r datguddiad amdano fo a Bleddyn, ond doedd Simon na neb arall ddim callach sut roedd Mali'n gwybod. Wel, wel. Ar ôl yr holl eglurhad a lot o goffi, doedd dim golwg o Mês, ac mi ddois adre. Yn agor y drws oeddwn i pan ddechreuodd y ffôn ganu.

Mês. Yn damio 'mod i wedi mynd cyn iddo fo ddod adre, a gofyn faswn i'n hoffi mynd am ddrinc nos Sad. Noson allan er mwyn dal i fyny efo'r holl hanes medde fo. Pan ddwedes i y baswn i yn gofyn i Alwen a Siôn dyma ddwedodd o: 'se'n laff mynd allan jyst ni ein dau, fel naethon ni yn Club X'. Jyst ni. Ein dau.

'WWW! Dêt!' medde Bev pan ddwedes i wrthi. A dwi'n nerfus rŵan. Dim ond nos Iau ydi hi a dwi'n poeni'n barod be i wisgo. Ryden ni am gwrdd yn Las Iguanas, y lle Mecsican newydd ar Mill Lane. Dim ond fi a fo. Fi a Mês.

A dyna pam 'mod i fel cynrhonyn heno, ac yn sgwennu'r llith hir yma achos 'mod i'n methu cysgu. O, a tydi'r ffaith fod yr hogan drws nesa yn amlwg wedi prynu CD newydd No Doubt, ac yn ei chwarae ers dwyawr, yn helpu fawr chwaith. Reit, cwsg . . . 'Don't tell me 'coz it hurts . . .'

Dydd Gwener, 28 Chwefror

Fy niwrnod cynta erioed i ffwrdd (heblaw y sici cywilyddus hwnnw ar ôl y nos Sadwrn ofnadwy honno) ac mae'n teimlo fel, falle, bod y Gwanwyn ar ei ffordd.

Mae'n od – yma yng Nghaerdydd dydi rhywun ddim yn profi'r tymhorau go iawn, ddim yn arogli dail (na tail). Ond heddiw mi es i am dro hir braf. Tro iawn ymhell drwy gaeau Pontcanna, ymlaen gydag ymyl Western Avenue ac yn ôl tua'r dre heibio i faes carfanau (go iawn – erioed wedi sylwi ar hwnnw o'r blaen!) ac yna heibio i Ganolfan Hamdden Gerddi Soffia ac i'r dre. Roedd 'na ddyn digon amheus yn hofran wrth y gwrych ger yr afon felly heglis i hi'n reit handi tua'r dre – dwi wedi cael fy warnio am hwn gan Fal. Mae o wrthi mor aml mae pawb wedi laru arno fo, ac mae'n debyg mai peidio edrych (na rhoi'r cyfle iddo fo ddangos ei hun, yn llythrennol) ydi'r peth gore i'w wneud.

I mewn trwy furiau'r castell wedyn ac ar draws y gwastadedd gwyrdd tuag at y Coleg Cerdd a Drama. Ro'n i'n teimlo'n hapus ac yn iach, ond mi gododd y gwair a'r gwyrddni chydig o hiraeth arna i am gaeau Cefn Llwyd, lle galla i ganu'n uchel ar dop fy llais, siarad efo fi fy hun a pheidio gorfod cribo 'ngwallt.

A hiraeth am Dad. Ma' siŵr bydd pethe'n lloerig arno fo yr wythnos nesa 'ma a'r wyna ar fin dechre. Dwi'n cofio mynd i gysgu efo grwndi'r cwad yn y pellter, deffro ganol nos a chlywed Dad yn dal i wneud ei rownds a deffro yn y bore a'r cwad yn dal yn y caeau. Roedd trio ei gael o i fwyta pwdin cyn syrthio i gysgu wrth y bwrdd bwyd yn goblyn o job, ac ambell waith mi fydde fo'n pendwmpian ar y ffôn (yn dal ar ei draed, ei benelin ar un o unedau'r gegin a'r ffôn yn erbyn ei glust, yn chwyrnu . . . a dim sôn am neb ar ochr arall y lein.

Lle oeddwn i? O ie! Cerddais o'r Coleg Cerdd a Drama i'r

dre heibio'r Owain Glyndwr a'r Market Tavern, heibio'r hen lyfrgell a lawr i'r Hayes am baned ac edrych ar y byd yn mynd heibio.

Roedd 'na brysurdeb yn y siopau, a'r bysgiwr organ geg yn gwneud ffortiwn go iawn. I'r enwog Spillers Records – mae gen i gwilydd dweud nad oeddwn i wedi bod yno o'r blaen, ac wrth gerdded drwy'r drws ges i'r teimlad nad oeddwn i cweit yn ddigon cŵl i fod yno. Ond ddes i oddi yno efo CD *Blue Train* John Coltrane – Mês yn dylwanwadu ar fy chwaeth gerddorol i? Hy! I'r Body Shop wedyn am gyflenwad o bethe hogle da, a chyn troi am adre mi bicies i Waterstones i brynu copi o *The God of Small Things* gan fod Duke, sy'n dawel-ddiwylliedig dwi'n meddwl, yn ei frolio fo ers tro.

A dwi yn fy ngwely rŵan wedi swatio'n hogan dda, a hithe'n nos Wener. Nos fory mi fydda i allan efo Mês. Dim ond fo a fi. Jest am ddiod bach fel ffrindie. Sy'n golygu dim. Dyna pam dwi 'di aros adre i bampro a thocio a thacluso (fy nghorff, nid y tŷ). Er, dwi wedi rhoi chydig o sgrol i fy llofft a gwneud yn siŵr bod fy nghylchgrone trashi a clos bach ddoe lle dylen nhw fod, h.y. nid ar lawr. A bod 'na ryw gannwyll neu ddwy o gwmpas y lle. Rhag ofn bydd angen creu awyrgych nos fory. Be prepared. Fydde'r sgowts yn falch iawn ohona i.

Dydd Sadwrn, 1 Mawrth – 7pm

Tydi dydd Sadyrne di-hangofyr mor braf? A tydyn nhw mor hir pan ma' rhywun yn codi cyn cinio!

Ges i ddiogi go iawn a darllen drwy'r dydd fel ro'n i'n arfer wneud ers talwm. Mae'n hen ddiwrnod reit big ac yn pistyllio bwrw. Mae Bev, sydd fel arfer â chant a mil o bethe i'w gwneud ar benwythnos pan nad ydi yn Llundain efo David, wedi perswadio'i hun bod y ffliw arni, gwneud tanllwyth o dân yn y grât a lapio'i hun yn ei chwrlid Melin Tregwynt. Mae 'na bentwr o *Vogues* a chylchgronne glosi eraill wrth ei thraed. Doeddwn i ddim yn gwybod o'r blaen ein bod ni'n gallu gwneud tân yn y grât – fel arfer, rhyw lilis chwaethus neu ddeiliach sy'n ei lenwi. Mae hi'n lyfli o glyd yma heddiw – er mai tân glo di-fwg ydi o wrth gwrs, a dim byd tebyg i dân coed neu fawn Cefn Llwyd – chware teg, mae o'n ocê.

Mi droeson ni'r tŷ yn sba am y dydd. Ddois i â'r holl stwff Body Shop brynes i ddoe i lawr staer a daeth Bev â'i stwff hithe (Jo Malone, Origins a Space NK) ac mi gawson ni brynhawn hynod o enethaidd. Er 'mod i'n cogio bach mai jest unrhyw brynhawn Sadwrn arferol oedd o roedd fy stumog yn trampolinio bob tro ro'n i'n meddwl am heno.

A dyma fi rŵan yn barod, wedi cael fy myffio a 'mholisho a 'mhincio. Fues i yn y bath am dros awr, ac yn y gawod wedyn. Rhwbio Avocado Body Butter dros fy nghorff, golchi 'ngwallt efo shampŵ coconyt a chondishoner almond, jel 'sgawen rownd fy llygaid ac olew moron ar fy ngên. Dwi'n edrych fel prŵn ac yn arogli fel salad ffrwythe . . . ond dwi'n lân! Glân a pharod a 'nghalon fel glöyn byw. Be sy'n bod arna i? Jyst noson allan efo fy mêt Mês ydi hi. Pam felly 'mod i wedi gwisgo fy fest print llewpart Oasis, y trowsus ddewisodd Mês i mi'r noson honno pan aethon ni i Club X, fy siaced ddu fer a'r ffyddlon Buffaloes, gan wybod 'mod i'n edrych, waeth i mi

95

gyfadde, yn ocê . . . Reit, dim ond cael gwared o'r meddylie rhempus sy'n gwibio drwy fy mhen a chael glasied bach efo Bev cyn bachu tacsi i Las Iguanas . . . Arrrrriba!!

10.50pm

Dwi'n gwybod, 10.50pm ar nos Sad. A dwi adre. Yn fy njimjams (neu sut bynnag mae treiglo jimjams . . .) Mam 'di'r unig un yn y byd dwi erioed wedi ei chlywed yn treiglo 'j'. 'O fy iams i!' Dyna waeddodd hi pan ollynges i lond trê o jam mafon cynnes ar y llawr un tro.

Ocê. Y sefyllfa. Pam ydw i adre fy hun ar nos Sadwrn a finne wedi gadael am ddêt, na, am ddrinc efo Mês?

I ffwrdd â fi yn ysgafn droed wedi i ddau lasied o sbarcli Bev roi rywfaint o daw ar y llond trampolîn o eliffantod yn fy stumog. Sibrydodd Bev yn fy nghlust: 'Dos amdani. Don't let him get away, *c'rriad*. Dim o'r nonsens chwarae'n cŵl 'ma.'

Tarodd gwres y cyffro a mwg y ffags fi wrth i mi gerdded mewn i Las Iguanas, lle roedd Mês wrth y bar. Roedd o'n amlwg yn aros amdana i, achos roedd na goctel marwol ei liw ar y bar o'i flaen. Rhwng ei botel Sol o . . . a'i Mojito hi. ie. Hi. Yr hogan gorjys, denau efo belt o sgert a choese at ei cheseilie oedd yn edrych yn *hynod* gyfforddus yng nghwmni Mês.

'Hei, Cer, den ni 'di cael drinc i ti . . .' medde fo, a'r hogan oedd yn creu y 'ni' newydd yma oedd Lesley: 'hen ffrind i mi' . . . Wnes i ddigwydd taro arni pnawn 'ma. Hen ffrind. A dweud y gwir, ryden ni wedi bod yma ers pnawn 'ma. Sori. Wps – bach yn pissed!' medde fo a baglu yn erbyn y bar; hithe'n ei sadio fo efo braich o'i gwmpas dan chwerthin.

Dwi'n cofio'n iawn pwy ydi Lesley – yr hogan o Bontypridd achosodd gymaint o ffrae rhwng Mês ac Alwen. Felly mi blastres i uffar o wên a rhoi hyg fawr i Mês, dweud pa mor neis oedd cwrdd â Lesley ond o, am gyd-ddigwyddiad, fy mod inne wedi taro ar hen ffrind coleg yn Spillers heddiw a'i fod *o* am ddod draw i'r tŷ yn nes 'mlaen, felly dim ond picio am un oeddwn i beth bynnag. Mi rois i glec i'r coctel, malu awyr (efo gwên fawr ffug ar fy wyneb) a dweud bod yn rhaid i mi fynd, gan roi winc fawr i Mês i awgrymu nad *ffrind* yn unig oedd fy ffrind coleg, ac i ffwrdd â fi yn drist am adre. Ar nos Sad. Trist iawn, feri sad.

Dydd Sul, 2 Mawrth

Reit, dwi'm isho gorymateb ond dwi MOR flin! Pa hawl sydd gan Mês i greu'r argraff ein bod ni'n dau yn mynd i gael ryw noson sbeshal, jest ni'n dau? Be oedd o'n drio'i neud? Fy ngwadd i allan a gadael i mi gredu mai dêt oedd o, a bachu hogan arall cyn i mi gyrraedd? Ai fi sydd wedi camddallt yn llwyr? Ond dêt oedd oedd o i fod. Roedd o'n teimlo fel dêt. Roedd o wedi gofyn fel tase fo'n ddêt: 'Ti a fi, Cer, gafon ni gymaint o hwyl y noson o'r blaen'. O *cer* i grafu, Mês.

Pwy ddiawl mae o'n feddwl ydi o? Efo'i hen fop o gyrls a'i dreinyrs designer . . . Nonsens ddweda i. Sdwffio fo. Sdwff. Io. Fo.

A dyne ddwedodd Cat hefyd. Ffonies i hi bore 'ma a chwydu'r holl hanes – pa mor gyffrous oeddwn i, faint o amser gymres i i ddewis fy nillad isa, be oedd Bev wedi 'i ddweud . . . a be wnaeth o. Ffeindio ryw slapsen dene hyd yn oed cyn i mi gyrraedd.

Chwara teg iddi, roedd Cat yn dweud yr holl bethe iawn, popeth ro'n i isho ei glywed:

'Hy! Pwy ydi o? Neb, Cer. A chdi? Ti'n gorjys, yn lyfli, yn ifanc, yn secsi . . . Dyna mae o'n wybod. Meddwl bod ganddo fo jans? Meddwl eto, Mês. A pa fath o blydi enw ydi Mês eniwe? Be 'di 'i fam a'i dad o, wiwerod?'

Mi fu'n rhaid i mi ddweud wrthi am stopio a dweud y gwir,

achos ro'n i'n gallu clywed Lleu yn dechre crïo yn y cefndir –
y cradur 'di dychryn yn clywed ei fam yn gweiddi!

Beth bynnag, canlyniad hyn i gyd ydi bod Cat wedi dweud
wrth Dew 'mod i'n trômataisd go iawn ac y bydde'n rhaid iddi
hi ollwng bob dim i ddod lawr ata i. Nes i drio egluro 'mod i'n
hollol iawn, ond i ddim perwyl. Felly, a Bev yn Llundain y
penwythnos nesa, mae gen i ddau fisitor bach yn dod lawr –
all Dew ddim gadael y fferm ond mae Cat a Lleu bach am
fentro eu hunen. Hwrê!

Dydd Llun, 3 Mawrth

'Iawn Cer? Sori am nos Sadwrn. Ro'n i'n hongian braidd
erbyn i ti gyrraedd.'

Dyna'r oll ges i gan Mês bore 'ma. Ie, ac wedi cael hyd i
beth reit ddel i hongian oddi arni 'fyd, meddylies, ond
doeddwn i ddim isho dangos fy siom. Felly, be ddwedes i
oedd: 'Nes i'm sylwi 'sdi,' a bod yn ddirgel i gyd pan ofynnodd
o sut noson ges i efo fy 'hen ffrind coleg'.

'Noson hwyr, noson grêt.'

Ro'n i'n gweld clustie bach Alwen yn codi, a daeth hi draw
ata i i nôl chewing gum mewn chydig, '. . . neu fydda i wedi
meddwi pawb yn y swyddfa. Ôl-deiar ddoe. Conway. Dal i fynd
ers noson cynt.'

Iesgob, dwi'n yfed gormod ond mae Alwen fel camel!

Mi ddwedodd y darn ola'n uchel fel petai hi isho i Mês
glywed. Tybed ydyn nhw wedi ffraeo eto? Tybed ai dyna pam
ges i'r cynnig anrhydeddus o gael Mês yn ecsgliwsif i mi fy hun
am noson?

O, dwi 'di cael llond bol ohonyn nhw a dweud y gwir.
Dwi'n teimlo fy hun yn ddiamynedd efo Alwen a phawb, ac yn
dechre teimlo chydig yn clostroffôbic ar ôl dim ond dau fis
yma. Mae pawb yn gweithio, bwyta, yfed, byw, cysgu efo'i

gilydd yma – sy'n grêt pan mae popeth yn hwyliog. Pen lawr a gwaith caled amdani dwi'n meddwl, ac edrych ymlaen at benwythnos tawel efo Cat a Lleu.

Dydd Mawrth, 4 Mawrth

Methu meddwl am ddim ond sefyllfa Mês. Ro'n i'n meddwl ei fod o'n well na hynna, ei fod o'n wahanol. Dynion – dwi wedi treulio blynyddoedd maith yn ymchwilio'n eang i'r pwnc; y saith mlynedd ddiwetha' yn fwy hands on ac ymarferol; ac erbyn hyn yn fy ysytyried fy hun yn rhywfaint o arbenigwraig, a does ond un casgliad y galla i ddod iddo fo.

Ar eu gore, maen nhw'n hollol fendigedig, i fyny yn fan'na efo hufen iâ Häagen Dazs cwcis a crîm. Ond pan fyddan nhw ar eu gwaetha, does yna ond un gair i'w disgrifio. A hen air hyll ydi o hefyd.

Maen nhw'n gallu eich arwain i feddwl bod yna lygedyn o obaith eu bod nhw'n wahanol i weddill y giwed, eich bod chi wedi llwyddo i ddod o hyd i un ymhlith y miloedd sy'n wahanol ond, yn hwyr neu'n hwyrach, mae'r mwgwd yn llithro a dangos eu bod nhw *i gyd* yr un fath. Does dim i'w neud wedyn ond ochneidio, dad-deilchioni eich hunan-barch, torri eich gwallt, prynu gwerth dau gan punt o ddillad ar gerdyn fîsa a chario mlaen.

Dydd Mercher, 5 Mawrth

Biciodd Mês i mewn heddiw ma.

'Iawn ferched?' medde fo wrtha i ac Alwen. Felly mae o'n cyfeirio ata i bellach yn dorfol. Grêt.

Roedd Hel yn meddwl falle 'i fod o yn cael traed oer pan ffonies i hi i ddweud yr hanes i gyd.

'Paid bod yn sili – fi 'di cwrdd ag e, cofio? A fi wedi gweld shwt o'dd e'n edrych arnot ti. Rhaid i ti edrych arnot ti dy hun w'ithe, Cer – wrth gwrs 'i fod e'n cîn –ti'n blincin' gorgeous. Dere nawr. Hyder. Falle 'i fod e'n dy lico di, ac wedi panico, rhag ofn nad wyt ti'n teimlo 'run fath. Ac allet ti feddwl am rwbeth gwa'th na charu rhywun a pheidio cael dy garu nôl?'

Ges i'r teimlad ei bod wedi dechre sôn amdani hi ei hun.

'Ti'n iawn, Hel?'

'Odw siŵr . . . ond ydw i'n gywir?'

'Ar ei ben, gobeithio. Yr eglurhad arall wrth gwrs ydi bod o'n fasdad. Ond na, well gen i dy ddadansoddiad di. Be 'di'r driniaeth felly?'

'Paid â meddwl amdano fo, a mwynha benwythnos lyfli 'da dy chwaer a Lleu bach. Cofia fi ati – heb ei gweld ers i ni adael Bangor . . .'

Falle ddyle Hel newid ei phwnc eto i Seicoleg . . .

Dydd Gwener, 7 Mawrth

O, dwi'n teimlo'n gynnes a hapus i gyd. Mi landiodd Lleu a Cat tua saith heno 'ma wedi taith bum awr. Creaduried – llwyddodd Cat i yrru tair milltir cyn gorfod stopio am y tro cynta yn nhoiledau cyhoeddus Llan. Mae'r broses o boti-trênio wedi dechre, a Lleu wedi bedyddio toiledau cyhoeddus Llanbryn-mair, Llanidloes, Rhaeadr, Builth a'r Bannau bellach! Roedd Cat druan yn cropian allan o'r car ond roedd cyrhaeddiad Lleu yn fwy o ffrwydrad.

Dwi'n siŵr y bydde Bev wedi syrthio mewn cariad yn llwyr â Lleu, ond roedd hi'n neis cael y tŷ i ni'n hunain, heb orfod teimlo'n annifyr wrth i Lleu hyrddio ei hun o gwmpas y soffa hufen a chrensian cracyrs ar hyd y carped. Roedden ni'n dwy yn gallu sgwrsio fel ers talwm – ond mae clustie bach yn clywed popeth rŵan, ac ailadrodd fel parot.

'Bydihel. Bydihel Anti Cer!' oedd ei eirie cynta fo. Oedd chydig yn annisgwyl a dweud y lleia. Cat wedyn yn egluro bod 'na gar bron iawn â'i tharo wrth iddi droi lawr Beda Road a 'blydi hel' wedi cael ei ynganu heb feddwl . . .

Mae Lleu wedi tyfu cymaint mewn deufis, ac yn siarad yn ddi-baid. Y trît mawr oedd fideo *Teletubbies* brynes i fel sypreis iddo fo o'r Woolowrths anferthol ar Cowbridge Road. Ein trît ni oedd potel o Chardonnay oer o wydre chwaethus Bev, a swatiodd y tri ohonon ni ar y soffa fel bydden ni'n neud ers talwm. Does 'na ddim byd fel chwiorydd, nag oes?

Cyn hir, roedd Lleu yn rhochian cysgu ac mi gariais i o fyny i 'ngwely i i gysgu'n braf. Wedyn cafodd Cat yr *holl* hanes. Simon, Bleddyn, Fal, Mali ac yna'r sefyllfa yr oeddwn i'n ysu i'w thrafod efo Cat – Mês, Alwen, Mês ac Alwen, Alwen a Mês . . . Mês a fi.

Roedd Cat yn meddwl falle y dyliwn i anghofio amdano fo a gwneud ymdrech i gyfarfod mwy o bobol y tu allan i'r gwaith. Haws dweud na gwneud. Unwaith y daw Mer yn ei hôl o'i hymlyniad yn Llundain mi fydd hi'n haws.

Dwi wedi mynnu bod Cat yn cysgu yn y llofft sbâr. Roedd hi'n dweud gynne mai'r tro diwetha iddi gael noson dda o gwsg oedd y tro diwetha oedd hi yma, pan ddanfonodd fi i Gaerdydd. Felly dyna pam dwi'n cael cwtchio efo breuddwyd o ddyn bach a Tomos y Tedi yn ei freichiau o.

Dydd Sadwrn, 8 Mawrth

Mae mynd i rywle efo plant yr un fath â bod mewn dinas newydd. Mae popeth yn hollol wahanol – erioed wedi sylwi bod 'na barc chware ar gaeau Pontcanna tan heddiw. 'Swings!' oedd y peth cynta waeddodd Lleu wrth i ni gerdded i lawr Cathedral Road, a rhaid oedd rhoi'r swings dinesig ar brawf. A'r sleid. A'r si-sô. A'r peth sy'n mynd rownd a rownd efo plant bach simsan yn sefyll a gafael yn dynn ynddo fo, a finne'n sâl yn meddwl bod Lleu yn mynd i gael ffling oddi arno fo.

'Paid â phoeni cymaint, Cer! Pan fydd gen ti blant dy hun fydd dim bwys gen ti,' chwarddodd Cat pan welodd 'mod i'n wyn fel y galchen. Felly mi benderfynais gael chydig o bractis.

Ges i fenthyg yr Astra estate ac wedi gollwng Cat yn y dre ac addo'i chasglu ymhen awr a hanner wrth Ganolfan y Westgate, i ffwrdd â Lleu a finne i Benarth am dro. Jest ni'n dau.

A chasglu Cat wrth y Westgate wnaethon ni. Ac mi fyse bob dim 'di bod yn hynci dôri taswn i wedi dal fy nhafod chydig mwy. Lluchiodd Cat yr wyth bag papur drud i mewn i'r bŵt ac i ffwrdd â ni yn ôl am Canton.

Siarad am y siope oedden ni pan ofynnodd Cat i ni sut oedd Penarth a'n tro bach ni yn y parc. Roeddwn i ar fin agor fy ngheg i ddweud pa mor braf ydi Penarth a sut roedd Lleu wedi gwirioni ar y llwybr hir ar hyd y clogwyni, ac wedyn y pier, pan darfodd rhywun arna i.

'Ffycinelniwport,' medde'r llais bach o'r cefn.

Edrychodd Cat a finne ar ein gilydd.

'Ffycinelniwport,' medde Lleu eto fel parot bach.

Edrychodd Cat arna i efo llygaid llwynog.

'Ffycin hel Niwport?' gofynnodd yn ddistaw.

A bu'n rhaid i mi gyfadde. Mae'n un peth mynd o un lle i'r llall ar y bysus (52 i dre, 25 adre) neu dacsi neu ar droed. Ond doeddwn i erioed wedi dreifio yng Nghaerdydd. Nefoedd yr adar swynol.

Am strach. Ro'n i'n cachu brics. Ym mha lên o'n i i fod? I le ro'n i'n mynd? Penderfynais anelu at y môr, a chael fy hun ar y motorwe. Dim syniad i le ro'n i'n mynd, i ba gyfeiriad na sut i ddod oddi ar y bali peth.

A dyna lle fuon ni. Am oes, yn mynd ffwl pelt i rywle ond yn methu troi'n ôl. Wrth gwrs, redd Lleu wrth ei fodd yn gweld y loris enfawr yn taranu heibio, a welodd o erioed gymaint o geir o'r blaen. Mae'n rhaid mai arwydd mawr 'Newport / Casnewydd' ysgogodd fy ebychiad 'ffycinelniwport'. Wps. A finne'n meddwl na fydde neb gallach. Ro'n i wedi anghofio am geg fawr a chof da y dyn bach.

Ar ôl chwerthin nes ein bod ni'n crïo, a Lleu yn meddwl ei fod yn od o glyfar, adre â ni i ymlacio chydig cyn cychwyn i Zio Piero (fersiwn agosach a rhatach, a dim cweit mor neis na phrysur) o La Lwps.

Roedd Lleu wrth ei fodd efo'r gweinydd clên a adawodd iddo fo gael tro ar y felin bupur fwya'n y byd. Wedi potel o win a dau Tia Maria fase Cat a finne wedi gallu aros yno drwy'r nos, ond wedi i Lleu dynnu'r winwydden blastig sy'n nadreddu rownd y walie a'r to ar ei ben, a dechre lluchio bara i lawr o'r balconi roedd gwên y gweinydd wedi diflannu. Adre â ni felly. Roedd Lleu yn chwyrnu cysgu yn y bygi bach cyn pasio'r Canton Cross, ac am y tro cynta heno ro'n i'n teimlo nad oeddwn i'n perthyn, nag isho bod yn perthyn, i'r mwg a'r miri a'r clebran a'r chwerthin oedd yn llifo o'r tafarnau chwyslyd, prysur.

Mae Lleu wedi mynd i swatio efo'i fam heno, ond mae o wedi gaddo dod i gosi traed Anti Cer bore fory! Biti na fasen nhw'n gallu aros yn hirach . . . Dwi'n teimlo fy hun wedi sadio yn eu cwmni. Y Treharne Arms am ginio dydd Sul fory, falle.

Dydd Sul, 9 Mawrth
Mi gychwynnodd Cat a Lleu cyn cinio. Dwi'n meddwl bod y daith i lawr wedi dweud ar Cat, a dydi hi erioed wedi licio dreifio yn y tywyllwch, felly er ei bod hi wedi mwynhau bod yma mi benderfynodd fynd yn gynnar. A 'ngadael i ar goll. Mae eu cael nhw yma wedi dod â fi'n ôl i'r byd go iawn dwi'n meddwl; sgwrsio hawdd, braf heb ddim politics swyddfa . . .

Dwi yn fy ngwely'n gynnar heno ma. Tydi Bev ddim yn

dod adre tan nos fory – mi ffoniodd gynne i ddweud ei bod
isho gwasgu un noson arall allan o'r penwythnos. Roedden
nhw ar fin gadael am The Ivy pan ffoniodd hi. David wedi
trefnu sypreis iddi. Tydi pres yn prynu bwrdd yn y llefydd
mwya ecsgliwsif?

Ma' siŵr bod Cat adre erbyn hyn ac yn cael croeso cynnes
gan Dew, a swper ar y bwrdd yn barod iddi. Swper ffarmwr
hynny ydi, sef powleni a llwyau a rhesed o focsus corn fflêcs a
ballu ar y bwrdd. A be 'di'r ots. Mae swper felly yn dangos mwy
o feddwl a chariad na gwario cant a hanner yn yr Ivy.

Dydd Llun, 10 Mawrth

Roeddwn i'n teimlo fel person newydd yn y swyddfa heddiw,
fel taswn i wedi cael sbring clîn emosiynol. Dwi hefyd wedi
cael sbring clîn llythrennol – wedi rhoi'r holl hen ddillad diflas
rydw i wedi bod yn eu llusgo efo fi o Gefn Llwyd i'r coleg, o'r
coleg i Gefn Llwyd a rŵan o Gefn Llwyd i Gaerdydd, mewn
clamp o fag du. Y siaced leder o'r saith dege ges i'n Oxfam
Caer, oedd yn hynod o drendi yn y ei chyfnod mae'n siŵr, ac
am fflach yn 1995 pan ddaeth yn ôl i ffasiwn am funud. A fy
siaced frown hoff, hoff efo botymau metel, un ddrud iawn o
siop Lettice and Crabtree yn Aberystwyth. Mam brynodd
honno i mi am basio Lefel A – doedd neb o'n teulu ni wedi
bod mewn coleg o'r blaen, mae'n amlwg, os oedd fy B,C a D i
yn destun dathliad anrhydeddus! 'Iesu Cer – lle ma dy geffyl
di?' oedd sylw Alwen pan wisgais hi i'r gwaith y diwrnod o'r
blaen. Ar ôl insylt fel'na, Sali Armi amdani. Mae'r holl sgertiau
pin-streip roeddwn i'n meddwl y byddai pobol yn eu gwisgo i
swyddfeydd yn y bag hefyd.

Dydd Mawrth, 11 Mawrth

Dwi'n gwybod lle dwi'n mynd i fynd i ddarganfod wynebau

newydd – i'r jim!! Brensiach (fel 'se Mam yn ddweud). Ro'n i'n meddwl gwisgo fy jîns neis i'r gwaith heddiw (rhan o'r cynllun ydi edrych mor dda â phosib fel bod Mês yn gweld be mae'n ei golli) ond allwn i ddim stwffio fy hun iddyn nhw! Wir yr. Feddylies i i gychwyn 'mod i wedi eu shrincio nhw yn y golch, nes i mi bwyso fy hun ar y glorian yn lofft Bev a gweld y rheswm am y wasgfa – dwi'n ddeg stôn! DEG STÔN! Dim jôc. Dwi ddim wedi bod yn ddeg sdôn *erioed* o'r blaen! Ond wedi meddwl, dwi'n gwneud dim i drio peidio bod yn ddeg stôn chwaith. Mae Fattie's yn fy mwydo o leia bedair gwaith yr wythnos, ac os nad ydw i a Bev yn mynd allan am fwyd, mae'r myrdd tecawês dwi'n eu pasio ar y ffordd adre o'r gwaith yn mynnu 'mwydo. Ella mai dyna sy'n bod ar Mês – ei fod o wedi sylweddoli 'mod i'n *enfawr* ac wedi stopio fy ffansïo. Jyst fel'ne. Ddisgynnodd y styffylwr ar lawr y diwrnod o'r blaen, ac mi blyges i'w godi o'i flaen o. Ai honno oedd yr eiliad? Oedd o'n sefyll yna yn meddwl: 'Ceri, ma' hi'n neis, dwi'n ei ffansïo hi, isho mynd i'r gwely efo hi . . . (styffylwr yn disgyn) WOW! O le daeth y pen ôl yna? Mae o'n anferth! O ych. Ddim isho mynd i'r gwely efo hi o gwbwl.'

Mae'n raid i'r pwyse yma ddiflannu. Pronto. Nos yfory fydd y cam cynta – ymuno â'r jim.

Dydd Iau, 13 Mawrth

A dyna wnes i. Chydig o ymholiadau distaw yn y gwaith, ac yn ôl Duke, Fairwater ydi'r lle. Mae o'n rhad a fydd na'm lot o bobol fydda i'n eu nabod yno (yn ôl Duke). Perffaith. Felly i ffwrdd â fi neithiwr ar fws rhif 52 gan adael criw'r swyddfa ar eu ffordd i lawr i'r Castell, a Mês efo nhw.

Ar ôl llenwi pob math o ffurflenni am fy iechyd, arferion bwyta ac yfed (a chelwydda fel coblyn wrth ateb) dyma fi'n cael ordors i fynd i newid ac aros am Dave, fydd yn dod i fy indiwsho (siŵr bod Cat wedi cael rwbeth felly pan oedd hi'n geni Lleu bach).

Beth bynnag, mi gerddes i mewn i'r ystafell ymarfer a theimlo pob un pâr o lygaid yn troi i syllu arna i, yn gwawdio fy nghluniau bustach mewn hen legins llwyd. Ymddangsosodd Dave yn weledigaeth gyhyrog mewn leicra gwyrdd o 'mlaen i a gofyn pa beiriant ro'n i'n debygol o'i ddefnyddio fwya.

Mi ddewises i'r beic unfan, achos a dweud y gwir, dyna'r unig beth ro'n i'n ei adnabod gan bod gweddill yr offer yn edrych fel peiriannau arteithio erchyll o'r Canol Oesoedd, efo cyrff leicra bob siâp wedi eu hymestyn drostyn nhw.

'Go on then,' medde Dave. 'You just do what you'd normally do in a Thursday night routine and I'll observe to see if you're doing things correctly.'

Doedd gen i ddim calon i ddweud wrtho fo bod y 'Thursday night routine' fel arfer yn golygu ymarfer dwys i'r fraich yfed, y geg fwydro a'r llaw smocio. Dechreues bedalu ac ymhen ugain eiliad roedd fy ysgyfaint i mewn sioc. Gwnes fy ngore i edrych yn ddi-hid a hamddenol a heini wrth deimlo'r peswch yn codi a'r dŵr poeth yng nghefn fy ngwddw. 'Run ffag, byth eto, oedd yr adduned yr eiliad honno. Ar ôl tri munud ro'n i'n dechrau diflasu ac ar ôl pum munud ro'n i'n chwysu fel mochyn. Erbyn i'r cloc ddangos 'mod i'n pwffian a phoeri ers deng munud, roedd fy Nghrys Mawr Llwyd (sy'n dal i fynd ers ro'n i'n bymtheg oed) yn dechrau teimlo'n Grys T Bach Tynn, Gwlyb, a finne'n teimlo'n rhyfedd. Ychydig funudau wedyn, doeddwn i ddim yn gallu teimlo 'mheneglinie ac roedd fy nghalon i'n curo rhywle yn fy nghlustie . . . a Dave yn 'obsyrfio' popeth ac yn gwneud ambell sylw ar gadw 'nghefn yn syth a ffeindio rhythm. Mi gynigiodd ein bod yn symud at y peiriant rhwyfo, ond pan dries i godi oddi ar y beic roedd fy mhen ôl yn sownd yn y sêt a 'mheneglinie ar sdreic. Roedd y daith tuag at y matie ymestyn yn sialens debyg i honno rhwng Plas Coch a'r Tŷ Cebabs ar nos Sad yn Bala.

Hanner disgyn ar y contrapshiwn rhwyfo wnes i, a doedd fy mhen ôl chwyslyd ond wedi bod ar y sêt am eiliad pan ddaeth Dave draw i ddangos i mi sut i rwyfo'n effeithiol. Wel, ro'n i'n gwrido o dan fy moche coch ac yn trio peidio â syllu ar y lympiau (sylweddol) yn ei leicra, oedd tua'r un lefel â 'nhrwyn a fynte'n sefyll wrth fy ochor. Wnes i chwaith ddim sbecian ar y mysyls (sylweddol) oedd yn chwyddo o dan ei liw haul, na sylwi o gwbwl, rhwng trio dal fy mol i mewn a thynhau bochau fy mhen ôl, bod Dave yn dipyn o bish.

'Okay. That's enough. I'll just take you through some of the other equipment, but there's some work to do, lady. Now, I can get you on track, I can create a training regime and if you feel you need some more help in the way of a personal trainer, I'm your man.'

Lady, Man. Tarzan, Jane. Dave, Ceri. Pethe sylfaenol bywyd. Os ydw i isho insentif, dyna fo – dyn a grewyd ar ddelw Sylvester Stallone yn dyst i fy chwys.

Dydd Gwener, 14 Mawrth

Yn anffodus, mae fy amserlen ddigyfaddawd o iechyd ac ymarfer ar fin cael cnoc gynnar. Heddiw, ffoniodd Mer fi yn y gwaith – mae hi a Siw am ddod draw ar gyfer y gêm rygbi fory. Hwrê! Mae Siw am aros efo fi a Mer am efo James. Hwnnw'n foi iawn siŵr o fod. Unwaith dwi wedi ei gyfarfod o, pan ddaeth o fyny dros Dolig efo Mer. Doedd ganddo fo ddim llawer i'w ddweud bryd hynny, a throi ei drwyn braidd ar bopeth wnaeth o. Beth bynnag, mae'r ddwy ddrwg yn cyrraedd ar y trên yn y bore.

Dydd Sul, 16 Mawrth

Rygbi. Dyna fu ddoe – ie, y peth hwnnw sy'n troi dynion mawr, cyhyrog, huawdl yn lliprynnod ebychiog, chwyslyd, llawn cynnwrf. Yn gwneud i ddynion swil a thawel floeddio a chynhyrfu mewn ecstasi.

Roedd hi fel bod yn ôl yn y Lion – Siw a Mer a finne yng nghanol llu o ddynion swnllyd yn gweiddi:

'Ie . . . ie . . . o, ie . . . Dos . . . dos . . . O! O ie . . . bron iawn! ie . . . O! Na!'

Yn y City Arms oedden ni, wedi ein gwasgu fel sardîns ac yn yfed peintie o wydre plastig. Pan ddechreuodd y torfeydd lifo i Barc yr Arfau ar gyfer y gêm ola yng nghystadleuaeth y Pum Gwlad mi laciodd pethe – ac mi gawson ni le i eistedd. Roedden ni'n tair wedi ecseitio gymaint ond chawson ni fawr o flas ar sgwrsio a rhannu straeon yn y dafarn chwysld, swnllyd. Dyma'r oll gasgles i:

– Gwaith Mer yn mynd yn grêt. Wrthi'n gwibio i fyny ysgol yrfa'r Bîb. Yn ôl o'r ymlyniad yn Llundain ddiwedd mis nesa.

– Pethe'n grêt efo James ac am symud i fyw ato ar ôl yr ymlyniad, er, doedd hi ddim yn swnio'n rhy gyffrous chwaith.

– Siw wedi colli llwyth o bwyse. Sgini Jini go iawn.

– Gwaith Siw yn swnio'n hectig a chyffrous – cyfarfodydd rheolaidd yn San Steffan efo aelodau seneddol i egluro gwaith yr elusen ac ennyn cefnogaeth.

– Siw yn swnio braidd yn sgint. Wedi mwynhau cyfraniad Mer tuag at y rhent yn ôl bob golwg, er mai ar wely gwynt ar lawr llofft Siw mae Mer wedi bod yn cysgu.

Beth bynnag, ynghanol bloeddiade o 'Pwshwch 'nôl!', 'Reffy-rî, pyl-îs!, Cym-on!', 'Neis . . . No we, reff!' mi gollodd Cymru yn racs i Loegr, 13 i 34. Dwi'n gwbod dim am rygbi, ond dwi *yn* gwybod bod tîm Cymru'n anobeithiol ar hyn o bryd. Doedd neb, siawns, yn disgwyl iddyn nhw guro?

Yn llawn o gwrw, y tu allan i'r City Arms, roedd Mês. Do'n i ddim yn siŵr iawn sut i ymateb iddo, yng nghwmni'r ddwy arall, ond roedd o'n hapus hwyliog, yn ein cyfarch ni'n tair efo hygs mawr. Ar ei ffordd i Sam's Bar i gwrdd â Siôn oedd o, felly i ffwrdd â ni efo fo, efo Siw a Mer yn gwneud llygaid bach a wincio'n wybodus arna i.

Roedd Sam's Bar ar waelod St Mary Street fel sauna o gryse coch a phobl fochgoch, pawb yn boddi eu gofidie, ond yn codi eu gwydre i hen Barc yr Arfau yn reit hwyliog. Weles i fawr ar Siw – roedd hi'n diflannu bob munud i'r tŷ bach (ddim yn arfer yfed peints, medde hi) ac yn gorfod ciwio am hanner awr bob tro. Dwi'n siŵr iddi hi dreulio mwy o'i hamser yn y ciw nag yn yfed, ond mi gafodd hi ddigon o amser i gael ei bachu gan Siôn!

Tua'r chwech 'ma aeth Mer a finne efo Mês i nôl byrgyr yn Caroline Street (posh 'de!) ond doedd gan Siw ddim diddordeb mewn bwyta, dim ond yn Siôn. Ro'n i'n gobeithio ei bod hi'n gwybod be oedd hi'n neud, ond doedd hi ddim achos ei bod hi'n feddw ac wedi ei windio'n lan.

Mynd tua Caroline Street oedden ni pan glywson ni floedd.

'Oi, Derwyn!' Stopiodd Mês yn stond a throi rownd. Doedd y 'Derwyn' ddim wedi cofrestru o gwbwl yn fy mhen, nes y gwelais Eifion Tŷ Croes.

'Duw, Ceri Cefn Llwyd hefyd. Su' ma'i?' Roedd Eifion yn reit sigledig, fel rhyw bolyn lamp mewn storm. Ond mae ganddo fo wyneb mor glên, ac roedd hi'n neis gweld rhywun arall cyfarwydd.

'A Duw, Mererid! Esu – fath â Bala ar nos Sad! Sut dech chi i gyd? Doeddwn i'm yn gwybod eich bod chi'n nabod eich gilydd . . .'

'Hei, mae hi wedi bod yn rhy hir,' medde Mês, ac roedd yr

ysgwyd llaw cadarn rhwng y ddau gefnder yn dangos eu bod nhw'n falch o weld ei gilydd go iawn. 'Lle ti'n mynd?'

'Dim blydi syniad. Ma' hi fel ffair yma'n dydi? 'Di colli'r criw – 'den ni'n aros mewn Bî an' Bî ar Niwport Rôd yn rwle. Hofel o le . . .'

Ond mi stopiodd yn stond a bu bron i'w ên hitio'r llawr pan ymddangosodd rhywun hefo 'yyyooooo!' uchel, potel gwrw yn ei llaw a sgert at ei phen ôl yn dangos hyd yn oed mwy nag arfer o goese diddiwedd mewn bŵts uchel. Alwen.

Edrychodd Mer arna i yn syth a wincio – ro'n i wedi rhyw sôn amdani, yn fy munude mwya blin. Ond roedd Mês i'w weld yn falch o'i gweld hi, a fo gyflwynodd pawb i'w gilydd. Gan ein bod yn gymaint o hapus dyrfa, mi benderfynon ni fynd i hofel arall yng Nghaerdydd: y Taurus.

Roedd y lle allan o reolaeth yn llwyr, hefo pobol yn gweiddi a chanu (ac un hyd yn oed yn chwydu i'r pot blode) ond mi lwyddon ni i fachu bwrdd. A dweud y gwir, isho mwy o ddiod oedd pawb yn hytrach na bwyd, felly mi archebon ni ddigon o fwyd i gyfiawnhau cwpwl o boteli o win. Dim ond aros am un wnaeth Mer, a'i throi hi am fflat James. A finne'n meddwl y bydde Alwen yn siŵr Dduw o lansio'i hun ar Mês unrhyw eiliad, ddigwyddodd hynny ddim . . . yn benna oherwydd bod rhywun arall yn mynnu ei sylw'n llwyr – Eifion Tŷ Croes! Pwy se'n meddwl? Dwi'm yn ei nabod o'n dda iawn mae'n rhaid i mi ddweud, ond o hynny weles i mae o'n lyfli – yn ddigon o foi i handlo Alwen o bawb. Ond fel watch, wedi rhyw awren, mi ddechreuodd Alwen ddirywio, a dechre cysgu. Mi arhoson ni yno i sgwrsio am dipyn a hithe wedi cyrlio'n belen ar ei chadair a'i phen ar lin Eifion, ond pan ddaeth dyn y lle i ddweud bod ganddon ni bum munud i gael gwared ohoni, i ffwrdd â ni. Bu dadle tra oedden ni'n trio trefnu pwy oedd yn mynd i ble, efo pwy a sut, a'r diwedd oedd i Eifion (ac yntau erbyn hyn ddim hyd yn oed yn cofio pa stryd roedd ei westy), dderbyn cynnig Mês i aros hefo fo, ac iddyn nhw benderfynu mynd ag Alwen adre, wedi fy ngollwng i yn nhŷ Bev gynta.

Chwarae teg iddo fo, mi ofynnodd Mês oeddwn i awydd mynd hefo fo ac Eifion, ond gwrthododd rhyw ddiafol bach yndda i. Dwi isho iddo fo weld 'mod i'n ferch annibynnol, ac nid yn ryw hen gynffon.

Rheswm arall mwy ymarferol wrth gwrs oedd bod Siw yn aros acw, i fod. A Bev adre, doeddwn i wir ddim isho sefyllfa lle bydde Siw yn rowlio allan o dacsi yn chwil gachu, efo'r cyfeiriad mewn beiro ar ei llaw, heb oriad, a dechre canu'r gloch yn orie mân y bore gan ddeffro pawb ar y stryd . . .

Ond erbyn gweld, doedd dim peryg o hynny. Mae hi'n hanner dydd rŵan a does 'na ddim golwg ohoni. Dwi'm yn poeni gormod achos hefo Siôn oedd hi, ac roedd hi'n eitha amlwg be oedd yn mynd i ddigwydd . . .

Dydd Llun, 17 Mawrth
Ges i hwyl yn tynnu coes Siôn bore 'ma. Tua chwech neithiwr landiodd Siw yn ôl yn tŷ ni, yn edrych yn ryff a dweud y lleia! Roedd David wedi addo lifft iddi i Lundain ac yn dechre mynd yn diamynedd. Aeth Mer yn ôl ar y trên pnawn ddoe hebddi.

'Iesu, ma' hi'n beth wyllt tydi, dy fêt Siw,' medde Siôn heddiw.

Do'n i ddim yn gwybod be i ddweud, heblaw atgoffa Siôn unwaith yn rhagor nad cader, na chwpwrdd na 'pheth' ydi Siw, ond hogan. Erbyn hyn dwi'n meddwl 'i fod o'n dweud pethe fel hyn i 'ngwylltio i.

Dwi erioed wedi meddwl am Siw fel hogan wyllt a dweud y gwir. Mae hi'n hwyl, ydi, ac yn hogan sy'n licio parti fel fel fi, ond gwyllt? Dwn i'm. Ond wedyn roedd hi, fel ninne, wedi cael dipyn i'w yfed. Falle 'i bod hi'n cael chydig o ryddhad o fod yn bell o'r gwaith, sy'n rhoi dipyn o straen arni, fel dwi'n dallt.

Beth bynnag, yn syth o'r gwaith neidiais ar fỳs rhif 52 . . . i'r jim eto! Dwi'n teimlo dipyn bach mwy gobeithiol ynglŷn â chlosio at Mês ar ôl y penwythnos – er, weles i mohono fo heddiw. Mae ymarfer yn mynd i neud i mi deimlo'n dda ac edrych yn dda, sydd yn ddechrau da. Doedd Dave ddim yn y jim heddiw, oedd yn golygu 'mod i wedi cael diwrnod o drênio dan fy melt, fel petai, cyn i mi ei weld o nesa. Dwi i fod i gael sesiwn un-i-un pan dwi'n barod. Hei – dwi'n barod unrhyw bryd am fynydd o fysyls yn plygu drosta i!

Beth bynnag, i ffwrdd â fi am y beic ffitrwydd saff, cyfarwydd, gan f'atgoffa fy hun ei bod hi'n bryd buddsoddi mewn rigywt o leicra llachar, achos dwi wedi sylwi bod pawb sydd mewn gwisgoedd felly yn mynd yn gynt, ac yn llai chwyslyd. Neu falle mai jyst arfer 'di hynny . . .

Dwi wedi arfer beicio yng Nghefn Llwyd, a doedd y teclyn tila yma'n ddim o'i gymharu â gelltydd a mynyddoedd Penllyn. Dyna oeddwn i'n gredu cyn i mi neidio ar ei gefn o a dechrau pedalu heb sylwi bod rhyw Olympiad wedi gadael y peiriant ar y lefel ucha. Ymhen pum munud ro'n i'n bustachu fel hen fuwch gloff. Ymhen deg ro'n i'n meddw 'mod i'n mynd i lewygu. Roedd yr hogan ar y beic drws nesa'n pedlo fel nytar pan gyrhaeddais i, a chwarter awr yn ddiweddarach doedd 'na ddim siâp slofi arni, a finne'n dechre teimlo braidd yn sic a mheneglinie'n dechre cloi.

Ges i gip ar ei hwyneb hi – pwy oedd hi ond yr hogan 'na sy'n chware rygbi i Gymru, yr hogan beionic honno sydd wedi ei chreu mewn ffatri genod caled rhywle yn y de. Sôn am ddewis un dda i gyd-seiclo â hi. Falle ddown ni'n ffrindie gore . . . ac y bydda i'n dod yn un o'i chylch o ffrindie ffit hi. Falle ddim.

Mi ges i sesiwn chwysu iawn, ond tydw i ddim wedi cyfarfod neb newydd chwaith. Does dim rhyw lawer o sgwrs i'w weld rhwng neb – ma pawb yn llygadu ei gilydd yn slei yn y drychoedd neu o'r tu ôl, gan eiddigeddu neu deimlo chydig yn fodlon o weld bod 'na ambell un yn dewach, yn hyllach neu'n hŷn na fo'i hun.

Dydd Mawrth, 18 Mawrth
Ar fy ffordd allan o'r jim heno, a finne wedi newid shêd o gochbiws i jyst coch, dares i ar Dave ar ei ffordd i mewn.

'Hey, Carrie, how you doin'?'

Ydi hwn yn dwyn ei leins gan Matt Le Blanc? Ta waeth, mae ganddon ni ddêt! Wel, dim dêt yn union – ryden ni'n cyfarfod yng nghaffi'r jim nos fory i drafod 'fitness regime'. Nid cynllun na rhaglen, cofiwch, ond 'regime'. Iesgob!

Roedd Mês yn edrych yn neis yn y gwaith heddiw. Ddaeth o draw am sgwrs, dweud pa mor neis oedd gweld Eifion nos Sadwrn a'u bod nhw'n mynd i drio cadw mewn cysylltiad. Roedd o wedi torchi ei lewys, ac mae gen i wendid rhyfedd am y darn yna o fraich dyn, rhwng y penelin a'r garddwrn. Cryf, neis, cyhyrog, brown . . . arwydd o weddill ei gorff?

Dydd Mercher, 19 Mawrth
Mae fy mywyd a'm enaid angen hwb. Insentif. Nerth. Ysgogiad.

Dyna fy rheswm i am y brwdfrydedd corfforol newydd 'ma. Ac un rheswm bach arall. Wel, tydi o ddim yn rheswm bach o gwbl. Mae'n un rheswm mawr cryf, pymtheg stôn o gyhyr llwyr o'r enw Dave.

Mi gwrddes i ag o yn y caffi gynne, ac eistedd efo fo'n sipian dŵr tap, gan wrando arno fo'n siarad amdana i . . . neu'n hytrach, am fy nghorff. A hyn ddywedodd Dave:

Mae angen dyfalbarhad.

Mae gen i botensial anhygoel.

Rhaid i mi wrando a derbyn cyngor.

Mi all o wneud pethau anhygoel i 'nghorff am £25 yr awr.

Union yr un pethe ag a ddywedwyd mewn mewn saith mlynedd o adroddiadau ysgol uwchradd. Heblaw'r darn am wenud pethe anghygoel i 'nghorff am £25 yr awr – 'se hynna chydig yn byrf-llyd gan Jones Geog yn byse?

Dyma ddwedodd pawb arall:

Conman (Bev).

Rhad am gyfle i gael fflyrt efo Adonis (Fi).

Ty'd adre i dynnu dipyn o ŵyn a chario sache ffîd yn lle chware (Dad).

Na, dwi ddim yn mynd i wrando na derbyn cyngor gan neb heblaw Dave. Cychwyn fory.

Dydd Iau, 20 Mawrth

Mae Bev yn gwaredu. Mae ganddi hi personal trainer sy'n dod i'w gweld hi yn y gwaith a mynd â hi i redeg neu ymarfer, ac mae'n costio'r un faint â Dave. Mae hi'n meddwl mai conman ydi o, ond wir, wrth gropian allan o'r jim heno dwi'm yn meddwl bod fy nghorff yn cytuno mai con ydi o. Sociad hir, hir mewn bath lafant gynne, a dwi'n teimlo chydig yn well.

Ro'n i'n meddwl mai cliché oedd y busnes 'no pain no gain' 'ma, ond mae Dave yn reit barshal i weiddi hynny yn fy ngwyneb i pan dwi'n dechre nogio – ro'n i'n teimlo chydig bach fel Private Benjamin. Ond tase gen i gorff fel Goldie Hawn faswn i ddim yn y blincin jim, na'swn?

Weles i 'mo Mês heddiw. Mae ffilmio *Cymry am Byth?* wedi dechre, ac allan yn ffilmio roedd o. Ro'n i'n meddwl baswn i'n cael bod mynd efo nhw i ffilmio'r darnau roeddwn i wedi'u trefnu, ond siom ges i. Beryg mai ben arall y ffôn fydda i, yn rhoi cyfarwyddiadau i Alwen a Mês a Siôn ar sut i osgoi'r traffig a chyrraedd gwahanol lefydd, a'r lle agosa am ginio a phethe difyr felly. Grêt.

Dydd Gwener, 21 Mawrth

Roedd Mês yn y swyddfa heddiw. Ofynnodd o a oeddwn i awydd diod ar ôl gwaith. Dwi'n bendant mai efo fi roedd o'n siarad, ond roedd Alwen yno hefyd.

'Lyfli! Be am rywle'n y dre am newid bach? Old Orleans?' atebodd.

Oedodd Mês am chydig, ac yn fy mhen i roedd o'n dweud: 'Nid ti Alwen, efo Cer dwi'n siarad . . .'

Ond be ddywedodd o go iawn oedd: 'Ie grêt. Cer?'

'Sori – gen i ddêt efo lwmp o haearn efo calorie counter arno fo. O, a lwmp arall o haearn o'r enw Dave, fy *nhrainer personol*.' Sdicia honne yn dy getyn, Mês. Ai cenfigen fflachiodd dros ei wyneb o am eiliad?

'Ocê, Als – be am gerdded mewn? Ddyle hi fod yn laff.'

Ac er 'mod i bron â marw isho dweud 'stwffio'r jim, dwi'n dod!' wnes i ddim. Ro'n i'n teimlo'n aeddfed iawn, am y tro cynta, ac yn dal i gario'r teimlad hwnnw o sancteiddrwydd, anelais i gyfeiriad y jim.

Dydd Sadwrn, 22 Mawrth

Ges i alwad gan Mer heddiw yn dweud ei bod hi yng Nghaerdydd efo James, a holi oeddwn i isho mynd allan heno. Grêt, medde fi. Fodca a slimline tonic a wna i ddim crwydro'n rhy bell oddi wrth y 'regime'. Gofynnodd i James oedd o isho dod efo ni, ac mi glywes ei ateb, y diawl di-gywilydd.

'A night out with pissed Welsh women talking about

clothes and your schooldays? I don't think so,' medde'r diawl yn sarcastig.

Beth bynnag, a finne wedi cerdded yr holl ffordd i Fairwater i jimio, ac yn ôl; ac wedi bwyta dim ond uwd i frecwast a salad macrell i ginio, ro'n i'n teimlo 'mod i'n haeddu noson allan.

Roeddwn i yn fy nglad rags ar fin ffonio tacsi i'r dre pan ffoniodd Mer i ddweud bod James yn sâl – rhyw fyg stumog afiach – a bod yn rhaid iddi ganslo. Tase gan fy nghariad croes *i* fyg sdumog, faswn i'n ei weld fel mwy o reswm i fynd allan. Felly roeddwn i'n ffwt lŵs a ffansi ffri. Meddylies am Mês . . . tybed be oedd o a Simon yn ei wneud heno? Roedd Bev allan efo David (*Carmen* yn y Theatr Newydd); 'swn i wedi bod wrth fy modd yn mynd efo nhw, ond yn amlwg doedden nhw ddim yn meddwl 'mod i'n ddigon diwylliedig oherwydd ches i'm cynnig!

Gan fod rhif ffôn y fflat gen i, mi ffonies i. Roedd Mês wedi mynd allan efo'i fêt Emrys, y beiciwr, ond roedd Si wrth ei fodd yn cael cynnig cwmni! Felly i ffwrdd â fi yno mewn tacsi. Mi benderfynon ni fynd am bryd o fwyd fel pobol gall. Be well – swper efo uffar o bishyn!

La Fosse oedd y dewis – bwyty newydd tanddaearol yn yr Hayes yr oedden ni'n dau wedi bod isho'i drio. Llachar braidd, a chydig rhy ddiwydiannol i mi, gan fod peipiau mawr y system awyru'n rhedeg ar hyd y nenfwd ac yn gwneud i'r lle deimlo chydig bach fel sybmarîn. Ond roedd y bwyd yn dda, a'r lleden ges i fel menyn. Fel trît, dewisodd Si botel ddrud o win gwyn oedd jest fel bwyta eirin mair adre yng Nghefn Llwyd; yn siarp, llawn blas ac yn torri syched yn syth (ac un arall rad 'ffor ddy rôd').

Gawson ni sgwrs am ein camddealltwriaeth fach ni (a llwyddo i chwerthin am y peth), ac wedi noson braf, eitha call

116

am newid, rhannu tacsi adre. Roedd Si yn gwrtais i gyd gan fynnu fy ngollwng i adre gynta, felly mi ofynnes i i'r tacsi stopio ar Cowbridge Road er mwyn i mi gael cerdded o fan'no – roeddwn i awydd awyr iach.

Dyna lle roeddwn i, yn cerdded yn hapus, ling-di-long am adre heibio'r eglwys ar y rowndabowt – a phan drois i'r gornel i'n stryd ni pwy oedd yn hofran y tu allan i'w dŷ ond y boi hwnnw oedd yn actio yn *Coleg* ar S4C ers talwm. Dwi wedi ei weld o o'r blaen, ac wedi dweud helô gan ei fod o'n amlwg yn siarad Cymraeg. Y tro cynta i mi sylwi arno fo ro'n i'n meddwl mod i'n ei nabod o'n iawn, nes i mi sylweddoli mai ei gofio fo oddi ar y teledu oeddwn i. Beth bynnag, heno, gan 'mod i mewn hwylie da, mi stopies i i siarad efo fo. Redd Bev wedi dweud wrtha i ei fod o yn greadur digon rhyfedd ond duwcs, roedd o'n iawn, yn ddigon clên. Mi ofynnodd i mi fynd i'r tŷ am ddiod, a dyna wnes i, yn wirion a meddw.

Dyna pryd trodd pethe'n rhyfedd.

Ro'n i'n gwybod 'i fod o'n od, a ddyle 'mod i wedi cofio hynny yn fy medd-dod. Ond roedd o'n ofnadwy o glên, ac mae o'n siarad Cymraeg . . .

Beth bynnag, mi aeth â fi drwodd i'r lolfa, oedd yn edrych yn debycach i barlwr rhyw hen fodryb, a'r peth cynta sylwes i oedd bod pob un o'r lluniau niferus mewn fframiau ar yr hen silff ben tân llechen, ar y waliau ac ar y bwrdd bach derw hen ffash wrth y grât, yn rhai ohono fo'i hun . . . efo cyd-actorion, 'mewn cymeriad' fel petai. Dim un ohono fo efo ffrind yn cael peint, mewn priodas deuluol, efo cariad neu wraig . . . jyst fo efo cast pob cynhyrchiad (cachu) y bu'n rhan ohono fo. Am sbŵci.

Mi ofynnodd faswn i'n licio rwbath i'w yfed a'r cwbwl allwn i neud oedd nodio 'mhen. Daeth yn ôl efo gwydraid o sheri (sheri?) i mi a gofyn be ro'n i'n neud yn union yn Chwip.

Roedd Bev wedi dweud wrth fo, mae'n debyg, mai fan'no dwi'n gweithio. Roedd o'n gofyn dro ar ôl tro pwy oeddwn i'n nabod a pha fath o gynyrchiade oedd ar y gweill. Diflas, diflas diflas; ac ar ôl cymaint o win ro'n i bron â byrstio isho pi pi. Dries i ddefnyddio hynny fel esgus i fynd adre ond mi fynnodd 'mod i'n defnyddio'i fathrwm o (mwy o lunie ohono fo yn fan honno hefyd – ych). Pan ddos i'n ôl, dyne lle roedd o, yn gorwedd fel ymerawdwr ar ei soffa felfed, yn din-noeth.

Doeddwn i ddim yn siŵr ddylwn i chwerthin neu sgrechian.

'Mi allwn ni helpu'n gilydd,' medde fo wedyn, a finne'n sefyll yno fel delw. 'Fydd o werth o i ti.'

Amneidiodd lawr at y man yr oeddwn i'n trio peidio ag edrych arno, ac allwn i ddim peidio â sylwi ei fod o'n *anferth*!

'Mi ro' i wên ar dy wyneb di ac mi alli ditha roi gair da mewn drosta i. Cyflwynydd, actor, unrhyw ran, dwi'm yn meindio. Dwi jyst isho gweithio.'

O, grasusa. Nes i ei bomio hi heibio'i bastwn am y drws ffrynt, sbrintio at tŷ ni a byrstio i mewn wedi colli 'ngwynt ac yn cecian.

'Boi CCCCCCCoooolegggg!' oedd yr unig beth allwn i ei ynganu, '. . . a'i g . . . g . . . g . . . gocccccccc!'

Roedd David a Bev yn eistedd yn gegrwth, eu gwydrau gwin yn eu dwylo.

'Nath o drio nghael i i . . .'

Ar hynny, neidiodd David ar ei draed, wedi ei dallt hi o flaen Bev, a ffrwydro allan drwy'r drws a lawr y stryd. Doedd Mr Coleg ddim wedi cloi ei ddrws – rhy brysur yn chwilio am ei drons, siŵr o fod, ar ôl i mi ddiflannu mor sydyn. A dyna lle roedd o, yn trio cael ei draed i'w drowsus, pan aeth David i mewn a'i beltio ar draws ei drwyn. Uffar o glec, a ffrwydrodd trwyn y crinc yn waed i gyd. Gafaelodd David yndda i a 'ngwthio allan, rhoi clep i'r drws a f'arwain i i dŷ Bev, lle roedd hi'n dal i sefyll, wedi colli'r cyfan. Pwy fase'n meddwl – David, o bawb, yn arwr. WAW!

Mi fydda i'n meddwl am Bonnie Tyler yn sgrechian am ei harwr o hyn ymlaen pa wela i o. Da iawn ti Bev. Gen ti un da yn fan'ne. Pwy 'se wedi meddwl de?

Dydd Sul, 23 Mawrth

A chymharu hangofyrs oedd Bev a finne bore 'ma. Roedd David wedi gadael yn gynnar am Lundain – wedi tyfu tair troedfedd a magu ffan dros nos.

Tua chanol y prynahwn, ar ôl gwneud coblyn o ddim ond lownjo (mae hyn yn swnio'n ofnadwy dwi'n gwybod), roedd Bev isho lownjo mewn lle neisiach efo gwin da nad oedd hi'n gorfod ei agor ei hun, ac mi fentron ni i lawr i Le Monde. Mewn tacsi.

Mae gweinyddion a pherchnogion bwytai yn gweld Bev yn dod ac yn gwybod y bydd 'na gildwrn hael os ydyn nhw'n gwneud joben dda. Roedden nhw'n hofran fel gwenyn. Dim ond llwnc roedd rhaid i ni ei gymryd o'n gwydrau ac mi oedden nhw'n llawn wedyn ymhen dim.

Ta waeth, pwy oedd wrth y drws yn talu ond James, cariad Mer. Yn edrych yn hynod o iach o ystyried ei fod o â'i ben am yn ail â'i ben ôl yn y toiled neithiwr (yn ôl Mer ar y ffôn).

'Is she back at the flat, is she?' medde fo pan welodd o fi (helô, neis dy weld dithe hefyd, sychbeth, meddyliais innau). 'I knew she wouldn't be back until late after a night out with you and I was on the early shift this morning. That's why I suggested very strongly she stayed with you.'

'Oh?' meddwn inne, yn conffiwsd braidd.

'Right, better get back.That steak was bang on perfect,' medde fo wrth y gweinydd, a ffwrdd â fo.

Rhyfedd. Stêc ar ôl byg stumog? A lle ddiawl mae Mer? Dwi'n poeni braidd. Ond fel dwedodd Bev wrth dywallt glasied arall o win coch, ma' siŵr bod eglurhad hollol syml.

Dydd Llun, 24 Mawrth

Ges i afael yn Siw bore 'ma yn y fflat. Doedd hi ddim yn ei gwaith – yn swnio'n ddiawl o gryg fel tasa ganddi lond pen o ffliw.

Oedd, roedd Mer wedi dod yn ôl ar y tren neithiwr, ond toedd Siw ddim wedi ei gweld, dim ond sylwi ar ei bagie bore 'ma ac felly'n gwybod ei bod hi adre'n saff.

Wedyn, daeth y gwir. Doedd Siw ddim wedi gweld Mer gan ei bod hi ei hun wedi bod mewn parti drwy'r nos neithiwr, ac wedi rowlio mewn i'r fflat bore 'ma. A sylweddoli nad oedd hi'n ffit i fynd i'r gwaith. Gobeithio nad ydi hi yn ei gor-wneud hi yn Llundain 'ne.

Dwi, ar y llaw arall, *wedi* ei gor-wneud hi o ran bwyd a gwin dros y penwythnos, ac yn ôl ar y llwybr cul, ac yn y jim.

Dydd Mawrth, 25 Mawrth

Dwi'n cofio gwirioni pan glywes i 'mod i'n mynd i fod yn gweithio ar *Cymry am Byth*? ac edrych ymlaen at gael cyfarfod llond lle o bobol ifanc hwyliog, bywiog er mwyn eu hystyried fel cyfranwyr i'r gyfres newydd. Ond mae hi wedi wedi bod yn strygl. I goroni'r cwbwl, mi dynnodd un ohonyn allan heddiw felly roedd yn rhaid i mi fynd allan i gyfarfod un o'r bac-yps, i wneud cyfweliad sydyn ar fideo (ie, fi – musus technoleg – yn ffilmio!). Ond dwi newydd sylweddoli nad ydi teledu yn nofelti erbyn hyn. Mae'r rhan fwyaf o bobol wedi bod, neu'n nabod rhywun sydd wedi bod, ar y teli. Hefyd, fel y dysges i heddiw, mae cyffroi am unrhyw beth yn hynod yn-cŵl ymysg ieuenctid Cymru. A finne'n meddwl y bydde pobol yn crafangu am y cyfle.

Dwi ddim yn fy ystyried fy hun yn hen, ond mae'r gyfres yma'n dangos bod rywbeth erchyll wedi digwydd i bobol un ar bymtheg oed ers i mi adael yr ysgol.

Pan oeddwn i'n un ar bymtheg, dau beth oedd ar fy meddwl i – bechgyn a bechgyn. Roeddwn i'n frwd dros Gymdeithas yr Iaith, dros CND, dros unrhyw beth roedd fy mhen bach naïf i yn ei ystyried yn lled-rebeliog; yn bennaf oherwydd bod eu cyfarfodydd yn lle da i gyfarfod bechgyn. Roedd ffasiwn, bandiau, alcohol, tybaco, hyd yn oed gwleidyddiaeth yn rhan o'r cynllun denu bechgyn. Trist, mi wn, ond gwir.

A dyna oeddwn i'n ei ddisgwyl gan y ferch yr es i'w ffilmio heddiw. Wel am siom. Oedd hi'n mynd allan?

'Jyst weithiau. Mae'r tafarndai i gyd yn llawn o fwg ac mae pawb jyst yn meddwi. Mae o i gyd *mor* dated.'

'Wyt ti'n mynd i gigs te?'

'Be? Efo'r bandiau crap sydd o gwmpas? Bands bach cachu efo enwau Saesneg yn trio gwneud Super Furry arall?'

'Pwy wyt ti'n eu hoffi 'te?'

'Dunno. Placebo, Prodigy . . .'

'Wyt ti'n poeni am ddyfodol yr iaith?'

'Na, ond tase Kurt Cobain yn Gymraeg, mi fase *fo* wedi gallu achub yr iaith.'

'Ond roedd o'n Americanwr, ac mae o wedi marw.'

'Yn hollol.' Y?

'Sut wyt ti'n cymdeithasu?'

'Does yna ddim y fath beth â chymdeithas.'

'Wel, sut wyt ti'n cyfathrebu efo pobol?'

'Dyna pam nad oes 'na ddim cymdeithas. Mae pawb jyst yn unigolion sy'n methu cyfathrebu.' O rargien, be am drio?

'Wyt ti'n rhannu dy deimladau efo unrhyw un?'

'Ym . . . Ti ddim wastad angen siarad. Ti'n mynd i rêf a rhannu trip neu wrap neu E. Wyt ti'n rhannu taith i brofiad. Ti'n rhannu profiad. Mae o'n ysbrydol, uwchben geiriau . . .'

Mmm. Llond casgen o chwerthin, ys dywed y Sais. Nid, ys dywed plant Glantaf.

Dydd Mercher, 26 Mawrth

Sesiwn arall efo Dave. Crwydrodd fy meddwl go iawn wrth chwysu ar y peiriant rhwyfo ac yntau a'i fyljis yn sbïo arna i. Meddyliwch sut beth fase bod yn gariad i drainer personol. Am ddychrynllyd. Fydde mynd i Tesco yn hunlle, fi'n rhoi cacennau hufen yn y fasged siopa, fo'n eu tynnu nhw allan, fi'n rhoi Crunchy Nut Cornflakes i mewn, fo'n eu ffeirio am All-Bran. Dim lownjo o flaen y teledu efo Fruit & Nut, dim moment wan a ffonio tacsi am ffish a chips posh yn Champers. Dim coctels. Dim bêcyn bytis. Dim King Wok.

Ond mi fase gen i gorff pur fel teml, ac abs a mysyls. A hyder. Faswn i'n gallu gwisgo unrhyw beth heb boeni ei fod yn ddigon hir i guddio pen ôl ac yn ddigon llac i gartrefu bronnau sylweddol . . . Am ryddid.

Dydd Iau, 27 Mawrth

Dwi 'di 'mrifo braidd rhaid i mi gyfadde. Ges i afael ar Mer o'r diwedd heddiw a gofyn be ddiawl oedd yn mynd ymlaen, a pham ei bod hi wedi rhoi'r argraff i James ei bod wedi dod allan efo fi, a pham nad oedd golwg sâl iawn ar James y diwrnod wedyn.

Diolch byth, doedd 'na ddim byd yn bod, ond mae'n debyg bod James yn sâl go iawn, ac yn mynd ar ei nerfau hi yn gofyn ei dendans, ac yn ei gordro hi o gwmpas; a'i bod hi wedi ffonio ffrind gwaith a mynd draw ati hi am y noson. Ddwedodd hi wrth James ei bod hi'n mynd allan efo fi wedi'r cwbwl, rhag iddo fo neud ffŷs.

Doeddwn i'm isho dweud dim, ond pam ddiawl 'i bod hi'n mynd allan efo rhywun sydd mor annioddefol o groes nes ei bod hi'n gorfod dweud celwydd ynglŷn â lle mae hi? Pam na all hi orffen efo fo?

Ddwedes i ddim byd – ei bywyd hi ydi o – ond roeddwn i'n teimlo braidd bod yn well ganddi hi fynd at ryw ffrind newydd o'r gwaith yn hytrach na dod ata i. Ocê, mi oeddwn i allan ar sesh, ond nid dyna 'di'r pwynt, nage?

Dydd Gwener, 28 Mawrth

Dwi 'di gweld prin ddim ar Mês yr wythnos yma. Weles i gip arno fo ddoe ar fy ffordd i nôl fy mrechdan lean-chicken-salad-no-dressing-on-sugar-free-rye, a chip arall pan oeddwn i ar fy ffordd i ddal y bỳs i'r jim.

Dwi'n gweld gwahaniaeth go iawn yn fy nghorff. Tybed ydi *o*? Nid bod ots – Dave ydi'r dyn dwi isho'i blesio. Gobeithio y gwnaiff o sylwi 'mod i wedi colli pwysau yn ystod ein sesiwn heno 'ma. Nid 'mod i wedi colli llawer. Wel, bron ddim. Dau bwys, ac roedd hynny ar ôl i mi chwydu wedi bwyta coesyn seleri drwg neithiwr. Ond dw i'n *teimlo*'n deneuach, a hynny sy'n bwysig.

Dydd Sul, 30 Mawrth

Nes i benderfyniad byrbwyll ond da ddoe. Ro'n i'n siarad efo Mam a daeth rhyw bwl ofnadwy o hiraeth drosta i. O fewn yr awr ro'n i ar drên ar fy ffordd adre! Digwydd sôn wnaeth hi bod Cat yn mynd i Wrecsam i siopa, a'i bod hi'n picio draw i Gefn Llwyd unrhyw funud i nôl ryw vouchers Laura Ashley. Mi weles i 'nghyfle, a'i bomio hi draw i'r orsaf fel y gallwn i fachu lifft o Wrecsam efo Cat.

Roedd Cat wedi gwirioni'n lân ac yn dweud dro ar ôl tro pa mor dda dwi'n edrych a pha mor neis ydi fy nillad i a pha mor trendi dwi'n edrych. Ro'n i isho dweud yr un peth amdani hi, ond a bod yn onest roedd hi'n edrych yn hollol nacyrd, a dwi'n siŵr ei bod hi wedi cael tri choffi pan aethon ni am baned, gan ddweud ei bod hi angen y caffîn i gadw'n effro.

''Se ti'n taeru bod gen i ddeg o blant wir, o 'styried cymaint dwi'n cwyno!' medde hi.

Eglurodd fod Lleu bach fel 'tase fo ddim angen cwsg o gwbwl, yn deffro ddwywaith, deirgwaith bob nos. Mae Cat wastad wedi bod yn fore-godwr, ond mae pump yn wirion o gynnar iddi hi hyd yn oed . . .

Beth bynnag, mi ddaeth hi draw i Gefn Llwyd neithiwr ar ôl rhoi Lleu yn ei wely ac mi gafon ni ryw wydred neu ddau o win, ac ymunodd Dad efo ni am lasied slei wedi iddo fo orffen ei rownds hefyd. Tanllwyth o dân mawn a wir, ro'n i'n teimlo fel hen ddynes, yn pendwmpian. Roedd Dad yn rhochian cysgu, Cat yn ymladd cwsg a Mam yn trio gwthio darnau o dorth frith ffresh a sandwij felen i bawb. Roedd hi mor braf ymlacio'n llwyr heb orfod poeni sut roeddwn i'n edrych na hyd yn oed gorfod sgwrsio, a'r *Noson Lawen* ar S4C yn fy atgoffa pam oeddwn i'n mynd allan bob nos Sadwrn yn ddi-ffael pan oeddwn i'n byw adre.

Doedd Cat ddim yn ei hwyliau gore i fod yn onest, mwy na faswn inne taswn i heb gysgu'n iawn ers nosweithie – roedd hi'n ymddangos yn reit rhwystredig a blinedig, ond yn waeth na hynny, yn unig. Roedd hi'n dweud mai prin gweld Dew mae hi ac yntau'n gweithio bob awr. Pan fydd Lleu yn hŷn mi fydd pethau lawer yn haws . . . Beth bynnag, *dwi'n* teimlo fel taswn i wedi cael wythnos o nosweithie cynnar, wedi un noson o gwsg yn fy hen wely bach yng Nghefn Llwyd.

Dydd Mawrth, 1 Ebrill
Dim carbs, dim siwgr, dim cig, dim cwrw . . . dim bywyd cymdeithasol. Ond dwi'n teimlo'n llawn bywyd. Dwi'n bomio trwy fynyddoedd o waith bob dydd, a heddiw mi benderfynodd Mês fy ngalw i'n Berson Mwya Boring y Swyddfa achos mod i'n gwrthod dod am beint. Allwn i ddim mynd – roedd 'na beiriant rhedeg hefo fy enw i arno fo.

Dydd Mercher, 2 Ebrill
Fel gwobr fach am fod mor dda a chadw at y llwybr cul, dwi wedi bwcio triniaeth ymlaciol a facial i mi fy hun yn y spa sy'n rhan o'r jim. Ryw driniaeth cerrig poeth arloesol mae'n debyg.

Falle bod Mês yn dechre sylwi arna i am y tro cynta – ond sgen i ddim diddordeb ynddo fo. Eto. Rhoi fy hun gynta, cadw'n iach. Dyna dwi'n ei wneud. A dilyn Dave a gwrando ar bob dim mae o'n ddweud wrtha i, wrth gwrs.

Dydd Iau, 3 Ebrill
Dwi'n llawn bywyd, yn glir fy meddwl ac yn benderfynol fel mul. Bywyd? Dim problem.

Mae pawb yn y gwaith yn ddigon hwyliog, ond dwi'n teimlo erbyn hyn 'mod i ar y tu allan, yn sbïo i mewn ar y criw a'u hantics. Dwi prin wedi siarad efo Mês yn ddiweddar, gan fy mod i wedi dechre mynd allan i redeg amser cinio. Mae 'na gawod anhygoel yn y swyddfa – handi iawn, ond pam tybed? Tydi Eleri erioed yn meddwl bod ganddi staff ymroddgar sy'n gweithio drwy'r nos ac angen cawod cyn cario mlaen yn y bore? Er, falle bydd hi wedi rhoi Alwen yn y gawod un o'r boreuau yma – dwi wedi ystyried gwneud hynny fy hun ambell waith. Ddaeth hi i'r gwaith bore 'ma yn syth o barti – heb gysgu, newid, mynd adre na dim. Gyrhaeddodd hi efo masgara neithiwr dan ei llygaid fel panda, top sequins hollol anaddas a chydig yn gynnil' chwedl Dad, a sodle fydde'n codi cywilydd ar genod nos Riverside. Ac yn llai na hanner pan hefyd. Mi ddiflannodd i'r toiled cyn i neb arall ei gweld, a dod allan mewn pâr o bymps, siwmper v-neck ddu ('ma' fe'n syndod beth gei di'n Oxfam am one fifty os ei di yna'n ddigon cynnar yn y bore'), ei hwyneb yn sgleinio'n lân fel swllt a'i gwallt wedi ei glymu'n ôl mewn cynffon. Ar ôl mygied o goffi cryf roedd hi fel newydd, yn sobor fel sant, yn edrych fel model ac yn barod i daclo mynydd o waith a galwade ffôn a threfniade. Sut mae hynny'n gweithio? Taswn i'n trio stynt fel'na mi faswn i wedi syrthio i gysgu ar y tŷ bach a chael fy ngyrru adre erbyn amser cinio.

Ond mae 'na rywbeth eitha bregus am Alwen hefyd – dwi'm yn dallt ei dibyniaeth lwyr ar Mês. Mae hi fel 'tase hi'n meddwl bod ganddi ryw fath o hawl drosto fo. Ta waeth, dwi ddim am drio dallt. Criw gwaith ydi criw gwaith a rhyngddyn nhw â'u potes.

Dydd Gwener, 4 Ebrill
Mae Dave wedi cynnig sesiynau am ddim i mi! Wir yr. Sawl treinyr personol sy'n gwneud hynny? Os y dechreua i dalu am sesiwn arall bob wythnos mi wnaiff o roi sesiwn i mi am ddim.

Mi ddwedodd Bev wrtha i heddiw ei bod hi'n poeni am y 'crysh' sgen i ar Dave, a'r ffaith 'mod i'n gwario pres gwirion arno fo. Dwi ddim yn meddwl mai crysh ydi o. Jest ffordd neis o wella fy iechyd efo rhywun yn fy annog. Rhywun sy'n gwerthfawrogi faint o ymdrech ac egni dwi'n ei roi. Weithe, dwi'n siŵr 'i fod o'n edrych arna i mewn ffordd chydig yn wahanol i'w gleients eraill. Mae Bev yn meddwl mai'r endorffins sy'n chwyrlïo yn fy ngwaed ac yn fy ngwneud i'n hyper, yn gwneud i fy meddwl i orweithio.

Falle, jyst falle, ei bod hi ryw bripsyn bach, bach yn

genfigennus? Yn un peth, dwi wedi colli llond berfa o bwyse, ac yn ail, mae ei threinyr personol hi, yn ôl Bev, yn 'lysh' hefyd, ond erioed wedi ei rhoi sesiwn wythnosol iddi hi am ddim . . . Ha!

Reit, ffwrdd â fi . . . Dwi 'di gorffen *The God of Small Things* ac yn mynd i ymgymryd â rywbeth chydig yn llai ysbrydol – *The Food Combining Diet*. Wedi clywed ei fod yn wyrthiol.

Dydd Sadwrn, 5 Ebrill

Bore 'ma, roeddwn i'n hanner cerdded, hanner neidio i'r jim, yn teimlo'n grêt. Dim ond ychydig dros fis sydd ers i mi fynd yno am y tro cynta, a dwi wedi bod yno bob diwrnod (bron iawn) ers hynny, yn ogystal â rhedeg amser cinio a bwyta'n hurt o iach. Ddoe, mi benderfynes i dretio fy hun. Pâr o Pumas newydd a chrys T a legins tynn Adidas. Doedd pâr o bymps di-label, hen legins a Chrys Mawr Llwyd ddim yn ddigon bellach, yn enwedig i'r corff newydd cyhyrog, rhywiol yma sydd gen i.

Ocê, dydi o ddim cweit yn hynny eto, ond dwi ar y ffordd – mewn mis arall mi fydd Cindy Crawford yn dechrau crynu yn ei sgidie designer.

Beth bynnag, mi agores i ddrws y gampfa a neidio'n egnïol i mewn, yn barod i ddangos i Dave pa mor gydwybodol oeddwn i . . . a chael fy llorio'n llwyr gan fynydd o ddynes enfawr. Mi ges i fy lluchio'n ôl a glanio'n dwmpath di-lun ar fy nghefn ar lawr.

'Oh! My poor love! Are you okay, darling?' Clywais lais melys Dave yn y pellter. 'God, tell me you're okay.'

Roeddwn i ar fin agor fy ngheg i ddweud wrth fo am beidio poeni, 'mod i'n fyw, pan atebodd rhywun arall.

'Yeah, I'm fine – I fink so anyway. No fanks to that silly bitch.'

Llais cocni croch glywes i, nid fy llais fy hun. Ac wrth i mi godi 'mhen i weld o le daeth y llais, be weles i ond Dave yn cofleidio'r ddynes enfawr. Ei bol hi oedd yn enfawr, am ei bod hi'n disgwyl babi. Babi mawr. Mi godes ar fy eistedd fel shot, yn meddwl am funud 'mod i wedi cael cnoc ar fy mhen hefyd ac yn gweld pethe.

'Oh! It's you,' gwgodd Dave gan edrych arna i fel taswn i'n faw iâr dan ei sawdl. 'Trying to make my wife give birth prematurely are you? Watch where you're going for God's sake.'

Ac i ffwrdd â fo gan afael am ei wraig yn ofalus. O'r cywilydd! Gwraig ganddo fo. Ac nid gwraig yn unig, ond teulu ar y ffordd. Ro'n i'n gwybod bod hanner y merched yno yn trio cuddio'r ffaith eu bod bron â byrstio isho chwerthin. Roedd y staff yn crechwenu'n sarcastig, yn amlwg wedi arfer gweld genod gwirion yn hanner addoli Dave o'r blaen, a thalu crocbris am y pleser.

Roedd gen i ormod o gywilydd mentro ar unrhyw beiriant, ac adre â fi a 'nghynffon rhwng fy nghoese, yn teimlo'n ffŵl llwyr.

Pan ddywedes i'r holl hanes wrth Bev, wnaeth hi, chwarae teg iddi, ddim edliw, dim ond rhoi paned o goffi drwy laeth efo llwyaid o siwgr brown i mi, a bisged siocled o'r bocs argyfwng. Cyn i mi hyd yn oed ystyried faint o galoriau a braster oedd ynddi, roedd y fisged wedi diflannu, ac un arall ar ei hôl hi.

Dydd Sul, 6 Ebrill

Mi fentres yn ôl i'r jim heddiw. Mynd yno i gael y driniaeth cerrig poeth wnes i, gan 'mod i wedi talu ffortiwn amdani a doedd dim ad-daliad i'w gael.

Roedd gen i gymaint ar fy meddwl pan gyrhaeddes i yno.

Ro'n i'n dal yn flin bod Mer wedi mynd i aros efo ryw ffrind gwaith yn lle dod ata i, ro'n i'n flin hefo Dave am fflyrtio efo fi, mae gwaith yn brysur a dwi'n dal i boeni am Cefn Llwyd a'r holl waith sydd gan Mam a Dad, ac am Cat, oedd mor flinedig a di-hwyl y penwythnos diwetha.

Ond ym miwsig y pibau ymlaciol ac arogl yr olew tylino doeddwn i ddim yn poeni am lot o ddim yn hir iawn, ac o fewn munudau roeddwn i'n bell iawn, iawn . . . Roeddwn i'n reit falch mai ar fy mol oeddwn i hefyd achos 'mod i'n gallu teimlo fy hun yn slefrian yn gysglyd o gornel fy ngheg. Dwi'n siŵr 'mod i wedi cysgu – mi neidies pan ofynnodd y ferch i mi droi rownd ar gyfer y facial.

Roedd hwnnw'n hudolus, a phan ddechreuodd hi bwyso'i bysedd yma ac acw ar fy wyneb, roeddwn i'n teimlo fy hun yn codi'n ysgafn braf . . . roeddwn i rhwng nef a daear yn rhywle pan ofynnodd hi'n dawel i mi:

'Have you any concerns?'

Roedd fy llais fel petai rhywun arall yn siarad drosta i.

'Ymm . . . I have, actually. I'm a bit concerned about my parents. They're farmers, and they're getting on and there's just so much work. It's lambing season, you see, and they're out all hours . . . it's not a big farm but it's too big for them to be running with no help . . . and then I've made a bit of a fool of myself with this bloke who I thought fancied me but was really after my money, probably for his about-to-be-born child . . . And there's this bloke I fancy at work . . . and I supppse I am worried – well, not worried exactly, but I'm curious about what he thinks about me. I think he likes me, there's definitely chemistry between us . . .' ac i ffwrdd â 'nhafod bymtheg y dwsin. Allan ddaeth yr holl hanes am Mês, amdana i'n meddwl ein bod ni'n mynd ar ddêt a fynte efo hogan arall pan gyrhaeddes i Las Iguanas, am ddamcaniaeth

Hel ei fod o ofn cael ei frifo . . . a 'mod i wrth fy modd efo fo. Ac y baswn i yn fy nefoedd 'taswn i'n gariad iddo fo . . . A dyna'r tro cynta i mi ddweud wrth neb. Y tro cynta i mi fy nghlywed fy hun yn ei ddweud o'n blwmp ac yn blaen. Am foment enfawr!

'I've been in denial!' medde fi yn fy Saesneg gore, gan ymuno â'r byd go iawn. 'I've been denying to myself how much I like him. I really, really like him. What have I been doing bothering with Dave the muscle? Mês is the one. Omygosh. That's my concern . . .' Agorais fy fy llygaid ac eistedd i fyny . . . a sywleddoli bod y gerddoriaeth wedi gorffen, y canhwylle wedi llosgi'n ddim a'r hogan wedi rhoi'r gole mawr llachar ymlaen. Roedd hi'n edrych arna i yn syn.

'I meant, do you have any skin concerns?'

Sôn am embaras . . . arall. Dries i fwmblan rywbeth am y straen yn gwneud fy ngroen i'n sych . . . ond roeddwn i wedi oeri erbyn hynny ac roedd yr hogan fach yn amlwg yn meddwl 'mod i'n hollol nyts. Felly mi shyffles i oddi yne yn goch â chywilydd, yn fy slipars gwyn fflyffi.

Ond wedi meddwl, falle mai dyna'r sesiwn therapi ore i mi ei chael erioed. Yn ogystal â stimiwleiddio fy hyaluronic asid a rhoi sgwriad iawn i f'epidermis, dwi wedi rhoi sgwriad iawn i fy mrên.

Dydd Llun, 7 Ebrill

Roedd Mês yn y swyddfa heddiw. Pan weles i o mi rewais am eiliad. Dwi'n teimlo bod popeth wedi newid, ac am ryw reswm roeddwn i'n meddwl y bydde fo'n teimlo'r un fath. Ac y bydde'r gwreichion yn hedfan. Ond roedd heddiw fel unrhyw ddiwrnod arall – iddo fo beth bynnag.

Dwi'n teimlo chydig bach allan ohoni wedi i mi gadw 'mhellter a dewis y jim yn lle'r Castell bob nos, ond wrth gamu

ar glorian Bev heno mi ffeindies 'mod i wedi colli stôn. Wir yr.
Ac er gwaetha pawb a phopeth, dwi am barhau efo'r busnes
cadw'n iach 'ma. Falle na fydda i'n mynd yn ôl i'r jim bob nos
chwaith – falle y rho i dro ar redeg.

Mi fydd yn rhaid i mi fod yn ofalus yn y swyddfa hefyd –
dwi'm isho i Mês sylweddoli sut dwi'n teimlo. Ddim eto.

Dydd Mercher, 9 Ebrill

Mae'n braf cael munud fach dawel. Mae Bev yn cic-bocsio a'r
hogan drws nesa ddim adre, mae'n amlwg, gan fod ei
chwaraeydd CD druan yn cael hoe fach. Mi es i am jog heno.
Dwi 'di cael cawod bwerus, lot o ddŵr a lemon i yfed a thaten
bôb a salad i swper. Iesgob, mae rhedeg yma mor wahanol i
redeg ar gaeau Cefn Llwyd. Dim pridd meddal a gwyrddni, na
chynulleidfa ddi-hid o wartheg yn rhythu arna i. Traffig,
pobol, siopwyr, a gwaeth – pobol fase'n gallu bod yn fy nabod!
Mi dynnes i gap yn isel dros fy llygaid rhag ofn, achos yn
anffodus tydw i ddim yn un o'r bobol hynny sy'n bras-redeg yn
llyfn efo Walkman, dillad tynn, uffar o bâr o goesau siapus,
pen ôl fel eirinen a golwg benderfynol ar fy ngwyneb di-chwys.
Dwi'n fwy o lwmp chwyslyd coesfer yn bustachu'n biwsgoch.
Ond rŵan mae'r gêr gen i ers fy stint yn y jim, a chwip o bâr o
drainers handi – cap pig, pen i lawr a chelpio palmentydd
concrit y ddinas amdani felly.

Dydd Iau, 10 Ebrill

Ffoniodd Hel heno. Mi adroddais holl hanes y jim wrthi, gan
gynnwys fy obsesiwn byrhoedlog efo Dave a'r sylweddoliad
mai Mês ydi'r un i mi. Mi sonies i hefyd am Cat, a 'mod i'n
poeni amdani. Ges i sioc pan ofynnodd Hel oeddwn i'n
meddwl ei bod hi wedi priodi'r person anghywir, gan ei bod hi
wedi priodi ffordd o fyw yn ogystal â pherson. Nes i erioed

feddwl am y peth fel'na o'r blaen. Oes 'na ronyn o wirionedd yn hynny? Wedi'r cwbwl, dydi Dew ddim yn mynd i werthu'r fferm, symud i fyw a newid swydd jest oherwydd bod Cat yn anhapus. Fel hyn fydd ei bywyd hi am byth.

Dwi'n poeni mwy amdani rŵan. Mae seicoleg Hel yn help weithie, ond dro arall mae o chydig bach gormod. Bydd raid i mi drio mynd adre eto'n o fuan.

Dydd Sadwrn, 12 Ebrill

Mae 'na sesh ac mae 'na sesh. Mae 'na sesh cwpwl o beints efo criw o ffrindiau, hel straeon, atgofion, chwerthin a hwyl. Ac mae 'na hymdingar gachubants o sesh sy'n cychwyn yn y pnawn a chario ymlaen, ymlaen ac ymlaen efo'r peintiau a'r oriau yn llifo i'w gilydd yn un cwmwl cymysglyd o chwerthin a mwg sigarét nes bod rhywun ar ddiwedd y nos yn un twmpath meddw sydd ddim yn siŵr iawn o'r awr, y dafarn, y cwmni na'i henw.

Wel, sesh o'r math ola oedd yr un a gafwyd neithiwr. A'r sesh honno oedd y rheswm 'mod i wedi deffro'r bore 'ma efo pen fel meipen, ceg fel cesail camel a dyn del efo gwallt cyrliog melyn yn fy ngwely. WIR YR!!!

Ar ôl gorffen gwaith ddoe, roedd Mês a fi'n cedded allan o'r swyddfa, dim ond ni'n dau am newid. Amneidiodd tua'r Castell. 'Awydd?' Mm. Awydd.

Wedi codi peint, setlodd y ddau ohonan ni mewn dwy gadair y tu allan i'r Castell, ac edrych ar y byd yn mynd heibio yn yr haul. Bedair awr yn ddiweddarach roedden ni yn union yr un lle, ychydig yn uwch ein lleisiau, yn is yn ein cadeiriau ac wedi mabwysiadu dau ffrind. Bili ac Edwina Currie. Dyn canol oed efo gwallt hir coch, atal dweud a dim digon o brês i brynu baco oedd Bili. Ei gi hirwallt oedd Edwina Currie.

'. . . She's a d-d-d-dog i'nt she . . .' oedd sylw treiddgar Bili.

Mae'n rhaid bod y cwrw yn ein gwaed wedi'n gwneud yn hael gan i ni nid yn unig roi paced cyfan o sigarets iddo fo, ond ei wahodd i ymuno â ni, prynu peint iddo fo a phaced o Pork Scratchings i Edwina. Ac mae'n rhaid bod yr alcohol wedi'n gwneud ni chydig yn fwy goddefgar nag arfer hefyd, gan i ni eistedd yno am awr gyfan yn gwrando arno fo'n traethu'n ddibaid ar bob dim o wine gums i wleidyddiaeth.

'They all taste the same. It's just the different colours that trigger something in your brain to make you think otherwise. It's a conspiracy, man.' Hmm.

'Politics is just a way of making the common man powerless. It's a conspiracy, man.'

Dechreuodd pethe fynd braidd yn flêr pan aeth ymgeisydd y blaid Dorïaidd heibio yn ei gar efo uchelseinydd. Yn reddfol hollol mi gododd dau fys y tri ohonon ni i fyny i'w gyfeiriad, ond mi aeth Bili gam ymhellach, ac i lawr aeth ei drowsus ac i'r golwg y daeth ei ben ôl, yn serennu ar y car. Camgymeriad yr ymgeisydd dwl oedd dod draw i geisio rhesymu â fo, a chafodd ffrwd o regfeydd diddiwedd, a chyngor i stwffio'i faniffesto, ei lywodraeth a'i nain i fyny'r rhan o'r corff roedd Bili newydd ei ddangos iddo, gan chwibanu. Rhywsut, sylweddolodd y dyn bach nad oedd o'n mynd i lwyddo i lusgo'r un ohonon ni i ochr dde'r ffens, ac mai gadael fyddai orau.

Gadael oedd orau i Mês a finnau hefyd, cyn i'n cyfaill newydd ddatblygu'n gyfaill oes. Sôn am fynd ymlaen i'r dre oedden ni, ond wrth ymlwybro i lawr Cowbridge Road, yn dal mewn hwylie wedi giamocs Bili, mi ofynnes i Mês fase fo'n lecio dod draw i dŷ Bev. Roedd hi'n hwyr erbyn hynny, a finne heb syniad fydde Bev adre ai peidio. Ymlwybro'n ara heibio i Eglwys St John oedden ni, gan drafod pa mor fendigedig ac annisgwyl oedd hi ynghanol cylch o dai urddasol, pan drodd Mês ata i. A sefyll o 'mlaen i, ac edrych arna i am hir . . . rhy hir.

'Be sy', Mês?' gofynnais.

'Hyn,' medde fo, gan roi llaw ar gefn fy mhen a 'nhynnu fi ato fo, a dechre 'nghusanu i! Wir yr . . . nes i ddim byd i annog y peth. Roedd o'n gusanu-gyrru-ias go iawn, ein hanadl ni'n boeth a'n cyrff ni'n agos . . .

'Ty'd adre,' medde finne, a dyna wnaethon ni. Sleifio i fyny grisie tŷ Bev ar flaenau'n traed ac mewn i'm llofft i. Wnes i ddim rhoi'r golau mlaen, a jest gallu gweld ein gilydd yn ngole pŵl y stryd oedden ni. Yn dal i gusanu, mi luchion ni'n cotie i rywle. Tynnodd Mês fy jympyr a'i gollwng ar lawr ac ymbalfalu o dan fy nghrys T. Ro'n i â 'ngefn yn erbyn y drws ac yntau'n dynn arna i, ac roeddwn i'n gallu ei deimlo'n galed ac yn boeth yn fy erbyn i. Aeth bob dim yn reit . . . nwydwyllt dwi'n meddwl 'di'r gair, a rhywsut mi wnaethon ni faglu'n hanner noeth, yn dal i gusanu, ar y gwely. Eisteddes i fyny a thynnu fy mra cyn estyn i lawr, ac ro'n i isho fo gymaint roedd fy mhen i'n troi a'r awydd yn chwyrlïo rhwng fy nghoese. Gafaelodd yn fy ngarddyrne . . . heeeei, meddylies, gan feddwl falle bod hyn yn mynd i fod yn fwy tanbaid nag oeddwn i wedi ei ddychmygu.

'Paid, Cer,' medde fo. 'Paid.' Rhyfedd sut y gall un gair bach ladd pob rhamant.

'Dwi'n chwil gachu, Cer,' medde fo, a 'nhynnu i orwedd wrth ei ymyl, ei fraich o 'nghwmpas. 'A tithe 'fyd. Dwi'm isio'i neud o fel hyn . . .'

Ac mi gusanodd o fi yn dyner, dyner, fel tase fo ofn fy mrifo fi, a gafael yndda i'n dynn.

'Dwi'm isho mynd gan milltir yr awr mewn i hyn,' medde fo wedyn. Do'n i ddim yn siŵr iawn be i ddweud, nag yn siŵr chwaith oeddwn i'n dallt y Mês siriys yma.

'Tri deg milltir te? A penalty points am dorri'r sbîd limit?' tries gellwair. Roeddwn i'n disgwyl ateb ffraeth am grŵs control a handbrêcs, ond ches i ddim.

'Chill, ie Cer?' gwenodd. A dyna wnaethon ni, gorwedd ym mreichie'n gilydd am hir, ein dau'n cogio bach ein bod ni'n cysgu.

Bore ma, mi ddeffron ni efo'n gilydd.

'Hei Cer.'

'Hei Mês,' atebais, cyn i'r ddau ohonon ni ddechre piffian chwerthin. A chusanu eto. Neidiodd Mês o'r gwely, yn edrych yn blincin lyfli yn ei bocser shorts – yn gry a brown a hurt o secsi.

'Gymaint ag y byswn i'n hoffi aros i chwarae, dwi wedi addo ffilmio bedydd ffrindie teulu i ni, draw ym Minny Street,' medde fo. 'A dwi'm isho cyrraedd yn drewi o gwrw, Pork Scratchings ac Edwina Currie.'

Gwisgodd ei ddillad, ac roeddwn i'n meddwl y base fo'n diflannu drwy'r drws mewn corwynt – ond na. Cerddodd yn ôl at y gwely, eistedd i lawr a 'nghusanu fi ar fy ngwar. A finne'n gorwedd yn hanner noeth ar fy mol, doedd o ddim y gallu 'ngweld i'n gwenu'n wirion i mewn i'r gobennydd. Am ddechre da i'r dydd, meddyliais.

'Tydi hyn ddim yn newid pethe rhyngddon ni, nac'di, Cer?' gofynnodd, yn dilyn fy asgwrn cefn hefo'i law, yn is ac yn is.

'Nachdi siŵr,' atebais, yn gobeithio nad oedd ei law o am stopio . . .

'Cŵl. Wela i mohonot ti tan ddydd Mercher rŵan – dwi a Siôn ar y reci 'na yn St Austell. Dau ddiwrnod yn Nghernyw – alla i'm cwyno. Wela i di yn Chwip, ie?' A hefo sws ar gefn fy mhen, roedd o wedi diflannu. Roeddwn i'n gallu ei glywed o'n neidio i lawr y grisie, dri gris ar y tro. Oedd o mor awyddus â hynny i adael? A be oedd o'n feddwl, 'tydi hyn ddim yn newid pethe'? Cachu. Doedd neithiwr ddim i fod i orffen fel hyn. Tynnu'n ôl, ddim isho i bethe newid . . . difaru mae o? Chwarae gêm? Damia fo.

Nos Sul, 13 Ebrill

Mi biciodd Fal draw pnawn ddoe – a finne'n fy ngyrru fy hun yn hurt yn hel meddylie – yn holi a oeddwn i isho dod i weld *Twin Town* efo hi yn Abertawe. Roedd Alex a hithe wedi cael tocynne am ddim oherwydd bod chwaer ei fodryb ne rhywun yn y ffilm (mae'r rhan fwya o bobol Abertawe ynddi, mae'n debyg). Mae cymaint o sôn wedi bod am y ffilm ers y premiére ddechre'r mis, ac mae'n anodd osgoi wynebau Llŷr a Rhys Ifans. Mae Cymru'n cŵl iawn ar hyn o bryd, ond fel y dwedodd Rhys Ifans ar teledu y diwrnod o'r blaen, ryden ni wedi bod yn cŵl ers canrifoedd 'mond bod neb wedi sylwi. Ond does dim tamed o ots gen i am Gymru (sori T. H.). Y cwbwl dwi isho'i wybod ydi a ydw i a Mês yn cŵl ai peidio.

Beth bynnag, ffwr â ni yn eu campyrfan felen i lawr yr M4. Ro'n i wedi ffonio Hel i ddweud 'mod i 'yn dre' ac mi drefnon ni i gyfarfod tu allan i'r sinema ar ôl y ffilm – roedd Hel wedi ei gweld yn barod. Gofynnodd Hel oedd 'na le iddi hi ddod yn ôl hefo ni – roedd hi'n sgint ac awydd sgawt rhad. Nes i'm sôn dim am Mês o flaen Fal ac Alex. Ddim yn siŵr be sydd 'na i'w ddweud wrthyn nhw. Mae Fal yn lyfli, ond yn ffrind i bawb rhywsut, a faswn i ddim isho gofyn iddi gadw cyfrinach sy'n ymwneud â rhywun arall o Chwip.

Er bod *Twin Town* yn dipresing, yn dywyll ac yn anghyfforddus roedd hi'n ffilm ddoniol iawn, iawn. Roedd hi'n braf peidio gorfod meddwl gormod am Mês am gwpwl o orie. Ocê, pwy dwi'n ei dwyllo? Nes i *ddim* ond meddwl am Mês. Fel arfer, mi faswn i wedi derbyn cynnig Fal ac Alex o beint bach, ond ro'n i ar dân isho dod adre i gael sgwrs iawn hefo Hel. Er ei bod hi tua un ar ddeg arnon ni'n landio, mi chwydais y cwbwl allan – y gwreichion tanbaid, Mês yn tynnu'n ôl, be ddwedodd o wedyn. Dwi'n amau bod Hel yn ei edmygu am roi stop ar bethe . . . ond yn anffodus tydi pwyllog ac ystyrlon ddim yn fy nghyffroi i, a dydyn nhw yn bendant ddim yn ddau air faswn i wedi eu cysylltu hefo Mês o'r blaen . . .

Roedd hi'n neis treulio pnawn yng nghwmni Hel heddiw a meddwl am rywbeth arall. Ella dylwn i drio cael hyd i rywun neis iddi hi hefyd . . .

Dydd Llun, 14 Ebrill

Roedd gan Alwen newyddion bore 'ma. Ddaeth hi i mewn yn edrych chydig mwy ffres ac effro na'i bore Llun arferol, ac yn od o hapus. Mi amneidiodd arna i i ddod draw am sgwrs wrth y peiriant coffi.

'Lle mae Mês?' gofynnodd. Teimlais fy hun yn dechre chwysu. Be oedd hi'n wybod? Oedd Mês wedi dweud rhywbeth wrthi? Pam 'i bod hi'n gofyn i mi lle roedd o?

'Y . . . ffwrdd . . . falle . . . naethon nhw sôn rhywbeth am recci?' Erbyn hyn roeddwn i'n fflamgoch.

'O! O'wn i'n meddwl falle bydde fe moyn gw'bod pwy ffonodd fi lan am ddêt yn annisgwyl nos Sadwrn,' medde hi, ac ateb ei chwestiwn ei hun yn syth . . . 'Eifion – ei gefnder e! Ffonodd e fi nos Wener yn gofyn o'n i moyn cwrdd â fe tu fas i Drefynwy. Oedd e lawr yn prynu hwrdd ne rwbeth ecsotic fel 'ny . . . a meddwl siwrne' bod e'n aros y noson. A t'mo be? Es i! Dim byd gwell i'w neud. O'dd hi'n noson rîli neis . . . Nes i ddim sefyll y nos na dim – ddreifies i. Oedd *'na* yn change. 'Sa i'n *cofio*'r tro diwetha i fi ga'l dêt sobor.'

Wel, wel.

'Ti'n ei weld o eto?' gofynnais, yn meddwl y base cael Alwen mewn perthynas gall yn gwneud bywyd gymaint yn haws i bawb . . .

'O, 'sa i'n gw'bod. 'Sa i'n credu. Ma fe'n lyfli – ond be 'sda fi'n gyffredin gyda ffarmwr o'r gog? Sai'n gallu *aros* i ddweud 'tho Mês . . . ha!'

Mi wnaeth y sgwrs honno fi chydig yn annifyr – roedd Alwen yn swnio'n fwy cyffrous am ddweud wrth Mês nag oedd hi am be allai ddigwydd efo Eifion!

Ofynnodd hi os o'n i awydd un bach ar ôl gwaith ond mi wrthodes i. Yn un peth, roeddwn i wedi bod yn seicio fy hun i fyny drwy'r dydd i fynd i redeg (alla i ddim gadael i'r holl waith caled yn y jim fynd yn ofer), ac yn ail, dwi ddim yn hollol gyfforddus yng nghwmni Alwen ar ôl be ddigwyddodd hefo Mês. Ddim yn siŵr pam.

Dydd Mawrth, 15 Ebrill

Mês yn ôl fory!! Wedi gwneud diwrnod hollol crap o waith – synfyfyrio a mynd i lefydd i wneud pethe ac anghofio. Dwn i'm sawl gwaith wnes i ferwi'r tegell i drio gwneud paned. Iesgob. Raid i mi gallio.

Dydd Mercher, 16 Ebrill

'Gyfeillion!' medde Mês pan landiodd o'n ôl y swyddfa o Gernyw heddiw hefo Siôn, yn cario llond bocs o basteiod.

'Allen ni ddim dod 'nôl o Gernyw heb Cornish Pasties, allen ni?' medde fo. Mi fywiogodd y lle i gyd (dyna'r effaith mae o'n ei gael ar bobol, pawb yn eistedd i fyny yn sythach, yn chwerthin yn uwch pan fydd o o gwmpas).

Ron i'n falch bod pawb yn canolbwyntio ar y pasteiod a dweud y gwir. Dwi'm yn meddwl i neb sylwi arna i'n goch fel tomato ac yn chwys domen dail wrth fy nesg.

Daeth Mês ata i a rhoi ei fraich rownd fy ysgwyddau.

'Iawn Cer? Pasti? Jyst ryw bedair awr o jogio fydd ishe i gael gwared o hon. Neu ymarfer arall egnïol . . .'

Ddalltodd neb arall be oedd ganddo fo mewn golwg. Ymarfer egnïol? Ie, iawn Mês, taswn i'n cael cyfle rhyw dro ynde mêt?

Ond ffwrdd â fo rownd y swyddfa – i gofleidio Alwen, Duke a Fal – ond ddiwedd y pnawn, cornelodd fi wrth y peiriant coffi a gofyn oeddwn i'n rhydd heno.

'Ar ôl fy jog, yndw,' meddwn inne; yn trio bod yn cŵl a methu'n gyfan gwbwl achos bod fy moche i fel dau afal coch.

Roedd o wedi addo mynd i dŷ ei rieni i nôl eu ci gan eu bod nhw'n mynd ar eu gwylie, a ges i gynnig mynd efo fo. Allwn i ddim gwrthod rhywsut. Roedd hi'n ddiwrnod heulog braf heddiw felly mi benderfynon ni gerdded yno'n syth o'r gwaith ac anghofio am fy jog (jest am heddiw). Roedd tro yn syniad da, gan fy mod i'n teimlo fy hun yn mynd yn nerfus a swil pan oedd o'n siarad efo fi yn y swyddfa.

Yng Nghyncoed mae ei rieni'n byw ac mi aeth ein tro â ni ar hyd caeau Llandaf lle buon ni'n sgwrsio am ddim o bwys ac i lawr Whitchurch Road oedd mor brysur roedd sŵn y traffig yn ei gwneud yn amhosib i siarad. Lawr Fairoak Road wedyn a draw i Gyncoed – dipyn o drec. Pan gyrhaeddon ni dŷ ei rieni ges i dipyn o sioc wrth weld tŷ mawr, neis, drud y tu ôl i giât fawr. Penderfynais fynd amdani.

'Mês, be *ydw* i i ti? Ffrind? Rhywbeth mwy? Sgen i'm syniad! Dwi angen gwybod lle dwi'n sefyll, er mwyn fy iechyd meddwl yn un peth, ac yn ail ac er mwyn gwybod sut i ymddwyn o flaen dy rieni. Ac os ydw i'n fwy na mêt, yna tydi hi ddim chydig yn gynnar yn ein perthynas ni i gyfarfod dy rieni?'

Edrychodd Mês arna i yn syn am eiliad, fy chwydfa eiriol wedi ei ddychryn ma' raid.

'Ym . . . Ti'n gwybod dy fod di'n fwy na ffrind, siŵr . . . ond gawn ni weld be ddigwyddith, ie Cer?'

'O? Y busnes can milltir yr awr yne eto?' medde fi, braidd yn sarcastig. 'Mae cyfarfod dy rieni ar ôl un ffling i'w weld yn reit sydyn i mi, Mês.'

''Dyn nhw ddim adre, siŵr,' atebodd. 'Maen nhw wedi mynd ar eu gwylie . . . mae gen i allwedd. Gychwynnon nhw bore 'ma. Blydi hel! Be ti'n feddwl ydw i?'

O, embaras. Roedd unrhyw ymddygiad cŵl wedi ei ddadwneud diolch i 'ngheg fawr. Drwy lwc, chwerthin wnaeth Mês.

'Ty'd nei di? Nytar!' Rhoddodd ei fraich frown rownd fy sgwydde a f'arwain i'r tŷ.

Mae Meg y sbaniel gwallgo yn lyfli – tebyg at ei debyg falle. A finne'n rhyw feddwl y bydde Mês wedi dod draw i aros, mi sylweddoles i na fydde fawr o groeso i gi gwyllt ar garpedi golau Bev. Wedi dweud hynny, roeddwn i'n rhyw hanner disgwyl gwahoddiad gan Mês i fynd draw ato fo . . . ond ches i 'run.

Felly dyma fi adre yn fy ngwely ar fy mhen fy hun yn meddwl am Mês eto . . . Dwi'n dechre syrffedu arna i fy hun erbyn hyn!

Dydd Gwener, 18 Ebrill

Wele'r dyddiad. Lle oeddwn i tybed nad oeddwn i'n gallu sgrifennu yn hwn neithiwr?

Ie, efo Mês!

Ddaeth o ddraw ddoe a gofyn oeddwn i awydd dod draw yn nes ymlaen: 'i weld Meg, gan dy fod yn gwirioni gymaint ar gŵn,' medde fo o flaen pawb yn y swyddfa, ond roedd ei winc slei yn golygu bod mwy iddi na hynny. Mi gerddes i draw, ac roedd Meg yn llamu o gwmpas fel rhyw gangarŵ a Mês yn ddigon hapus yn gwrando ar albym newydd Erykah Badu efo potel o gwrw yn ei law a chyw iâr mewn saws tarragon ar ei ffordd i'r popdy.

'Reit, y drefn ydi: awn ni â Meg fyny i Sloper Road a gadael iddi redeg rownd y parc gymaint ag y gall ei thraed bach.'

'Pawenne, Mês.'

'Y?'

'Pawenne 'sgen gi, nid traed.'

'O ocê, Barbara Woodhouse, awn ni â Meg i redeg gymaint ag y gall ei phawennau bach Cymreig hi, wedyn gawn ni lonydd i fwyta swper . . . a beth bynnag arall,' medde fo, ac estyn ata i am gusan hir, fel tasen ni'n gwpwl ers misoedd. 'Gorffen honna,' medde fo, gan roi'r botel gwrw i mi. 'Dwi'n mynd i roi fy nhrenyrs am fy mhawennau innau.'

Mi flinon ni ein hunain a Meg, yn sgrialu ar ôl y bêl denis rownd y parc, ac roedd Mês yn hynod o gariadus, yn fy nhynnu fi ato fo am gusane a gafael yn fy llaw wrth gerdded.

Wedyn, roedd y pryd yn lyfli. Gan fod Si yn Llundain hefo'i ffrind mi gawson ni'r fflat i ni'n hunain hefyd. Siarad a mwydro ac yfed potelaid neu ddwy yn ormod o Sol, falle, a ninne'n gweithio heddiw.

Tua un y bore, a finne ddim yn siŵr oeddwn i i fod i ordro tacsi adre, amneidiodd Mês at ei lofft: '. . . neu fydd na ddim siâp arnon ni fory . . .' Roedd ganddo fo frwsh dannedd sbâr heb ei agor mewn bocs (oes na syplei ohonyn nhw tybed? Rhaid ymchwilio . . .) a thra oedd o'n hebrwng Meg allan i bi pi cyn noswylio, mi olches i 'nannedd a thynnu 'nillad (gan adel y rhai isa a 'ngrys T), a phlymio o dan y cwilt i aros amdano fo.

Pan ddaeth Mês yn ôl i mewn, buan y cafodd yr ychydig dillad hynny fflych. Roedd popeth mor neis, mor naturiol . . . ond wnaethon ni mo'r Weithred. Rhyfedd. Doedd 'na ddim swildod yna, mae hynny'n bendant, ac mi wnaethon ni o lot o bethe eraill – pethe neis iawn, iawn sy'n awgrymu i mi ei fod o'n meddwl amdana i fel mwy na ffrind. Ond nid y cwbwl.

Beth bynnag, diolch i Dduw am Meg, achos mi gawson ni'n deffro y bore 'ma gan ei llyfu glafoerllyd a'i phwyse bywiog ar ein pennau. Edrychodd Mês ar y cloc a sylweddoli nad oedd y larwm wedi canu, a'i bod hi bron yn hanner awr wedi wyth! Doedd dim amser i ffarwelio'n rhamantus na chael phaned na dim, dim ond panic gwyllt o ymbalfalu am nicyrs a sgidie a bag a goriade. Ges i fenthyg ei feic o a'i bomio hi draw i dŷ Bev, neidio i mewn i ddillad glân a rhoi sgwyrtiad hael o sentiach — yna i ffwrdd â fi i swyddfa Chwip ar y beic.

Jest ei gwneud hi wnes i erbyn naw, a sylweddoli bod Mês wedi fy nghuro i pan welais ei fod o'n aros amdana i hefo paned o goffi, 'bore da' a gwên ddrwg. Fues i fel cynrhonyn trwy'r dydd yn methu eistedd yn llonydd ac yn trio peidio gwenu fel giât . . .

Mae ei fêts o'n mynd draw ato fo heno, felly cha' i mo'i weld o tan fory. Falle ro' i ganiad iddo fo fory rhag ofn ei fod o awydd gwneud rhywbeth. Achos mae'r holl arwyddion rŵan yn wyrdd llachar.

Dydd Sul, 20 Ebrill

Y rhywbeth hwnnw oedd noson chwyslyd, boeth, brysur, hollol anhygoel yn Time Flies. Roeddwn i wedi clywed am y nosweithie gwych yno, ond roeddwn i'n meddwl mai ar gyfer puryddion dawns yn unig roedd y clwb, rhai sydd jest isho llyncu pilsen a dawnsio'n lloerig drwy'r nos. Am gamargraff. Yn awyrgylch urddasol Neuadd y Ddinas, roedd 'na fiwsig ffantastig diddiwedd, teimlad o gyffro a hwyl a phawb â'i fryd ar gael noson wych o ddawnsio.

Roedd Mês yn nabod llwyth o bobol yno, ac yn fy nghyflwyno fi i bawb. Nid 'mod i'n gallu clywed enwau neb uwch y gerddoriaeth heb sôn am eu cofio. Ond oedd y lle'n wych, a doedd 'na ddim dewis ond dawnsio. Roedd curiad y gerddoriaeth yn mynd yn syth i 'ngwaed i . . . ac ro'n i wedi cynhyrfu ac ecseitio'n lân.

Gerddon ni'n ôl law yn llaw, ac roeddwn i'n dal i deimlo'r pinne bach yn gwibio drwy fy ngwythienne a 'nghlustie'n pwmpio. Roedd Meg fach yn crafu'r drws ffrynt yn aros amdanon ni, ac wedi mynd â hi am dro i waelod y stryd ac yn ôl, doedd gan yr un ohonon ni egni i neud dim ond gorweddian ar y soffa. Pan lwyddon ni i ymlwybro i'r gwely, ro'n i'n ddigon hapus i gysgu yng nghesail Mês i gyfeiliant swynol, ysbrydol Beth Orton.

Ffonies i Cat gynne i adrodd yr holl hanes. Ryden ni wedi bod yn methu ein gilydd yn ddiweddar – mae Bev wedi gadael dau nodyn erbyn hyn yn dweud bod Cat wedi ffonio, a finne wedi ei thrio hithe gwpwl o weithie heb lwc. Roedd hi'n swnio chydig yn hiraethus heno.

'O Cer, mae hynna'n swnio *mor* ecseiting. A nath o goginio i ti ei hun? O, mae gen ti un da'n fanne. Paid gadael iddo fo fynd. Dwi mor jelys ohonat ti, Cer. Dwi'n dod lawr yn fuan, ocê? O . . . rhaid i mi fynd. Lleu yn crïo eto. 'Di o ddim yn cysgu winc y dyddie yma os nad ydw i'n gorwedd efo fo— sy'n golygu na alla i neud dim o gwmpas y lle 'ma ac mae'r tŷ fel twlc mochyn! O leia mae gen un ohonon ni fywyd. Cymer ofal, Cer . . .'

Ges i gyfle hefyd i eistedd i lawr efo Bev. Ryden ninne wedi bod yn gwibio heibio'n gilydd yn ddiweddar heb gael cyfle i stopio am sgwrs.

'O, hot pash . . . dim yn well nagoes?' medde hi, pan ddwedes wrthi am fy *mherthynas*.

'Nag oes,' cytunais, gan ddyfalu pryd oeddwn i'n mynd i gael y pash llawn . . .

Dydd Llun, 21 Ebrill
Ro'n i fel peth gwirion yn y gwaith heddiw, yn neidio pan oedd y drws yn agor, yn siarad yn fywiog a chwerthin lot fawr yn

uchel iawn ar y ffôn, er mwyn i Mês weld, os fyse fo'n cerdded i mewn, pa mor hyderus, fraeth a doniol oeddwn i.

Roeddwn i hefyd yn picio i'r tŷ bach bob yn ail eiliad i wneud yn siŵr nad oedd gen i VPL, masgara ar fy wyneb na sbigoglys rhwng fy nannedd (nid 'mod i wedi bwyta sbigoglys na diawl o ddim arall y bore 'ma, ond dech chi byth yn gwybod).

Erbyn diwedd y bore, roedd y Ceri newydd egnïol, swnllyd, fyrlymus yn fy mlino fi'n lân ac mi fu'n rhaid i mi slofi lawr damed bach. Ond ddaeth Mês ddim i'r golwg o gwbwl . . . a finne wedi gwneud ymdrech arbennig i wisgo dillad di-hid o steilish (dyna oeddwn i'n anelu ato fo beth bynnag).

Ddaeth o ddim i'r swyddfa drwy'r dydd. O wel.

Mi wrthodes i'r ysfa i'w ffonio heno, gan fynd i redeg i 'nghadw fy hun yn brysur ac yn bell oddi wrth y ffôn.

Dydd Mawrth, 22 Ebrill
'Mae 'na rywbeth yn mynd mlan 'da Mês,' medde Alwen heddiw. Bu bron i mi dagu ar y Malted Milk yr oeddwn i wedi ildio iddi hefo paned un ar ddeg.

'Duwcs, oes? Be 'lly?' gofynnes inne, gan drio ymddangos yn ddi-hid, ond yn swnio'n debycach i village idiot.

'Be sy' mla'n 'da fe?' holodd wedyn, ei llygaid gwyrdd yn gul fel rhai cath, yn syllu'n syth arna i.

'Dwn i'm,' mentrais wedyn. 'Malted milk? Maen nhw'n lyfli.'

'Da fe rywun, fi'n gallu dweud,' medde hi, yn fy anwybyddu'n llwyr. 'Ma' fe'n trial cadw popeth iddo fe'i hunan, ond wi'n ei nabod e.'

'Mmm.'

'A'r wên 'na sydd 'da fe . . .'

'Mmm . . .'

'Pan ti'n gw'bod 'i fod e'n cuddio rhywbeth . . .'

'Ie, honno,' medde fi, a chwerthin.

'O'dd e fel 'na drwy n'ithiwr . . .' ychwanegodd Alwen wedyn.

'Oedd?' Neithiwr? Lle? Pryd? Hefo pwy?

'O na, roeddet ti wedi gad'el. Welest ti mohono fe neithiwr, naddo?'

'Ym . . . na . . . yn lle?'

'Ddaeth e mewn yn hwyr pnawn ddoe, ac aethon ni am un i'r Castell. Sori Cer, nes i ffono ti – oeddet ti wedi mynd mas medde Bev.'

Diolch Bev am ddweud wrtha i! Shit . . .

Dydd Iau, 24 Ebrill

Am ddoe, gweler Ebrill 18! Roedd Mês yn y swyddfa ddoe, ac unwaith eto mi es i adre efo fo 'i weld Meg y ci'. Diolch i Dduw bod Alwen yn casáu cŵn â chas perffaith ddweda i. Pan soniodd Mês ei fod o am fynd â Meg am dro hir, hir (a hithe'n pistyllio bwrw) mi drodd Alwen ei thrwyn yn syth gan adael dim ond fi a Mês i fentro i'r glaw a'r baw.

Wnaethon ni mo'r ffasiwn beth, siŵr. Jyst picio â Meg i ben y stryd ac yn ôl, gordro tecawê ac ymlacio efo Chinese Banquet a chwpwl o boteli o win. A gwely call a chynnar. Wel, cynnar o leia.

Ofynnes i iddo fo am y busnes peidio dweud wrth neb yn y gwaith – y rheswm, medde fo, ydi nad ydi o isho'r jocian a'r tynnu coes, a bod yn well ganddo fo beidio rhoi rheswm i bawb fusnesa a dadansoddi. Digon teg. Ofynnes i hefyd am y busnes peidio mynd 'yr holl ffordd' ac wedi chwerthin, eglurodd ei fod o isho gwneud popeth arall gynta! Digon teg, ond chydig yn od? Falle bydd rhaid i mi ofyn i Alwen an gyngor. Dim ffiars! Ar hyn o bryd, dwi mor hapus dwi'n fodlon cytuno efo beth bynnag ddiawl mae Mês isho. Ond falle, un o'r dyddie nesa 'ma, y bydd raid i minne gael ffordd fy hun.

Dydd Sadwrn, 26 Ebrill – 1pm

Ddaeth o draw yma neithwr, am newid bach. Roedd David draw hefyd, ac roeddwn i'n meddwl y bydde'n well gan Mês fynd allan, ond roedd yna atyniad reit ddeniadol i'n cadw ni adre – crât o Cristal. Wir yr! Faint oedd peth felly wedi 'i gostio? Mae crât o unrhyw shampên yn bres gwirion, ond Cristal? Pres hurt. Ond roedd David wedi ei ennill mewn rhyw noson Notorious BIG yn Llundain (yn amlwg doedd y Notorious BIG ei hun ddim yno, a fynte wedi cael ei saethu fis diwetha).

Roedd y noson yn swnio'n erchyll: bancars bras y Ddinas (gwyn, addysg breifat, Ceidwadol) yn gwisgo fyny fel rappers caled Americanaidd jest am hwyl, yn enw codi pres i achos da. Mae'n rhaid bod ganddyn nhw domen o bres i'w luchio o gwmpas. Roedd gwobrau'r raffl yn hurt – aelodaeth blwyddyn i Glwb Spearmint Rhino, y crât o Cristal, taith mewn jet breifat . . . a chan mai wedi ennill y shampên oedd o, roedd David yn fwy na pharod i rannu cwpwl o boteli efo Mês a finne. Ymhen yr awr roedd y bybls yn gwneud pethe rhyfedd i ni, ac erbyn yr orie mân roedd pawb yn dawnsio o gwmpas y gegin i ganeuon o'r wyth degau.

Syniad gwych ar y pryd. Ddim mor grêt rŵan a finne'n dal yn fy ngwely a hithe'n amser cinio. Mae Mês wedi hen fynd at Meg. Addawodd Simon fynd â hi allan neithiwr am bum munud cyn mynd i'w wely, ond o ystyried penwythnosau Simon, falle nad ydi o wedi cyrraedd ei wely eto . . .

Beth bynnag, mae'n ddydd Sad ac mae gen i hangofyr erchyll. Soniodd Mês rywbeth am alw'n nes ymlaen ond roedd yr ordd yn fy mhen yn gwneud gormod o sŵn i mi allu ei glywed yn iawn.

Dydd Sul, 27 Ebrill

Fel roedd dyddiadur ddoe yn dyst, roeddwn i ryw dwtch yn fregus ar ôl bod yn downio Cristal fel taswn i'n Puff Daddy . . . ac yn methu cofio'n iawn be ddwedodd Mês pan adawodd fi yn dwmpath blêr efo pen fel meipen.

Ta waeth, a finne wedi mentro i'r gegin i wneud paned, canodd cloch y drws. Mês.

'Ti'm yn barod?' gofynnodd yn syn.

'E?' medde finne.

'Cinio hefo Mam a Dad?'

'Beeee?' Doedd gen i ddim syniad am be oedd o'n sôn.

'Nes i d'atgoffa di bore 'ma – ti'm yn cofio fi'n eu ffonio nhw neithiwr i weld oedden nhw wedi cyrraedd adre'n saff?'

'Ymmm. Na.'

'Ac y baswn i'n dod â Meg yn ôl heddiw.'

'Na.'

'A Mam yn cynnig mynd â fi am ginio.'

'Na.'

'A tithe'n gofyn yn uchel 'ga i ddod, Mami Mês?"

'O na.'

'A hithe'n gwirioni'n lân a gofyn am gael siarad hefo ti?'

'Cach.'

'A dy wadd am ginio hefyd?'

'Www! Ydi hi'n bwrw?' Gwthiais Mês o'r ffordd a mentrais allan trwy'r drws ffrynt. Neis. Dafnau glaw oer ar fy ngwyneb. Hylif. Da i'r hangofyr. Sticies fy nhafod allan i ddal mwy o'r dafnau a sefyll yno yn fy nresing gown, hefo gwallt tâs wair a llygaid panda . . . yn edrych fel dynes wallgo mae'n siŵr.

'Ceri!' Roedd Mês yn swnio yn flin go iawn . . .

Agores fy llygaid a sylweddoli mod i'n creu chydig o gynnwrf ar y stryd gan fod 'na ddau hen begor mewn car crand wedi stopio'n stond ar y stryd, ac agor eu ffenestri i gael gwell golwg. Roedd 'na lori ludw y tu ôl iddyn nhw, yn dechre creu traffig jam . . .

'Yes? And?' medde fi wrth y ddau yn y car, yr hangofyr yn fy ngwneud yn bigog a bolshi.

'O Iesu, Ceri,' dwrdiodd Mês a 'ngwthio i'n ôl i'r tŷ yn eger. 'Be ddiawl ti'n trio'i wneud? Gwneud i Mam a Dad feddwl 'mod i wedi colli'r plot ac yn mynd allan efo nytar? Ti'n dal yn chwil?'

'Na, jyst isho . . . Y? Mam a Dad? Lle? Dim . . . y . . . ddau yn y car?'

'Sbot on.'

A dyna fy nghyfarfyddiad cynta â Mr a Mrs Mês. Dyna i chi greu argraff. Roedd gweddill y diwrnod yn wers mewn damej limiteshyns . . . a dwi'n gobeithio 'mod i wedi cael get awê, achos wedi addo eu dilyn nhw i'r Treharne Arms, mi neidies ar fy mhen i'r gawod, llowcio cwpwl o barasetamols a choffi du a neidio mewn i ffrog (un neis, hir, barchus), chwipiad o golur a ffwrdd â fi mewn tacsi. Roedd yr argraff honno dipyn yn well, ac wedi gwydraid reit fawr o win coch roeddwn i'n teimlo bron yn normal.

Am bobol neis!! Mae tad Mês yn reit swil a thawel, ond mi wnaeth ei fam yn iawn am hynny! Mae'n fywiog, yn fyrlymus ac yn dipyn o gês . . . Ac wrth gwrs, yn dod o Llan! Gawson ni'n dwy goblyn o sgwrs dda gan adael y dynion i sgwrsio am beth bynnag mae meibion a thadau yn ei drafod . . . rygbi? Golff? Roedd Lisi, fel roedd hi am i mi ei galw, isho gwybod pob dim, pob manylyn, am Llan – be oedd pawb yn ei neud a phwy oedd wedi priodi, ysgaru, marw, mynd, dod . . . a dwi'n meddwl y gallwn ni fod yn fêts go iawn. Ar ôl y dechre chwithig, tydi hynny'n ddim llai na gwyrth. A phan ollyngodd tad Mês fi y tu allan i dŷ Bev, ges i sws fawr gan bawb (gan gynnwys Mês oedd yn mynd efo nhw i nôl Meg o'i fflat) a'm siarsio i 'beidio bod yn ddiarth' a dod draw os oeddwn i 'isho dal i fyny efo newyddion Llan' gan eu bod nhw'n cael Y Cyfnod a Pethe Penllyn drwy'r post bob mis.

Dwi newydd ddarllen dros hanes heddiw, a sylweddoli rhywbeth . . . a dwi'n dyfynnu: 'Gwneud i Mam a Dad feddwl 'mod i wedi colli'r plot ac yn mynd allan efo nytar'. Os anwybydda i'r cyd-destun anffodus, dyna ddatguddiad cyffrous: 'mynd allan efo'. Wel, wel. Falle y bydd raid i mi ei atgoffa fo o hynny ryw dro . . .

Dydd Llun, 28 Ebrill
A dyna wnes i. Mi sleifion ni adre efo'n gilydd cyn i Alwen gael cyfle i drio'n llusgo ni i'r Castell, a cherdded draw i fflat Mês.

Chwerthin wnaeth o pan dynnes i ei sylw at be oedd o wedi ei ddweud. A 'nhynnu fi'n nes . . .

Dydd Mawrth, 29 Ebrill
O dwi'n licio hyn . . . dwi'n teimlo'n hollol wirion efo Mês yn fy mywyd, yn fy ngwaith ac yn fy ngwely. Mae'r gân yma'n troi rownd a rownd fy mhen: 'Daw hyfryd ddydd Mehefin cyn bo hir, a chlywir y gwcw'n canu'n braf yn ein tir . . .'

Ydw i'n mynd yn cwcw hefyd?

Dydd Mercher, 30 Ebrill
Dim amser i sgwennu hwn – gen i *lot* o bethe gwell i wneud yn ystod y min nosau na sgriblo! xx

Dydd Iau, 1 Mai – 6.30pm

Wel. Heddiw ydi'r diwrnod mawr. Daw dydd y bydd mawr y rhai bychain . . . Y majors yn minors, y llon yn lleddf a phawb yn codi peint i'r dyn Blêr yna a'i wraig daclus, os aiff popeth fel maen nhw i fod i fynd.

Fel hogan dda, draw i'r Ganolfan Gymunedol â fi i bleidleisio ar fy ffordd i'r gwaith, er nad oeddwn i'n siŵr iawn lle i roi fy nghroes. Roedd pob asgwrn o 'nghorff i a'm magwraeth a 'nghalon yn mynd am focs y Blaid, ond roedd pob asgwrn arall yn mynd am bwy bynnag all roi cic i'r Toris.

Doedd Mês ddim yn y gwaith heddiw ond mae o am ddod draw heno i'r Castell. Fy nghynllun i oedd mynd adre gynta a draw i'r Castell yn nes at stop tap pan fydd y teledu'n dechre datgelu newyddion a chanyniade'r etholiad.

Roedd Alwen am fynd yn syth i'r Castell, medde hi, ond mi fethodd fy mherswadio i. Roeddwn i'n gwybod y byse gen i ddeilema dillad arall cyn mynd. Dwi isho edrych fel tase hi wedi cymryd pum munud i mi daflu jîns a chrys T amdanaf, ond mae pawb yn gwybod bod edrych felly'n cymryd o leia pum awr.

Jîns oren, jîns du, jîns gwyrdd, jest jîns? Crys T gwyn? Rhy Nick Kamen. Crys print llewpart? Rhy EastEnders. Crys sidan? Rhy Merched y Wawr. Gwallt i fyny? Gwallt i lawr? Mêc yp? Wrth gwrs, mae Mês wedi 'ngweld i'n ddi-golur, yn edrych yn erchyll, efo hangofyr, wedi blino. Yn deg stôn, ddim yn ddeg stôn . . . er 'mod i'n gwybod hynny, dwi isho i'w galon o neidio pan welith o fi.

Dydd Gwener, 2 Mai

Bore 'ma, roedd yr haul yn llachar drwy gyrtens y llofft. Roedd hogle neis Mês ar y gobennydd lle bu ei ben o. Efallai fod yna un dyn hapus iawn yn nymbar ten heddiw ond mi fetiwn i fy fôt fod yr hogan yma yn nymbar thyrti-tŵ mor hapus bob tamaid. Roedd hi'n bryd i bethe newid . . .

Pam 'mod i wedi poeni? Roeddwn i yn y Castell efo'r criw neithiwr a daeth Mês i mewn yn wên, yn dal, yn gryf ac yn ddel i gyd. Galwodd ei 'Hei Cer' arferol, dweud helô wrth bawb arall a rhoi sws ar fy moch i. Jyst fel'ne o flaen pawb. Anwybyddes yr edrychiade o sypreis o gyfeiriad Fal a Duke, a gwenu. Roedd Alwen wrth y bar yn nôl rownd, felly doedd dim rhaid i mi orfod delio efo'i hymateb hi.

Beth bynnag, aeth Mês at y bar a'r cwbwl allwn i ei neud oedd ei wylio fo, yn dweud helô wrth Alwen (a hithe'n bywiogi i gyd o'i weld o) a siarad efo'r hogan y tu ôl i'r bar, yn chwerthin, falle'n fflyrtian – iesgob, mae o'n secsi. Ro'n i'n teimlo ar binne neis trwy'r nos, ond eto'n gartrefol braf efo'r criw. Cyn hir ymddangosodd Bledd, wedyn Alex, cariad Fal. Tybed ydi o'n gwybod am ei honeymoon habit hi?

Wrth eistedd yno roeddwn i'n gallu teimlo bod awyrgylch hanesyddol i'r noson, bod rhyw garreg filltir yn cael ei gosod, a rhywbeth mawr ar fin digwydd. Dweud hynny oeddwn i wrth y criw pan edrychais draw at Mês. Roedd o'n gwenu fel giât, a winciodd arna i. Yn sydyn, newidiodd ystyr yr hyn roeddwn i newydd ei ddweud yn llwyr! Am un ar ddeg, caeodd y landlord y llenni a chloi'r drws, a hel pawb i mewn yn hytrach na'u hel allan. Erbyn dau roedd staff y bar yn cario poteli o Jack Daniels draw at y byrddau yn hytrach na gorfod gweini ar bawb. Yn fuan wedyn, trodd y noson yn sesh cael gwared â'r Toris go iawn wrth i bawb wylio'r map yn troi'n goch a graffics Mistar Snow yn mynd yn wallgo ar y sgrîn fach. Roedd Alex wedi hanner cario Fal am adre, Bledd wedi ei throi hi . . . a diflanodd Duke yn reit handi ar ei ôl, yn amheus o handi falle. Roedd Alwen wedi rhoi côt fawr amdani ac yn cysgu fel cath ar un o'r meinciau.

Erbyn pump ro'n i'n fflagio ac wedi gweld hen ddigon o ganlyniade – roedd hi'n reit amlwg y byddai'r hen John Major yn hel ei bac a gordro'r fan rimwfals o Rif Deg yn y bore, ac roedd gen i gur pen yn dechrau brathu. Rhoddodd Mês ei frach amdana i a gofyn:

'Ti awydd mynd adre i ddathlu go iawn?'

Ydi bocsyrs Blair yn goch?

Addawodd Siôn wneud yn siŵr bod Alwen yn cyrraedd adre'n saff (ac o weld y llaw winedd-goch ar ei glun, roedd hi'n edrych yn debyg y bydde'r far-med ar gael i roi help llaw iddo fo).

Wrth i'r wawr dorri, roedden ni'n cerdded i lawr Cowbridge Road law yn llaw, yn gwenu'n wirion. Wrth basio Tesco stopiodd Mês yn stond a dechre 'nghusanu, fel 'tasen ni'n bymtheg oed mewn gig yn Storom Awst. Roedden ni'n dal i gusanu pan gyrhaeddon ni adre: yn y gegin . . . ar y landin . . . yn y llofft . . . nes i Mês dynnu'n ôl. Roedden ni'n noeth, a finne'n ei deimlo'n gynnes yn fy erbyn i.

'Ddim eto, Cer, ocê? Neu fydd dim siap arnon ni yn y bore.'

Tynnodd fi ato fo a 'nghofleidio.

O fewn munude ro'n i'n cysgu, ac mae gen i frith gof o gael sws ar fy nhalcen cyn i Mês ddiflannu adre am chydig o gwsg.

Mae hyn i gyd yn newydd i mi – fel arfer, fi sy'n gorfod arafu pethe. Ond nid y tro yma. Tase fo'n rhywun arall, dwi'n meddwl y buaswn i'n flin, ond dwi'n trystio Mês. Beth bynnag sy'n ei ben o, dwi'n rhyw deimlo mai fo sy'n iawn, siŵr o fod.

Yn gydwybodol iawn, roeddwn i yn y swyddfa erbyn deg. Daeth pawb i mewn fesul dribs a drabs, heblaw Alwen. Chyrhaeddodd hi ddim o gwbwl. Ymddangosodd Siôn a golwg newydd ddeffro arno fo (yn ôl pob sôn roedd y far-med yn ei wely yn aros iddo fo fynd yn ôl adre). Roedd 'na lot o goffi du, siocled a siwgwr i gadw pawb yn effro, ond ynghanol y blinder roedd lot o gynnwrf a chyffro bod 'na fwy o obaith i Gymru gael rhyw fath o hawliau o hyn ymlaen wedi cwymp y Toris. Wedi dweud hynny, mae'n debyg fod y rhan fwya ohonon ni wedi bod yn meddwl mwy am gwsg na gwleidyddiaeth heddiw.

Tydw i ddim wedi trefnu i weld Mês dros y penwythnos. Os na ffonith o, falle mai ddydd Llun wela i o. Dwi'n cymryd ein bod ni efo'n gilydd. Dwi'n teimlo fel 'tasen ni efo'n gilydd. Ond heb 'fod' efo'n gilydd. Nes i ystyried ffonio Hel, ond wnes i ddim. Weithie ma Hel yn *rhy* dda am ddadansoddi pethe.

Dydd Sadwrn, 3 Mai

Diolch byth nad oeddwn i wedi gwneud trefniade – ro'n i wedi anghofio *popeth* 'mod i wedi addo y baswn i'n helpu Mer i symud yn ôl i Gaerdydd heddiw. Mae James i ffwrdd 'ar stori' yn y gorllewin ac mae stwff Mer i gyd yn garej y tŷ mae James yn ei rentu. I fod yn fanwl gywir, rhentu trydydd llawr y tŷ mae James. Dyna pam bod Mer angen help; i gario llond garej o focsys i fyny'r grisie tân yn y cefn, yn hytrach na defnyddio'r grisie mewnol a gorfod agor tri drws trwm.

I goroni'r cyfan, roedd hi'n pistyllio bwrw a finne ddim math o isho cychwyn allan, ond hei, ffrind ydi ffrind.

Cerddais draw i Cathedral Road – mae'r fflat mewn stryd ar y gwaelod (reit wrth ymyl yr Halfway – handi – a Shelleys – neis – a'r offi – peryg). Erbyn cyrredd roeddwn i'n socian a thipyn bach yn flin, ond roedd Mer yn edrych yn falch iawn o 'ngweld i.

'Ti'n barod?' gofynnodd, wrth agor drws y garej i ddatgelu ei llond o focsys brown, trwm yr olwg. Roeddwn i'n falch iawn 'mod i wedi treulio cymaint o amser yn y jim. Fuon ni wrthi am orie – yn nôl bocs, ei gario i fyny'r grisie tân haearn peryg, ei ddympio yn y fflat, rhedeg i lawr a gwneud yr un peth eto.

Roedd hi'n ddiwedd y bore arnon ni'n gorffen, yn socian. Penderfynodd Mer neud paned, ac eisteddodd y ddwy ohonon ni ar focs yr un, yn trio cynhesu'n dwylo rownd y cwpanau.

'Ti'n edrych ymlaen?' gofynnais, gan drio swnio'n frwd. Dwi'n meddwl bod Mer wedi synhwyro nad ydw i'n rhy hoff o'r hen James.

'Yndw, fydd o'n grêt,' atebodd, yn swnio fel tase hithe'n gorfod chwilio am ei brwdfrydedd. Yn syml, doedd o ddim yn teimlo fel diwrnod cyffrous, fel diwrnod symud i fyw at gariad am y tro cynta.

'Ydi popeth yn iawn, Mer?' mentrais.

'Yndi! Grêt. Iesgob, sbia faint o focsys ryden ni wedi'u cario! Diolch byth ein bod ni'n ferched y wlad ynde – digon o fysyls.'

'Sôn am ferched y wlad, sut mae Siw yn Llundain? A sut fydd hi hebddat ti?'

'I fod yn onest, dwi'm yn meddwl y gwnaiff hi sylwi 'mod i wedi mynd. Doedden ni ddim gwneud cymaint â hynny efo'n gilydd, erbyn y diwedd. Ro'n i'n gorfod cychwyn mor gynnar i gyrraedd fy ngwaith mewn pryd ar y tiwb, ac roedd hi'n hwyr arna i'n dod adre. Mae'n gas gen i gyfadde, ond ro'n i'n reit falch o gael gadael. Dwi'm isho ffraeo efo hi – a ninne'n dair yn ffrindie bore oes.'

'Pam fyset ti wedi ffraeo efo hi?'

'Wel, roedd pethe wedi dechre mynd yn flêr ymhell cyn iddi golli'i gwaith . . .'

'Y?' Doedd gen i ddim syniad bod Siw wedi colli ei gwaith! Siw o bawb! Ydi, mae hi'n mwynhau cael amser da, ond mae ganddi ddigon o synnwyr cyffredin hefyd. Doedd Mer ddim yn gwybod yn iawn be ddigwyddodd, medde hi. Fersiwn Siw oedd bod na wrthdaro wedi bod o'r dechre rhyngddi hi a chyfarwyddwr yr elusen. Roedd pethe wedi mynd i'r pen ryw

dair wythnos yn ôl pan gyrhaeddodd Siw yn hwyr i'r gwaith –
yn ôl Siw, roedd ei horiau yn hyblyg a lot o'r gwaith lobïo'n
cael ei wneud y tu allan i oriau gwaith, felly dim ond hawlio'r
orie'n ôl oedd hi. Ond roedd Mer yn dweud stori arall wnaeth
i mi ddechrau poeni, sef bod Siw yn mynd allan yn rhy aml,
nid jest ar benwythnos ac am un ar ôl ei gwaith, ond trwy'r
nos ac mynd amdani go iawn.

Dwi'n poeni rŵan am Siw. Dwi wedi trio ffonio'r fflat ond
does 'na ddim ateb. Eto, mae hi'n nos Sadwrn. Petai'n dod i
hynny, a hithe'n nos Sadwrn, be dwi'n neud adre ar fy mhen
fy hun? Roeddwn i wedi rhyw feddwl y bydde Mer a finne wedi
hitio'r Halfway, ond doedd ddim awydd, medde hi, ac am
ddechre dadbacio'r myrdd bocsys.

Dydd Sul, 4 Mai

Yn ffres, mi benderfynes neidio i 'nillad rhedeg a hitio'r
palmentydd. Dilynais yr un ffordd ag y gwnes i ei cherdded
ddoe – lawr stryd Pontcanna a thuag at fflat Mer. Dyna lle
weles i Mer yn siarad efo ryw ddyn y tu allan i'r fflat. Roedd o
ar gychwyn yn ei Audi estate newydd fel ro'n i'n glanio.

Edrychodd Mer yn syn pan welodd hi fi.

'Cer . . . jogio? Han'di deg fore Sul? Anghofia'r ddelwedd
yma, Chris. Ceri, dyma Chris; Chris, dyma rywun sy'n cogio
mai Ceri ydi hi! Ti'n iawn?'

Roedd Mer yn swnio'n lot tebycach iddi hi ei hun heddiw,
diolch byth, ac wedi iddo ddweud helô yn glên, mi adawodd
Chris.

'Mae o'n neis,' medde fi. 'Pwy ydi o?'

'Pwy? Fy mos, Chris Davies, dyna pwy. Wedi dod i wneud
yn siŵr 'mod i'n barod i ddechre gweithio fory. Wedi priodi, yn
anffodus, a thri o blant bach.'

'O wel, wna i ddim trafferthu 'i heglu hi ar ei ôl o 'te.'

'Hei, Cer, pam nad wyt ti'n 'i heglu hi ar ôl Mês? Lle mae o arni?'

Eisteddodd y ddwy ohonon ni ar y wal isel y tu allan i'r tŷ, ac mi ddwedes i'r hanes i gyd wrthi, gan gynnwys y ffaith nad yden ni wedi 'gwneud y weithred' eto. Doedd Mer ddim yn meddwl bod y peth mor od â hynny, a falle bod rhai dynion isho aros chydig cyn neidio i'n nicyrs ni. Doedd Mer na finne wedi cyfarfod un o'r rheiny o'r blaen chwaith. Ac wedi'r sgwrs ddofn ac ystyrlon honno, mi neidies ar fy nhraed, ffarwelio a chychwyn tuag at gaeau Pontcanna er mwyn cael rhedeg ar wair meddal am newid.

Dydd Llun, 5 Mai
Ro'n i fel het bore 'ma, yn cychwyn i'r gwaith gan deimlo'n hollol sâl gan 'mod i'n gwybod y byddai Mês yno. (Ie, ar Ŵyl y Banc – Eleri wedi gofyn i bawb fasen ni'n dod i mewn gan ein bod mor brysur.) Ac wedi cyffroi, ac yn ofnus, achos dwi'm yn siŵr iawn o hyd lle dwi'n sefyll efo fo. Yn fy mhen bach i, dwi'n meddwl y gall ein perthynas weithio, ond gweithio yn yr un swyddfa â chariad, cysgu efo rhywun dwi'n gweithio efo fo – tydi hynny byth yn syniad da medden nhw. Faswn i'm yn gwybod.

A finne wedi gwneud ymdrech arbennig i edrych fel 'taswn i heb wneud ymdrech arbennig, i mewn â fi yn grynedig i'r swyddfa.

Am hydoedd, roeddwn i'n iste wrth fy nesg yn trio canolbwyntio ar lunio rhestr derfynol o gyfranwyr ar gyfer y rhaglen, a neidio bob tro roedd y drws yn agor. Trwy'r bore roedd fy nghalon fel pili pala, ac fel roeddwn i'n dechre blino ar wenu'n wirion a thrio mor galed i fod yn ddi-hid, i mewn â Mês.

'Iawn bawb?'

Teimlais fy hun yn mynd yn goch fel bitrwtsen.

'Hei Cer. Ga i air?'

Amneidiodd at y bagiau ffa a mynd i nôl llond llaw o jeli bîns, a rhoddodd hynny gyfle i mi drio dod ataf fy hun. Dwi'n siŵr bod Alwen a Duke a Fal yn sbïo ar ei gilydd a sbïo arnon ninnau bob yn ail, ond mi dries i gerdded draw mor hamddenol ag y gallwn i.

Doedd ganddo fo ddim byd diddorol i'w ddweud yn y diwedd. Newydd siarad efo Eleri oedd o, ac mae Siôn a fynte'n gofod dechre gweithio ar gyfres arall o fewn y mis, sy'n golygu bod yn rhaid ffilmio cyfweliadau *Cymry am Byth*? cyn gynted â phosib. Mae Eleri'n awyddus ein bod ni'n gorffen shŵts y gogledd ddiwedd yr wythnos yma (ydi hi'n nyts?) gan fod y gyfres arall mae Mês a Siôn yn gorfod gweithio arni yng Nghaerdydd, a bod mwy o hyblygrwydd i wneud cyfweliadau'r de yn hwyrach.

Ie, dyna'r sgwrs bersonol ges i a Mês o flaen pawb. A dim mwy. Wrth iddo fo fynd, mi ges i winc a gwên toddi penglinie; a dywedodd y bydde fo'n fy ngweld i fore Mercher ar gyfer y daith i fyny efo Siôn.

Dydd Mawrth, 6 Mai – 6pm

Heb weld Mês ers ddoe. Dim syniad be sy'n mynd ymlaen. Mae gen i daith bedair awr o 'mlaen bore fory efo fo a Siôn. Ydi Siôn yn gwybod amdanon ni? Y cwbl dwi'n wybod ydi bod ganddon ni ddau ddiwrnod llawn iawn o ffilmio ddiwedd yr wythnos.

Ryden ni'n cael diwrnod cyfan i deithio i fyny fory. Os gychwynnwn ni ben bore mi fydd ganddon ni chydig o amser i wneud yn siŵr bod y lleoliade'n addas cyn cael noson gynnar. Ryden ni'n cyfweld dau o gyfranwyr *Cymry am Byth*? yn Llanberis fore Iau ac am drio galw yno ar y ffordd fory dwi'n meddwl. Ymlaen wedyn i gyfweld un wrth bont Menai, rhywun ar y pier ym Mangor, ac un arall ym Metws-y-coed.

Reit, dwi am fynd allan i redeg, wedyn gwely cynnar.

Dydd Iau, 8 Mai

Dwi yn y Gazelle yn Mhorthaethwy, yn yfed hanner o seidar y tu allan yn yr haul ac edrych draw i gyfeiriad y tir mawr. Mae hi mor braf. Dwi ar fy mhen fy hun, ond dim ond am ryw awren neu ddwy. Mae Mês a Siôn wedi mynd i gael cwpwl o shots 'neis' o wahanol lefydd ar gyfer y gyfres a dwi newydd fod yn cofnodi'r hyn oedd gan gyfranwyr heddiw i'w ddweud.

Fel ddwedes i, fydda i ddim fy hun am hir. Mi ddaw Mês draw yn y munud. O ie, ddyddiadur bach, Mês. Sy'n f'atgoffa – mae'n rhaid i mi sgwennu am Neithiwr. NEITHIWR!

Dyma ddechre yn y dechre. Wrth adael Caerdydd roedd Mês yn glên, fel arfer, ond dim byd mwy na hynny. Ac felly efo Mês un ochor i mi, Siôn yn gyrru a Primal Scream yn sgrechian ('Come together as one'), dyma ni'n hitio'r A470. Am filltiroedd yr oll wnaethon ni oedd gwrando a chanu, yn gwenu ar ein gilydd ar drothwy ein hantur gyffrous i'r gogledd.

Doedd 'na ddim awyrgylch annifyr na dim rhyngdda i a Mês, er 'mod i'n edrych ymlaen at gael cyfle i siarad wedyn, dim ond ni'n dau, heb Siôn.

Merthyr, y Bannau, stop sigarét a pi pi yn nhoiledau Builth, lle penderfynodd Mês a Siôn ddechre cicio pêl fel plant. Ges i sioc o sylweddoli 'mod i'n teimlo bron yn famol tuag atyn nhw – fy hogie i'n cael hwyl . . .

Yn Llanidloes gofynnodd Mês i mi nôl chydig o fwyd 'ar gyfer picnic nes ymlaen,' felly mi brynes i ryw betheuach picnic-llyd o Spar, ac i ffwrdd â ni. Roedd hi'n ddiwrnod braf a thopie Clywedog yn hyfryd; a finne'n teimlo'n fwy a mwy cartrefol wrth wibio tua'r gogledd.

Roeddwn i'n meddwl, wedi cyrraedd, ein bod ni am fynd i'r gwesty i ddadlwytho'n bagie cyn mynd i chwilio am leoliade, ond roedd Mês a Siôn yn mynnu gwneud hynny yn gynta, ac felly am Lanberis, a Phen y Pás, â ni.

Roeddwn i'n ddigon hapus yn eistedd ac edmygu'r olygfa, ond awgrymodd Mês ein bod ni'n mynd am dro hir i chwilio am y lle delfrydol i ffilmio. Doedd dim amdani felly ond newid i fy shorts a'm sgidie cerdded yng nghefn y fan.

Gan feddwl ei fod o'n ddoniol, mabwysiadodd Mês acen hambon go iawn wrth i mi ddod allan.

'Bois, bois mae'r north ma'n bell ond mae e'n werth dod yma i weld Ceri mewn pâr o siorts. Wei-hei bois!'

Ei anwybyddu o nes i, a dechrau dweud wrth Siôn faint o gywilydd oedd gen i nad oeddwn i wedi bod i fyny'r Wyddfa ers deng mlynedd. Tra oeddwn i ar ganol brawddeg: 'joiwch!' medde Siôn, neidio i'r fan a gyrru i ffwrdd – a 'ngadael i'n sefyll yno'n gegrwth. Refiodd yn uchel, bib-bibian yn wyllt a diflannu. Edrychais y tu ôl i mi a gweld Mês, yn gwenu fel giât a dwy sach ddringo ar y llawr o'i flaen.

A dyna, yn swta ddigon, sut y sylweddoles fy mod ar fin dringo'r Wyddfa efo Mês. Dim ond ni'n dau! Dim Alwen, dim Siôn, dim ond fi a Mês. Ac i ffwrdd â ni o Ben y Pas, a'r haul yn danbaid braf.

Dwi'n hogan y wlad, ydw, ac wedi arfer cerdded elltydd Cefn Llwyd yn hel defaid. Ond iesgob, bum munud ar ôl gadael Pen y Pas roedd fy nghoesau fel hen fangl rydlyd a 'mrest i'n gwichian fel hen organ droed. Roedd Mês fel ryw Ysbaddaden Bencawr yn brasgamu o 'mlaen i, ei sach drom yn cloncian ar ei gefn. Ond wedi i mi ddod i rhythm y cerdded dechreuais elwa ar yr holl orie yn y jim, ac roeddwn i'n camu'n fras (ac yn anadlu'n iawn hefyd). Edrychais o 'nghwmpas. Roedd yr awyr yn ffres a Llyn Llydaw fel drych oddi tannon ni. Yn sydyn, doeddwn i'n ymwybodol o ddim ond y creigie llwyd, y gwyrddni a'r awyr las. Cyn hir roedden ni'n dau'n cydgerdded. Sgramblo i fyny troed Grib Goch wedyn, a chamu'n bwyllog ar ei hyd. Ro'n i'n trio anwybyddu'r ddau lethr serth bob ochor i mi, a'r canlyniade petawn i'n digwydd baglu, ond roedd gwaeth i ddod. Crib y Ddysgl. A finne wedi meddwl mai un o'r llwybrau hawdd fydden ni'n ei ddringo.

Pan gamodd Mês dros y gwagle dychrynllyd i'r grib ac amneidio arna i i'w ddilyn, roedd fy nghalon yn fy nghlustie a 'ngheg i'n sych fel wadin. Wnes i'm dangos hynny wrth gwrs, dim ond dilyn yn benderfynol yn ôl troed brofiadol Mês.

Dros Garnedd Ugain wedyn a phan gyrhaeddon ni gopa'r Wyddfa dyma ni'n dau yn sefyll ar y tŵr cerrig, codi'n dyrnau a gweiddi 'Cymru am Byth!' i'r gwynt a'r cildwrn o dwristiaid cagŵlaidd oedd gerllaw.

Ond nid dyna'r uchafbwynt. O, 'wanwyl, roedd 'na well i ddod!

Arweiniodd Mês fi ymlaen yn hytrach na throi i ddilyn yr un llwybr adref, ac erbyn hynny, roedd hi'n ddiwedd y pnawn ac yn dechre troi chydig yn oerach. Y cam nesa yng nghynllun cudd Mês oedd gosod pabell ar Fwlch y Saethau. Doeddwn i ddim hyd yn oed yn gwybod bod ganddo fo babell . . . er mod i wedi bod yn meddwl be oedd yn ei sach enfawr (winc, winc). Nid dim ond pabell oedd ganddo fo chwaith. Yn fy sach i roedd dwy sach gysgu, ac heb yn wybod i mi, roedd Mês wedi stwffio'r pethe picnic brynes i yn Llanidloes iddi hi hefyd. Yn anffodus, roedd y caws yn un lwmp chwyslyd a'r dorth fach yn bob siap.

'Wel diolch i Dduw bod rhywun wedi cofio nad llygod yden ni,' medde Mês, a thynnu o'i sach (ac mae hyn yn wir, er nad oeddwn i'n credu'r peth) ddwy stêc dew, dywyll, potel fach o olew a phaced o berlysie . . . a dwy botel o Chianti. Dim jôc, doedd ryfedd fod ei sach yn cloncian yr holl ffordd i fyny! A doedd ryfedd ei fod o ar ei gythlwng chwaith!

Roedd yr holl beth fel breuddwyd fendigedig, yn iste yno ar Fwlch y Saethau ynghanol arogl y cig yn coginio, yn yfed gwin coch o botel yn meddwl mewn difri am Arthur a'i farchogion yn ymladd yn y ffasiwn le. Wrth iddi nosi daeth y sêr allan a rowliodd Mês smôc. Y cwbwl oeddwn i'n ei glywed oedd sŵn y gwynt ac ambell ddafad gryg, ac ro'n i'n taeru 'mod i'n gallu clywed sŵn y môr.

Wedi hynny roedd hi'n oer iawn, a stwffiodd y ddau ohonon ni i'n sachau cysgu a sticio'n pennau allan o'r babell i edrych ar y sêr.

Roeddwn i'n gorwedd yno gan drio anfon rhyw fath o neges feddyliol i Mês – cusana fi, plîs – ac mi wnaeth, ei groen a'i anadl yn gynnes, gynnes arna i. Aeth o fod yn dyner i fod yn fwy gwyllt, yn hyfryd o wyllt. Agorodd fy nghôt, tynnu'r jympyr oedd gen i oddi tani ac ymbalfalu o dan fy nhop Helly Hansen. Wedyn bodiodd y crys T a methu'n glir â chyffwrdd fy nghroen oherwydd ein bod ni'n dau wedi gwiso pob dilledyn roedd Mês wedi eu pacio ar ein cyfer gan ein bod mor oer. A phwy feddylie y gallai dau berson mewn dwy hen fest fod mor secsi?

Erbyn hynny roedden ni'n blasu a mwytho a llyfu a sugno, a methu stopio chwerthin oherwydd fod yr holl sefyllfa mor wallgo. Ond mewn amrantiad trodd popeth yn ddwys ac yn angerddol ac roedd ei dafod o, ei fysedd o yndda i, yn fy ngheg i, roedd o'n ddwfn y tu mewn i mi . . . ac roedd popeth yn teimlo a blasu'n gyntefig, yn ddynol a hallt a chwyslyd. A Haleliwia! Iasau i lawr fy nghefn, yn mynd yn is ac yn is tan yr ymgollodd fy holl gorff a chloi mewn un ias. Teimlais fy hun yn dod eiliadau ar ei ôl o, ac yntau dal y tu mewn i mi; a 'ngwar a 'nhalcen yn wlyb domen o chwys. Doedd dim gwahanieth am ein sgrechian, udo, ochneidio a bloeddio gan mai'r unig rai â'n clywodd ni oedd ambell afr golledig a'r lleuad.

Wedi hynny roedden ni'n oer, ac yn ddistaw. Gwasgodd y ddau ohonon ni i mewn i un sach gysgu a rhoi'r holl ddillad yn dwmpath trwm ar ein pennau. Blydi hel. Dwi'n cael iasau eto jest wrth sgwennu hwn. Ai aros am y cyfle yma oedd Mês tybed? Oedd o wedi bwriadu o'r cychwyn i'n tro cynta ni fod yn hollol annisgwyl a gwahanol? Wel, mae o wedi llwyddo, achos ar hyn o bryd dwi bron â byrstio. Ac alla i feiddio dweud 'mod i'n syrthio mewn cariad?

Dwi isho chwerthin yn uchel, oherwydd mae'r edrychiade dwi wedi bod yn eu cael gan Mês drwy'r dydd heddiw (a'r shocs trydan sydd wedi bod yn saethu drwy 'nghorff bob tro mae o'n edrych arna i) yn awgrymu y bydd 'na ail rownd yn y Gazelle heno. Wei hei!!

Dydd Gwener, 9 Mai

'Mae'n hyf-ryd i fod yn fyw, mae'n hyf-ryd i fod yn fyw.'

Roeddwn i, Mês a Siôn yn bloeddio canu hen gân Jess ar Radio Cymru yn y car – pawb yn gwisgo'i shêds, yr haul yn disgleirio dros dopie Traws a chlun gref Mês yn dynn yn erbyn fy nghoes i, a'r sbarcs yn fflio. Bydd hwn yn atgof am hir iawn iawn.

Wedi cwpwl o beints o seidar yn yr haul yn y Gazelle neithiwr, aeth Siôn i ailgynnau tân efo ryw hen gariad yng Nghaernarfon. Gan fy ngadael i a Mês yno, yn siarad. Roedd bod allan o Gaerdydd yn chwa o awyr iach.

Dywedodd Mês wrtha i am ei fagwraeth yng Nghaerdydd ac am ei gyfnod yn Ysgol Glantaf, a'i fod wastad wedi teimlo ar y tu allan, yn fab i hogan y wlad a 'chrwt o o Aberteifi' ac yn treulio hafau cyfan ar fferm ei daid a'i nain tu allan i Aberteifi.

'Tra oedd fy ffrindie ysgol i gyd yn paratoi i fynd i Glastonbury ro'n i'n edrych ymlaen at fynd i gneifio yn Tŷ'n Ffald. O! A mynd a'r syrffbord 'da fi jyst rhag ofn . . .!'

Dwi'n siŵr ei fod yn un o'r bechgyn mwya' cŵl yno, er nad oedd o'n sylweddoli hynny ar y pryd.

Mi ddealles i heno mai peth dros dro ydi ei waith yn

Chwip. Gofynnodd i mi oeddwn i wedi syrffedu'n llwyr bellach ar holl undonedd y gwaith a'r nosweithie allan – ond gan fod y cyfan yn newydd i mi allwn i ddim cytuno. Dwi'n ofni bod bryd Mês ar adael Chwip, gadael Caerdydd a hyd yn oed gadael y wlad. Soniodd o droeon am fynd yn ôl i Awstralia i weithio. Falle 'mod i'n swnio'n ddiuchelais ond dwi'n ddigon hapus yn lle rydw i ar hyn o bryd, dwi'n meddwl.

Aeth y sgwrs honno ddim yn bell iawn oherwydd ein bod ni wedi dechre cusanu wrth y bwrdd tu allan. Un o'r cusanau hynny rydech chi'n eu teimlo'n dechre rhwng eich coesau ac yn ffrwydro rhwng eich clustie; cusan sy'n cau'r byd allan nes bod neb na dim yn bodoli. Un o'r rheiny oedd hi, a wnaeth hi ddim gorffen nes oedd y ddau ohonon ni yn y gawod. Ail gychwyn wedyn yn fwy tyner ac araf. Deffrodd y ddau ohonon ni yn y gwely bore 'ma ar ôl syrthio i gysgu efo'n breichie a'n coese wedi'u clymu o gwmpas ein gilydd.

'Hyf-ryd i fod yn fyw.'

O, gyda llaw, mi ffilmion ni'r bobol oedden ni i fod i'w ffilmio ac mae popeth yn y bag, fel maen nhw'n dweud, felly bydd Eleri'n hapus.

Mae'n bechod ein bod ni wedi gorfod dod adre, ond erbyn hyn ryden ni, y fan a'r offer yn ôl yn y Brifddinas. Roedd fy nghalon i'n drom yn gyrru mewn i Gaerdydd ar ôl bod allan yng ngwyrddni'r wlad. Ta waeth.

Dwi'n ôl adre, mae Bev yn Llundain a Mês wedi picio adre i newid. Mi fydd o'n ôl wedyn, medde fo. Awr hamddenol felly i siafio, wacsio, ffeilio, ecsffoleiddio . . .

Dydd Sadwrn, 10 Mai 1997

O, ddaear, llynca fi. Y cywilydd . . .

Fel hyn aeth hi neithiwr.

Wedi i'r hogie fy ngollwng tu allan i'r tŷ er mwyn

dadlwytho'r gêr yn Chwip, i ffwrdd â fi i sgwennu'r cofnod uchod, cyn cael sociad hamddenol yn y bath (a gadael y drws ffrynt heb ei gloi rhag ofn y byddai Mês yn cyrraedd yn gynnar ac awydd ymuno am chydig o hwyl dan y bybls).

Wrth gwrs, roedd yn rhaid i mi ffonio Cat i ddweud y cyfan ac mi rannodd hi rywbeth roedd hi wedi ei ddarllen un tro, sbel yn ôl, rhywbeth i ychwanegu mwy o sbeis i fywyd rhywiol. Tydi hi ddim wedi cael yr amser, yr amynedd na'r awydd eto i'w drio ar Dew.

Felly, a finne'n meddu ar ddewrder dynes oedd yn dal i ffrwtian ar ôl dwy noson rempus, es ati i gynllunio cyn agor potel o win coch neis a rhoi potel o rywbeth sbarcli yn yr oergell at wedyn. Beth bynnag, wedi meddwl am bethe dros hanner potel o win, dyma bampro a phrŵnio a chwilio am y dillad mwya rhywiol oedd gen i. Edrychais arnaf fy hun yn y drych, a chael gwydriad arall o win er mwyn magu mwy o hyder, wedyn i lawr y grisie â fi i weithredu'r cynllun. Tynnu'r flowsen sidan ddu a'i gadael ar y llawr wrth y drws ffrynt, a gollwng y sgert mini ar waelod y grisie. Un bŵt ddu, uchel, dynn ychydig risie'n uwch (y pethe druta brynes i erioed, a'r mwyaf effeithiol o safbwynt denu sylw dynion) a'r llall ar ganol y grisie. Gollyngais un hosan sidan ar y ris ucha, a rhoi'r ail i hongian oddi ar y banister cyn y troad am fy llofft; bra du rhywiol ar y llawr rhwng fan'no a'r drws, a hongian y clos bach lleia ro'n i'n gallu dod o hyd iddo oddi ar handlen y drws.

Taniais gwpwl o ganhwylle a diffodd y gole mawr gan adael dim ond y lamp ymlaen. Ro'n i'n piffian chwerthin erbyn i mi fy ngosod fy hun i orwedd ar ben y cwilt yn rhywiol i gyd i aros.

Ac aros.

Roedd y botel win coch yn wag a'r CD yn dechre mynd ar fy nerfau, ac roeddwn i'n dal i aros, felly es i lawr i nôl y sbarcli.

Waeth i'r botel fod yn y llofft ddim, meddyliais, yn aros amdano fo. Ar ôl chwarter awr agorais honno hefyd. A'i hyfed. Pan ddeffrais am wyth o'r gloch y bore 'ma, a gole dydd yn llifo i mewn rhwng y bwlch yn y cyrtens, roeddwn i wedi fy nhycio, tycio sylwer, yn fy ngwely'n saff, y cwilt drosta i – ie, drosta i – a'r canhwyllau a'r lamp wedi eu diffodd. Roedd y gwydrau a'r botel wedi diflannu, ond roedd nodyn wrth y gwely.

'Ceri. Neis dwi'n siŵr, ddwy botel yn ôl. Ddim yn meddwl y bydde hi'n iawn nag yn gyfreithlon i dderbyn y gwahoddiad amlwg. Dwi wedi diffodd y canhwylle rhag llosgi'r tŷ, a rhoi dy ddillad ar y gadair. Ges i help gan Siôn ac Alwen. Rho ganiad pan / os godi di heddiw. Mês xx'

Aaaaaaaaa!

Cywilydd, cywilydd, cywilydd. Llusgais fy hun i'r stafell molchi a chwydu cyn trio ffonio Mês. Dim ateb.

Doedd gen i mo'r egni na'r wyneb i fentro draw yno. Am syniad gwirion, erchyll ac ofnadwy ges i neithiwr. Pam 'mod i wedi gwrando ar Cat? Mae'n rhaid bod Mês wedi dod â Siôn ac Alwen yma efo fo gan feddwl yn siŵr y bydden ni'n pedwar yn gallu mynd allan efo'n gilydd yn griw, fel ers talwm. Yn hytrach na phicio i fy nôl ar y ffordd i'r dafarn, roedden nhw'n amlwg wedi cyrraedd yn griw i weld fy nillad isa ar hyd y siop a finne hebddyn nhw yn fflatnar ar y gwely, O na, ac yn rhy feddw i ddal fy stumog i mewn siŵr o fod. Ac oeddwn i'n slefrian hefyd, tybed, neu'n pwmpian yn fy nghwsg? O! Fel ddwedes i: ddaear, llynca fi. Rŵan.

Dydd Sul, 11 Mai

Dwi'm yn meddwl 'mod i erioed wedi teimlo'n gymaint o ffŵl. Ddois i ddim o 'ngwely ddoe. Roedd y ffôn wrth fy ymyl drwy'r dydd, ond ffoniodd o ddim. Ro'n i'n sâl fel ci – wel does ryfedd, nag oes, ar ôl potel gyfan o win coch a photel arall o

Cava, ar fy mhen fy hun, mewn cyfnod o ddwyawr, ar ôl dwy noson ddi-gwsg. Dwi'n haeddu diodde am hynny, ond dwi'm yn meddwl 'mod i'n haeddu'r teimlad afiach yma yn fy stumog 'mod i wedi gwneud y ffŵl mwya ohonof fy hun.

Ac i goroni'r cwbwl, lle ddiawl mae Mês? Roedd y cyfnod yn y gogledd a chlosio at Mês wedi 'ngwneud i mor hapus. A be rŵan? Dim. Swît Ffani Cradoc. Neu Ffani Adams . . . pa bynnag Ffani oedd hi, 'di o'm bwys. Be os mai hwrgi ydi o, sy'n chwydu'r un hen nonsens i ferch ar ôl merch? Falle nad oedd y dyddie diwetha 'ma'n golygu dim iddo fo.

Dwi'm isho troi yn hogan sy'n cwcio cwningod na dim, ac os mai jest ffling oedd hi, yna dyna fo. Mi allwn i ddelio efo hynny, ond pam creu un argraff a gwneud peth hollol groes? Dwi'n siŵr bod ei holl ymdrech ar gyfer ein noson ni ar yr Wyddfa wedi cymryd diwrnode lawer – roedd o'n gwybod pa lwybr, roedd o wedi pacio dwy sach, bwyd, pabell, wedi pacio dillad i mi hyd yn oed . . .

Mae'n siŵr fod y tri ohonyn nhw wedi cael hwyl go iawn am fy mhen i. Dwi'n gyrru fy hun yn wirion fel hyn. Dwi'n mynd i drio ffonio Mês *unwaith* eto a dyna ni, yn ôl i 'ngwely. Mi fydda i angen llond trol o egni a nerth er mwyn wynebu pawb yn y gwaith fory.

Dydd Llun, 12 Mai

O hogie bach. Dwi'n teimlo fel petai rhywun wedi fy rhoi trwy fangl emosiynol a 'ngadael i'n gadach llipa y pen arall. Dwi newydd ffonio Cat. 'Ffycin el, Cer,' oedd yr unig beth allai hi'i ddweud . . . hynny gan un fydd byth yn rhegi.

Mentrais i mewn i'r swyddfa bore 'ma a'm stumog yn un cwlwm afiach a 'nwylo'n crynu. Roedd Fal yn hwyliog fel arfer

'Haia cariad – penwythnos neis?' Rhoddais fy ngwên ffals ore iddi.

'Lyfli diolch, Fal. Tawel iawn. Ar fy mhen fy hun.'

Oedd hi'n gwybod am fy noson erchyll o embarysing hefyd? Oedd hi'n gofyn er mwyn gweld be fyddai fy ymateb i, a bron â thorri 'i bol isho chwerthin? Ac o 'mlaen i roedd Bleddyn, Eleri a Siôn, yn sibrwd yn dawel. Oedden nhw'n crechwenu? Pan welson nhw fi trodd y tri i 'ngwynebu, a stopio siarad. Roedd yr eiliad honno o dawelwch yn teimlo fel oes. Y cyfan allwn i ei wneud oedd dweud: 'Sori Eleri. Dwi'n gorfod mynd adre. Ddim yn teimlo'n dda. Na' i ffonio wedyn,' a'i chythru hi am y drws gan basio Fal yn gegagored. Daeth Siôn ar fy ôl.

'Hei, Cer?' Roddodd ei law ar fy mraich i a thrio fy rhwystro rhag gadael, ond ysgwydais hi i ffwrdd efo dau air.

'Basdad cas!'

Wrth hanner rhedeg i lawr y stryd roeddwn i'n gallu ei deimlo'n syllu. Erbyn hynny roeddwn i'n crïo, heb ots o gwbwl fod pobl yn eu siwtiau smart a mamau yn mynd â'u plant bach i'r ysgol yn syllu'n wirion arna i yn bomio mynd efo 'nhrwyn yn rhedeg a dagre'n powlio i lawr fy ngwyneb. Roeddwn i'n gwybod yn union lle ro'n i'n mynd.

Rhyw ddeng munud gymerodd hi i gerdded i Grangetown, ac wedi cael amser i chwythu fy nhrwyn a thawelu rhywfaint, mi gnocies i ar ddrws y fflat. Allai dim byd fod wedi fy mharatoi am be ddigwyddodd wedyn. Agorwyd y drws. Gan Alwen. Mewn crys T cyfarwydd iawn – un Jimi Hendrix Mês, yr un mae o'n ei garu – a nicyr. Yn edrych fel tase hi newydd godi o'i gwely, ei gwallt yn flêr ac yn edrych yn wirion o dlws fel bydd hi o hyd. Chafodd hi ddim amser i agor y drws yn iawn na dweud dim, cyn i mi glywed llais Mês:

'Als, ateba i'r drws, Dos 'nôl i'r gwely 'nghariad i, plîs. Pwy sy' na? O!'

O. Yn wir.

Dwi'm yn meddwl i mi erioed wylltio cymaint yn fy mywyd. Aeth hi rhywbeth fel hyn.

'O. Dyna'r cwbwl sgen ti i'w ddweud, y basdad annifyr? Be oedd wsnos diwetha? Jôc? Bet? Bet efo Alwen y byddet ti'n gallu 'machu i? Ond doedd shag ddim yn ddigon i ti, nag oedd, y diawl – roedd yn raid i ti falu rhyw gachu am "rili teimlo rywbeth rhyngon ni". A dod â phawb acw i gael laff iawn ar fy mhen i wedyn. Falle 'mod i'n iau na chi'ch tri ond dwi'n haeddu cael fy nhrin fel person, nid fel jôc. A dech chi'n gwybod be ydi'r jôc? Ti, Alwen, y blydi alcoholig llon. *Adre* nes i yfed gormod a gwneud ffŵl o fy hun ac nid bob nos, ym mhob tafarn, o flaen pawb. A ti, Mês: ti'n fwy o jôc fyth, Mr Cŵl. Wel, ti'n gwybod be? Rydach chi'n haeddu'ch gilydd, y diawled cas. Fel blydi cigfrein yn pigo, pigo ar rhywun gwannach. A ti'n gwybod be, Mês? Ma John Coltrane yn shit hefyd.'

Dyna ni. Roedd fy mhen i'n troi a 'nghoese'n wan fel brige wrth gerdded adre. Roeddwn i'n hanner, yn chwarter disgwyl y bydde Mês neu Alwen wedi dod ar f'ôl i . . . i egluro? I ymddiheuro?

Dim o'r ffasiwn beth.

Beth bynnag, wedi cyrraedd adre ffoniais Chwip. Fal atebodd. Nes i egluro na faswn i yn fy ngwaith fory na'r diwrnod wedyn. Doeddwn i ddim isho gweld neb. Dyna pryd y dechreuodd pethe fynd yn gymhleth. Gofynnodd Fal ai fi oedd yn edrych ar ôl Alwen. Edrych ar ôl Alwen? Doeddwn i'm yn deall, a phan ddwedes i 'na', roedd hi'n swnio'n ddryslyd iawn. Ychwanegodd ei bod hi'n amser anodd iawn i gymryd amser i ffwrdd, a plîs plîs faswn i'n dod i mewn gan fod angen pawb i helpu efo'r gyfres gan na fydd Alwen yn amlwg yn y gwaith am rai wythnose.

'Pam? Be sy'n bod arni hi? Roedd hi'n edrych yn eitha bodlon ei byd pan weles i hi bore ma.'

Tawelwch hir.

'Ceri 'sa i'n credu bo' ti'n deall . . . Doeddwn i ddim chwaith pan ddest ti miwn gynne . . . Sai'n gallu gweud 'thot ti. Ma'n *rhaid* i ti siarad 'da Mês, ok? *Nawr.*'

Er mai Mês oedd y person olaf ar wyneb y ddaear ro'n i isho siarad efo fo, mi ddeiales i rif y fflat. Ac mi atebodd, yn swnio'n od iawn ac yn siarad yn ddistaw.

'Cer, gwranda. Mae'n *rhaid* i ni siarad, iawn? Jyst paid â meddwl am ddim nes ddo' i acw. Paid gwneud casgliade; dwi ishe cyfle i egluro. Ond alla' i ddim dod draw tan nes ymlaen, iawn?'

A dyma lle ydw i. Mewn limbo. Mae 'mhen i'n troi. Sgen i ddim syniad be sy'n mynd ymlaen. Dim syniad be *ddiawl* sy'n digwydd.

4am

Ac aros am Mês fues i tan wedi hanner nos. Dwi'm yn siŵr ai Mês ddaeth wedyn, a dweud y gwir. Roedd o'n edrych fel fersiwn ddeng mlynedd yn hŷn oedd heb gysgu ers pythefnos.

Diolch byth nad oedd Bev adre, oherwydd y peth cynta wnaeth o oedd rowlio smôc a'i thanio yn y stafell fyw.

Roedd y tawelwch yn llethol.

'Cyn i ti agor dy geg,' medde fi, 'mi fyswn i'n hoffi gwybod un peth – oedd hi'n ddoniol fy ngweld i'n feddw dwll ac wedi cael KO nos Wener? Gafoch chi hwyl iawn eich tri?'

Edrychodd yn ddryslyd am funud fel tase fo'n cofio dim am y peth, cyn egluro nad oedd Siôn ac Alwen yma o gwbwl. Ei syniad o jôc oedd hynny. Fo oedd wedi hel y dillad a diffodd y canhwyllau, ac wedi fy rhoi fi'n gynnes yn fy ngwely a sgwennu'r nodyn fel jôc, cyn penderfynu y byddai'n syniad da iddo fo gysgu ar y soffa rhag ofn i mi dagu yn fy nghwsg meddw. Dyna lle roedd o am bedwar y bore pan ffoniodd Siôn,

169

gan ddyfalu mai yma roedd o. Ffonio o ambiwlans oedd Siôn, wedi cynhyrfu'n llwyr, gan fod Alwen hefyd yn yr ambiwlans, wedi rhoi slaes i'w dwy arddwrn efo darn o botel lagyr. *Ar bwrpas.*

Wedi iddo fethu fy neffro o 'nghwsg alcoholaidd, bomiodd i'r Heath atyn nhw.

Roeddwn i mewn sioc. Alwen. Mi fydde'r rhan fwyaf o ferched wrth eu bodd tasen nhw 'run fath â hi, yn dlws, yn glên, yn cŵl . . . chydig yn nyts a lot yn rhy wyllt, ond mae hi'n cael getawê efo hynny rhywsut. Wedi trio lladd ei hun. A thra oedd Mês yn tywallt brandi hael i ni'n dau o gwpwrdd bŵs Bev, roedd 'na fwy am Alwen nag oeddwn i'n amlwg wedi'i amau (nac i fod i'w wybod).

Bu Mês ar ei draed yn hir yn tywallt y diodydd, yn sefyll â'i gefn ata i. Mi es i draw ato fo, ac roedd o'n beichio, beichio crio – y dagre'n powlio i lawr ei foche. Doeddwn i ddim yn barod am hynny, mae'n rhaid i mi ddweud. Doeddwn i ddim yn barod am yr hyn ro'n i wedi ei glywed chwaith i fod yn onest, nag am yr hyn oedd i ddod. Roedd Mês yn ailadrodd drosodd a throsodd: 'fy mai i ydi hyn. Fy mai i.'

Mi geisies i egluro nad ei fai o oedd o, ein bod ni i gyd yn ffrindie efo Alwen ac y dylsen ni i gyd fod wedi gweld yr arwyddion. Ro'n i allan o fy nyfnder ac am unwaith yn teimlo'n llawer rhy ifanc a dibrofiad.

Ond roedd 'na fwy i ddod, a wnaeth y brandi cyfan roeddwn i newydd ei glecio ddim i leihau'r sioc oedd o 'mlaen.

Wedi'r hyn ddywedodd Mês, mae cymaint o bethe'n gwneud synnwyr. Pam fod Mês yn teimlo cyfrifoldeb llwyr am Alwen, pam ei fod o'n gadael partïon yn eu blas, yn gollwng popeth i fynd i'w hachub hi o'i medd-dod, Does dim byd na wnaiff o i Alwen. Oherwydd hyn . . .

Mae'r ddau yn nabod ei gilydd ers blynyddoedd. Ers mwy

nag oeddwn i'n ei feddwl. Roedd y ddau'n treulio hafau cyfan efo'i gilydd a chriw o ffrindie pan fyddai Mês yn mynd i aros efo'i daid a'i nain yn Aberteifi, ac Alwen yn treulio'r hafau yn gweithio mewn tafarn yn Llangrannog. Roedden nhw'n gwersylla ar y traethau, syrffio a thorheulo, pysgota a chael hwyl, fel unrhyw griw arall. Roedd Alwen a Mês, y ddau yn bymtheg oed, yn ryw lun o gariadon mae'n debyg ond yn fwy o ffrindie na dim arall. Wedi rhannu potel o Cinzano rhyw noson cyfaddefodd Alwen i Mês pam ei bod hi'n treulio hafau cyfan yn gweithio tu ôl i'r bar a byw yn y chalet tu ôl i'r dafarn, a chymryd arni ei bod hi'n ddeunaw. Er mwyn osgoi bod adre gymaint ag y gallai hi ac osgoi ei thad, oedd yn fwli mawr yn ôl pob golwg. Nid yn unig yn alcoholig ond yn dreisgar ac yn ei churo hi, ei mam a'i chwaer. Roedd Mês a hithe'n gariadon yr haf hwnnw, a ddiwedd Awst sylweddolodd Alwen ei bod hi'n feichiog. Yn bymtheg oed. Roedd hi wedi penderfynu ei bod am gadw'r babi, ac mi fynnodd fynd i ddweud wrth ei thad ar ei phen ei hun, yn ddewr i gyd, heb Mês. Mi fydde fo wedi lladd Mês.

Roedd hi wedi mynd adref ar y bỳs ac addo ffonio Mês i ddweud sut aeth pethau, ond chafodd o ddim galwad ffôn am ddau ddiwrnod. Pan ddaeth yr alwad, ei chwaer hi oedd yno, yn ffonio o Singleton i ddweud bod Alwen newydd ddeffro o fod mewn coma, efo tair asen wedi torri, dwy lygad ddu, cleisiau dirifedi a dim babi, wedi i'w thad ei waldio hi i ebargofiant, gan achosi iddi golli'r babi, cyn diflannu. Chlywodd neb ganddo fo fyth wedyn. Chafodd o erioed gosb, dim achos llys, dim byd.

A dyna ddiwedd eglurhad Mês. Roedd o'n dweud nad ydi Alwen wedi bod yr un fath ers hynny. Tra bydde rhywun yn disgwyl iddi weld alcohol fel gwenwyn a achosodd gymaint o broblemau i'w theulu, mae'n gwneud yn hollol i'r gwrthwyneb, yn ei gam-drin a'i cham-drin ei hun. Rhoi ei hun mewn sefyllfaoedd peryg, meddw gan wybod y bydd Mês yno i'w hachub; oherwydd nad ydi o'n gallu madde iddo fo'i hun am beidio mynd adre efo hi i ddweud wrth ei thad, a pheidio cymryd y gosb drosti.

Ond beth bynnag ydi'r hanes, a'r helynt, y sefyllfa rŵan ydi bod Alwen yn cael bod adref ar yr amod na fydd hi'n cael ei gadael ar ei phen ei hun, a fflat Mês ydi'r lle gorau iddi. Mae chwaer Alwen wedi cyrraedd o Sbaen i helpu Mês, ond yn y fflat fydd Alwen rŵan yn dod ati'i hun.

Mae gen i gymaint o gywilydd o be ddwedes i wrthi. A'r greadures fach wedi mynd trwy gymaint mi agorodd y drws i mi heddiw i gael dim byd ond abiws afiach. Nes i ddim meddwl am neb na dim heblaw fi fy hun. Ond fel dywedodd Mês, doeddwn i dim i wybod nag oeddwn? Na, ond tydi hynny ddim yn gwneud i mi deimlo damed gwell.

Ta waeth. Wedi siarad a siarad heno, mi adawodd Mês yn yr orie mân gan egluro fod yn rhaid iddo fynd yn ôl at Alwen a Bethan, ei chwaer. Cyn mynd, mi ofynnodd plîs, plîs, plis fuaswn i'n fodlon rhoi popeth 'on hold' nes bydd pethe'n callio, a faswn i'n fodlon gweithio gymaint ag y galla i tra bydd Alwen yn sâl. A bod yn amyneddgar.

Mi roddodd o goflaid mor dynn i mi roeddwn i'n meddwl y baswn i'n torri. Ac felly y gadawyd pethe. Bywyd 'on hold' fel y dwedodd Mês.

Bydd angen i mi ymddiheuro i bawb yn y gwaith yn y bore – y peth ola roedden nhw ei angen oedd drama cwîn fel fi'n cymhlethu pethau. Pen lawr a chario 'mlaen nes gwelwn ni normalrwydd a nes gwellith Alwen; os oes gwella ar rywbeth sy'n amlwg yn mynd dipyn dyfnach na chraith ar arddwrn.

Nos da ddyddiadur bach. Mae hi bron â gwawrio ac mae'n well i mi gael chydig o gwsg cyn mentro i'r gwaith. Dwi'n gobeithio na fydda i'n gorfod sgwennu am ddiwrnod fel hyn byth eto.

Dydd Mawrth, 13 Mai
Roedd pawb yn Chwip mewn sioc. Mi wnes i ymddiheuro ond dwi'n meddwl bod pawb yn deall. Mi fydd 'na fwy o bwysau arnon ni rŵan i orffen y gyfres yma. Dwi'n meddwl bod pawb yn teimlo'r un fath â fi – dod i mewn, gwneud diwrnod o waith a'i gadael hi felly.

Dydd Mercher, 14 Mai
Mi benderfynais alw draw yn fflat Mer ar ôl gwaith heno – roeddwn i angen dweud yr holl hanes wrth rywun. Roedd James yno, mor serchus ag arfer, a Mer, ar binne braidd fel mae hi o hyd yng nghwmni James. Aethon ni'n dwy i'r Halfway a thrafod yr holl hanes cymhleth dros Appletize (dim awydd yfed ar 'run ohonon ni) am deirawr. Alla i ddim egluro teimlad mor braf oedd gallu rhannu'r cwbl efo ffrind da sydd y tu allan i'r holl botes.

Bachais y cyfle hefyd i hefyd holi Mer am Siw. Roedd Mer wedi siarad efo hi ddechre'r wythnos, ac roedd hi'n sôn am gael ei swydd yn ôl, diolch i Dduw. Mi fydd yn rhaid i mi ei ffonio hi'n fuan.

Dydd Iau, 15 Mai
Afiach. Trist. Fflat. Dyna'r awyrgylch yn y swyddfa ar hyn o bryd. Pawb yn dawel a di-ffrwt. Galwodd Eleri ni i gyd at ein gilydd heddiw i ddweud pa mor bwysig ydi hi ein bod ni i gyd yn sticio iddi a gorffen *Cymry am Byth*? yn absenoldeb Alwen; ac y bydde ein horiau ychwanegol yn cael ei nodi a'u gwobrwyo (yn ariannol, dwi'n cymryd, ac nid yn y nefoedd). Mae yma foi arall, Rhydian, yn lle Mês fel dyn sain. Tew. Hyll. Boring.

Dydd Sadwrn, 17 Mai

Ffoniodd Mês heddiw i riportio bod Alwen yn llawer gwell. Yn fregus uffernol ac yn cael cwnsela, ond isho dweud wrth bawb pa mor sori oedd hi ei bod wedi creu cymaint o drafferth.

Ddywedodd o rywbeth wnaeth i 'nghalon i suddo hefyd – ond rhywbeth hollol ddealladwy.

'Swn i'n licio cario mlaen lle roedden ni, ond mae'n rhaid i ni ei gadael hi am y tro, Cer. Mae'n ddrwg iawn gen i ond dyna fo, beryg, ar hyn o bryd.'

Crap. Crap.

Does 'na neb heb ryw fath o gefndir y dyddiau yma nagoes? Neb. Mae 'na blant, priodase, cyffurie, trosedde. Dwi'n bendant y gallwn i handlo holl hanes Alwen, tase Mês yn gadael i mi, ond mae o fel tase fo'n benderfynol o gario'r groes ei hun, yn ferthyr i gyd. Ydi, mae'r sefyllfa'n ofnadwy, ond all Mês ddim delio efo pethe drosti. Dim ond Alwen ei hun all wneud hynny.

Dydd Mercher, 21 Mai

Dwi'n dal i fynd i redeg ar ôl gwaith bob dydd. Mae'n ffordd dda o gael gwared â'r tensiwn sydd yn adeiladu bob dydd yn y swyddfa.

Iesgob, mi fyse Dave yn falch ohona i. Mae'r holl straen wedi gwneud i mi golli fy archwaeth yn llwyr, ond dwi'n gweld rhedeg yn lles mawr. Er, dwi'n siŵr mai'r chwysu yn y gwres yma sy'n gwneud i mi golli pwysau nid y rhedeg ei hun.

Ond yn lle rhedeg heno cerddais i lawr i Grangetown i weld Alwen. Roeddwn i wedi ffonio Mês ac roedd o'n meddwl bod hynny'n syniad da – roedd Siôn wedi galw yno rhyw noson a dweud ei bod hi'n syndod o dda.

Roeddwn i chydig yn nerfus a dweud y lleia. Ofn gweld Mês, gan 'mod i'n hiraethu'n ofnadwy amdano fo, ac y buaswn

i'n rhoi'r byd am gael troi'r cloc yn ôl i noson Yr Wyddfa a'r
Gazelle. Doeddwn i ddim yn edrych ymlaen at weld Alwen
chwaith ar ôl bod yn sguthan aflan efo hi pan weles i hi
ddiwetha. Be mae rhywun yn ei ddweud wrth rywun sydd
newydd drio lladd eu hunain?

Daeth Mês at y drws yn edrych yn llawn poen ac chododd
ei hogle fo pan gofleidiodd o fi don o hiraeth. Aeth am dro er
mwyn i ni'n dwy gael llonydd ac roedd o'n edrych fel tase fo
wirioneddol angen brêc. Gofynnodd yn dawel bach i mi aros
yno nes y bydde fo'n dod yn ôl. Cytunais, a mynd trwodd at
Alwen, oedd yn eistedd ar y soffa mewn shorts denim a jympyr
heb ddim byd am ei thraed, yn edrych yn rhyfeddod o iach,
fel y dywedodd Siôn.

'O Cer, ma fe'n neis dy weld ti. Shwd yd ti?'

Rhoddodd ei breichiau amdana i. Siarad am waith a sut
oedd pethe'n mynd wnaethon ni, ac yfed lot o goffi.
Anwybyddwyd yr eliffant enfawr yn y stafell yn llwyr. Roedd
ganddi un stribed tene o blastar dros ei dau arddwrn a dyna
ni – yr unig arwydd o'i gwendid.

Yn ystod ein sgwrs stiff, ryfedd, sylweddolais cyn lleied
dwi'n nabod ar Alwen. Wn i ddim pwy, heblaw Mês, sydd yn
ei nabod hi tu hwnt i beint neu ddau.

Sylweddolais rywbeth ofnadwy o hunanol hefyd – mi fydd
gan Alwen Mês am byth, am weddill ei hoes, a dwi'n meddwl
ei bod hi'n sylweddoli hynny hefyd.

Ond dwi'm yn meddwl ei bod hi'n ymwybodol 'mod i'n
gwybod yr holl hanes.

Beth bynnag, ymddiheurais am yr holl bethe ddwedes i
wrthi, gan egluro'n fras bod rhywbeth wedi digwydd rhyngdda
i a Mês a 'mod i wedi ymateb yn blentynnaidd. Doedd gen i
ddim syniad be arall i'w ddweud.

'Mae e'n dy hoffi di, ti'n gwybod Cer,' medde hi, a'n lluchio fi oddi ar fy echel am funud. 'Fi'n ei nabod e'n reit dda, ac mae e'n fwy cîn arnot ti na 'wy wedi ei weld e am neb ers ache. Ond oedd e'n gweud dy fod ti ishe cymryd pethe'n slow...' Dyna ddywedodd o? 'A'ch bod chi am weld be sy'n digwydd a shwt mae pethe'n mynd. Ma fe'n fachan ffein. Paid hongian oboity'n rhy hir, na wnei, Cer?'

Roedd hi'n gwenu wrth ddweud hyn i gyd ond doeddwn i ddim yn siŵr iawn sut i gymryd y cyngor ola hwnnw. Roedd hi fel petai Alwen yn dweud be ddyle hi ei ddweud, ond yn gwybod go iawn mai hi oedd yn dal pob un cerdyn yn y gêm.

Pan ddaeth Mês yn ei ôl, eglurais bod yn rhaid i mi fynd er mor od oedd eu gadael nhw eu dau efo'i gilydd. Mae hyn yn swnio mor ofnadwy o greulon ond roedd Alwen yn swnio bron fel petai'n falch pan ddwedodd hi: 'welwn ni di 'te, Cer, yn fuan, ie?' gan wybod mai'r 'ni' hwnnw oedd hi a Mês. Does gen i ddim siawns o ennill y gêm fach yma.

Dydd Sadwrn, 24 Mai

Fawr o hwyl sgwennu wedi bod arna i ers dyddie, ond mi gododd fy nghalon heddiw pan alwodd Mês – *mor* braf ei weld o. Roedd Bev yma hefyd, oedd ddim yn ddrwg o beth oherwydd ei bod hi'n hynod o hwyliog heddiw. Mae hi'n gweithio'n Llundain ddechre'r wythnos nesa, yn edrych ymlaen at y cyfle i aros efo David, ac yn paratoi cynllun craff i'w gael i ofyn iddi ei briodi. Mae'n mynd i drefnu eu bod nhw'n *digwydd* pasio Tiffanys pan fydd rhywun yn *digwydd* sôn fod potel o shampên i'w chael am ddim i unrhywun sy'n mynd i mewn i'r siop i weld eu modrwyau newydd. Ffrind iddi o Lundain ydi'r *rhywun* ac yn ddim byd i'w wneud â Tiffanys – mae Bev wedi gofyn iddo fod y tu allan i'r siop mewn siwt efo potel o shampên ar amser arbennig. Wedi i David gael ei ddenu i'r siop, mae Bev yn mynd i wneud y gweddill!

Dwi yn ei hedmygu hi gymaint. Dyna sydd ei angen – cynllun, a mynd amdani. Da iawn ti Bev, chwarae teg i ti. 'Swn i lico taswn i'n debycach iddi.

Beth bynnag, mi gafodd Mês y stori i gyd, ac roedd popeth yn hyfryd a hwyliog nes iddo fo ddweud bod yn well iddo fo ei throi hi. Wrth i ni symud at y drws, y ddau ohonon ni'n meddwl sut roedden ni fod i ffarwelio fel ffrindie, mi drodd Mês a rhoi freichiau amdana i. Rhywsut aeth y goflaid yn sws, ddatblygodd yn snog, ddechreuodd boethi cyn i Bev roi hwyth i ni'n dau tuag at y grisie.

'Oh, get a room you two! Peidiwch â phoeni – mi wna i lot o bethe sy'n gwneud lot o sŵn...'

Rhyw dri munud yn ddiweddarach roedden ni yn y gwely, yn ein dyblau wrth i Bev wneud sioe fawr o droi'r radio a'r teledu ymlaen mor uchel ag y gallen nhw fynd, canu opera nerth ei phen a dechre hwfro! Roeddwn i mor falch o weld Mês yn ymlacio ac yn chwerthin – a iesgob, rois i reswm iddo fo ymlacio . . .

Gadawodd y tŷ fel dyn newydd efo sbonc yn ei gam a gwên ar ei wyneb. Da di'r busnes platonig ma.

Dydd Mawrth, 27 Mai

Galwodd Mês yn y swyddfa heddiw ac aeth Siôn a fi efo fo i Fattie's am goffi. Y tro cynta i ni'n tri fod efo'n gilydd ers yr holl helynt.

Mae Alwen am fynd i aros efo'i chwaer yn Barcelona mae'n debyg, ac mae'n rhaid i mi gyfadde'n ddistaw bach bod yr hen bitsh fach yna y tu mewn i mi wedi rhoi naid fach o lawenydd. Falle rŵan bydd cyfle i Mês gael hoe fach . . . a falle, falle, falle y cawn ni i roi tro arni eto? Dwi'n teimlo'n euog ac yn hen gnawes am fod mor hunanol a di-hid.

Aeth Mês i sortio rhyw sesiwn gownsela fyddai'n galluogi

Alwen i gymryd hoe o'i thriniaeth i fynd i Sbaen, gan fy ngadael i a Siôn yn Fattie's i orffen ein coffi a sgwrsio.

'Tydi Mês ddim yn foi cymhleth, 'sdi,' medde Siôn, 'y sefyllfa efo Alwen sy'n ei wneud o'n gymhleth.'

Roedd o fel tase fo wedi darllen fy meddwl i.

'Brêc mae'r creadur isho – cyfnod o beidio gorfod rhoi ei hun trwy'r felin bob tro mae Alwen yn ffwcio i fyny.'

Teimlais fod yn rhaid i mi ddweud wrth fo bod trio lladd ei hun chydig yn fwy na ffwcio i fyny, a chawson ni'r sgwrs ddyfna i Siôn a fi erioed ei chael.

Mae o'n meddwl bod gan Alwen broblemau uffernol, yn amlwg. Mae o'n gwybod yr holl stori ers blynyddoedd – ond yn grediniol bod Mês yn meddwl mai trio ei gosbi fo mae Alwen efo'i hedonistiaeth, a'i fod o'n haeddu cael ei gosbi. Felly, a Siôn sy'n dweud hyn rŵan, mi wnaiff gwlad neu ddwy ryngddyn nhw am gyfnod fyd o les i'r ddau, er mwyn iddyn nhw ddysgu symud ymlaen ar wahân. Wel, pwy se'n meddwl? Siôn y seicolegydd bach!

Iesgob, fis yn ôl, sawl calori oedd mewn pot iogwrt di-fraster oedd y peth mwya heriol yn fy mywyd i ac yn sydyn dwi'n trafod seicoleg hunan-ddinistr dros goffi yn Fattie's efo Siôn o bawb. Ond yn dawel bach, dwi'n cytuno efo'r seicolegydd bach bob gair.

Dydd Mercher, 28 Mai

Roedd Bev wedi cyrraedd adre pan ddois i o 'ngwaith heddiw – a sleifar o fodrwy ar ei bys dyweddïo! Mi weithiodd ei thric! Doedd gan David druan ddim siawns nag oedd?

Allan ddaeth y shampên . . . y botel gafon ni gan ffrind Mês y 'diwrnod wedyn' hwnnw oedd hi dwi'n meddwl. Roeddwn i'n gobeithio na fydde Bev yn sbio'n rhy agos ar y label, rhag ofn nad oedd hi'n union yr un fath, felly mi gynigies i agor y botel yn reit handi tra oedd hi'n estyn gwydrau. Dros lasied hapus a dathlu go iawn (gan fy mod i wir yn falch drosti), mi adroddais holl stori drist Alwen a'r cefndir i gyd.

Roedd Bev yn eitha diemosiwn i fod yn onest.

'Ceri, mae petha uffernol yn digwydd i bobol o hyd, ac mae'n rhaid iddyn nhw a phawb o'u cwmpas symud ymlaen. Ac os nad ydyn nhw'n fodlon symud ymlaen, mae'n rhaid i bawb arall wneud hynny hebddyn nhw, neu fydd neb yn gwella. Gair i gall. Dwi'n hŷn na ti, ac yn gwybod chydig mwy am y petha 'ma. *Eniwe*, medde hi gan dal ei sbarclar enfawr i fyny i'w hedmygu eto, 'digon am bobol eraill. Be am siarad amdana i?'

Dydd Iau, 29 Mai
La la la la la la . . . canu ydw i, gyda llaw. Glywes i gnoc ar y drws yn hwyr neithiwr. Mês. Roeddwn i yn fy ngwely yn stryglo go iawn efo *Girlfriend in a Coma* pan glywes i ei lais yn gofyn i Bev oeddwn i'n cysgu. Cafodd y llyfr fflych o dan y gwely – y teitl ola roedd Mês isho'i weld dwi'n siŵr – a deifiais at y drych i roi llaw trwy fy ngwallt a checio fy nannedd, yn falch 'mod i wedi digwydd cael cawod dda a fflosio a phopeth heno. Wrth wrando arno'n dod i fyny'r grisie, ges i jest ddigon o amser i straffaglu allan o'r nicyr mawr cotwm gwyn cyfforddus a rhoi naid i rai bach, du, secsi a bachu ryw atodiad o *Ideal Home* i gogio ei ddarllen.

'Hei Cer!'

'Hei! Am sypreis,' medde fi, yn trio swnio fel taswn i ddim allan o wynt ac fel tase'i weld o'n sioc llwyr.

Edrychodd arna i, wedyn ar y cylchgrawn o 'mlaen, wedyn yn ôl ata i, cic i'w sgidie a dechre tynnu ei hwdi dros ei ben.

'Dwi'n gwybod bod *Manure – a Miracle for your Plants* i fod yn erthygl wych, ond plîs, Cer, rho hwnna i lawr, achos yr eiliad yma dwi isho ti fwy 'na dwi erioed wedi bod isho neb o'r blaen . . .'

A chafodd y clos bach du ddim hyd yn oed amser i gnesu am fy mhen ôl.

Dydd Sadwrn, 31 Mai

Mi benderfynodd Bev bore 'ma bod angen dathlu ei dyweddïad a chael parti heno. Pan ddiflannodd Mês bore 'ma, wedi *cysgu*'n hwyr tan bron i amser cinio, mi ges i ordors i luchio dillad amdanaf a mynd i'w helpu i brynu chydig o fwyd a diodydd. Ro'n i'n cymryd mai picio i Tesco am gwpwl o fagie o grisps a sosij rôls fydde hi, ond mi ddylwn fod yn nabod Bev yn well erbyn hyn. Roedd yn rhaid mynd at fasnachwr gwin go iawn, wrth gwrs, nid ryw offi di-nod. Roedd honno'n ddrama ynddi'i hun, gan i mi weld y brochure ar fwrdd y gegin cyn i ni gychwyn. Pwy oedd y masnachwr? Mêt Mês – hwnnw achubodd y dydd y diwrnod ar ôl y rygbi. Roedd yn rhaid i mi sleifio â'r ffôn i'r llofft i ddweud wrtho fo am gogio bach nad oedd o erioed wedi fy ngweld o'r blaen pan fyddwn i'n cyrraedd yno ymhen pum munud. Roedd y creadur yn swnio'n hollol ddryslyd, bechod, ond mi gytunodd.

Mi chwaraeodd y rôl braidd yn rhy dda.

'Rargol, be oedd ei broblam o?' gofynnodd Bev wrth i ni bacio'r car hefo'r bocsys trymion. 'Nath o prin edrych arnan ni, jyst sbïo ar ei draed . . . Cr'adur rhyfadd . . .'

Hefo llond bŵt o Bolly a gwinoedd drud, i ffwrdd â ni i Marcs a Sbarcs i wario mwy o bres gwirion ar fini-mŵsus eog a dill, blinis, eog, prôns mewn garlleg . . . a llwyth o fwydydd bach, bach oedd yn costio lot, lot.

Roedd yn rhaid i Bev gael blode ffresh o'r siop flode neis gyferbyn â'r Halfway, rhosod pacific blue yn unig –wnâi dim arall y tro.

Erbyn min nos, roedd y galwadau ffôn wedi eu gwneud, ffrindie (neu gyd-weithwyr yn achos Bev) ar eu ffordd, Bev a finne yn ein ffrogie parti – ein dwy yn ffrogiau parti Bev i fod yn fanylach – gan 'mod i wedi benthyg ffrog werdd lyfli efo brodwaith pastel arni a phais felen yn dangos trwyddi. Roedd fy sandals uchel swêd melyn yn mynd yn berffaith efo hi. A dyna ni'n barod am barti – roedd y bwyd ar blatie, gwydrau ar fyrdde, blode mewn fasys, y gwin yn oer, y canhwylle wedi'u cynnau a'r CDs dawns mewn rhes wrth y stereo. Cyrhaeddodd David o Lundain yn swâf mewn siwt, yn edrych yn anarferol o hapus. Fel y dyle fo fod . . . Roedd y tŷ'n edrych yn fendigedig, a Bev yn disgleirio efo hapusrwydd, ei bys dyweddïo'n sgleinio.

Ddaeth 'na griw da, chw. teg. Nid fy newis i o griw, pobol gwaith Bev, lot o hanbags drud a sgidie drutach, lot gormod o siarad siop, ond mi ddaeth Mês hefyd! Ac roedd hynny'n ddigon i roi clamp o wên ar fy ngwyneb.

Dydd Sul, 1 Mehefin

Pan ddeffres i bore 'ma roedd Mês yn cysgu fel babi wrth fy ymyl i. Dwi'm yn meddwl ei fod o wedi cysgu'n iawn ers dechrau'r holl helynt. A dweud y gwir, mi gyrhaeddodd yma neithiwr fel dyn newydd, fel tase rhywun wedi tynnu llwyth o gerrig oddi ar ei ysgwydde. Roedd o, yn fwy na neb, yn haeddu drinc. Gobeithio y cysgith o tan y pnawn. Mês druan. Mae o chwe mlynedd yn hŷn na fi, wedi teithio'r byd, yn berchen ar ei fflat ei hun, yn annibynnol a hunangynhaliol, ond dwi jest isho edrych ar ei ôl o . . .

Ond cyn hynny, beryg y bydd yn rhaid i mi helpu Bev i garthu'r tŷ, oherwydd yn ôl be dwi'n ei gofio, roedd 'na dipyn o barti yma neithiwr.

Dydd Llun, 2 Mehefin

Am deimlad braf – cerdded i'r gwaith bore 'ma yn yr haul, law yn llaw efo Mês! Roedd Cowbridge Road yn swnllyd, drewllyd, a phrysur ond roeddwn i'n teimlo fel petawn i'n cerdded ar enfys. I mewn â ni i Chwip. Ocê, nid law yn llaw cweit i fan'no, ond yn ddigon agos ac efo digon o wên i Fal ein croesawu efo acen Americanaidd fawr.

'Mr and Mrs Mês. Good morning Sir, Ma'am. I trust the rest of the day will be sunny side up too . . .?'

Doedd dim rhaid dweud na chyhoeddi dim wrth neb felly. Os ydi Fal yn gwybod rhywbeth, waeth iddo fo fod ar flaen y *South Wales Echo* ddim.

Dydd Mercher, 4 Mehefin

Maen nhw i'w gweld ym mhobman yng Nghaerdydd – yn ddisglair eu llygaid, yn gwenu'n ddwl ar ddim byd, yn lafoeriog, yn orffwyll am eu ffics a'u cyffyrddiad nesa â'r cyffur, yn gynddeiriog gaeth . . .

Nid drygis. Cyplau.

Pan oeddwn i yn fy stâd di-ddyn, unig, roedden nhw'n troi arna i, yn hofran o gwmpas strydoedd, tafarndai, siopau, parciau . . . yn bwydo'i gilydd mewn bwytai. A giglan. Roeddwn i eisio rhoi ysgydwad iawn iddyn nhw a'u gyrru adref, i'w gwlâu, i wneud beth bynnag roedden nhw'n amlwg bron â ffrwydro isho'i wneud . . .

Wel, rydw i'n dechrau deall. Dwi efo Mês go iawn, ffwl fôrs, ac yn hurt o hapus. Dwi'n gweld Mês a dwi'n hapus. Pan nad ydw i'n ei weld o, dw i'n meddwl amdano fo, a dwi'n hapus. Dwi wedi treulio tri bore diflas yn y gwaith yr wythnos yma efo gwên ar fy wyneb, yn ail-fyw giamocs y noson cynt.

Dydd Iau, 5 Mehefin

Mae'n dda o beth bod rhyw fath o gynnwrf yn fy mywyd, oherwydd dwi'm yn meddwl y bydd fy ngwaith yn ddifyr iawn am sbel eto. Gan fod *Cymry am Byth?* yn cael ei golygu ar hyn o bryd does dim llawer i mi ei wneud, dim ond anfon llythyrau diolch pan fyddwn wedi cael cadarnhad o'r ddyddiad darlledu. Rydw i newydd gael gwybod gan Eleri be fydda i'n ei wneud am y pedwar mis sy'n weddill o 'nghytundeb. Ymchwilio a dod o hyd i gystadleuwyr glandeg, ffraeth a doniol ar gyfer rhaglen ddêtio newydd Chwip. Wir yr.

Mae Gen i Gariad ydi teitl y gyfres uchel-ael ac uchelgeisiol yma, lle bydd trueiniaid sengl yn cael eu parêdio fel gwartheg mewn mart, ac ar sail eu hedrychiad *yn unig*, bydd rhyw lothario lwcus yn cael mynd at dair neu dri o'i ddewis / dewis ac ar alwad y signal (sef recordiad gwreiddiol o Tony ac Aloma yn canu 'Mae Gen i Gariad'), mi fydd o/hi yn gorfod canu 'a ti 'di hwnnw / honno' wrth dri person 'lwcus' fydd wedyn yn cael cyfle i ateb cwestiynau ac ennill hwfyr ne rywbeth cyffelyb. O, a dêt efo'r pishyn â'i dewisodd.

Mi chwarddodd Siôn gymaint pan eglurais hyn iddo fo a Mês yn Fattie's, mi dagodd ar ei sosej a bu'n rhaid i Mês roi slap iawn i'w gefn nes roedd o'n gallu anadlu eto.

Mae'r dyletswyddau cyffrous newydd yma yn dechre yr wythnos nesa. Methu aros.

Dydd Gwener, 6 Mehefin – 6pm

Wedi trefnu i fynd allan efo Mer heno. Mae Siw yn dod draw am y penwythnos, i fod. Mae'n ymddangos ei bod hi'n ôl yn ei gwaith. Dwi wedi rhyw hanner sôn wrth Siôn – pwy a ŵyr, hen aelwyd, cynnau tân a ballu . . .

Mae'r Gorky's yn chwarae yng Nghlwb Ifor nos fory. Mi fydde noson allan a gig go iawn, fel yn nyddiau coleg, yn grêt. Ond cyn hynny, dwi'n gobeithio y caiff Mer a finne sgwrs iawn am Siw cyn ei gweld – dyna lle dwi ar gychwyn rŵan – i gyfarfod Mer yn yr Halfway.

10pm

Ddigwyddodd rhywbeth rhyfedd iawn heno. Ffoniodd Mer yn dweud bod ganddi homar o gur pen a'i bod hi yn gorwedd ar y soffa yn ei phijamas. Roedd hi am aros adre heno i wneud yn siŵr y bydde hi'n iach ar gyfer ein noson allan efo Siw nos fory. Hen siom, a Mês wedi gwneud trefniade i fynd allan efo rhyw fêt gan mod i'n cyfarfod Mer.

Beth bynnag, meddyliais wedyn y bydde'n syniad picio i Glwb Ifor i nôl tocynne i bawb ar gyfer y gig, ac roeddwn i isho gwybod oedd James am ddod efo Mer. Gan mai Mer oedd yr un ddiwetha i ffonio, mi ddeiales i 1471 a phwyso 3. Dyn atebodd.

'James?' gofynnais.

'Sorry?'

'Is that James?'

'Er . . . no. I think you must have the wrong number.'

'I don't think so. Is Mer there? Mererid?' Roedd 'na saib hir .

'Wrong number.' A rhoddodd y ffôn i lawr.

Sut fuaswn i wedi cael y rhif ffôn anghywir a finne wedi ffonio'r union rif y ffoniodd Mer ohono fo?

Dydd Sul, 8 Mehefin

Am noson wych neithiwr! Mês, Mer, Siôn, Siw, Fal a finne. Penderfynodd Siw, Mer a finne gael cinio canol p'nawn yn y bwyty Ffrengig neis yn y dre, ac wedyn es i dorri 'ngwallt yn Toni & Guy. Efallai i'r gwin fy ngwneud i'n fwy mentrus nag arfer – mi ges i gyt go iawn, un reit trendi os ca' i ddweud . . . yn debyg i'r 'Rachel' ond yn fyrrach ac yn fwy o bob. Ac wedi meddwl, gwallt tywyll bitch sydd gen i hefyd, felly tydi o'n ddim blydi byd tebyg i'r 'Rachel'! Ond mae'n neis, ac yn trendi, ac yn wahanol. Pan welodd Mês fi yn Rummers wedyn, y cwbwl ddywedodd o oedd: 'Licio'r Cer newydd,' rhoi ei law ar fy mhen ôl i a nhynnu i tuag ato am anferth o sws.

Wedi ei gyfarfod o a Siôn yn y Rummers am bump a Fal yn y Four Bars Inn am saith, roedd pawb yn hwyliog ac yn barod am noson dda. Unwaith eto, roedd 'na sbarcs rhwng Siôn a Siw, ond roedd Siw yn ymddangos chydig yn nerfus, yn anniddig ac yn cynrhoni, isho mynd i dafarn arall bob tro cyn i bawb orffen eu diodydd. Mae'n rhaid gen i ei bod wedi dechre arfer efo bwrlwm di-stop bywyd Llundain neu rywbeth. Doedd hi ddim fel hyn o'r blaen.

Beth bynnag, Gorky's. Hudol. Blydi grêt. Ar lawr ucha Clwb Ifor oedden nhw a'r lle'n orlawn, pawb yn chwys pys ac wrth eu boddau. Unwaith eto, doedd dim rhaid i mi baratoi gwely i Siw. I ffwrdd â hi efo Siôn ar ddiwedd y gig, i chwilio am barti medden nhw. Aeth Mês a fi adre i'n parti ein hunain.

Dydd Llun, 9 Mehefin

Roedd Siôn yn sôn yn Fattie's heddiw bod Siw ar dân go iawn
isho parti nos Sadwrn. Dim ond isho'i llusgo hi i'w wely oedd
Siôn, dwi'n amau. Roedden nhw'n cerdded trwy Grangetown
i gyfeiriad tŷ Siôn yn yr orie mân, heibio i dŷ oedd yn ysgwyd
efo curiadau drum'n' bass. Aeth Siw i mewn ar ei phen, heb
gnocio na dim. Roedd yna barti yno, oedd, ond doedd dim
croeso i hogan ddierth oedd yn amlwg ddim ar ei gorau.
Doedd hi ddim yn hapus o gwbwl pan lusgodd Siôn hi allan.

Pan gyrhaeddon nhw dŷ Siôn yn y diwedd, roedd o'n
dechre cael llond bol ar ei thiwn gron. Aeth drwodd i'r gegin
i nôl can o gwrw bob un iddyn nhw, a phan aeth yn ôl roedd
Siw yn snortio uffar o lein o coke. Roedd hi hyd yn oed yn fwy
anniddig wedyn. Cleciodd un can a gorwedd yn glatsh ar y
soffa, a dyna lle roedd hi bore 'ma. Daeth Siôn a hithe heibio
i gasglu bag Siw – jest cip arni ges i – ac i ffwrdd â hi ar y trên
yn flin fel tincar heb air o ddiolch i Siôn na dim. Hmm.

'Awt of contrôl, honna. Rhy wyllt i mi,' medde fo. Mae
hynna'n dweud tipyn. Cyngor Mês ydi ei gadael hi i ddod at ei
choed a pheidio ymyrryd.

Dydd Mercher, 11 Mehefin

Gwaith yn crap. Mês yn grêt.

Dydd Gwener, 13 Mehefin

Mae'r dyddiadur bach yma yn cael ei esgeuluso'n llwyr. Dyna'r
peth am ddyddiaduron ynte – os ydi bywyd rhywun yn llawn
ac yn brysur ac yn hapus, does 'na'm amser i sgwennu, nag
oes? Dyna pam bod dyddiaduron blynyddoedd fy arddegau
yn llawn angst a phoen a rhwystredigaeth . . . a dyddiaduron
dyddiau'r coleg yn wag!

Fel y dwedes i, dyddie da!

Dydd Sadwrn, 14 Mehefin

Aeth Mês a finne i lawr i'r Odeon yn y Bae neithiwr i weld *The English Patient* efo Bev a David. Gwaradd iawn. Pryd o fwyd i ddechre yn y lle Eidalaidd sydd o dan yr un to â'r sinema – digon di-enaid mae'n rhaid i mi ddweud, ac er nad oedd David damed yn fwy diddorol nag arfer, mi gawson ni noson neis.

Anaml iawn y bydda i'n mynd mor bell â'r Bae: rhy bell ac yn rhy wyntog! Ond mae 'na sôn eu bod nhw am ddatblygu rhan ohono'n fariau a thai bwyta a ballu, fydde'n newid neis o fynd i ganol y dre o hyd, a handi iawn o fflat Mês.

Dwi'n treulio mwy a mwy o amser yn y fflat erbyn hyn, ond dim ond fy mrwsh dannedd i sydd wedi symud yno'n barhaol. Mi faswn i'n symud popeth yno fory nesa, ond dwi'm yn meddwl y daw'r gwahoddiad rhywsut.

Mae o'n dal i fod yn annibynnol iawn, yn gwneud lot o bethe hebdda i. Yn aml mi fydd o'n mynd i'r Four Bars Inn ar ei ben ei hun ar nos Lun – mae o'n nabod y rhan fwya o'r yfwyr rheolaidd yno ers blynyddoedd. O be wela i, mae ei ffrindiau'n gymysgedd eclectig o bobol roedd o'n yr ysgol efo nhw, criw rygbi, Emwys y beicar, Gwern yr artist, Hari sy'n ddramodydd a sgriptiwr a Bobby'r Bildar (go iawn – dyna'i enw iawn o!) sydd wedi ei eni a'i fagu yn y docie ac yn rhegi bob tro mae rhywun yn galw'r lle yn 'Y Bae'. Weithie, pan fydda i'n chwilio am rywbeth i boeni amdano, dwi'n amau 'mod i angen Mês a'i isho fo lawer mwy na'r ffordd arall rownd . . .

Mae Mês a David i lawr grisie'n trafod clwb rygbi'r London Welsh dros cwpwl o ganie, a dwi wedi denig i'r llofft i sgwennu hwn ac aros i Mês ymuno â fi.

Mi fydd hi'n od yr wythnos nesa – mae Siôn a Mês i ffwrdd yn ffilmio un o gyfresi eraill Chwip – sydd ddim yn ddrwg o beth a dweud y gwir. Mae gen i ddigon o bethe diflas iw gwneud: dillad i'w golchi a'u smwddio, llofft i'w thacluso a

187

llwyth o bethe eraill sy'n cael eu hanwybyddu pan mae Mês o gwmpas.

Dydd Llun, 16 Mehefin
Cychwynnodd Mês a Siôn y pnawn 'ma am Gernyw i ffilmio cyfres newydd am y Celtiaid, ond ges i gyfle ddoe i ffarwelio efo fo.

Roedd hi'n un o'r diwrnode hynny yr oeddwn i'n gwybod y dylwn i fanteisio arno fo efo llond lein o olchi (yn ôl Mam) – roedd hi'n grasboeth, ond i ffwrdd â ni yn griw i'r traeth. Mer a James, Fal ac Alex, Siôn a Mês a finne, i gyd yng nghampyrfan Alex yn gyrru tuag at Aberogwr. Roedd hi'n anhygoel yno, y traeth yn felyn a'r haul yn grasboeth. I gyfeiliant goreuon ffync y saith degau y peiriant CD, roedden ni yno trwy'r dydd yn darllen cylchgronau, yn sgwrsio ac yn syrffio. Roedd Mês, wrth gwrs, yn ei elfen. Ddiwedd y pnawn daeth y cŵlboscys allan – un yn llawn o bysgod a chigiach ar gyfer barbyciw a'r llall yn llawn poteli cwrw bach. Perffeithrwydd; yr haul yn machlud a finne'n benysgafn hapus ar ôl haul tanbaid a gormod o gwrw, fy nghroen yn binne bach lliw haul a braich gref Mês o nghwmpas i. Wedi iddi oeri, i ffwrdd â ni am beint i ardd gwrw'r Three Golden Cups, pawb wedi lapio'n gynnes mewn jympyrs a chardigans. Doeddwn i ddim isho i'r diwrnod orffen, ond gorffen braidd yn swta wnaeth o wrth i Alex fy ngollwng i tu allan i dŷ Bev. Roeddwn i'n disgwyl i Mês ddod allan o'r campyrfan ar f'ôl i ond wnaeth o ddim, gan egluro'i fod o'n cychwyn yn gynnar fory am Gernyw. O, wel.

Dydd Iau, 19 Mehefin
Ffoniodd Mês y swyddfa bore 'ma i ddweud ei fod o a Siôn wedi gorffen yng Nghernyw a bod y ddau ohonyn nhw ar y ffordd adre! Hwrê! Dwi wedi bod yn hiraethu *gymaint*

amdano fo. A finne wedi cyffroi drwyddaf, mi drefnon ni i gyfarfod yn y Castell ar ôl gwaith. Roeddwn i'n barod i ddianc yn gynnar o Chwip i ymbrydferthu a thocio rhywfaint (tra oedd Mês i ffwrdd roedd pethe felly wedi cael llonydd, a'r unig beth Brazilian am fy is-flewiach oedd y fforest fydde'n ddigon i ddychryn unrhyw ddyn nwydwyllt). Beth bynnag, cyn i lefelau fy hormonau godi'n ormodol ffoniodd Mês eto, gan ddefnyddio mobeil Chwip y tro yma. Doeddwn i prin yn gallu ei glywed, ond mi ddealles i: 'Methu . . . Castell heno . . . mewn pryd . . . noson arall . . . Cernyw . . .' oedd i mi yn golygu ei fod o rŵan yn aros noson arall yng Nghernyw a'i fod o'n methu fy nghyfarfod i heno.

Pan ddaeth Bev adre, roeddwn i'n hapus fy myd (efo bar o Fruit & Nut a phaned) yn edrych ar *Pobol y Cwm*.

'Good God, ar dy ben dy hun cariad? The golden couple haven't had a falling out, have they?' meddai hi'n syth, achos ei bod hi newydd weld Mês y tu allan i'r Castell, medde hi.

Pan dries i fynnu mai rhywun tebyg oedd o, roedd hi'n bendant, gan ychwanegu:

'Mae'r agosa ato fo o ran edrychiad ar glawr *For Her* y mis yma, crrriad.' Bev ydi'r unig berson yn y byd dwi'n ei nabod sydd ag unrhyw awydd darllen (neu'n hytrach, edrych ar luniau) y cylchgrawn erchyll hwnnw.

Nid Mês welodd hi.

Dydd Gwener, 20 Mehefin

Pan gerddais i mewn i'r swyddfa heddiw roedd Mês yno! Yn ymddwyn yn od. Ofynnes i oedd o yn y Castle neithiwr; bod Bev yn meddwl ei bod hi wedi ei weld o, a dywedodd mai bore 'ma ddaeth o'n ôl o Gernyw, a'i fod o'n gorfod saethu lawr i Gernyw eto, eu bod nhw ar ei hôl hi efo'r ffilmio ac mai jest danfon tapie roedd o heddiw.

Dwi'm yn siŵr iawn be i'w wneud o'r cwbwl. Dweud 'mod i'n gwybod ei fod o'n dweud celwydd, neu aros i weld pryd y gwnaiff o gyfadde? Dwi wedi fy siomi. Roedd pethe'n mynd mor dda. Oeddwn i'n rhy cîn? Ydi o wedi cael digon arna i? Tydw i erioed wedi trio cuddio fy nheimladau oddi wrtho – ar ôl busnes Alwen roeddwn i'n meddwl ein bod ni'n onest efo'n gilydd, a'n bod ni mewn perthynas. Dwi'm yn deall be sy'n mynd ymlaen o gwbwl, a jest a thorri 'mol isho siarad efo Mês. Ond mae o yng Nghernyw, medde fo . . . Mae'n anobeithiol trio cael gafael arno fo ar ffôn Chwip. Pam ddiawl nad oes ganddo fo ffôn symudol? Mae gan bawb un erbyn hyn, heblaw Mês . . . a fi!

Dydd Sadwrn, 21 Mehefin
Tydi Mês ddim yn ateb ei ffôn adre a does gen i'm syniad lle mae o.

Dwi'n pwdu yn y llofft ar hyn o bryd. Mae Bev wrthi'n llenwi'r ffrij efo lot o win drud (eto) oherwydd bod rhyw ffrind i David yn dod draw efo fo y penwythnos yma. Diflas-ddyn arall siŵr o fod. Dwi wedi addo i Bev y bydda i lawr yno mewn munud i gael gwydred bach efo hi cyn iddyn nhw gyrraedd.

Dydd Sul, 22 Mehefin
Yn hytrach na suddo i bwll o iselder a gwylltineb neithiwr, mi benderfynes neidio i bwll o alcohol. Dyna pam 'mod i yn fy ngwely a hithe'n un ar ddeg ac yn ddiwrnod gogoneddus tu allan.

Mae sŵn y gwylanod ar y to yn teimlo fel hoelion trwy fy ymennydd. Faint yfes i neithiwr? Yn bwysicach, efo pwy fues i'n yfed neithiwr?

Roedd Bev a finne wedi gwagio potel o shampên cyn i David a John, ei fêt, landio, felly mi gawson nhw groeso hynod o frwdfrydig. Roedd David hyd yn oed yn ffraeth a doniol neithiwr.

John fydd eu gwas priodas nhw. A phwy fydd eu morwyn? Fi!! Wir yr. Dyna'r rheswm am y noson hwyliog. Roeddwn i'n flin nad oedd Mês yma i glywed y newyddion, felly mi yfes fwy o shampên – a phan gusanodd John fi yn y gegin, dwi'n meddwl 'mod i wedi ei gusannu yn ôl, chydig bach. Wedi hynny mi gogies 'mod i'n teimlo'n sâl a dianc i 'ngwely. Cyn i mi fynd, dywedodd John y byse fo'n licio mynd â fi ar ddêt heno. Mi gytunes i, ond dwi'n mynd i gael trafferth codi heddiw heb sôn am fynd ar ddêt. Dwi'm isho mynd ar ddêt beth bynnag, achos mae gen i gariad, i fod. Ac mae o'n lyfli.

Mae Bev newydd roi ei phen rownd y drws i weld os dwi'n fyw . . . ac wedi dweud rhywbeth ofnadwy ofnadwy ofnadwy wrtha i. Alla i ddim credu be dwi wedi'i wneud.

Ddwedes i wrth Bev am y snog feddw, a 'mod i wedi cytuno i ddêt efo John heno. Edrychodd Bev yn hollol syn arna i, cyn egluro.

Mês *oedd* hi wedi ei weld y noson o'r blaen yn y King's Castle. Mi ffoniodd o ddoe i wneud yn siŵr bod Bev yn mynd â fi yno dan unrhyw esgus heno – oherwydd ei fod o'n trefnu parti pen-blwydd i mi. Parti sypreis. Doedd o ddim isho mentro gadael y gath o'r cwd, a dyna pam ei fod o wedi penderfynu fy osgoi i ar ôl dod adre o Gernyw. Mae o wedi ecseitio cymaint am yr holl beth, a be dwi wedi ei wneud? Bod yn anffyddlon, dyna be. Sut allwn i fod yn anffyddlon i Mês, o bawb? Dwi'm eisiau neb arall, yn enwedig bancar o Lundain. Ocê. Persbectif. Dyna sydd ei angen rŵan. Snog fach ddiniwed, dyna'r oll oedd hi. Dim byd mwy. Dwi'n swp sâl. Ond mae angen i mi gau 'ngheg am bopeth ac ymddwyn fel petai'r parti yn sypreis go iawn.

Dydd Llun, 23 Mehefin

Pedwar gair. O. Ddrwg. I. Waeth.

Wedi i mi a Bev benderfynu bod yn rhaid i be ddigwyddodd nos Wener aros yn gyfrinach, ffoniodd hi John i ddweud 'mod i yn fy ngwely'n sâl ac yn methu ei gyfarfod o. Dechrau ar y deiorylait, y Lwcosêd a'r Coke wedyn – unrhywbeth oedd yn cynnwys siwgwr a hylif.

Roeddwn i'n dechrau dadebru erbyn neithiwr, pan gofiais am y tric hwnnw ddysgodd Hel yn niwrnod agored Prifysgol Caeredin: Ironbru a fodca. Un mawr o'r rheiny ac fel ryw hen alcoholic stopiodd y crynu a cliriodd y niwl o 'mhen i. Dau arall a roedd nos Wener yn atgof pell. Un arall cyn gadael am y King's Castle ac roeddwn yn troelli rownd y gegin i'r Brand New Heavies, yn barod am barti.

I ffwrdd â Bev a finne. Dwi'n meddwl falle bod pobol wedi amau 'mod i'n gwybod am y parti – nid bob nos Sul dwi'n picio i'r King's Castle mewn ffrog fini felfed binc a sandals uchel swêd. A llond wyneb o golur, er mai cuddio sache glo a gwep welw oedd pwrpas hwnnw yn hytrach na chreu rhyw delwedd glam.

Os nad ydi'r busnes ymchwilio yma'n gweithio allan, falle bod 'na obaith am yrfa fel actores. Roedd y ffug sypreis ar fy wyneb i'n werth ei weld, a chwarae teg i Mês, roedd pawb yno. Llond y lle o wynebau cyfarwydd, clên. Hel, Siw, Mer a hyd yn oed Elf (nad oeddwn i wedi ei weld ers blwyddyn) a Cat a Dew! Wrth gwrs, roedd pawb o Chwip yno. Cafodd Eifion lifft i lawr efo Cat a Dew. A Mês. Yr hyfryd, hyfryd Fês.

'Ro'n i'n meddwl bod pethe wedi bod yn reit galed yn ddiweddar. Ti'n haeddu amser neis, Cer,' medde fo.

Sôn am deimlo'n euog ac afiach, felly mi benderfynais yfed mwy a mwy i drio boddi'r euogrwydd. Y canlyniad oedd 'mod i wedi mynd dros ben llestri'n llwyr, yn goryfed, gorfwydro, gorchwerthin . . . A dawnsio ar bob bwrdd yn y lle.

Yng nghanol y miri, pwy gerddod i mewn ond Alwen! Roedd ei gweld hi'n sioc i bawb, gan gynnwys Mês, gan nad oedd neb wedi ei gweld hi ers iddi fynd i orffwys a gwella efo'i chwaer yn Sbaen. Alwen, yn goese i gyd mewn mini denim ac yn frown fel cneuen wedi mis ym Marselona, efo gwên fawr ar ei wyneb fel petai dim wedi digwydd. Wedi dod dros y sioc, roedd hi'n grêt ei gweld hi (hynny ohoni oeddwn i'n gallu ei weld erbyn hynny trwy un lygad feddw).

Erbyn diwedd y noson roedden ni'n dwy yn y toiled efo'n gilydd yn cael sgwrs go iawn. Cyfaddefodd Alwen nad oedd ganddi gof o gwbwl o dorri ei garddyrne oherwydd ei bod mor feddw, ond wedi hoe yn yr haul a lot o gownsela, ei bod hi'n teimlo'n hi ei hun, yn trio yfed yn gymhedrol ac edrych ar ôl ei hun yn well.

Fy ymateb i oedd dweud y dylwn inne ddilyn ei hesiampl a challio rhywfaint. Mae'n rhaid bod fy synnwyr cyffredin wedi cael hergwd erbyn hynny, oherwydd mi ddwedes i wrthi am neithiwr. John a'r snog. Camgymeriad *mawr*.

Bore 'ma, mi ddois i ataf fy hun i deimlo tician y cloc fel gordd ar fy nhalcen (eto). Ro'n i'n gallu blasu wisgi ar fy ngharped o dafod ac ro'n i bron â chwydu. Waliau gwyn. Llun du a gwyn a glas. John Coltrane. Yn fflat Mês oeddwn i, ond sylweddolais yn reit handi bod 'na rywbeth drwg wedi digwydd oherwydd ar y soffa oeddwn i ac nid yng ngwely Mês.

Roeddwn i'n cofio pawb yn landio'n y fflat, a chofio gweld Alwen yn brysur yn hanner bwyta Eifion 'Rerw. Roedd hi'n feddw. Pan driodd Mês siarad synnwyr efo hi a'i hatgoffa ei bod wedi cael ordors i gallio, mi ddwedodd hi wrtho fo be roeddwn i wedi ei gyfaddef wrthi am John. Yr ast iddi.

Aeth Mês yn wallgo. Mi ddechreues i grio a thrïo egluro pa mor ddiniwed oedd yr holl beth. Penderfynodd pawb arall ei bod yn amser mynd, ac er i Cat drio fy llusgo efo hi a Dew i dŷ

Bev, gwrthodais symud. Roeddwn i isho egluro popeth, a dweud nad oedd pethe mor ddrwg â'r hyn oedd Alwen yn ei honni.

Yna mi gofies i rywbeth gwaeth. Y cyfarfod! Roeddwn i wedi anghofio popeth amdano tan neithiwr pan atgoffodd Fal fi y dylwn i ddechre slofi lawr ar y slamyrs, gan fod gen i gyfarfod ben bore 'ma efo rhywun mae Eleri wedi bod yn trio'i chael i wneud rhaglen efo ni, i drafod ei phriodas â seren bop o'r chwe degau. Mae ganddi gasineb llwyr tuag at gyfryngau o unrhyw fath, ond mae Eleri ar fin ei pherswadio. Roedd hi'n dod i'r swyddfa ben bore 'ma i drafod y peth. Mae Eleri ar ei gwyliau tan fory felly yn hytrach na digio'r ddynes drwy aildrefnu, roedd hi wedi gofyn i Fal a finne ei chyfarfod cyn i bawb arall gyrraedd. Yn ôl y cloc swnllyd roedd gen i ddeng munud, ac mi gofiais i bod gen i bâr o sgidie rhedeg yn y fflat.

Roedd fy mhen yn pwmpio a'm llygaid yn brifo ond dechreues redeg. Ro'n i'n gallu teimlo pawb yn edrych arna i, yn rhythu ac yn chwerthin ar yr hogan wallgo mewn ffrog a sgidie rhedeg, ond dal i redeg nes i. Roeddwn i'n gallu gweld y swyddfa ac er bod fy ysgyfaint ar fyrstio â 'nghoesau i'n gwegian mi wnes i hi trwy'r drysau.

Roedd Fal wrth ei desg ac agorodd ei cheg hi'n fawr wrth fy ngweld.

'Be ti'n wneud, Cer?'

'Ble . . . mae . . . hi . . . Mrs Beecham . . .'

'Yn y stafell gyfarfod . . . Ceri! Mae 'na olwg arnat ti . . .' Roeddwn i'n fy nyblau yn bustachu am anadl.

'Cyfarfod . . . Ga i'r sac os na . . .' Mi gerddais tuag at y stafell gyfarfod lle gallwn i weld dynes yn sefyll wrth y drysau gwydr.

'Ceri, alli di ddim mynd yn edrych . . .'

'Mae'n rhaid i mi . . .'

'Ceri!' I mewn â fi.

'Mrs Beecham, helô. Ceri ydw i . . .'

Daliais fy llaw allan ond edrychodd y ddynes yn hurt arna i. Anwybyddodd fy llaw a rhythu arna i.

'Ym, steddwch. Coffi?'

'Na. Mi safa i. Dim coffi.'

'O . . . Reit. Ym, fel mae Eleri wedi egluro . . .'

'Mi eglurodd Eleri eich bod chi'n gwmni parchus . . .'

'Ryden ni . . .'

'Ydi hyn yn rhyw fath o jôc?'

'Y . . . mae'n ddrwg gen i, dwi'm yn deall . . .'

'Ydach chi'n gall, hogan? Mae'n ddrwg gen i, dwi ddim yn bwriadu gwastraffu fy amser . . .'

Trodd ar ei sawdl ac allan â hi, a Fal ar ei hôl.

Roeddwn i'n crafu fy nhalcen mewn penbleth, a digwyddais edrych ar fy llaw. Roedd rhywbeth coch ar fy mysedd. Lipstig? . . . Suddodd fy stumog.

Wedi rhuthro i'r toiled, gwelais lythrennau mawr, sgleiniog ar fy nhalcen: KO Queen.

Pen-blwydd hapus a ffarwel i fy job.

Dydd Mawrth, 24 Mehefin

Ocê. Dwi wedi gwneud pethau gwirion dros y blynyddoedd. Anghofio gorffen efo pobol cyn dechre perthynas newydd, deffro mewn llefydd anghyfarwydd a gyda phobl anaddas, ond mae hyn yn geiriosen ar gacen fy mywyd. Nid yn unig colli cyfrannwr ond colli comisiwn, ac enw da cwmni Chwip yn y fargen. Mewn pum munud. Gan fod y coc-up gyrfaol anhygoel hwn yn dilyn penwythnos o glincars eraill, rydw i yn fy ngwely yn griddfan.

Prin ro'n i wedi rhoi 'mhen ôl ar y gadair bore 'ma pan ddaeth Fal i mewn gan ddweud bod Eleri ar y ffôn. Mae'n siŵr ei bod hi'n fendith mai ar y ffôn oedd hi.

Ta waeth, aeth y sgwrs rhywbeth fel hyn.

'Ges i alwad neithiwr gan Tesni Beecham...' dechreuodd Eleri, efo'r hen dôn "dwi'm 'di gwylltio, wedi'n siomi ydw i" honno.

'O Eleri! Ga i egluro . . .?'

'Na, Cymera wythnos, Ceri. Cer adre. Hel dy feddylie. Wyt ti wir isho'r swydd 'ma, y cyfle yma, y fraint o weithio yng nghalon cyfrynge Cymru? Efo cwmni uchel ei barch? Wythnos Ceri. Heb gyflog, wrth gwrs.'

A rhoddodd y ffôn i lawr.

Felly i ffwrdd â fi, efo 'nghynffon rhwng fy nghoesau, a hen deimlad afiach bod pawb yn ystyried hwn yn goc-yp go iawn, er gwaetha'r ffaith ein bod ni'n ffrindiau, ac er gwaetha diwylliant meddwol y cwmni. Mae gen i deimlad hefyd, petai hi'n ddewis rhwng ochri efo Eleri neu fi, y baswn i'n cael fy ngollwng fel y daten boeth ystrydebol honno.

Be ddiawl mae Mês yn ei feddwl tybed? Dwi ddim wedi meiddio hyd yn oed meddwl am ei ffonio. Ac Alwen? Yr ast. Dweud wrth Mês a hithe wedi addo dweud wrth neb. Ond wedyn, does na ddim byd fel alcohol i wneud i syniadau gwirion ymddangos yn syniade gwych. Dwi'n gwybod hynny cystal ag Alwen. Falle mai hi wnaeth sgwennu ar fy nhalcen i hefyd, gan ei bod hi ac Eifion yn aros yn llofft Si. O, be sy'n bod arna i? Pan na alla i jest bod yn normal, yn gall?

Mae Bev yn meddwl bod yr holl beth yn *hilariws*.

'O C'rrriad, ti jyst fel fi fach . . . fabulous!'

Tydw i ddim yn teimlo'n rhy ffabiwlys, mae'n rhaid i mi gyfadde. Dwi'm yn teimlo lot o ddim byd, dim ond cywilydd a'r teimlad fod pethe wedi mynd yn rhy bell go iawn y tro yma, rhwng popeth.

Dydd Mercher, 25 Mehefin

Mae'r tawelwch llethol o gyfeiriad Mês yn fy myddaru fi. Mae'r neges yn reit glir felly. Ffanciw. Ofyr and Awt.

Dydd Iau, 26 Mehefin

Daeth Siôn i 'ngweld i heddiw.

'Jest isho gweld os wyt ti'n iawn, ac nad wyt ti'n cosbi gormod arnat ti dy hun.'

Roedd o'n dweud bod pawb yn cario mlaen efo'u gwaith, a bod y cwbwl yn dechre mynd yn angof, ond dwi'n amau bod colli cyfrannwr alle gynnal rhaglen gyfan yn chydig bach o greisus a dweud y lleia.

Beth bynnag, soniodd Siôn eu bod nhw'n mynd i Glastonbury y penwythnos yma; Alwen a Mês a fo. Roedd ganddyn nhw docyn sbâr felly awgrymodd y baswn i'n gallu mynd efo nhw. Mmmm. Dwi'm yn meddwl.

Dydd Gwener, 27 Mehefin

Ond eto, pam lai?

Ffoniodd Alwen bore 'ma. Rhywsut mi lwyddodd i wneud i'r syniad oedd ddoe'n swnio mor wirion, swnio'n hollol gall. Gwadodd yn llwyr hefyd mai hi sgrifennodd ar fy nhalcen.

Mae hi'n teimlo'n ddigon da i ddod yn ôl i'r gwaith, ac fe ddwedodd ein bod ni i gyd yn gorfod gweithio efo'n gilydd tan ddiwedd Medi beth bynnag, felly waeth i ni fod yn ffrindie ddim. Chydig wedyn, mi ges i ail alwad ffôn. Mês. Roeddwn i hiraeth am ei lais o. Wrth wrando arno mi ges i ryw deimlad ei fod o ac Alwen wedi bod yn trafod.

'Falle y byddwn ni i gyd yn mynd ar chwâl ymhen tri mis. Waeth i ni fod yn ffrindie a chael hwyl . . .'

A finne'n dechre teimlo fy hormonau'n corddi, ychwanegodd:

'Mynd fel mêts yden ni, iawn Cer? Lot wedi digwydd. Ti dipyn yn ieuengach na fi. Gobeithio y gallwn ni fynd yn ôl i fod yn griw o bedwar a joio – Duw a ŵyr, ryden ni angen joio ar ôl popeth . . . sefyllfa Alwen hefyd, dim jest be wnest ti, Cer.'

Diolch, Mês.

Dyna pam rydw i wrthi'n pacio y dillad mwya gŵyl-aidd (ddim yn wylaidd o gwbwl) sydd gen i, gydag un bwriad. Falle, rhywsut, alla i ddenu Mês yn ôl.

Dydd Sul, 29 Mehefin

Doedd dim pwynt cofnodi, dadansoddi nag adolygu . . . yn Glastonbury oedden ni. Mi ddilynon ni esiampl pawb arall yno – a mwynhau! Beth bynnag, wedi dim digon o gwsg, hen ddigon o sŵn a gormod o alcohol, does gen i mo'r egni na'r amynedd i sgwennu . . . Felly, yn gryno:

Mwd. Lot o fwd.

Tryffyls – roedd mwy na siocled yn rheiny.

Côt Barbour – diolch byth am un dilledyn cynnes.

Glaw.

Bŵts fflat – y syniad gore erioed.

Sting – fel taswn i'n bymtheg oed eto.

Massive Attack – arallfydol.

Alwen – chwil.

Siôn – ar ben ei ddigon.

Mês – tawel.

The Prodigy – mental!

Bwyd – erioed wedi gweld byrgyrs mor ddrud.

Toilets – dim gair ond aflan.

Pabell – rhy agos i Mês heb gael ei gyffwrdd.

Mês – rhy bell i allu ei gyffwrdd.

Dydd Mawrth, 1 Gorffennaf

Ffiw. Ro'n i angen claddu'r hen fis diwetha yna'n bell yn rhywle. Dechrau newydd, di-ddyn, ond dyna fo. Alla i ddim beio neb ond fi fy hun am hynny.

Falle bod Mês yn iawn – ifanc ydw i. Falle mai dyma fy amser i i fod yn sengl ac yn wirion. Iesgob, dwy ar hugain ydw i, nid deg ar hugain. A dwi'm isho rhywun hŷn, callach i ddweud wrtha i be i'w wneud neu dwt-twtian pan dwi'n smocio, yfed, siarad neu gamfihafio gormod: ges i ddeunaw mlynedd o hynny mewn pentre bach yng nghefn gwlad Cymru, diolch yn fawr.

Mae popeth wedi sadio yn y gwaith, ond dwi, erbyn hyn, yn gwrthod y cynigion dyddiol i fynd am un bach i'r King's Castle. Mae Mês yn ymddwyn fel petai dim byd mwy na chyfeillgarwch erioed wedi bod rhyngddon ni, sy'n gwneud pethe'n llawer haws, ond mae'n fy mrifo i braidd ei fod o wedi gallu troi'r switsh yn ôl mor rhwydd. Dwi'n brifo wrth feddwl am yr amser gawson ni efo'n gilydd.

Dydd Mercher, 2 Gorffennaf

Galwodd Mer heibio heddiw. Mae hi'n poeni amdana i a Mês, medde hi. *Dwi'n* poeni amdana i a Mês, medde finne.

Ta waeth, ei syniad mawr heno oedd mynd i'r Cnapan y penwythnos yma. Am syniad gwych. Newid awyrgylch, wynebe newydd. Mae Hel am ein cyfarfod ni yno, ac roedd Mer yn dweud falle daw Siw hefyd. Mae'n debyg ei bod hi wedi callio rhywfaint (go iawn y tro yma) a bod y cyffuriau wedi cael cic.

Dydd Sul, 6 Gorffennaf

O dyma braf. Dyma braf iawn . . .

Dwi'n eistedd yng ngardd Bev yn gwrando ar y siartie nos

Sul, ein dwy wedi cael penwythnos o nosweithiau hwyr, di-gwsg. Felly does dim amdani ond traed i fyny, yn dadansoddi a mwydro. Mae'n grasboeth eto, a 'nghroen yn binnau poeth i gyd wedi diwrnod di-eli-haul o dan haul y gorllewin ddoe, yn y Cnapan.

Mae'r awyr yn llawn arogleuon barbyciws amrywiol, a'r clebran a'r chwerthin o'r gerddi cyfagos yn gwneud i ni deimlo fel tasen ni ar ein gwylie. Yn anffodus rydw i'n gweithio yn y bore, ond am anghofio hynny heno er mwyn gwasgu bob mymryn allan o'r penwythnos.

Mae Bev wedi mynd i'r siop gongl i brynu chydig o neges a mwy o win, er nad ydi'r safon yno yn dod yn agos at yr hyn mae Bev yn ei brynu fel arfer.

Ta waeth, y penwythnos. Falle i mi anghofio'r eli haul ond mi ges i falm i'r enaid yn y Cnapan.

Wedi i Siw gyrraedd Caerdydd ar y trên ganol bore ddoe mi stwffion ni i gyd i Fiat bach Mer, ac i ffwrdd â ni i Abertawe i nôl Hel. Efo'r haul yn gwenu'n danbaid, miwisg yn blastio a smôcs yn cael eu rowlio, mi roeson ni'r byd yn ei le.

Mae Siw yn edrych gymaint gwell nag oedd hi, ac mi gafon ni'n dwy sgwrs dda. Mae'n cyfadde iddi golli'r plot. Cychwynnodd y cwbl oherwydd ei bod yn gorfod gweithio'n hwyr yn rheolaidd yn ogystal â chael ei gweld yn y llefydd iawn i ddylanwadu ar y bobol iawn. Yn ffodus (ond yn anffodus i Siw), mae elusennau sy'n helpu'r digartref yn trendi iawn ac yn cael cefnogaeth lot o bobol ariannog, enwog – yn actorion a sêr pop – sy'n golygu partis a digwyddiadau i godi arian, a chyffuriau. Lot ohonyn nhw. Mae Siw yn glyfar, yn gwmni da ac yn hynod o ddel, ac wrth gwrs roedd 'na bobol yn mynd i'w thynnu i mewn i'w bywyde gwyllt. A dyna ddigwyddodd. Cyn iddi sylwi, doedd hi ddim yn cymryd coke i ffitio i mewn yn y partïon crand, roedd hi'n ei gymryd o bob dydd, i gadw'n effro a gwneud ei gwaith. Yn y diwedd, aeth at bennaeth yr elusen a dweud y gwir, a chyfaddef ei bod angen help. Mi gafodd hi hwnnw, ac mae'n dal i'w gael, felly penderfynodd pawb ein bod am ystyried y Cnapan fel ddathliad ein bod wedi cael Siw yn ôl.

'Dim cyfrinache o hyn ymlaen,' medde fi.

'Dim,' cytunodd Siw.

'Na,' medde Mer, wrth drio canolbwyntio ar ddod o hyd i Townhill a stryd Hel.

O fewn un deg saith munud (mi wnes i amseru) o gyrraedd Ffostrasol, roedd ein pabell ar ei thraed a ninne'n yfed peintiau o lager oer, oer y tu allan i'r babell gwrw. O fewn tair awr, roedd 'na griw hynod o hwyliog ohonon ni. Roedd 'na bobol, o ddeg i ddeugain, yn crwydro'n hamddenol beint-mewn-llaw, gêm bêl-droed yn cael ei chwarae efo cadeiriau yn lle pyst, aelodau'r bandiau yn hofran o gwmpas wrth gefn y llwyfan mewn shêds yn gobeithio am grŵpis. Roedd hi'n union fel unrhyw ŵyl Gymraeg gartrefol efo digon o gwrw i iro'r hwyl. Bu iro o fath gwahanol hefyd. O do.

Roeddwn i'n meindio fy musnes bach, yn trio gweithio allan sut i gario pedwar peint mewn gwydrau meddal plastig pan glywais lais.

'Ti gan dân?' gofynnodd y llais Glantafaidd.

'Y, oes,' meddwn innau a dechrau chwilota yn fy mag. Codais fy mhen a fy leitar a'i gynnig . . . i'r perffeithddyn mwyaf bendigaid a weles i mewn amser hir iawn. Meddyliwch am Joaquin Cortez, Antonio Banderas a Michael Madsen wedi eu rowlio yn un greadigaeth dlos, ac mi fyddwch yn agos at ddychmygu pa mor ddel oedd hwn. Toddodd y Cnapan i'r cefndir wrth i mi edrych i'w lygaid duon.

'Mo'yn smôc?' meddai'r melfed-ddyn.

'Mmmm . . .' atebais, gan ddal llaw allan fel robot i'w

chymryd, a meddyliau anfoesol o odinebus yn chwipio trwy 'mhen.

'Mwynhau?' Mae'n gofyn gyda gwên.

'Mmmm . . .' Roedd fy ngeirfa wedi mynd yn od o gyfyng.

'Mae'n pretty good ond dyw e,' meddai wedyn. Pretty yn air reit addas, meddyliais.

'Mmmm . . .' ddaeth allan o 'ngheg.

'Ti 'di bod 'ma o'r blân?' Hei ho!

'Naddo.'

'Ti'n campo 'ma?' meddai'r fflyrt.

'Ydw, newydd roi'r babell i fyny,' broliais.

'Reit . . . Ni'n câl chydig o barti nes mlân . . . Cwpwl o ddrincs a smôc, like, os ti mo'yn dod . . .'

Dod? Mo'yn? Fi? Ydi hip yn mynd efo hop?

'Mmmm . . .' cytunais yn chwim.

'Ocê, catch you later then . . .'

Catch ydi'r gair cywir, faswn i'n dweud . . .

Ar ôl i mi fynd â'r peintiau nôl at y criw (mewn bocs cardbord) a trio darganfod pwy ddiawl oedd y sdoncar, fe ddaeth y *later* yn gynt na'r disgwyl, pan gerddodd o draw ac eistedd yn hollol hyderus ynghanol y criw, drws nesa i mi . . .

'So, pwy 'yt ti te?' meddai.

'Ceri. Pwy wyt ti?'

'Jo. Ni newydd whare. Glywest ti ni?'

'Do. Set wych.' Dwi'n palu celwydd. Mae hwn mewn band hefyd. Perffeithiach a pherffeithiach . . .

Ryden ni'n dechrau sgwrsio. 'Sgen i ddim syniad am be. Ges i'r profiad pleserus o siarad efo fo gan wybod bod yr hyn oedd yn dod allan o'i geg o yn anhygoel o amherthnasol, felly dewisais ganolbwyntio ar y sgwrs arall, lawer gwell, rhwng ein llygaid a'n cyrff.

'Sori, ond mae'n rhaid i mi ddweud wrthat ti . . . ti'n hollol, hollol hyfryd!'

Mi gymrodd eiliad neu ddwy i mi sylweddoli mai fi ynganodd y fath eiriau sopi. Neu'n hytrach fy ngheg-gwrw fawr. Roedd o'n edrych yn hurt arna i.

'Ym . . . Yeah . . . Ym . . . beth wedest ti 'to?'

'Dim.' Dwi isho cicio fy hun yn galed.

'Paid gweud celwydd. Gwed e 'to . . .'

'Na!'

'Der 'mlân . . .'

'Na!' Cywilydd, cywilydd, cywilydd . . .

'Ocê, ga' i weud rhywbeth wrthot ti, 'te? Ti'n hollol, hollol hyfryd.' Roedd o'n chwerthin am fy mhen a finnau'n mynd yn gochach a chochach . . . ac yn chwys domen dail wrth iddo fo roi dwy law o amgylch fy wyneb a dechrau 'nghusanu i'n fendigedig . . . y peth cynta ddaeth i 'mhen oedd bechod nad oedd Mês yno i weld. Yr ail oedd: lle mae 'nhent?

Ac felly bore 'ma, er bod fy nhafod i fel petawn i wedi bod yn llyfu pwll slyri, er bod cangarŵ yn fy mhen a'r babell fel popty, roedd gen i berffeithrwydd yn fy sach gysgu.

Roeddwn i ar ganol dweud yr hanes wrth Bev gynne cyn iddi fynd i'r siop.

11.30pm

Daeth Bev â rhywbeth heblaw neges a gwin yn ôl efo hi – lwmp o ogoneddus ddyn. Neb llai na FO! Jo! Fel roedd hi'n troi'r gongl fe welodd hi o, ar fin cnocio'r drws. Roedd o wedi mynnu cael fy nghyfeiriad, ond doeddwn i'm wedi disgwyl ei weld . . . ac mae o'n dal yma!

Dydd Llun, 7 Gorffennaf

Dwi'n mynd i gig nos Iau, yn yr Yellow Kangaroo yn Sblot.

Sbïwch arna i! Mae gen i gariad newydd, gwirion o ddel, ac mae o mewn band, Y Rhisgl. Rioed wedi bod yn grŵpi o'r blaen . . .

Dydd Mercher, 9 Gorffennaf

Mae hon yn ffling llawn amser! Pan gerddais i allan o'r swyddfa heddiw efo Alwen, Siôn a Mês, roedd Jo yn aros amdana i. Lluchiodd fraich am fy ngwar yn cŵl i gyd a rhoi snog iawn i mi o flaen pawb. Cywilydd, yn enwedig gan fod Mês yno. Wnaeth o ddim hyd yn oed edrych.

Fy nghynllun fory ydi mynd ar fy mhen i'r noson siopa hwyr yn y dre i brynu dillad fydd yn dangos cymaint o fy lliw haul newydd â phosib; dillad sy'n gweddu i gariad ffryntman cŵl.

A dweud y gwir, dwi'm wedi clywed y band eto. Falle'u bod ar y ffordd i fod yn enwog. Mi soniodd Jo bod ambell un o Lundain wedi dangos diddordeb ynddyn nhw – wedi'r cwbwl, mae unrhyw beth sy'n ffitio o dan faner Cŵl Cymru yn boblogaidd ar hyn o bryd. Noson gynnar heno felly – rhag ofn na cha i lawer o gwsg nos fory . . .

Dydd Gwener, 11 Gorffennaf

Ocê. Roedd y Rhisgl yn amlwg yn boblogaidd oherwydd roedd y gig yn orlawn – o ferched ifanc iawn oedd yn amlwg yn addoli Jo. Fy Jo i. Ond y band? Nid Catatonia mohonynt. Ddweda i hynny a'i gadael hi felly. Rhyw fath o gymysgedd o PIL a'r Anrhefn oedd eu harddull, ond efo Jo yn gweiddi nerth ei ben i'r meicroffon a chicio'r system PA, gafael yn ei bacej a sgrechian. Dim cweit fy math i o gerddoriaeth, ond roedd Jo yn gorjys wrth gwrs. Daeth oddi ar y llwyfan ar ôl lluchio stand y meicroffon yn llawn agwedd, a cherdded ata i gyfeiliant sgrechfeydd y genod. Rhoddodd uffar o snog fawr i mi, ac yntau'n dal yn chwys poeth o'r perfformiad. Roc a Rôl.

Roeddwn i'n gobeithio nad oedd ei chwys wedi staenio'r top sidan coch ro'n i wedi ei brynu pnawn 'ma yn Howells, a sleidiodd fy lip glos (Juicy Tube Lancôme mefus efo glitter – yr un diweddara) i lawr fy ngên, ond hei, dyna'r aberth sy'n rhaid ei wneud i fod yn rock chick.

Wedi loetran o gwmpas y lle yn cael ei addoli (Jo) a thrio awgrymu 'mod i'n gorfod codi i weithio yn y bore (fi), yma ddaeth y ddau ohonon ni, ar gyfer perfformiad preifat gwyllt a gwych arall.

Dwi'n gwybod dim amdano fo heblaw ei fod o'n cymryd blwyddyn allan ar ôl cael gradd mewn Cynllunio Trefol (dwi'n meddwl), ei fod o mewn band, a'i fod o'n drop ded o ddel. O hyn ymlaen, mi fydd yn rhaid i mi drio cymryd diddordeb yn ei fywyd y tu allan i'r cae sgwâr.

Dwi'n amau y bydd rhywbeth yn codi i gymhlethu'r garwriaeth boeth yma. Dau beth, neu dau berson. Mam a Dad. Mae Dad newydd orffen cneifio ac wedi gaddo trip i lawr yma i Mam. Er ei fod o'n torri'i fol isho cythru i'r c'naeaf, mae hi wedi bod yn swnian. Gan y bydd byddin o ddynion isho'u bwydo a'u dyfrio bob awr o'r dydd, a'r nos weithie, bob dydd tan y bydd y c'naeaf i mewn yn saff, mae o Angen Plesio Mam. A'r cynllun ydi dod â hi i lawr yma am noson, nos fory.

'Grêt,' medde Mr Roc Stâr, 'bring it on. Se fi'n lyfio cwrdd nhw, Ceri.'

Dwi ddim yn meddwl, atebais. Iesgob. Ddim bod gen i gywilydd ohono fo na dim. Ond y peth ydi, dim ond ers chwe niwrnod dwi'n ei nabod o. Sut faswn i yn ei gyflwyno iddyn nhw beth bynnag?

'Dyma Jo, fy nghariad.' O! Mae hynny'n swnio'n gymaint o gandi fflos o beth i'w ddweud!

'Dyma Jo, fy nghymar.' Dw i'n swnio fel efengylwr. A chwe niwrnod ni wna berthynas.

'. . . fy mhartner.' Mae'n swnio fel petaen ni'n rhedeg busnes.

'. . . fy ffrind.' Mi fyddan nhw'n meddwl ei fod o'n hoyw.

'. . . fy sboner.' Mi fydd Mam yn meddwl 'mod i'n siarad yn fudr.

'Dyma Jo.' Ac mi gaiff y ddau ddyfalu be ydi o.

Na. Tydw i ddim isho iddyn nhw gyfarfod. Wedi dweud wrth Jo am gadw draw – bydd yn rhaid iddo fo wneud heb y grŵpi fach yma dros y penwythnos.

Dydd Sadwrn, 12 Gorffennaf – 7am

Mae'r myrdd poteli yn y banc ailgylchu. Pot pourri ydi'r unig beth yn yr ashtrês ac mae popeth 'amheus' gan gynnwys y pacedi condoms, y rizzla a'r cardiau budron, yn nrôr uchaf y wardrob.

Mae'r tŷ wedi ei sgubo, ei bolisho a'i hwfro . . . lle wedi ei wneud i bopeth a phopeth yn ei le. Mam a Dad, wrth gwrs, ydi'r rheswm dros y clirio, y taclo, a'r chwysu. Maen nhw'n dod yr holl ffordd o'r gogledd i gael cip ar fy mywyd yma yng Nghaerdydd, i gael gweld fy mod i, eu Ceri fach nhw, yn barchus a thaclus yn y ddinas fawr. Tase'r creaduriaid bach ond yn gwybod . . .

Dwi'n eistedd yma ers hanner awr bellach, efo dim byd mwy i'w wneud. Heblaw yfed lot o goffi du, a thrio peidio bod chydig bach, bach yn flin.

A finne wedi dweud yn glir wrth Jo na alle fo alw tan ar ôl i Dad a Mam adael, mi ges fy neffro neithiwr am blincin dau o'r gloch y bore. Newydd gyrraedd fy ngwely awr ynghynt oeddwn i ar ôl gwneud yn siŵr bod y lle 'ma fel pin mewn papur – oherwydd ffermwr ydi dad ac mae ei swyddfa fo, sy'n chwe chan acer o faint, yn agor am chwech y bore. Mae hynny'n golygu eu bod nhw fel arfer yn ei bomio hi i lawr yr A470 efo llond bol o frecwast cyn i'r rhan fwyaf ohonon ni ddeffro, neu hyd yn oed gyrraedd ein gwlâu ambell benwythnos.

Tydi sobor a meddw ddim yn cymysgu, dwi'n gwybod hynny o ganlyniad i weithio tu ôl i far y Lion, a tydi sobor, blin a meddw yn bendant ddim yn cymysgu. Roedd o'n feddw, a iesgob, ro'n i'n flin! Pwyso yn erbyn ffrâm y drws oedd o, yn erfyn am gael dod mewn.

'I love you, Ceri. Oh man. Ti jyst yn lyfli, ti yn . . . plîîîîs ga' i ddod mewn? Fi'n caru ti . . .'

Fedrwn i mo'i adael o yno felly llusgais o i mewn a'i roi o ar y soffa, ond erbyn i'r tacsi roeddwn i wedi ei ffonio gyrraedd, roedd o wedi syrthio'i gysgu. Er i mi drio'i freibio fo, gwrthododd y gyrrwr tacsi fy helpu i'w gario fo i'r car.

'He's just a spewin' machine waiting to 'appen love . . .'

Roedd ganddo fo bwynt. A finne newydd sicrhau fod y tŷ'n sgleinio fel swllt, doeddwn i ddim isho gorfod clirio olion ag oglau chŵd neb, hyd yn oed os oedd tarddiad y chŵd hwnnw'n edrych fel Jo. Fydde Bev ddim yn rhy blês chwaith – diolch byth ei bod hi'n Llundain.

Roedd trio'i ddeffro fo'n hollol ddibwrpas felly doedd dim amdani ond gorchuddio'r soffa (wen) a'r ardal o'i chwmpas efo tyweli ac a'i adael i chwyrnu am gwpwl o orie. Mi es i 'ngwely – i be, wn i ddim, achos roeddwn i'n gwrando am unrhyw smic fyddai'n arwydd ei fod yn deffro mewn chwydfa. Ymhen rhyw deirawr, a hithe'n bump y bore erbyn hyn, mi ddeffrodd, yn gymysglyd i gyd. Bachais y cyfle i ffonio tacsi a lluchio Jo iddo fo cyn iddo gael unrhyw syniade am aros. O, mae isho amynedd efo dynion weithie, yn eu hoed a'u hamser ac yn ymddwyn fel plant.

Dyna pam rydw i wedi fy weirio fel ffens wartheg, yn

llowcio coffi du ac yn trio bod yn effro a bywiog i Mam a Dad, fydd yn cyrraedd unrhyw eiliad.

11.45pm

Wel am ddiwrnod braf. Unwaith y cyrhaeddodd Mam a Dad mi sylweddolais gymaint roeddwn i'n hiraethu amdanyn nhw. Mi landion nhw, cael paned a gofynnodd Dad yn syth:

'Reit, lle awn ni gynta? Yr Amgueddfa? Mae arddangosfa'r chwiorydd Davies yno yn tydi? Ydi hi dal yne Cer, dwed?'

O fewn pum munud roedden nhw wedi dangos pa mor ddi-ddiwylliant ydw i. Dwi'n byw o fewn tafliad carreg i amgueddfeydd ac orielau gore Cymru a be ydi fy niwylliant i? O Chwip i'r Castell, ar draws y ffordd i Indo Cymru, i lawr Cowbridge Road ac adre.

Benderfynodd Mam aros yn y tŷ i roi ei thraed fyny, sydd wastad yn golygu busnês go iawn nes dod o hyd i'r haearn smwddio. Mae Mam yn ddynes sy'n smwddio nid yn unig cadachau sychu llestri ond pob bretyn golchi llestri hefyd, a does 'run tywel na gwlanen yn cael hitio bathrwm Cefn Llwyd heb blyg yn y canol sy'n dangos ei fod wedi cael smwddiad gan Mam. Roeddwn i'n gweld ei bod yn ysu am gael smwddio popeth o fewn cyrraedd, felly dim ond Dad a fi aeth.

Mae ei weld o allan o'i gynefin bob amser yn brofiad rhyfedd. Roedd o'n brasgamu ar hyd y palmentydd ac yn amneidio cyfarchiad at bawb oedd yn ei basio, fel rhyw Grocodeil Dundee yn y ddinas. Rhyfeddodd at greiriau Oes yr Haearn a gweithiau celf hynafol:

'Den ni 'di mynd mor bell, tyden ni, yn yr oes ddatblygedig, soffistigedig yma? Yden ni ddiawl!'

Roedd ei frwdfrydedd yn gwneud i mi gywilyddio – ond eto, dwi isho cael hwyl tra dwi'n ifanc. Alla i fod yn diwylliedig pan fydda i'n hen, yn dri deg falle.

Mi gerddon ni'n ôl drwy'r Ganolfan Ddinesig, heibio i'r Deml Heddwch a thrwy Barc y Castell, oedd yn ogoneddus. Roedd Mam wedi cael modd i fyw tra oedden ni allan, yn ail drefnu'r drôrs cytleri a symud bwrdd y gegin i gornel arall y stafell. Prin oedden ni wedi rhoi'r tecell mlaen pan ddaeth cnoc ar y drws. Doeddwn i ddim yn credu fy llygaid. Ar ôl yr holl siarsio ac egluro, ac ar ôl yr holl sioe neithiwr . . . Y fo. Jo, efo anferth o dusw o flode yn ei law.

Cyn i mi gael cyfle i ddweud wrtho fo am ei heglu hi'n reit handi, roedd Dad yn busnesa y tu ôl i mi.

'Mae'r rheine 'di costio ceiniog neu ddwy i rywun,' medde Dad, yn hofran yn chwilfrydig.

'I fi actually. Jo, boyfriend Ceri.' Daliodd Jo ei law allan i dad ei hysgwyd.

Ron i'n gegrwth. Yr hyfdra! Ar ôl bob dim! Edrychodd Dad yn syn am funud, ond mi estynnodd ei law.

'Wel, boyfriend Ceri, Tad Ceri, *actually*!' Dwi'n meddwl mai trio gwneud acen Lantafaidd oedd o, ond wnaeth Jo ddim chwerthin, felly mi wnes i, yn llawer rhy uchel, gan geisio taro golwg 'dos adre' ar Jo. Ond cerddodd hwnnw i mewn a chau'r drws ar ei ôl fel 'tae o wedi hen arfer, cyn rhoi ei gôt ar fachyn, camu heibio i Dad a finne a mynd trwodd i'r gegin a chyflwyno'i hun i Mam. Erbyn hyn ro'n i'n amau mai mewn hunllef oeddwn i. Roedd Mam a Dad yn sbïo'n syn, a finne'n fud.

'Paned?' medde Mam yn uchel, i dorri ar y distawrwydd annifyr.

'Love one, mate,' oedd ateb Jo.

Mate? *Mate*? Wrth Mam! Wir yr. Hunlle afiach.

Ymddangosodd te a chacen o rywle o flaen Jo oedd erbyn hyn yn lownjo'n rhy gartrefol o beth cythrel wrth fwrdd y gegin.

'Felly, Jo, be ydi dy alwedigaeth di?' gofynnodd Dad. 'Dy waith?' ychwanegodd, pan welodd Jo yn syllu.

'O, trial cael get away 'da peido gweithio really! Fi gyn gradd, like, ond taking a year out. Fi mewn band. Ni'n gwneud yn okay like, few gigs'n that. Be ti'n gwneud?'

Ti? Wrth ddyn yn ei chwe degau? Sut ar wyneb daear nes i erioed sylwi na all o raffu brawddeg wrth ei gilydd? A sut na wnes i sylwi ei fod o'n swnio'n hollol thic.

'Wel, ffarmio'n de? Newydd orffen y cneifio yden ni, a chael ryw hoe fach cyn y c'naea.'

'Whassa then – cneifio?'

Wir yr. Dwi ddim yn jocian. Swn i wir yn licio dweud mai sgwennu sgets ydw i ar gyfer y ffermwyr ifanc, ond na.

'Cneifio? Wel, cneifio'r cnu oddi ar y ddafad ynde? Y gwlân? Ei gneifio oddi ar y ddafad...' Mae Dad yn rhythu, yn meddwl bod y boi 'ma'n tynnu ei goes.

'Cnu? Sorry, dim syniad da fi be ti'n siarad am. Fydd raid i Ceri roi gwersi i fi, bydd Cer? Masterclass in cneifing . . . ha ha ha!'

Roedd yn rhaid i mi ofyn iddo fo adael, ar ganol ei baned, a dweud ein bod ni ar fin mynd am allan; ac y baswn i yn ei ffonio, ac mi aeth.

Gadawodd ddistawrwydd llethol, annifyr ar ei ôl, ac ro'n i isho crio. Ro'n i wedi cael diwrnod mor neis, a dwi'n gwybod bod Mam a Dad isho 'ngweld i'n hapus, yn gwneud yn dda ac efo rhywun neis.

Dydd Sul, 13 Gorffennaf – 3pm

Ac mae 'na fwy . . . o oes . . .

A finne wedi codi'n fore i bicio i Tesco i nôl croissants neis a jam Ffrengig a menyn go iawn a phetheuach neis, mi gafon ni'n tri fore braf yn eistedd yn yr ardd (a Dad yn trio cynnal sgwrs efo pawb a fentrai'n agos i'r gwrych o'r gerddi eraill). Daeth amser pacio'r car yn lot rhy sydyn, a lluchiodd Dad eu bagie i'r bŵt. Ges i goflaid dynn, ddagreuol gan Mam tra piciodd Dad yn ôl i 'ollwng deigryn cyn y daith'. Pan ddaeth allan, a gweld bod mam yn saff o'i glyw yn y car, sibrydodd:

'Cer, cym ofal nei di'n hogan i. Mae 'na lot o bobol yn yr hen fyd 'ma sy'n barod iawn i gymryd mantais, wsti, ac ma' hynny'n bownd o fod yn wir am le mawr fel Caerdydd.'

'Dad, dwi'n iawn siŵr,' meddwn inne, yn teimlo'n reit ddagreuol o glywed Dad yn yn bod mor anarferol o dadol.

'A dydi pawb ddim fel maen nhw'n ymddangos, sdi. Watsia dy hun.' Gwasgodd rywbeth i'm llaw a wincio, gan ddweud dan ei wynt: 'Geith o fastyrclas mewn cneifing os gwela i o . . .'

Ac i ffwrdd â nhw; Mam yn codi llaw fel melin wynt nes cyrraedd rowndabowt yr eglwys, lle arhoson nhw am hir, ac ro'n i'n gwybod eu bod nhw'n ffraeo ynghylch pa gyfeiriad y dylen nhw fynd. I'r chwith aethon nhw, reit rownd unwaith a chymryd yr ail droad fel y dylien nhw. Edryches ar be oedd Dad wedi'i roi yn fy llaw . . . wad o bres. Mi gyfres i gan punt, cyn sylwi bod rhywbeth arall y tu ôl i'r papurau. Cerdyn. Cerdyn Llyfrgell Ysgol Glantaf. Jo Mathews. Blwyddyn 6 isa. 'DI O'M HYD YN OED YN 18 heb sôn am fod yn ôl raddedig mewn Town and Country blydi Planning. Wrth fynd yn ôl i'r tŷ mi sylwes fod côt Jo yn dal i hongian ar y bachyn. Chafodd o ddim cyfle i'w hestyn pan gafodd o hanner ei lusgo allan o'r tŷ gen i. Raid bod Dad wedi sbïo yn ei bocedi. O'r cywilydd.

A mwya'n y byd dwi'n meddwl am y peth, y mwya o synnwyr mae bob dim yn wneud, y gwirioni llwyr, plentynnaidd, yr holl ferched ifanc yn y gig, dim diddordeb mewn unrhyw beth ond rhyw . . . Sut fues i mor wirion? A dim jest hynny ond mae Dad yn gwybod.

Dwi'n teimlo'n ddeg oed eto. Ma' siŵr ei fod o a Mam yn digalonni'r holl ffordd adre bod ganddyn nhw ferch mor stiwpid a naïf a gwirion, ac yn poeni'u henaid amdana i mor ddi-glem mewn dinas fawr.

Oes 'na fotwm rewind yn rwle?

Dydd Llun, 14 Gorffennaf

Mae 'na un cwestiwn bach sy'n gwrthod gadael fy mhen: tybed sut argraff fydde Mês wedi ei wneud ar Mam a Dad? Dwi'n gwybod y bydden nhw wedi ei garu o'n llwyr, a fase fo ddim yn ddigon o bric pwdin i alw Mam yn 'mate'. Mae Mês yn gwybod be 'di blincin cneifio, ac mi fasen nhw wedi mwydro am ei deulu, fynte wedi chwerthin ar jôcs Dad a fflyrtio chydig (ond dim gormod) efo Mam. Ond na, roedd yn rhaid iddyn nhw gyfarfod rhyw idiotsyn Glantafaidd oedd wedi 'ngweld i'n dod o bell (ac agos) ac yn ddim ond 17 oed!! Y cywilydd. Prawf nad ydw i wedi newid dim – fi ydi'r un Ceri freuddwydiol honno oedd â'i thrwyn mewn llyfr tra oedd y lobsgóws yn llosgi a'r tân wedi diffodd, oedd i fod mewn gwers biano neu bractis côr ond oedd yn cysgu ar ei thraed a'i phen yn y cymylau. Dwi'n gwybod be ddylwn i wneud. Mi ddylwn i gymryd y peth fel trobwynt i gallio a meddwl go iawn be dwi isho'i wneud mewn bywyd . . . ac efo pwy dwi isho bod.

Roedd Mês yn swyddfa heddiw – mae o'n cynnal rhyw hyfforddiant sain – y syniad ydi trio annog mwy o Gymry Cymraeg i ochr dechnegol y diwydiant, felly wela i ddim llawer arno fo rŵan beryg.

Mi sylwais fod ei wallt cyrliog yn troi'n felynach yn yr haul a'i groen yn frown fel cneuen. Mae o'n rhy ddel i fod yn ffrind i neb, siŵr.

Mi ddylwn i ddechre bwyta'n iach eto a mynd i redeg yn amlach. Petawn i'n edrych mor ffantastig ag y galla i mi fyse

Mês yn glafoerio ac yn cicio'i gorff cyhyrog am adael i beth mor wych â fi ddiflannu trwy'i fysedd. Mi ddylwn i fod yn bositif, mi ddylwn i gallio, mi ddylwn i fod yn y jim. Ond dydw i ddim. Dwi ar y jin . . . nid nid fy mai i yn llwyr ydi hynny. Mae Bev wrthi'n cael sgwrs ddwys (a meddw) efo David ar y ffôn felly roedd hi'n ddyletswydd arna i i dywallt gwydred hynod hael o Bombay Sapphire a joch o donic i ni'n dwy.

Daeth Bev adre o Lundain heddiw, ond yn lle hwylio i mewn yn byrffiwm a bwrlwm fel arfer, llithrodd i mewn yn dawel. Roedd hi wedi cael diawl o ffrae efo David, a rhaid oedd dadansoddi, felly ffwrdd â ni'n dwy i Zio Pin.

Wedi bod yn gweld modrwye priodas yn Tiffanys oedd Bev a David. Yn y car ar y ffordd yn ôl i'w fflat roedd Bev yn chwilio yn ei bag am ei modrwy ddyweddïo (roedd hi wedi ei thynnu yn y siop i drio'r modrwye priodas), ac mi ddisgynnodd y fodrwy. Wrth ymbalfalu amdani o dan sêt y Porche, mi deimlodd becyn bach. Pan edrychodd hi, be oedd o ond wrap o coke – wrap *mawr* o coke, ac mi aeth hi'n nyts. Yr un peth sy'n ffieiddio Bev mae'n debyg ydi cyffurie, ac allai hi ddim credu bod David yn cymryd coke, dim ots cyn lleied.

'Yn enwedig a fynte'n gwybod yr hyn mae o'n wybod amdana i!' meddai'n ddagreuol.

Agorodd y llifddore wedyn. Trodd gwydraid o win efo bwyd yn botelaid a photelaid arall ar ôl mynd adre.

Ganed Bev yn chwe degau i rieni oedd yn sixties swingers go iawn, yn ifanc, yn trendi ac yn ddel, yn rhedeg siop ddillad yng Nghaer. Ond er bod eu ffrindie wedi dechre aeddfedu a challio ar ôl cael plant wnaethon nhw ddim, ac yn sydyn iawn doedd y cyffuriau ddim yn cŵl, nac yn ffasiynol, ond yn rheoli eu bywydau. Buan diflannodd eu ffrindie, y siop a'r busnes ac mi ddaethon nhw'n ôl i Ben-y-groes lle magwyd mam Bev.

'Sgen ti syniad sut beth ydi cael druggie parents, Ceri? Fi

oedd yr un wnaeth ddechre'r ysgol – fy niwrnod cynta erioed
– mewn trowsus pijamas budr achos bod Mam off ei phen ac
yn methu 'ngwisgo fi'n iawn. Dwi'n dal i gofio. Dyna sut oedd
hi – weithe roedden nhw'n cofio golchi dillad ond yn anghofio
eu sychu, a fwy nag unwaith dwi'n cofio crynu drwy'r dydd
mewn dillad tamp. Roedd fy ngwallt i'n fudur ac mi oeddwn
yn mynd adra i dŷ drewllyd, tywyll bob dydd. Roedd gen i
frawd bach, ond gafodd o'i gymryd gan y Social Services pan
o'n i'n chwech oed. Y babi bach dela welis i erioed. Ro'n i wrth
fy modd yn edrych ar ei ôl o – fi oedd yn ei fwydo fo a'i folchi
o a newid ei glwt o, ond aethon nhw â fo. Ges i aros, er nad
oeddwn i isho. Ro'n i'n eu caru nhw, 'sdi, Mam a Dad, ond
ches i ddim byd ganddyn nhw – 'run pryd o fwyd call, 'run
presant Dolig. Bygyr ôl.

Pan oeddwn i'n wyth gymerodd Mam ofyrdôs. A nath Dad
rynar wedyn – falla mai fo laddodd hi, dwn i'm. Es i i gartra
plant a fanno fues i nes oeddwn i'n un ar bymtheg. Adawes i'r
cyfle cynta ges i a mynd i Lerpwl i ddechre, i llnau yn yr
Adelphi, wedyn tu ôl i'r bar, rheoli'r bar ac wedyn Rheolwr
Marchnata. A dod i Gaerdydd wedyn i weithio i gwmni PR.
Prynu tŷ. Gwneud pres. A ti'n gwybod be arall? Datblygu
habit. Yn union fel Mam a Dad. Yr un botwm self-destruct. Er
'mod i wedi gweld effaith cyffuriau, er gwaetha'r blynyddoedd
yn gorwedd mewn gwely budr yn addo y byswn i'n lladd
unhyw ddîlyr taswn i'n dod ar draws un, am wneud be
wnaethon nhw i Mam a Dad, a dwyn 'y mrawd bach.

Ro'n i mewn stâd, 'sdi Cer, speed, dope, coke . . . cyffuria
parti i gychwyn, wedyn uppers, downers – unrhyw beth ro'n
i'n gallu cael gafael ynddyn nhw. Roeddwn i ar fin colli fy job
a cholli'r tŷ pan nes i gyfarfod David. Chwe mlynedd yn ôl
rŵan. Welodd o trwy bopeth, y llanast, a rhoi trefn arna i.
Dwi'n meddwl mai dyna pam nad ydan ni wedi brysio i briodi

na dim. Roedd gen i lot o waith gwella a lot o waith i brofi i David 'mod i'n well na hynny. A dyma fi. A dyma ti. Dwi ar y last lap ac wrthi'n talu'r ddyled ola i'r banc, a dy rent di sy'n gwneud hynny'n bosib. Ond ti'n fwy na tenant erbyn hyn, Ceri, ti'n ffrind. A dwi ddim isho dy weld di'n gwneud camgymeriadau mawr. Rhai bach, iawn, ond nid rhai mawr. A dwi'n meddwl y bysa colli Mês yn gamgymeriad mawr. Rŵan, i mi, mae David wedi gwneud camgymeriad mawr hefyd, mwy na allith o byth sylweddoli.'

Dydd Mercher, 16 Gorffennaf

Sôn am ddiwrnod ofnadwy o brysur yn y gwaith, yn gwneud lot o ddim. Dwi fel brechdan. Dim jest gormod o alcohol, ond lefelau rhy isel o siwgwr a datguddiad enfawr Bev. Dwi hefyd yn dechre wynebu sut dwi'n teimlo – unig. A sut roedd Mês yn gwneud i mi deimlo – doniol, del, hapus. Os dwi'n onest roedd o'n gwneud i mi deimlo'n ansicr ar yr un pryd: pam fase fo yn fy ffansïo fi go iawn, go iawn? Yn enwedig ag Alwen yn amlwg ar blât iddo fo . . . Ond *roedd* o yn fy ffansïo fi, ac yn fy licio fi. A tydi pethe fel yna ddim yn diflannu dros nos, nachdyn?

Dydd Gwener, 18 Gorffennaf

Mae Bev yn y dymps a'r ffrae efo David yn rhygnu 'mlaen. Mae David yn mynnu nad oedd o'n gwybod dim am y cyffurie. Dwi'm yn gwybod be i feddwl. Mae'n mynd efo'r ddelwedd tydi – y Porche, y watch, yr habit coke . . . Ond dwi'm yn ei gweld hi rhywsut. David? Na . . .

Neidiodd Bev ar y trên i Lundain yn syth o'i gwaith i drio sortio pethe allan. Gobeithio gwnawn nhw. Penwythnos ar fy mhen fy hun felly . . .

Dydd Sadwrn, 19 Gorffennaf

Tydw i ddim ar fy mhen fy hun . . . Dwi yng Nghefn Llwyd! Rois i ganiad i Mer am sgwrs neithiwr a'i dal hi'n pendroni oedd hi am fynd adre neu beidio, ac o fewn yr awr roedden ni'n dwy yn ei bomio hi fyny'r A470 yn y Ffiat bach chwim. Mi gafodd Mam a Dad gymaint o sioc pan ddaethon nhw adre o'r practis côr (Côr Swyddogol Steddfod y Bala, dim llai) i 'ngweld i'n eistedd ar garreg y drws efo Bes yr ast wrth fy nhraed, paned yn fy llaw a chrîm cracyrs a chaws a thomato (hen draddodiad bwyta hwyr Tŷ Ni) yn barod ar y bwrdd. Ro'n i'n teimlo *gymaint* yn well, ac roedd noson o gwsg yn fy ngwely bach fy hun efo fy holl geriach o 'nghwmpas; gan wybod bod dyddiaduron degawd yn dal yn saff yn eu cuddfan; yn well na'r sesiwn therapi orau, ddruta yn y byd.

Dydd Sul, 20 Gorffennaf

Dwi fel person newydd. Mae'r holl feddylie negyddol, dinistriol, wedi eu chwalu. Penwythnos o fwyd da, cwsg gwell a chariad. Dyna sut y base Oprah yn ei ddadansoddi dwi'n siŵr. Mae gen i gywilydd dweud 'mod i wedi cael chwistrelliad o realaeth, slap fach effeithiol rhag yr hunan-dosturi.

Mae Cefn Llwyd a Llan fel ffair a phawb fel morgrug yn mynd o bwyllgor i bwyllgor a'r gwifrau ffôn yn eirias efo trefniadau ymarferion, trefniadau stiwardio a thraffig. Mae Steddfod Bala yn cychwyn mewn pythefnos a dwi'n methu credu pa mor galed mae Mam a Dad yn gweithio, a hynny ar ben y dasg o redeg y fferm a thrio cael y cynhaeaf i mewn. Ar y gore, Steddfod ydi dedlein flynyddol y cynhaeaf gwair ond mae'r Steddfod sbeshal yma'n cynyddu'r pwyse'n aruthrol.

Treuliais neithiwr efo Cat a Dew a Lleu bach (sydd yn fwy a mwy pwdin-llyd, ac wedi tyfu eto). Roedd Cat yn dweud ei fod o'n ddigon o esgus i beidio ymuno efo pob cwmni drama, côr neu barti cerdd dant – mae'n ymddangos i mi fod pawb arall ym Mhenllyn wedi gwneud!

Roedd y ddwy ohonon ni wedi agor potel o win, a phan ddaeth Dew i'r tŷ am un ar ddeg ar ôl bod yn trwshio ryw hen dractor, rhoddodd glec i wydraid cyfan ohono fel tase fo'n decila a syrthio i gysgu'n glec ar y soffa.

'A chroeso i 'mywyd i, Cer,' ochneidiodd Cat, gan egluro ei bod hi fel arfer yn ei gwely cyn iddo fo gyrraedd adre, a'i fod wedi codi o'i blaen yn y bore. Dim ond picio i'r tŷ i rawio cinio neu de i lawr ei gorn clag cyn ei baglu hi allan yn ôl y bydd o.

Tacsi Dad ddaeth i fy nôl i neithiwr (bore 'ma), ac yn sydyn ro'n i'n bymtheg oed eto, yn trio siarad heb slyrian nag anadlu ar ei ben o ac yn gobeithio bod y sgwyrt mawr o Tresor yn ddigon i foddi unrhyw hogle ffags. A soniwyd 'run gair am Jo. Chwarae teg iddo fo. Boi iawn ydi Dad.

Dydd Llun, 21 Gorffennaf

Tydw i'n hogan wyllt, hapus. Joli. Ladette. Un dda am hwyl. Nytar. Hedar. Laff.

A finne wedi cael ail wynt go iawn yn y gwaith, ac am unwaith yn hapus fy myd ar ôl wythnos ofnadwy o ddigalon, mi ddigwyddodd rhywbeth heddiw roddodd glec iawn i mi. Yn y storws o'n i yn trio dod o hyd i fasged sbwriel arall i'r swyddfa. Roedd pawb yn wirion bost bore 'ma ac yn chwarae pêl fasged efo bin a pheli papur. Wedi'r ail gnoc ar fy mhen a choffi ar hyd y ddesg (gan fod unig fin y swyddfa reit wrth fy nesg) digon oedd digon, ac mi es ar fy hynt. Mae'r storws yn digwydd bod wrth ymyl y drws ffrynt a thra oeddwn i yno efo 'mhen mewn rhyw focs neu'i gilydd daeth Mês i mewn efo Siôn ac aros i siarad tu allan i'r drws. Ro'n i ar fin mynd allan i ddweud helô pan stopies i'n stond. Roedden nhw'n siarad amdana i. Dw i'n gwybod be ddigwyddodd i'r gath ystrydebol honno a'i chwilfrydedd, ond roedd yn rhaid i mi wrando. A dyma be glywes i . . .

'Ie . . . Ceri . . .' Llais Mês.

'Be ti'n mynd i neud? Mynd amdani? Neu jyst anghofio pethe gan dy fod di off?' Siôn oedd yn holi. Mês? Off i le?

'O! Dwn i'm . . . Ti'n gwybod sut ma' Ceri . . .'

'Ie . . . ond mae hi'n lyfli 'fyd Mês. Blydi hel, dw i'n gwbod be 'swn i'n neud . . .' Heei, diolch Siôn. Howld on, be fase fo'n neud?

'Ond Cer ydi hi. Cer-â-hi-i-rywle-a-gei-di-laff . . .' Roedd Mês yn chwerthin.

'Cer-â-hi-i-angladd-a-gei-di-barti,' oedd cynnig ffraeth Siôn. A wedyn dyma ddywedodd Mês.

'Na. Cwrw ma' Ceri isho, nid comutment . . .'

Ac aeth y ddau, gan fy ngadael i'n gegagored. A bron â chrïo. Cer-â-hi-i-rywle-a-gei-di-laff?! Cwrw nid comutment?! Dyna be mae pobol yn feddwl ohona i? Iesgob! Dwi'n mwynhau cael hwyl, ond dyna sut mae pawb yn byw yma, fel y gwela i. Ta ydw i jest yn hicsen fach o'r wlad heb 'i dallt hi? Y peth ydi, pa bynnag ddiwrnod, beth bynnag yr achlysur, pryd bynnag yr awr, mae rhywun yn rhywle'n mynd allan. A dw i'n trio'i dal hi ym mhobman.

Ond dwi yng Nghaerdydd! Dwi'n ifanc!

Dwi'n gwneud fy ngwaith yn iawn. Ocê, dwi'n cael ambell ddiwrnod gwell na'i gilydd. A fydd y bennod honno pan es i i'r gwaith efo lipstig ar fy wyneb a cholli'r cyfrannwr ddim yn uchafbwynt gyrfa o bell ffordd, ond oedd hi'n ben-blwydd arna i, chwarae teg. Ond dwi'n gwybod bod yna ochr arall. Mae gen i deimladau – tybed nad oes neb arall yn gweld hynny . . . ac mai gwd-taim Ceri ydw i i bawb? Ro'n i isho aros yn y storws yna am byth.

A dwi'n sylweddoli pam bod geirie Mês wedi brifo gymaint – achos 'mod i'n poeni be mae o'n feddwl ohona i. Yn poeni go

218

iawn. Dim ond i ti alla i gyfadde hyn, ddyddiadur bach. Dwi'n meddwl 'mod i'n caru Mês a dwi isho iddo fo fy ngharu i'n ôl.

Dydd Mercher, 23 Gorffennaf

Mae gan yr hogan o Benllyn gynllun. Dwi am fod yn fwy secsi, bywiog, deniadol ac atyniadol nag erioed o'r blaen. Mae Mês yn mynd i sylwi. Dwi am fod yn ffraeth a doniol. Mae Mês yn mynd i sylwi. Mi fydd o isho fi. Dwi'n mynd i sylwi.

Wedyn, mi fydda i'n dangos fy ochor arall iddo fo, neu'n hytrach, bod yn fi fy hun. Mor syml â hynny. Iesgob, ro'n i'n bod yn fi fy hun ar dop y blincin Wyddfa a wnaeth o ddim rhedeg i ffwrdd bryd hynny.

Ar ôl hynny i gyd, nid yn unig fydd o ddim yn gallu fy ngwrthod i, ond fydd o ddim isho. Mi fydda i fel dewines. Yn angel yng ngolau dydd ac yn ddiafol yn y gwely.

Ond gynta, cyn i hyn i gyd weithio, mae'n rhaid i mi lwyddo i'w gael o ar ei ben ei hun, dim ond fo a fi. Dim chwarae. Mae'n rhaid rhoi stop ar y busnes mêts 'ma, a'i wahodd o allan ar ddêt.

Dydd Iau, 24 Gorffennaf

Yn ôl Fal, fydd o yn y swyddfa fory. Felly dwi am ofyn iddo fo. Dwi am fynd amdani, jest gofyn. Jyst ynganu'r geirie: 'Faset ti'n lecio mynd am ddrinc heno, ti a fi?' Neu: 'Ti awydd pryd o fwyd?' Wedi meddwl – na. Alla i ddim edrych yn secsi a chwcio ar unwaith. 'Ti awydd dod allan am bryd o fwyd?' O Iesu, Glennnys a Rhisssssssiart, dwi'n swnio mor ddosbarth canol. Na, gwell sticio at 'ti isho dod am ddrinc?' dwi'n meddwl.

Dydd Gwener, 25 Gorffennaf

Dwi'n llwfrgi llipa. Biciodd o mewn i'r swyddfa heddiw i ddweud helô, a dod draw a gofyn oeddwn i'n gwneud unrhyw beth neis dros y penwythnos. A chyn i mi allu dweud 'gwneud yn siŵr dy fod ti'n cerdded fel cowboi am ddau ddiwrnod' neu rhywbeth cynnil, uchel ael felly, hwyliodd blincin Alwen i mewn efo tocynnau i weld Primal Scream. Primal Scream! Dau docyn.

'Sori Cer, comps – dim ond dau dwi 'di gael.'

Ac o weld y sws fawr gafodd Alwen ar ei boch gan Mês ro'n i'n gwybod nad oedd pwynt i mi agor fy ngheg.

Dyna pam 'mod i rŵan mewn poen achos 'mod i wedi cael carton mawr o gyri King Wok, sach o brôn cracyrs a dau gan o Coke i mi fy hun. A dyna pam 'mod i â 'nhraed i fyny yn gwylio pobol eraill yn byw eu bywyde ar *This Life*.

Dydd Sadwrn, 26 Gorffennaf

Mi ffoniodd Siw heddiw yn swnio'n hwyliog iawn, yn holi sut oedd pawb. Mi adroddais yn ôl bod pawb yn iawn, er bod siawns go dda na fydda i'n forwyn briodas mis nesa wedi'r cwbwl, oherwydd David a'r cyffurie. Aeth Siw yn dawel, dawel. Am hir.

'O God Cer. O God! Dim rhai David oedden nhw – fy rhai i. O, ma' raid i ti ddweud wrth Bev. Ti'n cofio'r lifft ges i gan David yn ôl i Lundain – ddechre'r flwyddyn, ar ôl y rygbi yna – mi golles i wrap o coke. Yr adeg honno ro'n i'n gwneud wrap bob dau neu dri diwrnod. Golles i un ac ro'n i'n siŵr 'mod i wedi ei adael o yn nhŷ Siôn. 'Se David byth yn gwneud drygs! Dwi erioed wedi gweld neb yn cadw at y sbîd limit yr holl ffordd i Lundain ar y motorwe o'r blaen, heb sôn am rywun mewn Porche top of the range! Fyse fo ddim yn gallu torri'r gyfraith 'se fo'n trio . . .'

Yr eiliad wedi i Siw roi'r ffôn i lawr, galwais David a Bev yn Llundain. Roedd lot o ddagre. A lot o ymddiheuro, a Bev yn mynd i banics glân gan nad ydi hi byth wedi cychwyn trefnu mis mêl. Fel ma' hi'n digwydd bod mae gen i ateb i'r broblem arbennig honno . . . lle mae rhif ffôn Fal tybed?

Dydd Llun, 28 Gorffennaf
Ges i adroddiad llawn heddiw, drwy'r dydd o pa mor wych oedd Primal Scream. Ches i ddim eiliad (a dwi ddim yn gor-ddweud) i ofyn dim i Mês. Ac mae'n debyg bod gitarydd Primal Scream ym mar y Thistle wedyn, a'i fod o wedi trio bachu Alwen gan dweud mai hi ydi'r hogan ddela iddo fo ei gweld erioed. Grêt.

Dydd Mawrth, 29 Gorffennaf
'Ti isho paned, Mês?' oedd yr agosa ges i at lwyddo heddiw. Wedyn, rhewodd fy ymennydd a stopiodd fy nhafod weithio. Falle 'mod i ar fin cael strôc ofnadwy ac erchyll. Neu falle 'mod i'n gachgi.

Dydd Mercher, 30 Gorffennaf
Mês ddim i mewn heddiw. Mae hyn yn mynd yn desbret. Dwi'n mynd adre'r wythnos nesa ar gyfer y Steddfod. Rhaid i mi wneud rhywbeth cyn hynny.

Dydd Iau, 31 Gorffennaf
Ymgyrch, wedi ei chyflawni. Dwi'n Mynd Ar Ddêt. Efo Mês. EFO MÊS! FORY!
   Fel hyn digwyddodd hi. Ro'n i'n gadael Chwip, yn benisel a blin nad oeddwn wedi gweld Mês eto heddiw, a mi dares i mewn i Mês. Yn llythrennol. Gan 'mod i'n sbïo i lawr, weles i mohono fo'r ochor arall i'r drws. Heb fod yn rhyfedd, ges i lond trwyn ohono fo. O Dduw, be roddaist ti yn y resipi pan oeddet ti'n creu Mês, dywed? Siŵr bod C'mon Midffîld neu Baywatch ymlaen, nad oeddet ti'n canolbwyntio, ac wedi llithro efo'r botel fferomôns . . .

'O! Haia! Heb dy weld di ers oes. Ti isho drinc neu rywbeth? Nos fory?' Dyna ddaeth allan o 'ngheg i – yr union eirie hynny yn daclus reit yn y drefn honno, heb gecian na chuchio.

'Ti'n iawn, se'n neis cael catch-yp. Castle? Naw?'

'It's a date!' atebais, yn gobeithio bod Mês yn ei isymwybod wedi sylwi ar yr eironi dwbwl.

Dydd Gwener, 1 Awst – 7pm

Dwi'm yn cofio be goblyn wnes i yn y gwaith heddiw. Dwi 'di bod mor ecseited. Nes i hyd yn oed ateb y ffôn yn y swyddfa a dweud 'Mês?' yn lle 'Chwip'. Wir yr. Diolch i Dduw nad oedd neb o fewn clyw ar y pryd, neu 'se Alwen wedi cael modd i fyw.

Dwi yn y bath. Yn trio ymlacio. Tydi hi ddim yn hawdd sgwennu dyddiadur yn y bath.

Dwi wedi mynd ar nerfau Bev braidd achos alla i ddim stopio canu, ac yn rhyfedd ddigon, pan gyrhaeddes i adre a rhedeg yn syth i'r llofft i drio sortio gwisg (hollbwysig) at heno, roedd yr hogan drws nesa yn chwarae 'I'm So Excited'! Rhyfedd, gan mai honno ydi'r gân sy'n atsain yn fy mhen ers orie. Pan ddaeth Bev i'r llofft i ofyn pam bod y sosbenni sy'n hongian ar fachau o do'r gegin yn curo'n erbyn ei gilydd fel symbals a gwneud andros o sŵn, roedd gen i frwsh gwallt yn fy llaw ac yn ei morio hi o flaen y drych mewn bra a nics. O diar. Ond be 'di'r ots? Dwi'n mynd ar ddêt efo Mês.

Mae'n rhaid i mi drio tawelu fy hun. Dwy awr sydd 'na tan naw a dwi'n dechre colli'r plot. Wir yr, dwi 'di bod yn y toiled bedair gwaith a 'swn i'n taeru bod dau swmo reslyr yn dawnsio yn fy mol. Mae 'nwylo i'n crynu fel dwy ddeilen ac mae sgwennu hwn bron yn amhosib.

Dwi wedi trio steilio 'ngwallt, am ryw reswm – erioed wedi gwneud dim mwy na rhoi 'mhen i lawr ac anelu'r sychwr ato fo o'r blaen – ond mae popeth sydd i fod i droi i mewn yn troi allan nes 'mod i'n debycach i gariad Popeye na Liz Hurley. Ges i chydig o drychineb efo pen brwsh y masgara – gan 'mod i'n crynu gymaint aeth i mewn i'n llygad i, gwneud i mi grïo a throi 'nhrwyn yn goch fel taswn i wedi bod yn malu nionod amrwd efo 'nannedd. Ac wrth geisio gollwng tri diferyn o Eyedew i droi'r coch hwnnw'n glaerwyn hyfryd, llwyddais i dywallt hanner y botel nes y llifodd yr holl golur gymerodd hanner awr i'w osod yn afon ddu i lawr fy moch.

Mae dewis dillad yn hunlle. Ydw i'n mynd am y top llusga-fi-i'r gwely-yr-eiliad-hon-rwy'n-eiddo-i-ti a jîns? (A datgelu fy amcanion yn ddi-flewyn-ar-dafod.) Ydw i'n dewis y ffrog hir-a-du-sy'n-cuddio-myrdd-o-feiau-ond-yn-dangos-digon-o'r-darnau-da? (A datgelu fy rhinweddau yn ddi-flewyn ar dafod.) Neu a ydw i'n gwisgo'r crys yna dwi'n gwybod sy'n ei droi o 'mlaen? (Gan iddo fo ddweud hynny yn ddi-flewyn ar dafod.) Neu a ydw i'n gwisgo'r ffrog maint tafod (Sy'n dangos fy nghoesau di-flewyn.)?

Roedd gen i bâr o deits. Y rhai dewinol chwe phunt Marcs a Sbarcs sy'n troi bol yn fflat a phen ôl yn fychan, ond aeth fy mysedd crynedig trwyddyn nhw. Dau ladyr perffaith yr holl ffordd o'r pennau gliniau i'r traed. Yn ôl i'r dewis cynta felly, sef y trowsus swêd. Er ei bod hi'n dywydd lot rhy boeth i'w wisgo mewn gwirionedd, dwi am ddiodde'r gwres er mwyn Mês.

Awr a 50 munud i fynd.

7.30pm

Awr a hanner i fynd. Mae Bev newydd ddod ag eli nyrfs neis iawn i mi, Absolut Vodka lemon oer, oer, oer. Roedd hi wedi synnu 'mod i wedi aros cyhyd mae'n debyg. Falle 'mod i angen un arall cyn sadio digon i roi lipsdic.

8pm

Awr i fynd. Dwi 'di dod yn ôl i fyny i wneud yn siŵr 'mod i'n dal i edrych yn iawn yn y dillad yma. Ryden ni wedi cael dau fodca bach arall mae'n rhaid i mi ddweud bod y dwylo'n llonyddu a nghalon yn dechrau curo'n normal. Iawn, dwi'n hapus efo 'nillad, dwi'n dechre ymlacio. Fydda i'n iawn.

8.30pm

Hanner awr i fynd yn swyddogol, ond mae Bev yn dweud y
dylwn i aros awr arall cyn mynd, neu mi fydda i'n ymddangos
yn rhy cîn, medde hi. Den ni wedi gorffen y botel fodca, a dwi'n
teimlo chchchchcydig yn llon ond yn lot mwy hyderus rŵan.
Mi fydda i'n iawn unwaith y gwela i Mês. Reeeit, mae Bev yn
dweud bod hyn yn achlysur i agor un o boteli shampên neis ei
phriodas hi, felly ga' i wydraid bach, bach. Well i mi roi'r gore
iddi wedyn. Dwi'm isho disgyn i mewn i'r Castell yn chwil
gachu, nachdw . . .

O dwi'n caaaaru Bev gymaint. 'Swn i ddim wedi gallu creu
landledi well, wir yr. Ac mae'r tŷ 'ma'n lyyyyshhhh. Dwi'n caru
byw yma a dwi'n caru Caerydd. A dwi bendant yn caru Mês.
Reit, roeddwn i i fod yna awr yn ôl, ond mae Mês wastad yn
hwyr i bob man, a dwi'm isho eistedd yna fel lemon yn aros
iddo fo. Dwi am gael siop, wps na, sip arall o shampêên
gooojys Bev a wedyn mi fydda i'n hedfan ar gwmwl o fybyls
drud i mewn i'r Castle . . . un bach a ddo' i'n ôl fyny i roi un
dybybbyl chec arall i'n lisbic a fyddai'n gwd tw go wa . . .

Dydd Sadwrn, 2 Awst – 10 am

Ocê. Os na fel'ne oedd ei dallt hi, mae cofnod ddoe yn egluro
lot fawr. 'Sgen i ddim co' o sgwennu hynna o gwbwl, dim co'
o ddim ar ôl naw o'r gloch, dim co' o newid o'r dillad ro'n i
wedi penderfynu arnyn nhw i sgert mini ddu a thop fest. Dwi
ddim yn cofio gorwedd yn fy nillad i gyd, fy rycsac bach trendi
ar fy nghefn, fy wejis melyn swêd am fy nhraed a phenderfynu
rhochian cysgu ar ben y cwilt yn hytrach na mynd ar y dêt
roeddwn i wedi bod yn aros amdano ers wythnose efo'r dyn
dwi wedi bod yn aros amdano drwy 'mywyd. Gwd mŵf, Ceri.

Felly yn ogystal â delio efo hymdingar o hangofyr erchyll,
mi fydd yn rhaid i mi hefyd drio cysylltu efo Mês i egluro pam

'mod i wedi chwarae hen dric sâl a gwneud iddo fo iste yn y Castle ar ei ben ei hun am dwn i'm faint. Oedd o yno ar amser tybed? Well i mi roi caniad iddo fo . . . ar ôl cau fy llygaid am eiliad fach.

1pm
Ffonio Mês, a dweud . . . 'mod i wedi anghofio? Fydd raid i mi ddweud y gwir. Wedyn mi fydd o'n gwybod ei fod o a Siôn wedi cael yr argraff iawn ohona i.

2.15pm
Dwi am ei ffonio fo *rŵan*. Jest codi'r ffôn a dweud y gwir, sef bod Bev wedi cael creisus ofnadwy a ffrae erchyll efo David fel ro'n i'n gadael, a 'mod i wedi gorfod aros efo hi a chuddio'r fodca achos ei bod hi'n tueddu i yfed gormod pan fydd pethe'n mynd o chwith . . .

3pm
Tasen ni ddim wedi yfed pob arlliw o unrhywbeth alcoholiadd (dwi'n synnu bod 'na fowthwash ar ôl) mi faswn i angen fodca neu ddau rŵan.

Dwi newydd ffonio Mês i ymddiheruo o waelod calon, ond bod na greisis ofnadwy wedi digwydd ac ro'n i'n gwybod y base fo'n dallt 'mod i wedi rhoi lles Bev yn gynta.

'No worries Cer,' medde fo. Jest fel'na. 'Roeson ni hanner awr i ti a mynd 'mlaen i'r dre. Roedden ni'n meddwl y base gen ti rywbeth gwell i'w wneud . . . Castle ddim y lle mwya ecseiting ar nos Sad nac'di?'

Roedden *ni*, medde fo. Ni. Pan ofynes i pwy oedd y ni, wel Alwen (pwy arall) a Siôn, Fal a Bledd. Sut fath o ddêt oedd o i fod? A sut fase'r criw yne wedi ymateb taswn i wedi cyrraedd yn fy sgert mini ac arwydd 'croeso' ar fy nghlôs bach?

Ond roedd Mês yn dal i siarad . . . Roedd hi'n bechod nad oeddwn i yno i glywed ei newyddion mawr.

Mae o'n mynd. Yn gadael. Am Aws-blydi-tralia. Jyst fel'ne. Dyna pam nad ydi o wedi bod o gwmpas yr wythnos yma – roedd o'n sortio'r gwaith papur. Doedd o ddim wedi dweud wrth lawer o neb rhag ofn na fydde fo'n cael fisa i weithio yno, ac y bydde fo isho gweithio i Chwip am weddill y flwyddyn. Dwi'n dod o dan y catergori 'llawer o neb' yn amlwg. Diolch Mês. And a bloody g'day to you . . .

Mae o'n mynd ddydd Llun. Wel, os ei heglu hi, ei heglu hi ar frys; ac os mynd, mynd i gornel bella'r byd.

7pm
Dwi'n teimlo mod i mewn film noir ddi-ddigwydd, ac i goroni'r cyfan mae'n bwrw glaw. Y math o law od sy'n dod weithie pan mae'n dywydd poeth, poeth, yn disgyn yn ddiferion mawr swnllyd ar do fflat yr estyniad ac ar gaeadau'r biniau gan greu arogl fel teiars yn llosgi.

Dwi'n flin ac yn drist ac yn wag. Mae Mês yn mynd, jest fel'ne. Fi oedd yr ola i gael gwybod ac yn amlwg doeddwn i ddim yn haeddu unrhyw fath o ystyriaeth wrth iddo benderfynu mynd. Dwi 'di bod mor naïf a mor wirion.

Tydi Bev ddim yma chwaith. Mae hi yn Llundain (eto) a dwi'm yn meddwl y bydd hi'n ôl tan fore Llun. Mae hi a David yn yn eitha licio'u 'outings' bach nos Sul i fwytai drud y brifddinas.

Dwi'n mynd i dorri rheol aur y tŷ a chael smôc yn y llofft a thyrchu am fiwsig sy'n gweddu i'r felan.

9pm
Dwi'n gorwedd ar fy ngwely, yn sbïo ar y mwg yn troelli'n araf o'r sigaret a chael ei dynnu at y lamp fach wrth fy ochor. Mae'n

anwesu'r cynhesrwydd cyn codi o'r twll crwn yn y top, fel corn simne.

Dwi'n sugno'r smôc ac yn rhoi tro arall ar wneud cylch mwg. Mae Caerdydd yn dywyll; mor dywyll ag y gall dinas drydan fod. Mae cordiau'r Gorky's yn taro'n ysgafn efo'r glaw ar y ffenestr.

'. . . it was the most miserable night . . .'

Mae mwg y sigaret yn mynd i'n llygad gan gosi 'nhrwyn a thynnu dagrau.

'And we cried in our pints for no reason at all

Except that our lives were shite and we wanted so much more . . .'

Dwi wedi ei golli o. Dwi eisio troi'r cloc yn ôl a phrofi eto yr hyn oedd gen i a Mês. A phwyso'r botwm 'pause' ar chwaraeydd bywyd.

'Praying for you, praying for me . . .'

Gorwedd efo 'mhen ar ei frest o. Chwys ysgafn fel gwlith ar fy moch. Arogl tawel, melys rhyw yn fy ffroenau yn cymysgu efo cŵyr y gannwyll. Ei galon o'n curo'n ddwfn yn fy nghlust. Mae ei fysedd o'n cosi croen fy mhen yn difeddwl.

'Pause.'

Ryden ni yn y ciw yn Tesco. Mae'n boeth a ryden ni'n bôrd. Mae Mês yn plicio label pris oddi ar dun tomatos. Yn ysgafn, araf mae o'n ei sticio ar benelin côt y ddynes grand o'n blaenau. Forti sics pî. Dwi'n dechrau chwerthin. 'Dy dro di Cer!'

Dw i'n cymryd sticer punt pum deg saith ceiniog oddi ar y bocs mefus. Dw i'n plygu i gogio cau 'nghriau ac yn gwasgu'r sticar yn gyflym ar gefn sawdl ei stileto, a mwmial ymddiheuriad wrth gogio colli fy malans. Dwi'n tro peidio â chwerthin, ond mae 'mol i'n crynu. Dau ddeg pump ceiniog oddi ar y lemon, ar sgert ddrudfawr yr olwg. Mae'r dagrau'n dechrau cronni a rhyw chwerthin yn cyfogi yng nghefn fy ngwddw i. Fifftîn pî ar sgarff Hermés. Dwi'n ysgwyd ac yn trio cadw fy hun yn dawel. Mae'r ddynes yn edrych arna i fel taswn i'n gachu ar waelod ei Russell & Bromleys.

Yna ryden ni'n sylwi be sydd o'i blaen. Pwdl. Un gwyn, fflyffi. Ryden ni'n llygadu'n gilydd. Mae Mês yn gafael mewn sticer a'i rwygo i ddangos dwy geiniog. Mae'n gollwng tun yn fwriadol ar y llawr, yn sgrialu amdano fo a gosod y sticer yn daclus ar ben ôl y ci rhech. Dwi'n methu â rheoli fy hun. Mae f'ochrau i'n brifo.

'Excuse me . . .' Mês sy'n siarad. Mae'r ddynes yn troi i rownd gan sbio i lawr ei thrwyn powdrog nes bod ei llygaid hi'n groes.

'I'd like to buy your dog please . . .'

Dwi'n ffrwydro mewn bloedd o chwerthin, yn methu gweld dim trwy 'nagrau. Alla i ddim rheoli fy hun, na Mês chwaith. Ryden ni'n gorfod gadael y siop. Baglu-chwerthin allan a'n bwyd ni'n dal yn y fasged wrth y til.

Ryden ni'n rhedeg i lawr y stryd, troi cornel a hanner gorwedd ar y llawr yn udo'n hollol afreolus. Mae pobol yn edrych arnon ni fel tasen ni'n wallgo, a ninnau'n boeth, yn chwys, yn chwerthin yn ddi-baid.

'Pause.'

Dwi'n hanner deffro i grafu fy moch. Mae'r adar bach yn canu i gyfeiliant sŵn y traffig a siarad ar y stryd tu allan. Dwi'n ochneidio ac yn pwyso'n ôl yn erbyn Mês sy'n gorwedd y tu cefn i mi. Mae o'n stwyrian mewn hannercwsg ac yn lapio'i goesau am fy rhai i, un fraich am fy nghanol a'r llall am fy sgwyddau. Ryden ni'n llonydd, yn gysglyd gynnes. Dwi'n swatio'n saff yn ei gesail ac yn llithro'n ôl i gysgu.

'Pause.'.

'Play.'

Dwi ar fy mhen fy hun.

'Stop.'

Dydd Sul, 3 Awst

Am gybôl. Ma' hi'n Steddfod Bala! Ddyle 'mod i ar binne ac
yn llawn cynllunie, ond dwi'n wag ac yn drist. Ac yn flin. Pam
na faswn i wedi gallu sortio pethe efo Mês? A fase hynny wedi
ei gadw yn yr un wlad, ar yr un cyfandir â fi? Go brin. Falle
mai dyne pam na ddangosodd o brispsyn o awydd trio cymodi
– roedd o'n gwybod ei fod yn ei bomio hi o 'ma i ben draw'r
byd. Falle na wela i mohono fo eto am fisoedd. Blynyddoedd.
Byth eto?

Dwi'n mynd i'r Steddfod efo Mer a Siw, ond cyn cychwyn,
mi es draw i weld Mês. Roedd yn rhaid i mi.

Ro'n i'n crynu yn canu cloch y drws. Si atebodd, a rhoi coflaid
fawr i mi, fel tase fo'n synhwyro bod hyn yn anodd i mi. Roedd
'na rycsac fawr, lawn ar lawr y lolfa, a phasbort a dogfennau
mewn twmpath taclus ar y bwrdd coffi. Cerddodd Mês i
mewn. Roeddwn i bron yn brifo o weld pa mor hapus oedd o.

'Dim ond isho dweud 'bon voyage' a ballu . . .' medde fi.

'Dim raid i ti, Cer. O gwbwl. Pam nad wyt ti ar sesh Sul
cynta'r Steddfod? Dim honno 'di'r gorau? Cyn i'r torfeydd
gyrraedd?'

'Ar fy ffordd – cael lifft efo Mer mewn ryw awr rŵan. Cym
ofal, mwynha Awstralia . . . Sori am yr holl shit . . . dwi mor
wirion weithie.'

'Pa shit? Paid bod yn ddwl. Fyset ti ddim yn Cer 'se ti ddim
yn wirion weithie. Tyrd yma . . .' Tynnodd fi ato fo, a lapio'i
freichiau amdana i'n gynnes. Roedd fy ngwyneb i ar ei frest o, a
'moch yn erbyn ei gorff caled, cryf. Teimlais y dagre bach yn pigo
a 'nhrwyn yn dechre rhedeg. 'Swn i 'di gallu aros yno am byth.

'Reit,' medde fo, a rhoi cusan ar dop fy mhen. 'Steddfod i ti, Sydney i mi. Edrycha ar ôl dy hun.'

Nodiais. Roedd y farblen fawr oedd yn sownd yn fy ngwddw yn fy stopio rhag dweud dim. Rhoi sws ar ei foch oedd yr unig beth allen i ei wneud, a cherddes yn ôl i Canton yn sniffian crïo ac yn cicio fy hun yn feddyliol am wneud smonach o bob dim.

Roedd Mer a Siw yn aros amdana i, yn amlwg yn meddwl eu bod hwythau yn Awstralia hefyd yn eu topie byrion a'u shêds, y ddwy yn gorwedd ben wrth ben ar hyd y wal isel tu allan i dŷ Bev, yn torheulo yn yr haul tanbaid. Bu bron i'r dyn drws nesa druan fynd i'n tŷ ni yn lle'i dŷ ei hun, wedi ffwndro'n lân gan goese diddiwedd Siw yn ei hotpants, a bol fflat Mer.

Roedd yn rhaid i mi chwerthin.

'Hei – mae'r crwydryn wedi cyrraedd! Hanner dydd ddywedes i 'sdi,' medde Mer, cyn gweld yr olwg oedd arna i. 'O Cer, roedden ni'n ame y bydde na ddagre. Tyrd yma!' Gwasgodd y ddwy ohonyn nhw fi'n dynn, dynn, wnaeth i mi ddechre crïo wedyn.

'Tyd – gad i ni adel yr hen le shit yma,' medde Siw. 'Dos i nôl dy stwff – dwi wedi gwneud tâp ar gyfer y car – adre â ni i Feirion, ferched.'

A chân gynta'r daith? 'Groove is in the Heart' gan Deee-Lite, ein anthem dosbarth chwech, yn blastio trwy'r ffenestri agored wrth i ni ei bomio hi am yr A470.

Roedd y gerddoriaeth yn dal i sgrechian pan yrron ni i fyny ffordd dyllog Cefn Llwyd a pharcio ar y buarth drws nesa i bic-yp cleisiog coch Dad. Doeddwn i ddim yn disgwyl i neb fod adre a hithe'n fin nos – roedd amserlen wythnos Mam a Dad yn llawn dop, ond roedd Bes yno â chroeso mawr i ni'n tair. Drws cefn ar agor fel arfer wrth gwrs felly dyma fachu potel o seidar yr un (y rhai oedd yn dal yn y pantri ers Dolig) ac iste

ar wal y buarth ein tair, ac yfed llwncdestun i Steddfod y
Bala.

'Heb fod yn Cefn Llwyd 'ma ers oes, Cer,' medde Siw. 'Be
sy' ar ein penne ni, ferched? Methu aros i adael, a dal yn trio'n
gore i gadw ffwrdd . . . oddi wrth hyn,' medde hi, gan amneidio
â'i photel at y golygfeydd godidog.

'Ie,' medde Mer, 'ond den ni adre rŵan am wythnos gyfa
i fwynhau hyn a'r Steddfod!'

Ac ar ôl i'r merched fynd am eu hadre nhw, aeth Bes a
finne am dro hir rownd y caeau. Roedd yr haul yn dal yn
grasboeth a'r wlad mor wyrdd a thlws, yn union fel cerdyn
post: y lloue bach a'r ŵyn yn pori ar laswellt anhygoel o wyrdd,
a'r llyn yn llonydd fel gwydr. Dwn i ddim yn hollol pa un oedd
yn brifo fwya – sylweddoli fod gen i hiraeth am fy nghartre
neu sylweddoli mod i'n hiraethu am Mês yn barod.

Dydd Llun, 4 Awst
Mae Bala fel y Bahamas o boeth a dwi am fynd i'r maes
heddiw. Mae Mam a Dad wedi cychwyn ers deg bore 'ma, efo'u
brechdanau a'u fflasgie, sgidie cyfforddus a Rhaglen y Dydd yr
un. Yno fyddan nhw rŵan tan iddi dywyllu ma' siŵr. Mae
ganddyn nhw gynlluniau mawr ar gyfer bob nos, ac os nad
ydyn nhw'n perfformio neu'n stiwardio maen nhw yn y
gynulleidfa yn y pafiliwn neu mae Mam ar rota gwneud paned
yng nghefn y llwyfan (ac wedi ecseitio'n lân am y peth).

Dydd Mawrth, 5 Awst
Roedd caeau gwastad Rhiwlas yn orlawn o bobol ddoe, fel
morgrug yn gwau trwy'i gilydd, a'r stondine fyrdd yn ymestyn
yn daclus a threfnus. Cyn i mi hyd yn oed adael y maes parcio
(pawb yn codi llaw neu bib-bibian ar y pic-yp coch gan feddwl
mai Dad oeddwn i!) roeddwn i wedi taro ar o leia ddeg o bobol

Llan: 'Ceri Cefn Llwyd! Wel sut wyt ti ers talwm? Dal yn yr hen Gaerdydd yne?'

Ac wedyn wedi cyrraedd y maes, roeddwn i'n nabod bob yn ail berson: Ant Jen ag Anti Kate o Llan, Andrew Caffi Dre, Beth ac Alice o'r ysgol, darlithwyr coleg, pobol Caerdydd, hen wynebau'r Lion. Dwi'n siŵr 'mod i wedi cymryd hanner awr i'w gwneud hi drwy'r fynedfa.

Yn syth at stondin Awen Meirion wedyn, lle roedden ni wedi dweud y bydden ni'n mynd ar yr awr os nad oedden ni wedi gweld ein gilydd ar y maes. Roedd Mer a Siw yno'n barod, yn cael paned efo Gwyn, neu'n trio cael paned efo Gwyn, wrth i'r llyfrau a'r cylchgronau a'r hwdis a'r crysau T fflio oddi ar y silffoedd i fagiau Eisteddfotwyr brwd.

Mae *Lol* allan ac mi ges i gip sydyn – roedden ni'n tynnu coes Mer mai hi oedd yr: 'hogan dlos sy'n prysur wneud argraff yn y BBC mewn mwy nag un ffordd. Mae'r un gydwybodol hon hefyd yn treulio llawer i awr y tu hwnt i'r rhai gwaith yn "bondio" efo'i bos. Yntau yn gydwybodol hefyd yn gorfod gadael ei wraig a'u tri o blant bach yn aml i ddal fyny ar "ddyletswyddau golygyddol" efo'r ferch ifanc dan sylw.' Ha!

Roedd Mer yn gwrthod dweud oedd hi'n nabod y bobol dan sylw ai peidio, ond dim ots – fydd hi wedi dweud y cwbwl rhyw noson yn ei chwrw!

Tua diwedd y prynhawn, cynhigiodd Mer ein bod ni'n ymlwybro i lawr i'r dre, ac yno aethon ni; gan ddilyn y lli oedd yn nadreddu ei ffordd dros bont Tryweryn a heibio i siop Jo Bwtsiar a Neuadd y Cyfnod. Roedd hi'n reit hwyliog o flaen Plas yn Dre, a phabell gwrw wedi ei gosod wrth ochor yr adeilad a'i henwi'n Twll yn y Wal. O be dwi'n gofio, mae pob Steddfod wastad yn reit sidêt a thawel ddechre'r wythnos.Yn Bala? No Wê Wa. Roedd y lle'n gwegian – lleisiau uchel, sgwydde cochion llosg, wynebau chwyslyd a llond y lle o hwyl.

'Eeeeei, sbïwch pwy sy 'ma . . . Cer Cefn Llwyd!' Dei Tŷ Glas oedd wrthi, yn sefyll yn gam a'i lygaid fel marblis.

'Den ni 'gon da i ti wan ynden? Wan bod y byd yn Bala?'

Ro'n i'n disgwyl tipyn bach o stic ganddo fo – bob tro yr un fath – y creadur byth wedi dod dros y ffaith 'mod i wedi gorffen efo fo ar ôl un dêt yn ffair Bala, pan oeddwn i'n ddeuddeg ac yn cael mynd rownd ar fy mhen fy hun am y tro cynta.

'Rhy dda iddi oeddet ti, yn de Dei?' medde Siw. 'Elli di neud yn well na Cer, siawns?'

Chwarddodd Dei i mewn i'w beint cyn ei yfed ar ei dalcen, a gorffen efo chwaliad gwynt uchel.

'Esu Cer, gest ti golled yn fanne . . . peint?' medde Siw.

A pheint nath hi, neu bump. Yn y traddodiad Eisteddfodol gore, snêcbait a blac oedd hi, yr holl ffordd. Roedd y lle'n fwrlwm o bobol leol, a Steddfotwyr go iawn fyddai'n dal yno ddydd Sul. Roedd 'na ganu, roedd 'na dynnu coes ac roedd 'na goblyn o hwyl.

Ymlwybrodd y dair ohonon ni i Faes B wedyn – roedd Siw wedi codi'i phabell yn barod! Fel y dywedodd hi, mae dwy filltir yn ormod i'w gerdded ar noson Steddfod, a fan'no fuon ni. Roedd rhyw foi yn eistedd wrth y tân efo gitâr, a phawb yn swatio o dan amrywiol flancedi a hwdis i gadw'n gynnes.

Deffrais bore 'ma o freuddwyd mod i yn nofio mewn llyn clir, oer, yn yfed y dŵr croyw efo pob strôc; ac agor fy llygaid i geg sych fel sialc. Gwthiais fy mhen allan a gweld myrdd o bobol mewn gwahanol stadau o ddadebru. Roedd rhai yn hwyliog a threfnus efo tegellau ar stôfs campio, ambell un yn golchi'i ddannedd efo dŵr o botel, rhai yn ysgwyd sachau cysgu a thwtio'u pebyll. Roedd drysau ceir ar agor a churiad cerddoriaeth o amrywiol stereos yn cyfuno'n gefndir i'r cwbwl.

Mi adewais i Siw yn hepian cysgu, rhoi llaw drwy fy

ngwallt ac ecstra strong yn fy ngheg, ac i ffwrdd â fi i chwilio am y pic-yp. Allwn i ddim dychmygu mynd i'r maes a finne'n drewi o fwg y goelcerth a chwrw neithiwr – dwi'm yn poeni llawer be mae pobol yn feddwl ohona i ond gallwn ddychmygu'r sgwrs yn stondin Merched y Wawr:

'Dech chi 'di gweld Ceri Cefn Llwyd? O! Ofnadwy. *Drewi* o gwrw. Llwyd fel y lludw.'

'Tydi hi'm run fath ers iddi fynd i'r de 'ne. 'Swn i'n synnu dim ei bod hi ar *ddrygs* wir, y golwg oedd arni.'

'Bechod. Ac o deulu da hefyd . . .'

Felly i osgoi pardduo enw da fy llinach, yn ôl i Gefn Llwyd â fi am fath ac i ymbarchuso; ac allan â fi'n syth i ddad-wneud popeth.

Nos Fercher, 6 Awst – wel, tua 2 fore Iau go iawn

Mi weithiodd yr ymbarchusiaeth. Achos wir yr, am hanner nos ar ganol wythnos Steddfod, lle oeddwn i? Yn morio 'Hen Wlad fy Nhadau' yn y pafiliwn. Ar ôl cyrraedd y maes amser cinio 'ma, es i chwilio am Mam a Dad, gan feddwl y base'n neis cael sgwrs. Tydw i wedi gweld dim arnyn nhw ers dechre'r wythnos, dim ond eu pasio yn y car.

Beth bynnag, roedd Mam wedi cynnig helpu i wneud paneidiau i'r pwysigion yng nghefn y llwyfan, gan bod Anti Bet, a oedd ar y rota, wedi troi ei ffêr wrth drio osgoi telyn oedd yn cael ei chario ychydig yn rhy gyflym ar hyd traciau metal y maes – oedd hefyd yn golygu bod tocyn sbâr i'r cystadlu gyda'r nos yn y pafiliwn. Felly mi es. Meddwl wnes i pa mor braf fydde hi i eistedd wrth ymyl Dad, yn cywilyddio wrth iddo fo gyd-ganu efo'r unawdwyr Sioe Gerdd a rhoi rhyw fath o sylwebaeth wrth fynd (yn rhy uchel gan ei fod yn mynd braidd yn fyddar) ar y Richard Burtons, a stwffio fferins licyrish swnllyd i'm llaw.

'Asu, dy fam yn cael colled. Ti isho fferen?'

Fuon ni am oes yn dod adre – mae Dad yn siaradwr o fri ac yn nabod pawb. Dwi'n siŵr ei bod hi wedi cymryd dros awr i ni gyrraedd y car, heb sôn am ddod allan o'r maes parcio. Ond dyna pam dwi wedi gwirioni efo'r wythnos yma – mae Meirionnydd gyfan ar wylie.

Dydd Gwener, 8 Awst

Dwi'n dechre fflagio.Wnaeth y parchuso ddim para'n hir, a hithe'n noson rêf neithiwr. A dweud y gwir, mi ddatblygodd ddoe yn dipyn o sesiwn – pwy landiodd ond Huw! Roedd o wedi hedfan o Chile i Heathrow ddoe a dod ar ei ben i'r Bala, heb ddadbacio na dim.

Daeth Fal ac Alex i fyny yn y campyr campus yn hwyr nos Fercher, ac Alwen (oedd wedi bod mewn cysylltiad efo Eifion mae'n debyg i drefnu i'w gyfarfod – falle bod potensial am rhywbeth siriys yn fanne) a Siôn wedi dod i fyny efo'i gilydd ddoe. Neidiodd Hel ar drên yn Abertawe, a gorffen ei thaith yng Nghaergybi oherwydd ei bod wedi syrthio i gysgu. Bu'n rhaid iddi ddal bỳs yn ôl i'r Bala wedyn, druan ohoni, felly roedd hi ddirfawr angen peint wedi iddi gyrraedd. Roedd Elf wedi llwyddo i ddod draw hefyd, felly cinio aduniad yn Plas Coch amdani, peint neu ddau o flaen y Bull ac wedyn i Twll yn y Wal, oedd yn orlawn.

Roedd Elf yn sgwennu adolygiad i *Golwg* o'r Steddfod a'r rêf neithiwr – roedd o wrthi'n sgriblo yn Plas ac mi aeth Siw â fo i swyddfa'i thad i'w deipio (rhai yn dal i weithio dros y Steddfod – bechod!), cyn ei ddanfon i'r golygydd ar y maes. Felly dyma'r gwreiddiol . . .

NEF MEWN RÊF . . .

Roedd y bît yn dechrau yng nghrombil y ddaear gan

dreiddio i fyny ein coesau a chwythu rhywle yn ein pennau, y goleuadau'n strôb llachar a'r chwys yn treiglo'n hallt i'r llygaid. Roedd yma lond neuadd o griw yn dawnsio'n ufudd-rhyddmig i'r sgrechian amrwd gwych sy'n pwmpio'n hyderus o'r system sain. Noson rêf.

Nos Iau, a Tokyu yn arglwyddiaethu dros Faes B.

Mae pawb wedi cyrraedd y pwynt Eisteddfodol hwnnw pryd mae angen peint i deimlo'n normal ac nad oes ots am gadw'n lân. Mae'r rhan fwyaf o bobol yn yr un jîns ers tridiau ond mae pawb yn cael amser gwych.

Steddfod y Twll yn y Wal ydi hi 'leni, a'r babell gwrw honno wedi ei throi yn lle i gael brecwast, cinio, te a swper, yn fangre i gyfarfod â chriw a chyrchfan y lluoedd. Peint a bwyd, a gorweddian yn haul bendigedig y Bala. Dyna'r drefn. Bob dydd. Bala am byth!

Gawson ni fodd i fyw neithiwr. Yn y Lion oedden ni – wedi dod i gofio'r dyddie da a dweud helô wrth griw'r bar. Cerddodd Mer, Siw a finne i mewn a'i weld o ar unwaith.

Ben. Neu Ben-digeid-ddyn, fel y gwnaethon ni ei fedyddio. Pâr o Pumas cŵl a Levi's, a dyna ni, o ran dillad. Cefn brown, yn donnau o gyhyrau, a gwallt du at ei sgwyddau. A shêds, wrth gwrs, ar ei ben tra oedd o'n archebu peintiau wrth y bar. Mi wenodd o gan ddatgelu rhes o ddannedd perffaith gwyn a sbarc drwg yn ei lygaid. Lyfli.

'Shw mai,' medde fo. West Wêlian. Ond, dyna ni, allwch chi ddim cael pob dim.

'Helo!' medde ninne efo'n gilydd fel rhyw driawd pathetig.

'O le 'chi'n dod 'te? gofynnodd yn hyderus i gyd, ac ar ôl dechre siarad a mwydro, mi ddechreuodd gymryd diddordeb arbennig yn ein gyrfaoedd – wel, f'un i a Mer beth bynnag. Doedd ganddo ddim llawer i'w ddweud pan soniodd Siw ei bod hi'n gweithio i elusen i'r digartref. I dorri stori hir yn fyr, mi ofynnodd fasen ni'n hoffi ymuno efo fo a'i ffrindie. Roedd o'n glên, yn prynu diodydd, roedd o'n ddel . . . pam lai?

Wrth i ni gamu allan mi waeddodd ar griw o hogie oedd (rhyngddyn nhw) yn ddigon derbyniol hefyd.

'Jacpot bois! BBC ac Es Ffôr Sî!'

Dechreuodd y bechgyn glapio a chwislo a gwneud coblyn o sioe. Wedyn mi gawson ni eglurhad: roedden nhw'n griw o ryw ddeuddeg o Gastellnewydd Emlyn oedd wedi herio'i gilydd i weld pa un ohonyn nhw allai ymddangos ar y mwya o raglenni teledu mewn blwyddyn. Felly roedden nhw'n mynd amdani go iawn gyda rhaglenni byw o'r Steddfod, cwisiau, hyd yn oed hofran tu allan i ffenestr rhaglen Heno yn Llanelli . . . unrhywbeth. A chan eu bod nhw i gyd wedi betio hanner canpunt, roedd hon yn fet go iawn. Doedd gen i ddim awydd meddwl am waith, ond mi *wnes* i gymryd rhif ffôn y Ben-digeid-ddyn ac addo rhoi bloedd petawn i'n gweld cyfle. Yn y cyfamser roedd yn ddyletswydd arnon ni'n tair i fwynhau cwmni llond gardd gwrw o fechgyn oedd bron â marw isho gwneud argraff dda arnon ni, yn prynu diodydd a thanio ein ffags. Job anodd, ond roedd yn rhaid i rywun ei gwneud hi, beryg. Ffwrdd â ni wedyn i gyfarfod gweddill y criw, gydag addewidion y bysen ni'n ffonio a chadw mewn cysylltiad . . . Gawn ni weld.

Dydd Sadwrn, 9 Awst – 11am

Dwi isho i Steddfod Bala bara am byth! Mae 'mhen i fel meipen a dwi'n siŵr 'mod i wedi ennill stôn mewn caloris cwrw yn unig, ond dwi'n caru'r Steddfod. Ac mae Steddfod ar stepen y drws yn wychach fyth!

Mae'r haul yn dal i wenu ar y dathlu, ac er bod pawb wedi esgeuluso eu hiechyd mewn amryw ffyrdd, mae pawb hefyd wedi mynd i edrych yn fwyfwy iach wrth i'r haul droi ein crwyn sheden yn frownach bob dydd.

Dwi'n eistedd ar wal Cefn Llwyd yn dal i ryfeddu at harddwch y wlad ac yn rhyfeddu 'mod i'n teimlo cystal wedi'r ffasiwn wythnos ddi-gwsg.

Ges i brofiad nad ydw i isho ei ail-adrodd y bore 'ma yn y babell efo Siôn a Siw. Mi ddeffres wrth i Siôn roi coes dros Siw a phenelin yn fy llygad, a phenderfynu y byddai'n well i mi adael llonydd i'r cariadon cyn iddyn nhw ddeffro go iawn.

Yn hytrach na mynd am Maes B neithiwr, mi gerddon ni tua phen y llyn, heibio i Loch Cafe ac i'r traeth bach yr ochor arall i'r lanfa. Roedden ni wedi'n llwytho fel mulod efo cwrw a gwin, bwyd, stereo a CDs: holl hanfodion parti.

Roeddwn i wrth fy modd yn gweld Cat yn ymlacio ac yn mwynhau. Dwi'n ame dim nad ydi cornel fach o galon 'rhen Huwcyn dal yn eiddo iddi – ddalies i o'n edrych arni chydig yn rhy hir gwpwl o weithie . . . Mi aeth yn noson hwyr, a sgen i ddim syniad gododd hi i wneud brecwast i'r bore-godwyr. Weles i mohoni'n gadael.

Cawod gynta, wedyn yr ymweliad ola â maes hapus Steddfod y Bala felly. Siŵr bydd Cat a Lleu yno'n rhywle . . .

5pm

Gan 'mod i wedi bod rownd y stondine i gyd erbyn hyn, penderfynes eistedd wrth ymyl pabell S4C heddiw, efo potel fawr o ddŵr a shêds, ac aros i weld pwy welwn i. A bob yn un, mi welais i bawb! Siôn a Siw, law yn llaw, sgiws mi (mi sylwes i, er eu bod nhw wedi gollwng dwylo'i gilydd cyn gynted ag y gwelson nhw fi), Mer, oedd yn anarferol o sâl, ac a oedd wedi ffonio'i thad i'w nôl hi tua dau o gloch y bore 'ma cyn chwydu ar lawr ei gar fel tase hi'n bymtheg eto (myrc neis iawn sydd ganddo fo – o diar), Fal ac Alex ac Elf, oedd wedi rhyw how gysgu yn eu campyrfan neithiwr a Huw, oedd hefyd wedi landio yn y campyrfan gymdeithasol ryw ben bore ma. Awr fuo fo ar y maes cyn ei throi hi'n ôl am y gampyrfan honno i ddal fyny ar ei gwsg. Misoedd o deithio De America, concro Machu Picchu yn y gwres, ac mae Steddfod Bala yn ei lorio! Iesgob, roedd o'n dawel hefyd, ac yntau fel arfer fel lli'r môr. Beth bynnag, fy nghynllun ydi cychwyn am Gaerdydd fory efo Mer – mae Huw am ddod efo ni am sgowt, mae'n debyg, gan fod gweddill yr haf ganddo i fwynhau cyn ei fod ynte'n dechre ildio i'r byd mawr real a gwneud cwrs Ymarfer Dysgu. Ond cyn hynny mae'n rhaid i mi fwynhau noson ola Eisteddfod Genedlaethol Frenhinol y Bala 1997! Hwrê!

12pm – neu'n eitha agos

Yn fy ngwely. Wel, nid yn fy ngwely fy hun . . . O na, dim sgandal y tro yma! Mae 'na ddyn yma, oes, ond un dwyflwydd mewn gwely bach glas. Rhannu llofft efo Lleu ydw i heno yn hytrach nag ymuno yn rhialtwch gwyllt y noson ola rhyw dair milltir i ffwrdd fel yr hed y frân dros lyn Tegid.

Chydig o greisus.

A finne wedi dod yn ôl o'r maes, neidio i'r gawod a naid arall i jîns, top bach streipiog a sandalau Converse, brwsh sydyn i 'ngwallt a chydig o Juicy Tube ar fy ngwefusau (does dim angen mêc-up efo lliw haul fel hwn), mi ffonies i Cat yn sydyn cyn neidio i'r pic-yp i gychwyn am y Twll yn y Wal lle roedden ni i gyd wedi trefnu i gyfarfod. Roedd hi wedi sôn mai tro Dew oedd mynd allan heno gan ei bod hi wedi cael ei rhyddid neithiwr, ond roeddwn i wedi hanner gobeithio y bydde hi'n gallu ail-drefnu a chael gwarchodwr i Lleu (er, wn i ddim sut chwaith, gan fod pob trigolyn o fewn ugain milltir yn ymwneud â'r Steddfod mewn ryw ffordd). Beth bynnag, roedd hi'n eitha amlwg bod rhywbeth mawr yn bod – roedd llais Cat yn gryg ac roedd hi'n amlwg wedi bod yn crio. Diodde ers neithiwr oedd hi, medde hi – yn methu handlo'r hangofyr a hithe prin yn yfed bellach. Ond ro'n i'n gwybod yn well, felly dyma droi trwyn y pic-yp i'r chwith ym mhen ffordd Cefn Llwyd, ac am Dyddyn Isa.

Roeddwn i mor falch 'mod i wedi gwneud. Roedd Cat mewn stâd, efo'i phen yn ei dwylo, yn cerdded yn ôl a blaen o'r sinc at y drws yn mwydro. Ddychrynes i am fy mywyd, achos fy argraff gynta oedd ei bod hi'n cael nyrfys brecdawn.

'Alla i'm dweud, alla i'm dweud, alla i'm dweud,' medde hi, drosodd a throsodd, gan grafu ei thalcen a chuddio'i llygaid efo cledr ei llaw. Ges i gymaint o fraw, ac yn sydyn roeddwn i'n ôl yng nghanol yr holl helynt efo Alwen, ac yn teimlo'n lot rhy ifanc a gwiron i ddelio â'r sefyllfa. Roedd Lleu wedi ei sodro o flaen y Teletybis yn ei bijamas, wedi ei fwydo a'i fathio yn ôl Cat, felly arweinies Cat at gadair wrth fwrdd y gegin a dweud wrthi 'mod i'n mynd i roi Lleu yn ei wely.

Wrth gwrs, mi gymerodd hynny hanner awr dda, gan fod ecseitment cael ei roi yn ei wely gan rywun arall wedi ei gadw'n effro, a'i fod o'n mynnu dweud 'nos da' wrth bob un tedi a thegan a llun yn ei lofft. O'r diwedd mi syrthiodd i gysgu yn un lwmp chwyslyd yn y llofft boeth.

Allan oedd Cat, yn eistedd ar stepen y drws ffrynt, yn smocio. Un o fy sigaréts i, yn amlwg, gan nad ydi Cat erioed wedi smocio yn ei bywyd cyn heno heb sôn am brynu rhai ei hun. Es i eistedd ati a gafael amdani.

'Reit Cat. Dweud wrtha i be sy'n mynd 'mlaen.'

'Hyn!' meddai gan bwyntio at y buarth efo'i sigarét. 'O ydi, mae'n lyfli rŵan, yn lân ac yn sych; mae'r lle yn wyrdd neis a llond y lle o fêts yma ar gyfer y Steddfod . . .' Mi gymerodd ddrag hir ar ei sigarét a'i chwythu allan gan beswch. 'Ond eithriad 'di hyn 'de? Fel arfer mae'n wlyb, yn oer, y lle 'ma'n llawn o gachu gwartheg a baw ieir, a dwi'n gweld neb o un pen y dydd i'r llall . . .'

'O Cat, mae'n anodd tydi? A tithe'n edrych ar ôl Lleu – ond cyn hir mi fydd gen ti lot mwy o ryddid, pan fydd Lleu yn hŷn, bydd?'

'Wel, fydd y fferm byth yn ddigon hen i'w gadael, na fydd Cer? Den ni'n mynd i nunlle, byth. Dwi'n gweld dim-yw-dim ar Dew. Mae'n saethu allan o'i wely yn y bore, llowcio'i witabics ac allan i odro. Mae'n dod i'r tŷ am ginio, pan mae o'n cofio – roedd hi'n dri arno fo'r diwrnod o'r blaen. Dwi'n ei weld o dros swper ar ôl godro, pan fydd o'n chwarae efo Lleu am bum munud, gwneud myrdd o alwade ffôn a gwaith papur, a phan yden ni'n iste i lawr efo'n gilydd, ein dau yn nacyrd, mae o'n syrthio i gysgu. Dyma pam nes i raddio, ie Cer? Er mwyn hyn y bues i'n stryglo'n feichiog trwy'n arholiade gradd, geni babi tra oedd pawb arall yn y Graduation Ball a bronfwydo pan oedd pawb arall yn Ibiza?' Roedd y llifddorau wedi agor go iawn rŵan.

'Es i i'r coleg i gael *gwneud* rhywbeth, i gael profi rhywbeth heblaw hyn. Gan fwriadau dod yn ôl, ie, ond nid mor gynnar â hyn. Es i i'r coleg i ennill prês i mi fy hun, i gael swydd, i roi profiade i mi fy hun a phethe neis . . . a chael bod yn fi. Fel ti, Cer – cael hwyl, gwneud ffrindie newydd, peidio bod mor uffernol o ddifrifol am fywyd am sbel. A dwi 'di mynd o fod yn fi i fod yn fam, jest fel'ne, ac ar ôl hynny, creda di fi, Cer, ti byth yn cael dy hun yn ôl wedyn. Byth. Ac mae gweld pawb yr wythnos yma, yn hapus, yn ffrindie, yn rhydd, yn fy lladd i.'

Doedd gen i ddim syniad be i'w ddweud, achos roedd popeth roedd hi'n ei ddweud yn wir.

'Wel, Cat, os 'di pethe mor ddrwg â hynny, yna ma' raid i ti wneud rhywbeth am y peth, does?'

Mi ddechreuodd feichio crio. Crio dagre marblis i lawr ei hwyneb tlws, tlws.

'Dwi *wedi*, Cer,' medde hi gan igian. 'Dwi *wedi* gwneud rhywbeth am y peth . . . Huw. Neithiwr.'

Ron i'n fud. Go iawn. Roedd honne'n swaden o sioc.

'Be?'

'Wrth y llyn. Ar ôl i bawb fynd. Roedd hi 'di dechre gwawrio, a roedden ni wedi bod yn siarad am oes. Ac ro'n i 'di yfed lot gormod. Roedd popeth mor dawel, a'r llyn yn llonydd, a ddewises i anghofio am bopeth, ar bwrpas. A dechre cusanu Huw . . . a fynte finne.'

'Dyne'r oll wnaethoch chi, ie Cat? Cusanu?' Roedd o'n fwy o obaith nag o gwestiwn.

O'r tawelwch, roedd hi'n amlwg nad dyna'r oll, o bell ffordd. Ac mi ddwedes i'r peth mwya huawdl oedd yn fy mhen.

'O shit, Cat.'

Ac o shit go iawn. Yn ôl Cat, tydi hi ddim yn gwybod os ydi hi'n caru Huw. Mae hi'n gwybod ei bod hi'n caru Dew, ond ddim yn siŵr os ydi hi ond yn ei garu fel tad i'w phlentyn a dim mwy; a tydi hi ddim yn siŵr iawn faint sydd rhyngddyn nhw erbyn hyn. Roedd Huw wedi ei hatgoffa hi o pwy oedd hi, pwy oedd hi'n arfer bod . . . ond roedd hi'n sicr nad Huw oedd hi isho, er nad oedd hi'n swnio mor siŵr â hynny i mi. Cynigies ein bod ni'n rhoi Lleu yn y gadair car a gyrru lawr i Bala i drio gweld Huw, ond doedd Cat ddim isho hyd yn oed ystyried hynny.

'Yr unig ffordd y galla i gôpio efo hyn ydi anghofio i'r ffasiwn beth erioed ddigwydd. Plîs Cer, mae'n rhaid i ti addo . . . addo i fi, ar fywyd Lleu, na ddywedi di ddim wrth neb.'

A doedd gen i ddim dewis. Am addewid – ar fywyd fy nai perffaith. A fi 'di'r un fydd yn gorfod pasio'r neges i Huw fory, y neges na 'ddigwyddodd dim' ac os yr agorith o ei geg o gwbwl, yna dyna fywyd Cat wedi ei ddifetha. Mae'n rhaid i mi ddweud yr hyn mae Cat isho i mi ei ddweud, a pheidio trafod y peth byth eto. Dwi'n cael fy nhynnu, achos mae Huw yn ffrind i mi a dwi'n siŵr bod ei fersiwn *o* o hyn yn reit wahanol, ond er fy lles fy hun alla i ddim ymyrryd. Biti y bydd Mer efo ni ar y siwrne fory a dweud y gwir, neu mi fuasen ni'n gallu cael sgwrs gall ar y ffordd lawr. Ond hei, be sydd i'w drafod? Yn ôl stori Cat, ddigwyddodd dim.

Ond mae rhywbeth mawr *wedi* digwydd – ac mi ddigwyddodd am reswm. Mae Cat yn hollol anhapus, a tydi jest dymuno bod yn hapus rŵan jest ddim yn mynd i weithio. Nid felly mae bywyd, nage? Mae meddwl amdani hi'n drist yn torri 'nghalon i.

Ac er 'mod i bron â thorri 'mol isho bod yn rhan o benllanw'r ŵyl hwyliog hyfryd, roedd Dew wedi trefnu i aros yn nhŷ un o'i fêts wedi noson fawr ar y cwrw ac wedi gofyn i'w dad ddod i odro yn y bore. Doeddwn i ddim isho i Cat fod ar ei phen ei hun, a doeddwn i'm yn siŵr oeddwn i yn ei thrystio i fod ar ei phen ei hun chwaith. Roedd hon yn un noson wyllt roedd yn rhaid i mi ei methu, beryg. Weithie, mae gwaed yn dewach na chwrw.

Dydd Sul, 10 Awst – 3pm

Roedd Cat ar ei thraed o 'mlaen i bore 'ma, a daeth â phaned o de i mi.

Roedd gwely Lleu yn wag.

'Ma' Dew'n ôl . . .'

Doedd dim raid iddi ddweud mwy; ro'n i'n gallu clywed chwerthin afreolus Lleu o'r llofft drws nesa wrth i'w dad ei gosi.

'Raid i mi fynd 'sdi. Dwi angen mynd i Gefn Llwyd i bacio a dweud hwyl fawr wrth Mam a Dad cyn iddyn nhw ddiflannu i'r gymanfa. Ti'n iawn?'

Nodiodd Cat yn dawel a chodi ei hysgwyddau mewn ystum 'be-nei-di?'

'Cat! Tyrd yma . . .' galwodd Dew o'r stafell nesa. 'Mami sy' nesa, yn de Lleu?'

'Ieeee!' medde llais bach. 'Mamimamimamimami . . .'

A dyna sut y ffarwelies i â nhw – Lleu a Dew yn ymosod ar Cat ar y gwely efo 'bysedd cosi' a hithe'n glanna chwerthin. Yn deulu hapus.

Ro'n i jest mewn pryd i ddweud hwyl wrth Mam a Dad wrth iddyn nhw droi am ddigwyddiad ola'r Steddfod. Roedd Mam yn reit emosiynol, a ges i hyd yn oed goflaid gan Dad, oedd â dagre yn ei lygaid. A finne wedi gweld prin ddim arnyn nhw drwy'r wythnos! Dwi'n meddwl mai rhyw gyfuniad o ryddhad bod yr Ŵyl wedi bod yn llwyddiant ysgubol ar eu patch nhw, balchder bod yr holl waith wedi bod yn werth chweil, blinder llwyr ar ôl y ffasiwn wythnos a thristwch o wybod bod yr holl beth ar ben oedd tarddiad y dagre.

Dwi'n rhannu'r teimlad hwnnw. Ges i don o dristwch go iawn wrth edrych ar Gefn Llwyd a Thyddyn Isa o'r ochr arall i'r llyn, a heddiw, wedi wythnos o heulwen, roedd 'na gymylau duon dieithr yn cronni uwchben a hen liw storm yn yr awyr. Nes i drio peidio â meddwl gormod am y symboliaeth hwnnw.

Ryden ni yn Ffiat bach Mer rŵan, rhywle ochre Llanelwedd. Mae'r traffig drwm a dwi wedi bod yn hepian cysgu'r holl ffordd. Mae Huw yn rowlio smôc yn y set flaen am yn ail â ffidlan efo deial y radio. Mae Mer yn dreifio'n dawel, yn brathu ei gwefus yn bryderus. Ydi Huw yn mynd ar ei nerfau tybed? Neu ydi hi'n poeni am fynd yn ôl i realiti wedi wythnos mor nefolaidd?

Mae Siw wedi dewis teithio i lawr efo Siôn. Mae o'n dipyn o un – ond os gall unrhyw un ei handlo, falle mai Siw 'di honno. Roedd hi mor braf gwylio fy holl ffrindie o wahanol gyfnode fy mywyd yn dod i nabod ei gilydd: Siw a Mer a Cat, wrth gwrs, o Llan; Hel, Huw ac Elf o'r coleg a Siôn, Fal ac Alex o Gaerdydd. Yr un fydde wedi bod yn ei elfen yn eu canol i gyd fydde Mês. Mi fyse fo wedi bod yn frenin yn y Steddfod yma!

Tybed sut groeso gafodd o ym mhen draw'r byd? Mae 'nghalon i'n suddo wrth feddwl am Gaerdydd hebddo fo. A Chwip hebddo fo. Mi fydd hi mor wag yno.

Mi ffonies i Bev bore 'ma i ofyn fydde hi'n iawn i Huw aros am gwpwl o nosweithie. Roedd hi'n swnio'n anweddus o hapus, ac yn dweud ei bod hi'n methu aros i ddechre ar yr helfa am ffrog briodas iddi hi ei hun a ffrog morwyn i finne. Ro'n i wedi anghofio popeth am y briodas!

8pm

Wythnos sydd ers i mi adael Caerdydd, ond yn yr wythnos honno mae tŷ Bev wedi troi yn boutique priodas. Dwi erioed wedi gweld y ffasiwn beth. Mae'r lle yn llawn o focsys o sampls blode, defnyddiau, anrhegion gwesteion a channoedd o gychgrone. Ac mae prif liw'r briodas yn edrych yn amheus o amlwg: pinc. Os oedd y tŷ yn wyn o'r blaen, yna rŵan mae o'n llawn o binc.

Wedi ffarwelio â Mer, llusgodd Huw a finne ein hunain i'r tŷ. Roedd y pincrwydd yn sioc i mi, ond roedd Huw wedi dychryn yn lân.

'Wow, Cer. Doeddwn i ddim yn sylweddoli mai mewn blymonj oeddet ti'n byw!'

Yna ymddangosodd Bev.

'C'rrrriad! Sut wyt ti? Huw? Bev ydw i. Croeso i ti cariad. Dwi, mae'n rhaid i mi eich rhybuddio chi, on a mision. Dwi'n mynd i dy gael di Ceri, i mewn i'r ffrog forwyn briodas fwya glamyrys welaist ti erioed, cyn diwedd y mis. Achos, tic toc, dim ond chwech wythnos i fynd . . . O, Ceri, mae hi'n neis dy gael di'n ôl. Fi fach ydi hon, 'sti Huw!' Ges i anferth o goflaid arall ganddi. 'Shampên?'

Aha. Dyna pam y ffasiwn ffys. Bev wedi bod ar y bybls. Ac am unwaith yn fy mywyd dyna'r peth ola oeddwn i isho. Ar ben fy rhestr roedd fy ngwely, felly esgusodais fy hun. Er, mi dderbyniodd Huw yn llawen, ac o fy ngwely rŵan, dwi'n gwrando ar y ddau'n parablu am bopeth dan haul. Huw yn sôn am ei anturiaethau mae'n siŵr a Bev yn trio sôn am y briodas.

Dwi byth wedi cael cyfle i siarad yn iawn efo Huw. Mi fydd raid i fory wneud y tro. Ar ôl wythnos ddi-gwsg dwi'n llipa i gyd, ond mae fy mhen yn anniddig ac yn aflonydd i gyd, yn methu stopio meddwl am Cat a Dew a'r holl sefyllfa. Fydd fawr o siâp arna i yn Chwip fory, beryg.

Dydd Llun, 11 Awst

Mi fydd gwell siâp arna i'r wythnos nesa yn Majorca, debyg. Dim cam-sillafiad na chamddealltwriaeth: Majorca! Mwy o dorheulo!

'On i'n meddwl taw i'r Bala wedest ti oe't ti'n mynd, nid Barbados,' medde Bledd pan welodd o fi'n cerdded i'r swyddfa. 'Yt ti wedi bod yn crwydro'r maes yn dy ficini?'

Cyfeirio oedd o at fy lliw haul, ond roedd y syniad o Bledd yn meddwl amdana i mewn bicini yn ddigon i droi'n stumog braidd. Beth bynnag, Majorca. Prin chwarter awr wedi i mi gyrraedd Chwip, ffoniodd Bev. Mae'n debyg bod un o'i chleients mawr hi wedi cael caniatâd cynllunio ar gyfer gwesty enfawr ym Mae Caerdydd, yn rhan o'r cynllun ailddatblygu anferth hwnnw. Mae un o benaethiaid y cwmni yn sicr mai gwaith caled Bev ar y cais sydd yn gyfrifol am y llwyddiant, ac mae gan hwnnw dŷ yn Majorca. Mae o wedi rhoi cynnig i Bev a David fynd draw yno am bythefnos am ddim, talu am eu tocynne awyren nhw a phopeth. Ond, o diar, bechod, mae 'ngalon i'n gwaedu . . . tydi David ddim yn medru mynd ('gwaith' neu rywbeth yn ei rwysto), ac felly meddyliodd Bev falle y baswn i awydd mynd. Ym, beth am feddwl am y peth am rhyw eiliad . . . Pam lai?

Wrth gwrs, y broblem fawr oedd 'mod i wedi cael gwylie'r wythnos ddiwetha, a doeddwn ddim yn credu y bydde Eleri yn gadael i mi fynd eto am bythefnos heb rybudd o gwbwl. Ond wedi sgwrs efo Mrs y Dderbynfal, daeth haul (Sbaenaidd) ar fryn. Dim ond chwe niwrnod o wylie dwi wedi eu cymryd ers i mi ddechre gweithio yn Chwip. Mae gen i 21 i'w cymryd, ac efo cytundeb naw mis, mae hynny'n golygu bod y swydd yn dod i ben ddiwedd Medi. Felly mae'n rhaid i mi, yn gyfreithiol eu cymryd cyn hynny. Am boen! Felly, os ydi Eleri yn cytuno, yna does 'na ddim byd yn fy stopio i rhag mynd efo Bev.

Ddiwedd yr wythos, mi fydd y ddwy ohonon ni'n yfed Pina Coladas ar draeth euraidd, wedi hedfan am ddim o Fryste i Palma a chael ein gyrru gan chauffeur i dŷ ar y Cap de Formentor, lle mae Catherine Z a'r milionêrs i gyd yn mynd!

Os ydi Eleri yn cytuno . . .

Yn y cyfamser, mi lwyddes i gael gair efo Huw. Mae ganddo fo deimlade cryf iawn am Cat o hyd, mae'n amlwg, ond roedd yn rhaid i mi ddweud y gwir wrtho fo, bod Cat isho anghofio bod dim wedi digwydd, a 'mod i wedi addo gwneud yr un peth.

Aeth pethe'n annifyr braidd – roedd o bron â thorri'i fol isho siarad, ond a finne wedi addo, allwn i ddim.

Mae o am fynd adre fory. Dwi'n meddwl falle ei fod o wedi meddwl aros yng Nghaerdydd yn hirach ond 'mod i wedi dwyn y gwynt o'i hwylie fo braidd. Yn dawel fach, dwi'n falch ei fod yn mynd – heb fod yn gas, mae ei weld o yn fy ngorfodi i feddwl am Cat.

Dydd Mawrth, 12 Awst

Gerfydd croen fy nannedd ys dywed y Sais, dwi'n mynd i'r haul am bythefnos!

Na ddywedodd Eleri. No wê hosê. Byth. Nefar. Oni bai 'mod i'n dod o hyd i ddeg dyn i 'godi safon presennol cystadleuwyr *Mae Gen i Gariad*' – erbyn dydd Gwener.

Dwi'n ei nabod hi'n ddigon da erbyn hyn i sylweddoli ei bod wedi gosod yr her oherwydd ei bod yn hollol amhosib. Achos mewn iaith bob dydd, 'dod o hyd i ddeg dyn i godi safon presennol cystadleuwyr *Mae Gen i Gariad*' ydi 'ffindio deg sdoncar secsi sy'n siarad Cymraeg ac isho mynd ar raglen deledu achos mae'r rhai sydd ar y rhestr ar hyn o bryd yn warthus'. Ac mae 'na gannoedd o hyncs yn desbret i gael eu gweld ar raglen gachlyd Gymraeg 'does . . .?

Yr ateb syml i'r cwestiwn yna ydi: os oes criw o fêts wedi betio ar faint o weithie y gallan nhw gael eu gweld ar y teledu mewn blwyddyn, waeth be ydi'r rhaglen, yna OES! A dwi'n meddwl bod rhif ffôn Ben-digeid-ddyn yn dal i fod yn fy rycsac Steddfod.

Bore o alwade'n ddiweddarach, roedd gen i nid yn unig restr o enwau a rhife ffôn deg dyn deniadol a desbret, ond bywgraffiade ohonyn nhw a dyddiade ffilmio posib ar gyfer pob un. Dim jôc. Dwi'n siŵr bod Eleri'n meddwl bod wythnos yn y Bala yn troi pobol yn beionic neu rywbeth.

A dyna pam y bydda i, ddydd Sadwrn, yn 'dilyn yr haul . . . dilyn yr amser da . . .'

Dydd Mercher, 13 Awst

Dwi wedi bod yn trio cael gafael ar Mer, achos mae 'na rywbeth yn mynd ymlaen; sgen i ddim syniad be, ond yn ddiarwybod i mi dwi yn ei chanol hi, a dwi ddim yn hapus. Bore ma, ro'n i'n ei bachu hi allan trwy'r drws ar fy ffordd i'r gwaith a phwy oedd ar stepen y drws, ar fin cnocio, ond James, yn dal mobeil yn ei law.

'God! Didn't expect to see you up,' medde fo yn ei lais clagwydd posh. 'Mer (neu Meeeeee fel mae o'n ynganu ei henw hi) still in bed?'

'Mmmm' medde fi, heb wybod be i ddweud.

'Well, she might not be needed in the newsroom till one, but she's on call from ten this morning – one of the journos is off sick. So she'd better have this with her, even if it's under the pillow. Big night last night?'

'Yyy . . .'

'Silly question. Every night she's out with you is a big night isn't it? You know, I've lost count of how many times I've been told recently not to wait up because you needed her to sort out yet another man crisis. And there's always copious amounts of alcohol involved in the solving of these crises. Maybe they're both linked? Ever thought of that? Anyway, tell Meeee I'll see her late tonight – off to Bristol on a course.' Ac i ffwrdd â fo, gan fy ngadael i'n pendroni:

1. Sut ydw i newydd gael sgwrs dros bum munud o hyd heb ddweud dim.
2. Be ddiawl mae Mer yn 'i wneud efo'r piloc o ddyn yna.
3. Be ddiawl ydi gêm Mer? 'Big nights out'? 'Copious amounts of alcohol'? Hefo fi ym mhob un ohonyn nhw? Howld on Defi John . . .

Beth bynnag, es i 'ngwaith, gan drio ffôn fflat Mer a James trwy'r bore. Dim ateb. Doedd 'na'm diawl o bwynt ffonio ei mobeil, nag oedd, a honno yn fy mag. Felly o gofio bod Mer, yn ôl yr annwyl James, ar y shifft un o'r gloch, i ffwrdd â fi tua'r fflat. Erbyn i mi gyrraedd trydydd llawr y grisiau tân ro'n i'n chwythu a thagu (tydw i ddim hanner mor ffit rŵan ag oeddwn i pan oeddwn i'n cario bocsys i fyny'r blydi peth), ond doedd dim ateb wrth y drws yn fanno.

Ar y ffordd i lawr oeddwn i pan arafodd car a stopio reit wrth waelod y grisie. Audi neis. Allan ohono fo daeth Mer, yn edrych yn grêt ac yn chwerthin yn uchel, cyn plygu'n ôl i mewn ar gyfer yr hyn oedd yn edrych i mi fel sws.Un hir. Mi weles i law ar ei gwar yn ei thynnu'n nes.

'Wela' i ti wedyn, Chris . . . Boss!' Caeodd y drws a cherdded yn hyderus am y grisie, gan wybod bod y dyn yn y car yn dal i edrych arni. Sgrialodd hwnnw i ffwrdd wedyn efo bib-bib uchel.

Doedd Mer ddim wedi sylweddoli 'mod i ar ben y grisie, ac roedd hi'n dal i wenu a chanu dan ei gwynt pan ddaethon ni wyneb yn wyneb. Trodd yn welw.

'Cer! Haia,' medde hi, yn amlwg yn trio gweithio allan faint oeddwn i wedi ei weld. Wn i ddim be ddigwyddodd i mi'r eiliad honno – blinder Steddfod, hiraeth am Mês, cyfrinach Cat – ond yn hytrach na gofyn be oedd yn mynd ymlaen, yn sydyn doeddwn i *ddim isho gwybod*. Ddim isho'i glywed. Dim diddordeb.

'Wst ti be', Mer? Dwi'm isho gwybod be di'r gêm na phwy sy'n chwarae. Dwi'm yn poeni am y twlsyn o gariad yne 'sgen ti a dwi'm poeni am y bos priod yne sydd newydd yrru i ffwrdd. Dwi'm yn poeni am esgus na rheswm. Ond dwi *yn* poeni dy fod di'n fy nefnyddio fi i guddio dy gelwydde. Felly, beth bynnag ddiawl sy'n mynd mlaen, gad fi allan o'r ffycin peth plîs. A pheth arall: ti wedi fy mrifo fi i'r byw. Ro'n i'n meddwl 'mod i'n golygu mwy i ti na hynne.'

Cerddes yn ôl i Chwip yn hollol, hollol ddiemosiwn, wedi cael llond bol o brobleme pawb arall.

Dydd Iau, 14 Awst

Bicini
Ffactor 30
Ffactor 15
Sbectol haul
Kaftan
Fflip fflops
Lot o lyfre chic-lit swmpus, crap
Stwff rhag pryfed
Het haul fawr wellt
Sarong
Basged traeth
Traveller's cheques
E11

Dyna'r rhestr siopa ore dwi wedi ei sgwennu. Erioed.

Dydd Gwener, 15 Awst

Fory dwi'n mynd i adael y tŷ 'ma ben bore efo cês trwm yn llawn o ddillad na wna i 'mo'u gwisgo, geid bwc na wna i ddim sbïo arno fo a geiriadur na wna i 'mo'i agor. Dwi hefyd am adael y dyddiadur yma, holl helbulon fy ffrindie, yr holl hiraeth am Mês a holl brobleme'r gwaith, a gorwedd yn yr haul heb orfod meddwl, am bythefnos. Dwi'n mynd i fwyta fel brenin ac yfed fel cwîn. Dwi'n mynd i fwynhau pob eiliad a phoeni am ddim. Dwi'n mynd i siarad am lês, blodau, steil byrddau a lliw ffrogiau, a dim byd mwy heriol na hynny. Dwi ddim yn mynd i sgwennu na theipio na ffacsio gair tan y do' i adre ar ddiwrnod ola Awst.

Dwi'n mynd ar fy holidês yng ngwir ystyr y gair. Adios!

Dydd Sul, 31 Awst

Mae dod adre o unrhyw wyliau yn anodd, ond dwi erioed wedi dod yn ôl o 'ngwylie i ddim byd fel hyn.

Ond, cyn hynny – ro'n i angen y gwylie yne! O, am wych. Haul crasboeth, villa *anhygoel*, pwll nofio enfawr a llwybr tri munud i draeth euraid, tawel. Ynghanol nunlle, ond o fewn tafliad carreg i Port de Pollenca. A morwyn yn dod yno bob bore i baratoi brecwast a llenwi'r oergell efo bwyd, dŵr a gwin; gwneud ein gwelyau, golchi'n dillad a thacluso'r tŷ. Dwi wedi ail-feddwl am fachu ffarmwr cefnog – dwi am fynd am yr entrepreneur cynta wela i, er mwyn cael byw fy mywyd fel hyn am byth. Yng Nghaerdydd? Falle ddim. Ond dwi'n siŵr bod peth gwirionedd yn y syniad bod arian yn gallu prynu hapusrwydd . . .

Roedd Bev a finne wedi clincio'n gwydrau crisial am y tro ola yn reit gynnar neithiwr gan ein bod yn hedfan adre bore heddiw. Roedden ni'n dwy'n sipian coffi a cheisio hel ein pethau pan ddaeth Isabella, y 'forwyn', i mewn. Yn dawel ac araf, yn sbïo ar y llawr.

'Lo siento mucho, lo siento mucho,' meddai, a dagrau yn powlio i lawr ei gruddiau. Roedd yr olwg syn ar wynebau Bev a finne'n dangos nad ganddon ni syniad be oedd y greadures fach yn drio'i ddweud.

'Esta muerta . . .' Na, dim syniad. 'Muerta . . . esta muerta.'

Ocê, dwi wedi bod yn Sbaen droeon ond gofyn am goffi a chwrw ydi fy limit, yn anffodus, yn yr iaith frodorol. Ond mi allwn i ddadansoddi bod ei neges yn un reit ddifrifol achos bod y greadures yn gwneud arwydd y groes yn ddi-baid. Ac yn crïo go iawn.

'Diana. Muerto.' Na, dim clem.

Trodd Isabella y teledu ymlaen, ac wrth iddi droi o sianel i sianel, y cwbwl welson ni oedd sgrîn ar ôl sgrîn yn llawn o wynebau difrifol, lluniau o'r dywysoges Diana a golygfeydd o dwnnel ym Mharis. O fewn eiliadau roedd hi'n reit amlwg bod damwain wedi digwydd a Diana wedi ei lladd, oedd yn anghredadwy rhywsut. Y ddynes sydd ym mhob papur a chylchgrawn o'r tabloids i'r trymion, yn destun trafod a dadlau a dadansoddi; wedi marw, ac yn y fath amgylchiadau. Ac felly y pacion ni ein cesus, yn gegrwth wedi'n gludo i'r teledu. Roedd radio Sbaeneg y tacsi yn parablu'r un stori, a chriwiau o bobol wedi ymgasglu o dan bob sgrîn deledu yn y maes awyr. Doedd dim cerddoriaeth yn y siopau diwti-ffrî.

Daeth cwpwl Americanaidd aton ni cyn i ni gael ei galw at yr awyren, i gydymdeimlo a dweud wrthon ni: 'be strong as a nation, for Diana.' Ac o weld eu wynebau diffuant, dagreuol, doedd gen i ddim calon i ddweud nad oedd angen i mi fod yn gry' achos nad fy nghenedl i ydi hi; ac na fu Diana erioed yn berthnasol i 'nghenedl na 'mywyd heblaw bod ei ei theitl gwag yn ein cysylltu. Ond gwyddwn nad dyna'r lle na'r amser i fod yn flin efo pobol nad oedden nhw'n gwybod yn well.

Dydd Llun, 1 Medi

Mae'n stori newyddion enfawr, wrth gwrs ei bod hi, ond mae'n fwy na stori newyddion. Mae'r penawdau'n dangos llun ar ôl llun o bobl yn galaru ac yn nadu crio. Pobol gyffredin. Wn i ddim be i'w wneud o'r cwbwl. Mae 'na ddau hogyn bach wedi colli eu mam, ac alla i ddim meddwl am lot o bethe gwaeth na hynny, ond mae 'na bobol, miloedd ar filoedd ohonyn nhw, yn Llundain yn cario arwyddion yn dweud pethe fel 'Show Us You Care', gan nad ydi'r teulu brenhinol wedi cael eu gweld yn gyhoeddus. Mae pawb isho gweld y boen, y dagre – fel ryw fwlturiaid isho boddhad o weld galar.

Mae 'na bobol ar y teledu yn dweud eu bod nhw angen gweld bod y teulu brenhinol yn bobol fel ni, yn galaru. O cym on! Dydyn nhw ddim fel ni, fyddan nhw fyth fel ni. Yn barod maen nhw wedi gorfodi'r plant druan i ddod allan i wynebu torfeydd mawr o ddieithriaid a gwneud iddyn nhw ddiolch ac ysgwyd llaw – mae o fel anfon cerdyn cydymdeimlad i rywun a dechre edliw nad ydech chi wedi cael cerdyn diolch amdano fo.

Mae'r gorsafoedd radio'n chwarae cerddoriaeth drist, araf ac mae popeth yn llwyd a gwelw. Mae'n lle gwahanol iawn i'r wlad a adawson ni i fynd ar ein gwylie.

Dydd Mawrth, 2 Medi

Yn ôl yn y gwaith heddiw. Dwi'n teimlo fel petawn i wedi bod i ffwrdd am fisoedd. Roedd hi braf cael gweld Fal ac Alwen a'r criw, ac yn brafiach fyth cael yr holl gompliments am fy lliw haul a'r pwyse dwi wedi ei golli. Efo'r Briodas Fawr ymhen tair wythnos, mae Bev â'i bryd ar edrych yn wych, ac o wybod faint o berffeithydd ydi hi, dwi'n dechrau amau ai cynllwyn oedd y gwylie i wneud yn siŵr bod pawb yn cyrraedd ei safonau uchel hi o ran pryd a gwedd, gan gynnwys y forwyn briodas. Dim gwylie rhempio-ola-cyn-priodi-oedd hwn o bell ffordd. Roedd o'n fwy o brofiad sba na dim arall, a doeddwn i ddim wedi sylweddoli faint o bwyse dwi wedi ei golli nes i mi wisgo fy nghordirois glas bore 'ma – mae 'na le i 'mol i a melon ynddo fo!

Am bythefnos mi fues i'n dilyn esiampl Bev o frwsho fy nghorff bob bore, sgrwbio 'nghroen yn y gawod, plastro'r eli haul yn lle llosgi a byw ar ddim ond ffrwythe a galwyni o ddŵr drwy'r dydd, wedyn salad a physgod a dim ond glasied neu ddau o win i swper. Gwnaeth cerdded y llwybr serth at y môr o leia dwywaith y dydd wyrthie i 'nghoese, yn ogystal ag orie o nofio yn y môr a'r pwll. Does ryfedd bod gan ferched segur y milionêrs goese at eu clustie a lliw haul parhaol . . . be arall sydd ganddyn nhw i'w wneud?

Beth bynnag, wedi difaru braidd dangos fy hun mewn sgert ddenim fer a sandals, ges i sgwrs efo Fal. Roedd hi'n dweud pa mor fflat a diflas a gwag oedd y swyddfa. Ro'n i ar fin diolch iddi, gan ddweud y bydde pethau ar i fyny rŵan 'mod i'n ôl, pan sylweddoles mai sôn am y bwlch mae Mês wedi ei adael mae hi. Mae pawb yn hiraethu – ac mae'r cerdyn post ar y wal wedi ei gyfeirio at bawb yn cadarnhau ei fod wedi cyrraedd ac wrth ei fodd:

'G'day. Diolch am yr holl hwyl dros y misoedd diwetha ond dechreuwch balu twnnel – dyma'r lle i fod bois! Iechyd da. Mês x.'

Ond mae 'na chydig o gynnwrf yn y swyddfa i leddfu'r boen, fel y sylwes i'n reit sydyn pan amneidiodd Fal tuag ato fo efo winc gyfrwys. Llond trowsus o destosteron o'r enw Owain sy'n cael hyfforddiant gan Duke ar gadw cyfrifon.

Wedi i mi fynd i ddweud helô wrth Alwen, oedd hefyd wedi ffindio'i choese mewn sgert reit fer (rhywbeth i'w wneud efo dyfodiad Owain yn siŵr), mi setles i wrth fy nghyfrifiadur a'r fasged bost i weld lle roedden ni arni efo'r difyr *Mae Gen i Gariad*. Er 'mod i'n trio canolbwyntio roedd fy ngolygon yn cael eu tynnu tuag at Owain. Mae o'n eitha pishyn, mewn ffordd chydig bach yn barchus (chinos a chrys check), ac am ryw reswm, mae Fal, Duke a hyd yn oed Eleri yn ffindio esgus i ddod i'n swyddfa ni'n llawer amlach nag oedden nhw.

Roedd y swyddfa'n llawn o ferched yn eu hoed a'u hamser ar ôl cinio, a phenderfynes chwarae tric bach, er lles a hapusrwydd y gweithle wrth gwrs. Mae 'na ffordd arbennig i drin y llungopïwr. Mae'r cartrij yn tueddu i ddod yn rhydd ac wedyn mae'r peiriant yn gwrthod gweithio – mi wyddwn i hynny. Ond doeddwn i ddim yn mynd i gyfadde hynny wrth Owain pan ofynnes i am help. Gofynnes tybed oedd o'n meddwl mai rhywbeth yng ngrombil y peiriant oedd yn sownd . . . Haleliwia! Wrth iddo blannu i berfeddion y peiriant, roedd ei ben-ôl perffaith (fel eirinen wlanog yn ei drowsus tynn) yn yr awyr a phawb yn tagu dros eu geiriau a thrio'u gorau i beidio chwislo! Hwyl diniwed, gwleidyddol anghywir mi wn, ond iesgob, mi wnaeth o ni'n hapus!

Dydd Mercher, 3 Medi

Galwodd Mer gynne. Roedd hi wedi bod draw droeon, medde hi, a chan nad oedd 'na byth ateb yn y tŷ roedd hi wedi ffonio Cefn Llwyd i holi oedd popeth yn iawn. Mam a Dad ddywedodd 'mod i ar fy ngwylie, wedi synnu nad oedd Mer yn gwybod.

Mi wisges i fy wyneb sychlyd a gwneud paned iddi, ac mi ddywedodd hi'r holl hanes. Mae hi wedi bod yn cael affêr efo Chris ers misoedd lawer, ac fel ro'n i'n ame, wedi bod yn fy nefnyddio fi fel esgus bob tro roedden nhw eisiau cyfarfod – cogio 'mod i'n ypset am ryw ddyn neu'i gilydd a hithe'n gorfod brysio i 'nghysuro, neu ambell dro, meddw oeddwn i yn y dre a hithe'n mynd i fy nôl i. Weithiau roeddwn i wedi fy nghloi fy hun allan o'r tŷ ac angen nôl goriad sbâr gan ffrind i Bev yn y Barri achos bod Bev yn Llundain. Yn fras, felly, fy nhroi i yn ffycwit llwyr i'w dibenion ei hun. Dwi'n gwybod ei bod hi'n gallu bod yn dan dîn. Roedd hi'n gallu bod felly yn yr ysgol – 'anghofio' dychwelyd llyfr llyfrgell roedd pawb ei angen yn ei dro i wneud traethawd, achos ei hi bod hi'n cymryd ei hamser efo fo; gwneud ffrindie ffug jyst er mwyn ennill pleidlais swyddogion dobarth tri . . .y math yna o beth. Sy'n gachu.

Dwi ddim yn deall. A dwi'm yn deall pam ei bod hi efo James chwaith. Tase hi'n cyfadde'r gwir iddi ei hun, dwi'n siŵr mai er lles ei gyrfa y bachodd hi o yn y lle cynta, ond rŵan Chris ydi'r gris nesa ar yr ysgol – er ei fod o'n ŵr i rywun yn barod.

Mi driodd hi droi pethe i ddweud bod ei thad wedi rhoi pwyse aruthrol arni hi dros y blynyddoedd; gwneud yn dda yn yr ysgol, yn y coleg, yn ei gyrfa, a bod yn rhaid iddi wneud popeth yn ei gallu i osgoi methiant.

'Sgen ti'm syniad sut oedd o efo fi ar ôl i mi chwydu yn y car y noson honno yn y Steddfod – ffiaidd. 'Se dy dad *di* jest wedi chwerthin, yn bydde, chydig yn flin ond yn y pen draw mi fyse fo wedi gweld y peth yn ddoniol yn byse? Nid dad. No wê. Tydi o ddim yn iawn efo fi o hyd,' medde hi.

Dwi'n cyfadde i mi feddalu rhyw chydig, ond dim llawer, achos beth bynnag ydi ei phroblemau hi, mae hi wedi bod yn cysgu efo dyn sy'n briod ac efo plant bach, sydd yn ofnadwy, yn ddiangen ac yn drist.

Beth bynnag, mi ddwedes i fy mhwt, sef yr uchod. Mi hwyliodd hi i fynd a gofyn os allen ni gwrdd am bryd o fwyd neu rywbeth yn fuan. Nes i ddim cytuno, gan ddweud ei bod hi braidd yn brysur rhwng priodas Bev a phob dim. Dwi isho amser i feddwl. Dwi'n teimlo'n groes am yr holl beth, a wedi 'mrifo bod ffrind bore oes yn meddwl cyn lleied ohona i ac wedi fy nefnyddio fi fel gwnaeth hi.

Dydd Iau, 4 Medi

Mae presenoldeb Owain wedi bywiogi'r swyddfa yn ddi-os. Ac wedi bywiogi'r gyfres, o bosib. Mae o'n nabod Miss Cŵl Cymru 1997 mae'n debyg – ocê, tydi hi ddim ar lefel Demi Moore o ran enwogrwydd, ond duwcs, dwi'n siŵr y base hi'n denu tipyn o gyhoeddusrwydd handi yn y *Wales on Sunday* tase hi'n cytuno i fod yn ddarpar 'gariad' ar y gyfres. Os y gallwn ni ffindio ei rhif ffôn hi, yna mae o yn barod i wneud y gweddill medde fo, gan eu bod nhw wedi bod yn ffrindie da iawn yn y brifysgol mae'n debyg, ond wedi colli cysylltiad. Grêt.

A dyna pam ro'n i'n meddwl y daeth o draw at fy nesg heddiw, i ddiolch am y rhif ro'n i wedi ei adael ar ei ddesg. Rois i naid oedd yn ddigon i droi'r gêm Solitaire ar y sgrîn o 'mlaen i yn ffeil o 'sgwennu pan sylweddoles i ei fod yn sefyll uwch fy mhen, a theimlo fy hun yn mynd yn reit goch.

'Ceri?' Edrychodd o'i gwmpas a dechre sibrwd. 'Ti moyn mynd mas ryw noson?'

Mas? Mas am dro? Mas am bryd o fwyd? Mas am ddêt?

'Ym . . . be ti'n feddwl, mas?'

'Ym . . . *mas* . . . Beth bynnag . . . Drinc?'

'O . . . *mas* mas . . .?'

'Y . . . ie, mas mas.' Synhwyrais sgyrsiau ffôn yn tawelu a chlustie'n codi . . .

'Ym . . . ie, iawn . . . Pryd?'

'Nos fory? Gweld ti yn yr It Bar yn y dre? Saith?'

'Ie, mi fase hynne'n neis. Diolch yn fawr.'

Diolch yn fawr? O Ceri! Ydw i gymaint â hynne allan o bractis fel 'mod i'n diolch fel taswn i newydd brynu stamp ganddo fo? Fel roeddwn i'n dweud y frawddeg, edrychais o 'nghwmpas i weld llygaid culion Alwen yn yn fy rhegi'n fud a Fal a Duke yn gwenu'n ddrwg. Ha!

A heno, be ro'n i isho'i wneud oedd mynd i brynu dillad dêt ar gyfer nos fory. Be wnes i? Sefyll yn stond am ddwyawr yn stafell newid Howells tra oedd Bev yn fy ngwisgo mewn ffrog ar ôl ffrog ar ôl ffrog. Hollol syfrdanol, o ystyried y bwrlwm priodasol, nad ydi Bev wedi dod o hyd i ffrog i mi cyn hyn. Ro'n i awydd dechre mynd i chwilio am un fy hun, ond wele, dyma weledigaeth dlos mewn sidan pinc tywyll, yr ugeinfed ffrog i mi ei thrio. Mae hi'n hynod o chwaethus, o ystyried mai ffrog morwyn ydi hi. Pinc tywyll, tynn, straps tene a band melfed rhwng fy ngwasg a 'mronne – hynod fflatyring, hawdd i'w gwisgo ac o ganlyniad i'r prawf y gwnaeth Bev orfodi i mi ei wneud, mae'n hawdd plygu lawr ynddi i addasu 'train' Bev. (Dim syniad bod hynny yn un o ddyletswyddau morwyn briodas – ro'n i'n meddwl mai jyst edrych chydig bach yn dewach / hyllach na'r briodferch a dal y blode pan maen nhw'n arwyddo'r llyfr oedd eu pwrpas.)

Dydd Gwener, 5 Medi

Wrth i mi baratoi am fy nêt heno roedd fy llofft yn edrych yn debycach i weddillion daeargryn. Yn y diwedd, camais allan ohoni yn fy ffrog swêd frown efo bwcwl belt metel crwn arni. Weles i Posh Spice mewn un debyg mewn cylchgrawn, a'r diwrnod wedyn gweld hon ar werth yn y siop ddillad ddrud ym Mhontcanna. Dwi'm wedi bod yn ddigon dewr i'w gwisgo hi tan rŵan achos mae hi'n reit fyr ac yn reit dynn . . . beryg bod rhaid i mi fynd amdani – falle mai hwn fydd yr unig dro y bydda i'n edrych yn ddigon derbyniol i'w gwisgo. Mi dynnes fy ngwallt oddi ar fy ngwyneb mewn cynffon dynn, dynn (gor wneud dylanwad Posh?) a rhoi blewyn o golur, a chanodd y ffôn.

Baglais ato fo, a llamodd fy nghalon wrth glywed llais Owain . . . ond disgynnodd i waelodion fy sodle uchel wrth iddo fo ymddiheuro'n ofnadwy, doedd o'n cofio dim, ond bod ei rieni wedi landio o Bontarddulais . . . wedi trefnu i ddod i lawr ers wythnos ond doedd o'n cofio dim byd.

Pw! Ond wedyn doedd gan y creadur ddim help. Penderfynais, gan 'mod i wedi gwneud ymdrech, y baswn i'n mynd allan wedi'r cwbwl, ac wedi trafod hefo Bev, mi benderfynon ni beidio canslo'r tacsi a mynd i'r It Bar i ddathlu ein bod wedi ffindio ffrog.

Yno, mi weles i olygfa i ddifetha'r noson. Golygfa a sbardunodd ddigon o regfeydd i wneud i Irvine Welsh wrido. Owain, yn glafoerio dros feinwen dlos, nad oedd yn fi, ond yn amlwg yn ddêt. A rhywun *oedd* yn Miss Cŵl Cymru 1997. Diawl slei. Sylweddolias nad oedd o yn ei hadnabod o gwbwl, ond ei fod o bron â thorri'i fol isho'i chyfarfod. A finne wedi rhoi rhif ffôn ei chartre ar blât iddo: bingo! Diawl digywilydd.

Trois ar fy sawdl a llusgo Bev ar f'ôl cyn iddo 'ngweld, achos trwy fy ngwylltineb ro'n i'n dal i weld gwerth penawde papur newydd i'r gyfres.

Yn Gio's landion ni, am folied o basta (bwyd cysur), potelaid o win coch a phwdin. 'Nôl ar y deiet priodasol fory.

Dydd Sadwrn, 6 Medi
Es am dro hir i Bontcanna heddiw i drio llosgi rhywfaint o'r tiramisu ges i neithiwr. A'r saws pasta hufennog. A'r hanner potel o win coch.

Roedd pob man yn dawel, dawel, dim pobol na thraffig. Doedd dim fideos cerddoriaeth ar sgriniau'r siopau, dim ond angladd Diana ym mhob man, a llawer o'r siopau ar gau hyd yn oed.

Er y baswn i'n cael gwared ar y teulu brenhinol fory nesa,

roeddwn i'n teimlo fel crio o weld y bechgyn druan yn gorfod camu'n araf ar ôl arch eu mam, a'r byd yn rhythu lawr eu gwar ac yn gwthio i gael gwell golygfa ohonyn nhw.

Ar y ffordd mi weles i Fal, hithe'n teimlo'r un fath. Penderfynodd y ddwy ohonon ni fynd am sgowt o gwmpas adran handbags newydd Howells; sydd rŵan yn gwerthu'r handbags baguette Fendi newydd, drud, neis yna; jest am fusnês. Mi bicion ni i wedyn i leoliad y siom neithiwr, yr It Bar, am un a aeth yn ddau, ac i Marchello's am sleisen o bitsa gan nad oedd yr un ohonon ni wedi bwyta. Fan'no fuon ni, yn rhoi'r byd yn ei le, am sbel. Nes i gyfadde iddi 'mod i'n hiraethu am Mês yn ofnadwy, a chytunodd Fal bod y swyddfa wedi colli'r sbarc a'r hwyl oedd yn arfer bod yno.

Ar hynny, mi gofion ni ei bod hi'n Happy Hour yn y Model Inn am bump felly i ffwrdd â ni. Iesgob, roedd hi mor od gweld Parc yr Arfau wedi ei gau i fyny a'r craeniau enfawr yn hofran fel cigfrain uwch ei ben. Wrth i'r pnawn droi yn annisgwyl yn nos, i'r Green Parrot â ni – lle nad oeddwn i erioed wedi bod ynddo fo o'r blaen. Pwy welson ni wrth setlo efo potel o Sol bob un ond Simon, wedi cael potel neu ddwy fel ni, ac wedi gwirioni ein gweld. Er ei fod o'n swsus ac yn ddrama i gyd, roedd yn neis ei weld o. Mae o'n dal i fyw yn fflat Mês ac wedi siarad efo fo ar y ffôn y diwrnod o'r blaen (sôn am ddechre chwilio am waith yn Awstralia cyn hir oedd o). Roedd fy nghalon fel y plwm – ond does ryfedd ei fod am aros.

Ond un arall weles i yn y pellter oedd Jiwniyr Jo, efo'i griw ifanc iawn, iawn. Wnaeth o ddim fy nghydnabod i hyd yn oed. Diawl powld. Yn eironig ddigon, mi ofynnodd y barman os oeddwn i'n ddeunaw! Siŵr ei fod o wedi cael llond bol o'r Glantaf-is dan oed, ac yn meddwl 'mod i'n un ohonyn nhw.

Roedd hi'n ymddangos bod Fal, Si a finne wedi troi'n driawd bach am y noson, ac ar Westgate Street rhoddodd rhyw ferch daflen i ni'n hysbysebu Cube, clwb newydd ar St Mary Street oedd yn cynnig diod am ddim i bawb. Felly i ffwrdd â ni.

Mae Caerdydd yn gallu newid mewn eiliade, yn enwedig wrth iddi dywyllu. O wydraid gwaraidd yn y pnawn i nos Sad go iawn, a chriwiau o'r cymoedd yn tywallt allan o'r trenau llawn ac yn creu tonnau cegog o glebar yr holl ffordd o Central Station i glybie rhad a hwyliog St Mary Street, y bechgyn yn eu hiwniform o jîns smart, sgidie sgleini a chryse check, a'r genod mewn topie bach, sgertie mini a sodle hurt o uchel beth bynnag y tywydd. Ddywedodd rhywun wrtha i un tro fod 'na ffatri Burberry yn y Cymoedd yn rhywle a bod tunelli o'r stoc yn mynd 'ar goll' yn flynyddol ac yn cael ei werthu yn amrywiol bybs y parthau . . .

Roedd y Cube yn frown a swêd a neis, ac yn un o'r llefydd hynny fydd wedi colli ei sglein ymhen mis, ond ar ôl cwpwl o goctels, hwyl hen ffasiwn a chydig o 'dirty dancing' efo Si dwi rŵan yn fy ngwely bach efo peint mawr o ddŵr . . . a hiraeth ofnadwy am Mês.

Dydd Sul, 7 Medi

Es i draw ar y bỳs i Benarth heddiw, yn rel tŵrist! Pam lai? Doedd dim byd arall yn galw. Mae Si wedi dechre gweithio mewn oriel yno ac roedd o'n sôn pa mor anhygoel ydi'r holl waith celf, felly i ffwrdd â fi.

Ac roedd o'n iawn – anhygoel. Roedd Ivor Davies ei hun yno (hynny ydi, dangosodd Si i mi pwy oedd o; faswn i ddim wedi ei nabod o taswn i 'di baglu dros ei goesau heglog). Mae ei luniau'n wych ac mor Gymreig eu naws, ond ro'n i'n teimlo chydig yn hunanymwybodol pan weles i o'n clustfeinio ar sylwadau pobol. Os oedd o'n gwrando arna i mae'r creadur yn meddwl bod pob un o'i luniau o'n 'mmmm . . . trawiadol' –

achos er gymaint ro'n i'n eu licio nhw, dwi'm yn gwybod be i'w ddweud am gelf. Arhosais yno nes i Si orffen, a mynd hefo fo am hufen iâ ar bier Penarth.

Roedd gwynt milain y môr a chynnwys y cornet yn gyfuniad a rewodd y ddau ohonon ni, ond o leia mi ges i awr neu ddwy heb eistedd ar, baglu dros neu roi barn ar gylchgronau priodas, anrhegion byrddau priodas a steil gwallt Bev ar y diwrnod mawr.

Dydd Llun, 8 Medi

Mae Fal am gael parti y penwythnos nesa. Wedi i ni drafod pa mor ddi-ddim mae pawb yn teimlo, mae Dr Fal wedi penderfynu mai parti sydd ar bawb ei angen. 'Na i eilio honne.

Rois i alwad i Mam a Dad heno. Dwi'n rhyw hanner ystyried mynd adre yn o fuan – mi gynigiodd Dad ddod i fy nôl i o Wrecsam os ydw i awydd dod ar y trên. Ga i weld. Roedd Mam wedi clywed hefyd bod Lisi'r Erw (mam Mês) yn sâl. Rhywun ym Mhwyllgor y Chwiorydd neithiwr mae'n debyg wedi dweud ei bod hi wedi cael strôc. Am ofnadwy. Ac ofnadwy i Mês ac ynte ben arall y byd yn gallu gwneud dim. Gobeithio nad oedd hi'n un ddrwg . . .

Dydd Mawrth, 9 Medi

Mae Bev yn dechre fy niflasu i erbyn hyn. Mi ges i weld ei ffrog hi am y tro cynta heddiw – nid jest ei gweld, ond cael ei chwmni am ddwyawr gyfan.

Chwarae teg, mae hi'n ffrog hyfryd. Mae hi'n lyfli ac yn union fel roeddwn i'n ddisgwyl – mae 'na gynffon, mae 'na ddeiamwntiau, mae 'na frodwaith. Mae ganddi feil hir a thiara hefyd. Y ffwl wyrcs, dim llai.

Gorfododd fi i wisgo fy ffrog inne hefyd, i ymarfer cerdded o'r drws ffrynt i'r gegin ac yn ôl wedyn, dro ar ôl tro i gyfeiliant y 'Wedding March', er mwyn amseru sawl cam ellid ei gymryd i'r gân, gweld sut oedd y ffrog yn gorwedd wrth i Bev stopio, ac ymarfer tacluso'r 'train' yn union fel roedd Bev isho iddo fo fod – a hyd yn oed ymarfer cymryd y bŵcê pan fydd Bev yn cyrraedd yr allor.

Newydd ddallt pam mai *morwyn* briodas ydw i . . .

Dydd Mercher, 10 Medi

Doeddwn i ddim wedi siarad yn gall efo Cat ers wythnos y Steddfod. Mi ffonies i hi heno, a chododd fy nghalon.

Roedd rhywbeth wedi clicio yn ei phen nad oedd pethe'n mynd i wella wrth iddi ddiodde'n dawel, medde hi, felly mi ddywedodd wrth Dew pa mor anhapus oedd hi. Dweud ei bod yn rhwystredig ac anhapus, ond heb sôn gair am y busnes arall. Ac yn ôl Cat, mae pethe wedi gwella'n barod. Mae'n rhaid bod Dew wedi dweud wrth ei fam (sy'n gallu bod yn chydig o ddraig) ac mi fartsiodd honno draw i Dyddyn Isa brynhawn dydd Sadwrn. Gwthiodd Cat allan o'r tŷ; gan ddweud bod apwyntiad gwallt yn Gwallty Tegid yn enw Cat a'i bod hi, Merfyl, yn mynd â Lleu adre i'w warchod tan amser cinio drannoeth. Roedd Dew am fynd â Cat am noson i'r George III wrth y Fawddach, mewn tacsi, sgiws mi.

Roedd Cat yn chwerthin wrth ddweud yr hanes, yn enwedig y darn am gogio mynd allan, gan orfod dweud celwydd am y bwyd a ballu – gan mai yn y gwely roedden nhw erbyn wyth go iawn, efo potel o Cava a'r tŷ iddyn nhw eu hunain am y tro cynta ers dwy flynedd!

Ers hynny mae pethau wedi trawsnewid go iawn. Mae Merfyl wedi gwneud trefniant i gymryd Lleu bob prynhawn Mercher am yn ail efo Mam fel bod Cat yn cael hoe, siopa, gwneud gwaith tŷ neu beth bynnag sydd angen ei wneud; ac mae Dew yntau'n trio bod chydig yn gallach, yn godro'n gynt fel ei fod o'n gallu rhoi Lleu yn y bath weithie, neu gychwyn ar swper (does 'na ddim newid rhyfeddol wedi digwydd yn fan'no – bîns ar dost, Corn Fflêcs neu trip lawr i'r lle Pizza ydi'r 'swper'). Ond fel ro'n i'n dweud wrth Cat, falle bod Dew wedi syrffedu ac isho newid hefyd.

Dydd Iau, 11 Medi

Mae pethe'n dod i ben efo *Mae Gen i Gariad*. Dwi'n meddwl bod digon o ymgeiswyr rŵan. Creaduriaid. Ambell dro dwi'n teimlo fel dweud wrthyn nhw am beidio trafferthu, os ydyn nhw'n swnio'n reit neis a chall ar y ffôn. Dwi'm yn meddwl bod ganddyn nhw syniad o'r cywilydd llwyr sydd o'u blaenau.

Dydd Gwener, 12 Medi

Mae Bev wedi mynd i Lundain am ei phenwythnos ola fel hogan sengl. Nid bod hynny'n mynd i wneud unrhyw wahaniaeth gan mai at David mae hi'n mynd. Mae hi'n cyfri'r gwyliau fel 'noson iâr', ac yn gwrthod yn llwyr â gadael i mi drefnu dim o'r fath: 'Mor tacky, darling'. Roeddwn i'n meddwl mai 'tacky' oedd pwrpas nosweithie iâr. Nid mod i wedi bod ar lawer – un Cat yn Manceinion, a dyna fo. Doedd 'na ddim yn chwaethus am honno yn bendant, heblaw'r dillad (gan fod pawb wedi bod am hymdingar o sbri yn yr Arndale ac yn edrych yn wych, ar wahân i'r hetie cowboi glityr pinc). Os oedd y chwerthin a'r hangofyrs yn adlewyrchiad o lwyddiant noson iar, yne wnaethon ni'n ocê . . .

Dydd Sadwrn, 13 Medi

Ers talwm roeddwn i'n dechre darllen llyfr, ac os oedd o'n dda, roedd yn rhaid i mi ei ddarllen doed a ddelo. Ro'n i'n datblygu cur pen amheus os oedd hi'n ddiwrnod ysgol, gorfod treulio oriau annisgwyl yn y llyfrgell pan oeddwn i'n y coleg . . . a heddiw dwi wedi treulio diwrnod cyfan yn darllen. Ro'n i wedi prynu *Around Ireland with a Fridge* oes yn ôl, gan fod y teitl mor wallgo a bod rhywun, Duke ma' siŵr, wedi dweud ei fod o'n wych. Boncyrs. Gwallgo. Hurt. A hollol, hollol wych. Roeddwn i'n gorwedd ar y soffa efo dagre chwerthin yn powlio lawr fy ngwyneb, a chyn i mi droi rownd, roedd hi'n saith o gloch. Wedi byw mewn swigen drwy'r dydd, doedd gen i'm llawer o awydd mynd i barti Fal, ond ar ôl cawod, gwydred bach o win a Radio One ro'n i'n barod.

Dydd Sul, 14 Medi
Doeddwn i ddim yn hollol siŵr cyn cyrraedd neithiwr pa un oedd tŷ Fal ond wrth gerdded i fyny'r stryd dechreuodd y palmant grynu efo bît y gerddoriaeth. Dyna arwydd o barti da. Clywais sŵn clebran a chwerthin a cherddoriaeth yn llifo. Doedd yr un cymydog yn cwyno oherwydd eu bod nhw yno, ac roedd y tŷ yn gwegian efo pobol.

Dwi'n casáu cyrraedd partis ar fy mhen fy hun, ac ro'n i'n gwybod 'mod i'n mynd i gasau'r tro yma yn arbennig achos bod Owain yn mynd i fod yno. Yn smyg i gyd, efo Miss Cŵl Cymru ei hun siŵr o fod. Ond pan gerddais i mewn llusgodd Fal fi ati'n syth a 'nghyflwyno fi i bawb, o fath:

'Pawb! Dyma Ceri. Ceri, dyma Pawb!' a gwthio gwydraid maint bwced o win coch i fy llaw, cyn fy ngadael i! Wrth i mi edrych o gwmpas y stafell roedd hi'n amlwg bod y parti wedi bod yn ei lawn hwyl ers cwpwl o orie. Doedd neb o Chwip wedi cyrraedd ac wrth gwrs, y boi mwya diflas ddaeth ata i, gan fy nghornelu.

'Gefaint ydw i. Shw mai?' medde fo, gan edrych drwy ei sbectol pot jam i gyfeiriad fy mronnau i. Pam fi?

'Fi'n hen ff-find ysgol i Fal. Hogan gfêt. Be ti'n ei wneud 'te?' Bron i mi a dweud 'stripio' jest i weld fase fo'n gallu

267

glafoerio mwy heb orfod estyn bowlen. 'Fi'n gobeithio mynd i'f cyf-fynge hefyd. Dfamodydd ydw i. Wel, dyna beth wy'n obeithio ta beth. Af y funud wy'n gof-ffen doeffufiaeth af effeithie Pifandello af ddfamâu Cymfeig efs y saith degau.'

Ddwedes i 'mod i angen chwilio am Fal a diflannu i'r gegin. Doeddwn i ddim yn adnabod neb o'r criw siaradus yn fan'no chwaith, heblaw Owain, wrth gwrs, oedd (syndod o bob syndod) ar ei ben ei hun. Roedd o'n pwyso'n erbyn y drws efo gwên ddrwg ar ei wyneb del, yn amlwg wedi bod yn cadw golwg arna i.

'Wel, wel . . . ti'm yn gwneud disypîyfing act af yf fhen Gefaint nawf, wyt ti?' gofynnodd. Dries i fod yn coci a dweud 'mod i ddim yn gallu bod yn gas, bod gen i, yn wahanol i rai, deimladau. Edrychodd o yn hollol hy arna i a dweud:

'Mwy o deimladau nag sydd gyda ti o dop, gobeithio.' Y diawl drwg. 'Swn i wedi gallu cymryd hynny fel ciw am fflyrt, oni bai 'mod i'n ei gasau o, wrth gwrs, felly droies i 'nghefn ato a dweud 'mod i'n nôl diod. Trio meddwl am rywbeth ffraeth i'w ddweud yn ôl oeddwn i, ond pan edrychais i roedd o wedi mynd, i chwilio am ei darged nesa siŵr o fod. Druan â hi.

Pam bod diawled y byd yma'n gorfod bod yn ddel? A mor rhywiol! Ai'r ffaith eu bod nhw'n ddel ac yn ddiawled sy'n eu gwneud nhw'n rhywiol?

Tra oeddwn i'n damcaniaethu, llenwais fy ngwydr efo pynsh a'i yfed ar ei dalcen. Roedd o fel cael pynsh go iawn, gan fwystfil ugain stôn! Ail-lenwais – roedd hi'n amlwg o'r clebran a'r dawnsio a'r fflyrtio 'mod i ar ei hôl hi.

Clywais rhywun y tu ôl i mi.

'Cer, pam na wnei di jest neidio i'r bwced wir?'

Ron i fel delw gan y sioc, a doeddwn i ddim isho troi rownd achos ro'n i ofn 'mod i'n dychmygu . . . Mês.

Mês!

Fues i erioed mor hapus i weld neb. Mês, yn sefyll yno yn liw haul a chyffro a gwên a bob dim ro'n i wedi anghofio sydd mor neis amdano fo. Y cwbl allwn i ei wneud oedd lluchio fy mreichiau o'i amgylch o.

Bore ma, ro'n i'n meddwl 'mod i'n mynd i fyrstio pan ddeffres i. Teimlad hapus hapus ddim-isho-iddo-fo-orffen a ddim-isho-i-Mês-ddeffro. Hanner-agorodd ei lygaid, yn amlwg chydig yn ddryslyd (cyfuniad o jet lag a hangofyr nid yw'n dda, mae'n debyg) a 'nhynnu i tuag ato fo yn dynn a chau ei lygaid eto. Dyna lle fuon ni am oes, yn rhyw bendwmpian yn dawel, tan i Mês ddweud bod yn rhaid iddo fo fynd – bod ei fam yn dod adre o'r ysbyty.

Dwi mor hapus bod Mês yn ôl, ond dwi'n trio peidio ag ymddangos yn llawen achos dim fi ddenodd o o Awstralia, yn anffodus, ond ei fam. Mae Mês yn dweud bod pethau lawer yn well nag oedd o'n ei ddisgwyl. Cyfres o strôcs bach gafodd hi – mae hi'n ymwybodol, ond mae'r cwbl wedi effeithio rywfaint ar ei lleferydd. Dim na all therapi ei wella bron yn gyfan gwbl mae'n debyg.

Ac efo sws a winc-toddi-calon mi aeth, gan addo ffonio pnawn 'ma.

Tybed aiff o'n ôl? Sylweddoli be mae o'n golli? Nid jest fi, er 'mod i wedi gwneud fy ngore glas i'w atgoffa fo neithiwr, ond gweddill y criw hefyd. Roedd pawb yn y parti erbyn y diwedd: Alwen, Siôn, Duke, Si a hyd yn oed Bledd, ac wedi i Mês gyrraedd trodd y parti'n ddathliad.

Mae'r tywydd yn afiach yma heddiw. Mae hi'n pistyllio bwrw ac yn oer; y math o dywydd sy'n gwneud i bobol hiraethu am eu gwyliau haf . . . neu eu cartref newydd ben arall y byd. Go fflamie. Cym on – bach o haul plîs i ddangos i Mês bod popeth a mwy yng Nghaerdydd iddo fo . . .

Mae o wedi ffonio gynne i ddweud ei fod am aros adre heno – mae ei dad yn teimlo'n reit fregus mae'n debyg, ac mae ei chwaer adre. Mae am drio picio draw fory.

Dydd Llun, 15 Medi – 7pm
Wel, mae hon yn dipyn o wythnos i Gymru. Ddydd Iau mae'r bleidlais fawr. Mae'n rhaid i mi ddweud bod rhywun yn yn y garfan 'Ie' yn gwneud gwell job na'r 'Na' achos nhw sydd fwya llafar o gwmpas y lle 'ma. Dwi'm yn berson sy'n cymryd lot o ddiddordeb mewn gwleidyddiaeth, ond mae rhywbeth fel hyn yn fwy na jest gwleidyddiaeth, tydi? Er, ar y funud mae Mês yn llenwi pob milimedr o fy ymennydd. Wedi iddo fo ddod adre, mae 'nheimlade tuag ato fo ganwaith yn gryfach. Mi dorra i 'nghalon tase fo'n mynd yn ôl i Awstralia – ac mae o'n bod yn dawedog ynglŷn â hynny. Falle ca' i wybod mwy yn hwyrach heno – rydan ni am fynd i'r Castell am un bach.

Dydd Mawrth, 16 Medi
Mi gawson ni fwy nag un, wrth gwrs. Beth bynnag, mae'n ymddangos nad ydi Mês am ruthro'n ôl yn syth.

Mi gyrhaeddon ni yma yn reit hwyliog wedi stop tap, a darganfod Bev wrthi'n lapio poteli bach o Chanel No 5 mewn papur sidan pinc (anrhegion byrddau priodas) a rhoi Chanel Pour Monsieur mewn bocsus cardfwrdd bach bach a'u clymu efo rhaffau tenau, cain. Diolch byth mai llond llaw o bobol sy'n dod i'r briodas neu fase'r job honno wedi gallu cymryd wythnose. Mi gynigies i helpu, ond roedd Bev yn dod i derfyn, a phan oedd ugain o barseli bach perffaith ar y bwrdd, fel anrhegion i drigolion Lilipwt, datganodd:

'Reit, lovies, yr unig beth mae'r bysedd yma am ei wneud rŵan ydi dal gwydryn o Champers – dwi'n meddwl 'mod i'n ei haeddu.' A ffwrdd â hi i'r oergell, estyn potel oedd yn diferu roedd hi mor oer a thri gwydr hirgoes; a phopio'r corcyn.

'Reit: cheers, bottoms up a hynna i gyd . . . Dwi'n gwybod bod yr amgylchiade'n anodd, ond Mês, sgen ti ddim syniad pa mor neis ydi dy weld di yma . . . a gweld gwên ar wyneb Ceri fach ni. Fel dach chi'n gwybod, small affair ydi'r briodas yma, dyna oeddwn i isho wastad, gan nad ydw i'n rhy hot am fy nheulu – ond mae popeth yn mynd i fod yn berffaith: y ffrog, y fodrwy . . . a'r honeymoon, wrth gwrs! Ond tybed, Mês, fysat ti yn ystyried dod i ddathlu efo ni? Mi faswn i a David wrth ein boddau, a dwi'n nabod rhywun arall sydd ddim rhy bell oddi wrtha i fysa ar ben ei digon petaet ti'n gallu bod yna . . . Fyddi di'n dal yma'n byddi?'

Atebodd Mês y byddai o, er nad ydi o'n siŵr pryd, ar ôl hynny, y bydd o'n hedfan yn ôl. O'r blaen, ro'n i'n edrych ymlaen at y diwrnod gan 'mod i wrth fy modd yn gweld Bev yn hapus, ac y bydd hi'n hyfryd bod mewn lle neis mewn ffrog neis; ond yn sydyn dwi'n dychmygu pa mor arbennig fydd y diwrnod rŵan, efo Mês yno. Ac mi fyddan ni'n gwpwl go iawn. Fo fydd fy 'mhartner' i, fy 'mhlys wan', fy nghymar . . .

Ac o feddwl am bethe felly, dwi newydd feddwl nad ydi Mam a Dad wedi ei gyfarfod. A finne wedi sôn am fynd adre'r penwythnos yma . . . tybed?

Dydd Mercher, 17 Medi

Aaa! Fel arfer mae mynd a bechgyn adre'n hullefus ac yn afiach . . . Mam yn nerfus, Dad yn ddrwgdybus, fi'n cael sterics . . . ond dwi'n gwybod bydd hyn yn wahanol. Mae Mês awydd dod adre efo fi'r penwythnos yma. Doeddwn i erioed wedi meddwl y base fo'n cytuno! Ond roedd o'n sôn bod ei chwaer ac yntau isho rhoi chydig o lonydd i'w fam a'i dad i weld sut byddan nhw'n delio efo pethau eu hunain, felly draw mae o am ddod! Mae Cat wedi gwirioni'n rhacs!

Dydd Iau, 18 Medi

Mae 'na gynnwrf ym mhobman heddiw, a dim byd ar y radio na'r teledu heblaw'r refferendwm. Mi fwres i 'mhleidlais bore 'ma yn hen ysgol gynradd Canton. Hyd yma, does 'na ddim canlyniade. Mae Alwen wedi gwahodd Mês a finne draw am bryd o fwyd heno – dwi'n meddwl ei bod hi'n trio dangos iddo fo bod ei bywyd hi mewn trefn. Dwi erioed wedi bod yn nhŷ Alwen ac alla i ddim ei dychmygu hi'n coginio rhywsut . . . gawn ni weld.

Dydd Gwener, 19 Medi – 5.30pm

'Good morning – and it is a very good morning in Wales,' medde Ron Davies, ac roedd o'n dweud y gwir. Mae Cymru wedi pleideisio o blaid cael llywodraeth ein hunain (wel, nid Cymru gyfan, achos dim ond hanner y boblogaeth wnaeth drafferthu pleidleidio o gwbwl). Anhygoel.

Pan adawodd Mês a fi dŷ Alwen yn orie mân y bore roedd canlyniad 'Na' yn edrych yn debygol (ro'n i'n iawn am y coginio gyda llaw: paella lyfli ond un wedi ei brynu o Marcs an Sbarcs). A 'Na' oedd pawb yn ei ddisgwyl i fod yn onest.

Ond erbyn bore 'ma, a finne'n trio llowcio brecwast cyn mynd i'r gwaith tra oedd Mês, y diawl lwcus, yn dal i chwyrnu yn fy ngwely; ro'n i'n methu credu be oeddwn i'n ei glywed ar y radio. Betsan Powys ar Radio Four yn trafod y canlyniad 'Ie'. Nid yn unig mae Cymru o'r diwedd yn cael ei thrin fel oedolyn ac nid ryw hoeden wirion yn ei harddegau, ond dwi hefyd yn cael fy nhrin fel oedolyn gan mod i'n dod â chariad adre!

Dwi ar y trên efo Mês, ar ein ffordd i Gefn Llwyd, ac yn rhyfedd ddigon mae Alwen efo ni hefyd! Mi gyfaddefodd hi neithiwr ei bod hi mewn cysylltiad ag Eifion, a'i bod hi'n ei licio fo go iawn. Bron mor annisgwyl â'r fôt – mae Eifion yn goblyn o foi iawn ond yn un tawel a phwyllog, yn hollol i'r gwrthwyneb i fywyd can milltir yr awr Alwen. Dyna'r atyniad falle. Beth bynnag, wedi i ni ei hannog, mi ffoniodd Alwen Eifion i holi ei hanes y penwythnos yma, ac mi wnaethon nhw drefniadau. Mae Alwen yn mynd draw at Eifion i Dŷ Croes a ninne'n dau yn mynd adre.

11.30pm

Roedd popeth fel ro'n i'n dychmygu y bydden nhw. O'r ysgwyd llaw cadarn a didwyll rhwng Dad a Mês i'r sws gafodd Mam a wnaeth iddi gochi. Eifion ddaeth i'n nôl ni o'r orsaf, a dwi'n meddwl falle'i fod o wedi gwerthfawrogi sgwrs efo Mês a dweud y gwir. Oherwydd y ffrae deuluol does 'na ddim ryw lawer o Gymraeg wedi bod rhwng tad Eifion, Tecwyn Tŷ Croes, a mam Mês, Lisi'r Erw, ers blynyddoedd – ond dwi'n meddwl bod clywed ei bod yn sâl wedi meddalu Tecwyn. Soniodd Eifion am ddod â'i dad i lawr i weld ei chwaer pan fydd hi'n ddigon da.

Beth bynnag, roedd Mam wedi gwneud salad lyfli efo ham Siop Jo. Mae hi wastad yn amlwg pan fydd Mam yn trio gwneud argraff, achos bod y streinar te yn cael ei ddefnyddio (Mam yn dal yn ffyddlon i de rhydd Golden Crown yn hytrach na bagie te), y llestri Royal Worcester yn gweld gole dydd a startyr yn cael ei gynnig yn grand i gyd. Heddiw, yr hen ffefryn gawson ni, y clasur o'r saith degau: cychod melon efo pric pren a 'hwyl' sleisen o oren, a hyd yn oed ceiriosen ar ben hwnnw.

''Stynnwch ato fo, Derwyn.'

Wn i ddim be oedd fwya rhyfedd – Mam yn ei alw'n 'chi' neu gyfeirio ato fo fel Derwyn!

Chwarae teg iddo fo, roedd Mês yn gwrtais, diolchgar, clên a siaradus. Mae Mam a Dad yn nabod ei deulu'n iawn, wrth gwrs, felly dyna oedd lot o'r sgwrs. Roedd Dad yn ei elfen yn rhestru aelodau'r teulu fesul cenedlaeth ac roedd gan Mês ddiddordeb go iawn. Ges i sioc o weld ei fod o'n reit emosiynol pan aethon ni am dro i gael 'awyr iach' ar ôl swper – mae ganddo frith gof o ddod i weld ei nain a'i daid i'r Erw, ac mi ddweudodd yr hoffe fo fynd draw yno fory i weld y lle.

'Dwn i ddim, sdi Cer,' medde Mam yn y pantri wrth i ni dendio ar y dynion fel tase ni'n forwynion o'r ganrif ddiwetha. 'Neith o ypsetio – mae'r lle wedi mynd â'i ben iddo braidd. Y Tecwyn styfnig yne – cywilydd ar 'i ben o yn gadael i'r lle fynd i'r fath stâd. 'Swn i'n synnu dim mai allan o sbeit mae hynny. Pan aeth Tecwyn i Dŷ Croes pan farwodd 'rhen fachgen ei ewythr; roedd hyn ar ôl iddo golli ei fam a'i dad; dwi'n meddwl bod Lisi wedi trio dod adre i'r Erw – hyd yn oed cynnig ei brynu, medden nhw. A Tecwyn yn mynnu cadw'r lle. I be dywed? Y mul iddo fo . . .'

Dwi'm wedi dweud dim o hyn wrth Mês, ac yntau yng nghanol be sy'n edrych fel cymod rhwng y ddau deulu. Bechod hefyd! Falle bydde Mês wedi cael ei fagu'n fab Yr Erw! Tybed fydden ni wedi ffindio'n gilydd yn gynt?

Ffindio'n gilydd wir! Dwi'n ymddwyn fel petaen ni'n gwpwl. Ond mae o'n mynd yn ôl am Awstralia a dyna gorcyn arnon ni. A phethe'n mynd mor dda.

Ryden ni am fynd draw at Cat a Dew fory – tybed sut mae pethe yn fan'no erbyn hyn? Dwi'm isho meddwl am y tro diwetha weles i hi . . . Reit, efo Robert Smith a'i lipstic blêr yn syllu arna i (mae o yno ers degawd a mwy), dwi am drio cysgu. Tybed sut mae Mês yn hen loft Cat? Madonna sy'n edrych lawr arno fo os cofia i'n iawn. Nes i ddim hyd yn oed gofyn fuasen ni'n cael rhannu gwely – 'dim dan yr un to a dy dad!' fydde'r ateb pendant.

Dydd Sadwrn, 20 Medi
Yn erbyn cyngor Mam, mi aethon ni i'r Erw cyn mynd i weld Cat. Dwi erioed yn cofio bod yno o'r blaen – tŷ bach, bach

mewn llecyn hyfryd yng nghesail y mynydd reit uwchben y llyn, efo golygfeydd anhygoel draw dros yr Arennig. Roedd Mês yn dawel iawn. Mi fuon ni'n sefyll yn y tŷ, yn edrych ar yr awyr las y tu allan a'r nyth pioden yn y simdde. Roedd carreg yr aelwyd yn dal yn ei lle, yr hen far haearn a'r gadwen dal tecell yn dal yn y lle tân, a'r teils coch a du i'w gweld o dan draed. Mi fydde'n hawdd ei adnewyddu – mae'r waliau'n dal i fod yn solet. Wnaethon ni ddim aros yn hir.

Mae Cat yn caru Mês – mi wnaeth y ddau gymryd at ei gilydd yn syth. Roedd Lleu yn fywiog tu hwnt. Mae o wedi tyfu, ac yn siarad fel pwll y môr. Syniad Dew oedd mynd allan heno yn griw, ac mi ffoniodd Tŷ Croes i ofyn i Eifion ac Alwen fasen nhw'n licio cyfarfod nes ymlaen yn y Lion.

Felly noson gyfforddus, gartrefol braf gawson ni heno. Roedd Alwen chydig yn rhy hapus o feddwl ei bod hi'n mynd adre at rieni Eifion, ond roedd hi'n rhyddhad ei gweld hi'n hapus go iawn, ac wedi ymlacio'n hollol yng nghesail Eifion. Roedden ni i gyd yn reit hwyliog erbyn i Dad ddod i'n nôl ni, a dringodd pawb i gefn y car fel sardîns.

Mae Mês wedi fy swyno go iawn y penwythnos yma – yn gwneud ymdrech i holi Dad, Dew ac Eifion am ffermio, dangos diddordeb yn Lleu a bod mor gyfforddus efo Cat, Mam a Dad. Damia. Mae'r ffarwelio'n mynd i fod ddwywaith gwaeth ar ôl hyn.

Dydd Sul, 21 Medi
Nôl yng Nghaerdydd. Mês efo'i rieni. Dwi ar goll braidd.

Dydd Llun, 22 Medi
Dechrau fy wythnos ola yn Chwip. Hon oedd fy wythnos ola yn nhŷ Bev hefyd, i fod, ond mae hi wedi dweud ei bod hi'n fwy na hapus i mi aros yma am y mis nesa, tra bydd hi ar ei Mis

Mêl (mis cyfan yn Ne Affrica – mae Fal a finne *mor* eiddigeddus). Roedd hi wedi sôn bod yna waith ar gael yn ei swyddfa hi (gwaith gweinyddu diflas) ond dwi wedi bod yn chwilio am rywbeth arall cyn cytuno i ddim. Tydi pethe ddim yn edrych yn rhy addawol ar hyn o bryd, ond mae pawb yn dweud y bydd hi'n well yn y flwyddyn newydd, felly, dwi'n ystyried derbyn cynnig Bev am waith a llety am fis. Ond mae'n rhaid i mi ffeindio lle arall i fyw fis nesa – mae David yn symud i fyw i Gaerdydd mae'n debyg, ac yn mynd i gomiwtio deirgwaith yr wythnos i Lundain.

Dydd Mawrth, 23 Medi
Un mwg o laeth poeth (a sblash o frandi), dwy dabled slîpîsi, dwy baned o de camomail, deg diferyn o lafant ar y gobennydd, cerddoriaeth dolffins-yn-y-môr, wadin yn fy nghlustiau, ymarferion anadlu-ymlacio, tri-chant-dau-ddeg-saith o ddefaid yn neidio dros wrych . . . Dwi'n dal yn hollol, hollol lygaid-agored, ymennydd-yn-gwibio, stumog-yn-dawnsio, pinne-bach-yn-fy-nhraed EFFRO!

Dim job, dim cartre, dim Mês . . .

Dydd Mercher, 24 Medi
Mi soniodd Fal heddiw y dylen ni gael parti nos Wener ar ôl gwaith, gan mai hwnnw fydd fy niwrnod ola. Mi ddywedes i y bydde'n well gen i gysgu efo Bleddyn. Dwi'n cymryd ei bod hi wedi cael y neges! Allen i ddim meddwl an fwynhau parti. Dwi'n hen lwmpen groes ond yn gorfod rhoi gwên fawr ar fy ngwyneb er mwyn Bev druan. Dau ddiwrnod i fynd tan fy nyletswyddau morwynol. Mae Mês ar ei ffordd draw, ac mae 'nylestwyddau i efo fo yn hynod, hynod bell o fod yn forwynol.

Dydd Gwener, 26 Medi
Gwibies adre'n syth o'r gwaith i ddweud hwyl fawr wrth Bev.

Mae hi'n mynd i Miskin Manor heno yn barod ar fory. Dwi'n mynd yno ati erbyn deg bore fory i gael gwneud fy ngwallt a 'ngholur!

Ro'n i'n teimlo'n reit emosiynol. Diwedd cyfnod iddi hi a finne. Mae hi wedi bod yn gymaint mwy na landledi i mi – dwi'n meddwl y byd ohoni, a hithe finne dwi'n meddwl. Ryden ni wedi bod yn bartneriaeth dda, er y gwahaniaethau amlwg.

Mi roddodd hi bresant bach i mi ar gyfer fory, i ddiolch am bob dim. Rhwygais y papur eiliad wedi iddi fynd er nad oeddwn i fod i'w gyffwrdd tan y bore. Cadwen Tiffany &Co oedd hi efo bar arian a 'T&CO' a'r dyddiad wedi ei stampio arni hi – y gadwen neisia i mi erioed ei chael, ac mae'n rhaid ei bod hi wedi costio ffortiwn.

Dwi wedi ildio. Dwi'n cyfarfod criw Chwip yn y Castell am ddiod ffarwél sydyn. Tydw i ddim am yfed lot – neu mi fydda i fel llinyn trôns fory ac wedi troi'n emosiynol o flaen pawb. Tydi'r dagre byth yn bell iawn y dyddie yma, rhwng pob dim.

Dydd Sadwrn, 27 Medi – 3pm
Mi aeth hi'n noson hwyr iawn, iawn – ond dwi'n falch iawn 'mod i wedi ffarwelio'n iawn efo criw Chwip.

Diolch i Dduw am Mês. Fuaswn i byth wedi deffro heblaw ei fod wedi fy ysgwyd am o leia ddeng munud. Roeddwn i'n hwyr. Lluchiodd Mês bopeth i fag mewn panic, colur, dillad isa, stwff gwallt – a bu bron i mi anghofio fy ffrog! Bu'n rhaid i mi sleifio i'r llofft yn y gwesty crand i gael cawod (doeddwn i ddim wedi trafferthu tynnu fy masgara neithiwr, felly does wybod be oedd y gyrrwr tacsi bach yn ei feddwl). Mewn dresing gown oeddwn i, a thowel yn dyrban ar fy mhen pan ddaeth byddin i mewn i'r stafell – hogan y colur, y ddynes gwallt a dynes y blode. Heb godi ewin, dyma gael fy nhrawsnewid o fwgan brain blinedig i forwyn briodas sgleiniog, dlos a phersawrus. Dim ond llithro i mewn i'r ffrog sidan a'r sgidie oedd angen a da-ra! Dyna fi, a doedd Bev ddim wedi sylwi 'mod in hwyr!

Roedd Mês yn dipyn o da-ra! hefyd mewn siwt lîn frown gole, ac roedd o'n ddigon o ddyn i roi rhosyn pinc yn ei lapel. Wrth i ni'n dau gerdded lawr i'r bar i gael ryw lasied sydyn cyn i mi orfod diflannu i ymgymryd â dyletswyddau'r forwyn, roeddwn i'n dychmygu pethe sopi dros ben.

Roedd Bev yn bictiwr, yn edrych yn hyfryd ac yn hapus. Llond llaw o bobol oedd yn y gwasanaeth yn y stafell banelog urddasol. Cydweithwyr oedd y rhan fwya ohonyn nhw – pan agorodd Bev bennod 'lân' newydd ei bywyd, mi gafodd hi wared â phawb oedd yn ddylanwad drwg arni, ac felly does gan Bev ddim hen ffrindie, na theulu. Ond wnaeth hynny ddim effeithio tamed ar ei hapusrwydd amlwg hi heddiw. Roedd y seremoni'n berffaith, yn gynnil ac yn gryno.

Dwi yn fy llofft yn sgwennu hwn, yn trio hel fy meddylie achos ryden ni yn eistedd i gael bwyd mewn munud. Dwi am wneud araith, yn diolch i Bev am fy nghroesawu i'w thŷ. Dwi am ddiolch iddi am fy nghyflwyno i bethau da bywyd – shampên, facials a La Lupa. Dwi am ddiolch iddi am beidio â chwerthin am fy mhen (neu yn fy ngwyneb beth bynnag) wrth i mi fynd ar ddeiets gwirion a chael crysh ar y boi yn y jim (sori Mês). A dwi isho diolch iddi am rannu ei bywyd a'i chartref efo fi. Felly dyma ni. Diwedd cyfnod.

Dydd Sul, 28 Medi

A.

A am amrywiaeth: gwlad wahanol, pobol ddiddorol, bywyd cyffrous.

A am anadlu: arogl rhywbeth gwahanol i ffiwms ceir Caerdydd ac arogl Brains a budreddi ar awel y bore.

A am addysg: dysgu byw, dysgu addasu, dysgu wrth brofi.

A am annibyniaeth: cael bod yn fi fy hun. Cael mynd i unrhywle heb faglu dros ferch ffrind cyfneither y dyn drws nesa'.

A am antur: sy'n gwneud i 'nghalon i guro a'm cadw'n effro.

A am aflonydd: traed bach seis pedwar sy'n ysu am ei heglu hi i ben draw'r byd.

A am adre: cartre cyffrous dros dro.

A am Awstralia

Dwi yn fy ngwely anferth yn y gwesty, ac yma dwi am aros nes bydd y bobol glanhau yn dod i'm lluchio i allan. Dwi'n teimlo fel drychiolaeth ac yn edrych yn waeth. Ond mae gen i uffar o newyddion.

Fel hyn aeth y sgwrs . . .

'Oooooooo . . . Awwwwwww. Pen . . . brifo . . . isho . . . dŵr.' Fi oedd honno.

Ro'n i'n siŵr bod rhywun wedi rhoi hosan fudr lawn tywod yn fy ngheg dros nos. Mi deimlais wydraid o ddŵr yn cael ei roi y fy llaw.

'Yfa hwn,' meddai llais Mês.

Mi lowcies o yn strêt. Roedd yr ordd yn dal i guro rhwng fy nghlustie . . .

'Pam na fuaswn i jest wedi yfed dŵr neithiwr cyn mynd i gysgu,' ochneidiais wrth ystyried agor fy llygaid.

'Nest ti drio . . . ond gollest ti o ar dy ben. A'r gwely. Peint cyfa.' A dyna pryd sylweddoles i nad cynfas oedd drosta i ond dresing gown. Ac nad mewn gwely oeddwn i ond ar y chaise longue o dan ffenestr y llofft, yn borcyn.

'O, dwi'm yn cofio. Lle gysgest ti?'

'Yn y bath.'

''Sgen i *ddim* co.'

'O ddim?'

'Y . . . dim llawer ar ôl y ddawns gynta . . . "She's Like the Wind", ie? *Dirty Dancing*?'

'Na, honno oedd yr ail. Ti a Bev gafodd y ddawns gynta: "Time of My Life" o *Dirty Dancing*.'

Doeddwn i ddim isho meddwl am y peth. Ofnadwy.

'Oedd David yn flin?'

'Nag oedd siŵr. Roedd o'n lot rhy hapus i feindio. Ond roedd gen ti a Bev gyflenwad reit helaeth o shampên ar y top table . . .'

'Well 'mod i ddim yn cofio lot felly, ydi?'

'Dwi'm yn gwybod . . .' Erbyn hyn roedd Mês wedi dod o dan y dresing gown efo fi.

'Ti'n cofio ateb i pa gwestiwn oedd "gwnaf"?'

'Y?'

'Ti'n cofio gofyn i mi dy briodi di?'

'Y? Na!'

'A finne'n dweud falle, mewn ryw flwyddyn neu ddwy?' Roedd Mês yn gafael yn fy llaw i erbyn hyn ac yn fy ngorfodi fi i edrych arno fo.

'A ti'n cofio fi'n dweud wedyn, "dim ond os ddoi di efo fi i Awstralia"?'

'Be?'

'Tithe'n dweud, "tria'n stopio fi"? Wel, roedd o'n swnio'n nes at "tshria shhddddddddddopppio fi wa".'

'Ti'n siriys?'

'Hollol. 'Sgen ti ddim yn galw, Cer. Mae gen ti bach o bres ar ôl gweithio yn Chwip, ac mi allwn ni sortio fisa os wyt ti isho gweithio yno wedi i ni gyrraedd. A fyddan ni ddim yna am byth. Blwyddyn falle?'

'*O Mai Gosh*.'

'Ac un peth bach arall . . .'

'Oes na fwy?'

'Dwi'n dy garu di, Cer. O'r munud cynta weles i ti mewn siwt henaidd, afiach yn trio bod yn cŵl ond yn cochi bob munud, yn meddwl bod Siôn a finne'n meddwl dy fod ti'n un o goncwests Bledd. Mi faswn i wedi aros efo ti mewn tent ar gopa'r Wyddfa am weddill fy oes taswn i wedi gallu. Ond rŵan, yn well fyth, alla i aros efo ti mewn tent yn Awstralia, lle bynnag ddiawl yden ni isho . . . Ti'n hogan wyllt, ond pwy ddiawl sydd isho hogan ddof? Ti di'r un i mi, Cer. Mae mor syml â hynna.

Awstralia – gwylia dy hun. Ryden ni ar ein ffordd.